dtv

Madiha überlebt die strapaziöse Flucht aus ihrem syrischen Heimatdorf nur mithilfe eines fremden Mannes, Harun. Doch kaum landen die beiden in einem deutschen Flüchtlingsheim, verschwindet Harun über Nacht. Seine dunkle Vergangenheit wird nun auch für Madiha zur tödlichen Bedrohung.

Fesselnd, hochaktuell und aus einer ungewöhnlichen Perspektive erzählt.

Jutta Profijt wurde 1967 in Ratingen geboren. Sie arbeitete als Übersetzerin und Projektmanagerin, bevor sie sich sehr erfolgreich dem Bücherschreiben widmete. Zuletzt erschien bei dtv ihr Roman über eine turbulente Mehrgenerationen-WG: ›Alle für einen‹. Mehr über die Autorin unter www.juttaprofijt.de

Jutta Profijt

Unter Fremden

Roman

dtv

Ausführliche Informationen über unsere Autoren und Bücher
www.dtv.de

Von Jutta Profijt
sind bei dtv u. a. erschienen:
Allein kann ja jeder (21649)
Zusammen ist (k)ein Zuckerschlecken (26106 und 21688)
Alle für einen (26200)

MIX
Papier aus verantwortungsvollen Quellen
FSC® C019821
www.fsc.org

Ungekürzte Ausgabe 2019

Umschlaggestaltung: Wildes Blut, Atelier für Gestaltung, Stephanie Weischer unter Verwendung eines Fotos von Arcangel
Satz: Fotosatz Amann, Memmingen
Druck und Bindung: Druckerei C.H.Beck, Nördlingen
Gedruckt auf säurefreiem, chlorfrei gebleichtem Papier
Printed in Germany · ISBN 978-3-423-21774-3

1

Noch immer kein Zeichen von Harun, keine Nachricht. Sein Spind sei abgeschlossen, erklärt Rafiq mir unwirsch. Auf dem Bett liege das T-Shirt, in dem Harun geschlafen hat, aber das Bett sei unbenutzt, die zweite Nacht schon.

Ich habe ein schlechtes Gefühl. Obwohl Harun mir nicht verpflichtet ist, wäre er nicht ohne ein Wort gegangen. Wohin auch? Im Gegensatz zu vielen, die mit uns unterwegs waren, kennen wir niemanden in diesem Land, viertausend Kilometer von zu Hause entfernt. Einen großen Teil des Wegs haben wir zu Fuß zurückgelegt, obwohl mir mein verkrüppeltes Bein mehr als einmal den Dienst versagte. Dann half mir Harun. Reichte mir die Hand, weil keine Frau da war, die mich hätte stützen können. Im Gegenzug tröstete ich ihn nachts, wenn er Albträume hatte. Ich bin ihm zu Dank verpflichtet und fühle mich verantwortlich für den jungen Mann, der mein Leben rettete, als ich selbst am wenigsten daran hing.

Nun stehe ich hier und beginne zu begreifen, dass ich wieder einmal alles verloren habe. Ich habe niemanden auf der Welt, niemanden in dieser sauberen Stadt, deren Namen ich nicht aussprechen kann. Ich fühle mich niemandem verbunden, keinem einzigen der vierhundertsiebenunddreißig Menschen, die in bedrückender Enge in den Containern wohnen, jeweils acht in einem Zimmer, das für vier gedacht war. Wir seien so viele, heißt es, aber dieses ›wir‹ existiert nicht. Wir sind keine Gemeinschaft. Ich jedenfalls bin allein.

Rafiq steht immer noch vor mir, aber als meine Hand zitternd nach einem Halt sucht, tritt er einen Schritt zurück. Er berührt keine Frau, ein Wunder, dass er überhaupt mit mir spricht. Das tut er vermutlich nur, weil er mich braucht, wie alle hier. Ich bin die Einzige, die Deutsch spricht. Das irritiert meine Landsleute ebenso wie mich selbst, und ich habe mich noch nicht daran gewöhnt, dass jeder meinen Namen kennt und ständig jemand nach mir ruft.

Gebraucht zu werden ist nicht dasselbe wie geschätzt zu werden. Besonders die Männer sind häufig unwirsch, wenn sie auf mich warten müssen oder wenn ihnen die Antworten, die ich für sie übersetze, nicht gefallen. Dann schenken sie meinen Worten keinen Glauben. In ihren Augen spricht immerhin für mich, dass ich meinen Platz in der Gesellschaft kenne und mich nicht anmaßend benehme, wie die gebildeten Städterinnen es tun. Natürlich halte ich den Blick gesenkt, wenn ich mit einem Mann spreche. Da können die modernen Frauen noch so abfällig den Kopf schütteln, können mich noch so oft ›Bauerntrampel‹ nennen. Und trotzdem bin ich diejenige, die der Sprache dieses Landes mächtig ist. Nicht, weil ich sie studiert hätte, sondern weil ich die ersten Jahre meines Lebens im Haushalt einer deutschen Frau verbracht, ihr beim Reden zugehört und hinter Wänden oder Vorhängen versteckt gelauscht habe, wenn sie ihren Kindern deutsche Märchen vorlas.

Endlich finde ich den Handlauf der Treppe, die ich mühsam erklommen habe, und klammere mich daran fest, bevor ich langsam und entmutigt wieder hinabsteige. Hier unten, wo die Frauen und Familien wohnen, hören wir die Schritte der Bewohner über uns, wenn auch sie nicht schlafen, weil sie vor lauter Nichtstun einfach nicht müde werden, weil einige schnarchen und andere schreckliche Bilder sehen, sobald sie die Augen schließen. Bei uns ist es ähnlich, nur dass noch das Weinen der Kinder hinzukommt oder ein leise gesungenes Schlaflied. Wir alle haben dunkle Ringe unter den Augen, sind von den Strapazen der Flucht ausgezehrt und gehen uns gegenseitig auf die Nerven. Etwas besser dran sind nur die, die jemanden haben, der ihnen Halt gibt. In meinem Fall war das Harun.

Die Lautstärke um mich herum dringt mir unter die Haut, wo sie sich ausbreitet und ein halb stechendes, halb juckendes Gefühl verursacht wie die haarfeinen Dornen der Disteln, die man auch mit einer Pinzette nicht entfernen kann. Trotz des Regens, der seit Tagen ohne Unterlass vom grauen Himmel fällt, verlasse ich deshalb die Unterkunft. Gleich hinter den Containern beginnen die Felder, die meisten braun, andere mit dem zarten Grün des Wintergetreides überhaucht. Einige Feldwege sind asphaltiert und in besserem Zustand als jede Straße des Dorfes, in dem ich die letzten zwanzig Jahre verbracht habe, andere ausgewaschen und schlammig, was mich vor große Probleme stellt. Wenigstens habe ich hier einen richtigen Gehstock bekommen, mit einem sanft geschwungenen, polierten Griff, den meine linke Hand fest umklammert. Ich nehme die Mühsal und die Schmerzen des Gehens in Kauf, denn dies ist die einzige Möglichkeit, der stickigen Luft, den kreischenden Kinderstimmen, der unablässig dudelnden Musik, dem Gebimmel der hundert verschiedenen Handys und den Forderungen meiner Mitbewohner zu entgehen.

Langsam umrunde ich den Ortsteil, an dessen äußerstem Rand man uns untergebracht hat. Es sieht aus wie das Ende der bewohnten Welt, denn hinter den letzten Häusern kommen nur noch Felder und einzelne Baumreihen, die schnurgerade einen Weg oder einen Bachlauf säumen. Ich komme vom entgegengesetzten Ende der Welt, wo alles Grün in Sand und Steine übergeht, daher ist mir die Einsamkeit vertraut. Die meisten anderen Bewohner der Unterkunft aber werden in der Ruhe der Natur nervös.

Die Häuser und Straßen der kleinen Siedlung sind so sauber, dass ich anfangs glaubte, ein Staatsbesuch stehe unmittelbar bevor. Ich gehe aber nicht durch die Straßen, sondern an einem Bach entlang, eher ist es wohl ein Kanal, denn das Wasser strömt in einem schnurgeraden Bett eilig vorbei. Menschen, die Hunde an der Leine führen, kommen mir entgegen. In den zwölf Tagen, die ich nun hier bin, habe ich mich an diesen seltsamen Anblick immer noch nicht gewöhnt.

Nachdem meine Hoffnung auf Haruns Rückkehr erneut enttäuscht wurde, fühle ich mich seltsam entrückt. Ich nehme meine Umwelt und die Unterkunft, in die ich viel zu schnell zurückkehre, nur verschwommen wahr, wie durch den Nebel, der manchmal nach einem nächtlichen Regenschauer frühmorgens auf meinen Feldern lag. Dieser Nebel ebenso wie die Empfindung, als wäre der Kopf voller Wolle, entstehen, wenn mein Verstand sich weigert, eine Tatsache zu akzeptieren. So fühlte ich mich, als man mich mit zwölf aus dem Haus jagte. Dann, als ich vor dem fremden Mann stand, der mein Vater war. Auch als ich in sein Haus zog und die Verachtung meiner Stiefmutter und ihrer Kinder zu spüren bekam, sah ich die Welt wochenlang nur schemenhaft, farblos und ohne feste Konturen. Und zuletzt …

Auch zuletzt hielt die Wolle im Kopf die Gedanken und Bilder fern, der Nebel den Schmerz. Ich war wie abgeschnitten von der Welt, gelähmt, willenlos. Ich wäre gestorben, von den Vorbeiziehenden unbeachtet, hätte nicht ein mir vollkommen unbekannter Mensch die Hand nach mir ausgestreckt, mich auf die Füße gezogen und mich einfach mitgenommen. Harun. Ein fremder Mann, der mich niemals hätte berühren dürfen. Hätte ich liegen bleiben sollen, weil meine Religion mir verbot, die einzige Hand zu ergreifen, die mir zu helfen bereit war? Hätte ich erfrieren, verhungern oder verdursten sollen, weil gerade keine Frau zur Stelle war, die mich hätte stützen können?

Ich weiß, dass meine Stiefmutter beide Fragen mit Ja beantwortet hätte. Auch meine Halbschwestern, ja, die ganze Familie, die Nachbarn, sie alle wären sich einig gewesen. Aber nicht mein Vater. Mein Vater hätte mir zugenickt, hätte er mich auf dem Boden liegen und auf die Hand starren sehen, die Harun mir reichte. Mein Vater selbst hätte einer fremden Frau in einer solchen Lage die Hand gereicht. Mein Vater … Der Nebel um mich herum wird wieder dichter.

In diesem Gefühl verbringe ich die nächsten zwei Tage, in deren Verlauf ich hundertmal den Weg entlangschaue, auf dem immer wieder Menschen zur Unterkunft kommen. Neuankömmlinge, Helfer, Handwerker. Harun ist nicht darunter.

Auch am fünften Morgen nach seinem Verschwinden ist Harun nicht zurück, wie ich Rafiqs Kopfschütteln entnehme. Aufmerksam, aber ohne Interesse dolmetsche ich einige Gespräche, bevor Rafiq mich durch einen kleinen Jungen zu sich rufen lässt. Auf Arabisch redet er auf den Hausmeister ein, aber der Mann, der vor fünfundzwanzig Jahren selbst als Flüchtling vom Balkan hier ankam, versteht ihn nicht. Ich trete näher und höre, dass Haruns Bett für einen Neuankömmling gebraucht wird. In meinen Ohren beginnt es zu rauschen, Rafiqs Stimme geht in dem zunehmenden Brausen unter. Mein Blick verengt sich, als würde ich durch eine Röhre schauen, die sich wie von selbst auf die Hände des Hausmeisters richtet, in denen er einen großen Schlüsselbund hält. Seine Finger spielen mit den einzelnen Schlüsseln, ob nervös oder ungeduldig, kann ich nicht erkennen. An seiner linken Hand fehlen zwei Finger. Die Haut ist rau, die Fingernägel sind schmutzig, eine Schramme zieht sich über den rechten Daumen. Dann löst sich die Röhre auf, das Brausen flaut ab, ich höre und sehe wieder ganz normal.

»Was wird aus Haruns Sachen?«, frage ich Rafiq leise auf Arabisch.

Er bricht mitten in einem Satz ab, den der Hausmeister sowieso nicht versteht, und schweigt, eher verärgert als irritiert.

»Übersetzen sollst du, also tu, was man dir sagt, und misch dich nicht ein«, knurrt er mich dann an.

Der Hausmeister schaut verständnislos zwischen uns hin und her.

Die Situation trifft mich völlig unvorbereitet. Tatsächlich war ich bisher nicht auf die Idee gekommen, dass Haruns Verschwinden auch für andere Menschen von Belang ist. Niemand hat nach ihm gefragt, niemand ihn vermisst. Doch plötzlich muss ich feststellen, dass sein Weggang eine Bedeutung hat, wenn auch eine rein praktische: Sein Bett ist leer, und Rafiq erwartet einen Verwandten, den er gern dort unterbringen möchte. Hätte ich dieses Gespräch nicht dolmetschen müssen, hätte ich nicht erfahren, dass Haruns Platz in diesem Land bereits neu vergeben ist.

Die Männer starren mich immer noch an. Ich spüre meinen Herzschlag in der Kehle und muss trocken schlucken. Was soll ich jetzt tun? Wenn ich den Dingen ihren Lauf lasse und Harun zurückkehrt, hat er kein Bett mehr. Wer weiß, was mit seinem Besitz geschieht. Wenn ich mich jedoch einmische, übernehme ich die Verantwortung für sein Eigentum und damit auch für ihn. Andererseits habe ich diese Verantwortung bereits, denn Harun gab mir den Zweitschlüssel zu seinem Spind. Will ich diese Bürde tragen? Habe ich eine Wahl? Könnte ich Harun überhaupt noch unter die Augen treten, wenn er zurückkommt und ich ihm erklären muss, dass ich nichts unternommen habe, um seine Rechte zu verteidigen? Alle diese Überlegungen kosten Zeit, die Rafiq und dem Hausmeister offensichtlich zu lang wird.

»Übersetz endlich!«, sagt Rafiq laut.

Ich wende mich an den Hausmeister. »Ich habe einen Schlüssel zu Haruns Spind.«

Der Hausmeister schaut mich an, als sähe er mich zum ersten Mal. Vermutlich trifft das sogar zu. Bisher war ich nur ein Lautsprecher in *Abaya* und *Hidjab*, aus dem die Worte anderer Menschen tröpfeln. Plötzlich bin ich eine Person.

»Dann räum seinen Spind aus und nimm die Sachen in Verwahrung.«

Dem Mann ist es anscheinend egal, was mit den Habseligkeiten des Verschwundenen passiert. Ich nicke und übersetze die Entscheidung des Hausmeisters.

»Ich werde dabei sein, wenn du den Schrank öffnest«, erklärt Rafiq.

Ich neige den Kopf und konzentriere mich darauf, den Rest des Gesprächs zu übersetzen, das sich um die üblichen Themen dreht: den Wunsch nach abschließbaren Zimmertüren, die Überbelegung der Unterkunft oder das immer nur lauwarme Wasser in der Dusche.

Als ich endlich entlassen bin, gehe ich in mein Zimmer und sinke zitternd auf mein Bett. Ich kenne mich selbst nicht wieder, bin sowohl stolz auf meine spontane Einmischung als auch erschrocken über diese Anmaßung. Woher nahm ich den Mut, statt zu übersetzen für mich selbst zu sprechen? Genau genommen sprach ich für Harun, korrigiere ich mich, vermutlich war das auch der Grund für meine Kühnheit. Ich fühle mich ihm verpflichtet, wäre ohne ihn nicht hier. Er war, neben meinem Vater, der erste Mann, der mir Respekt entgegenbrachte, der mich wie einen Menschen behandelte, mir half.

Der Gedanke an meinen Vater schmerzt so stark, dass ich die Arme auf den Bauch presse und mich zusammenkrümme. Mit aller Macht schiebe ich sein Gesicht beiseite, starre mit weit aufgerissenen Augen auf das gegenüberliegende Bett, um mich an diesem Blick zurück in die Wirklichkeit zu ziehen, in das Hier und Jetzt, in dieses kleine, muffige Zimmer, in dem ich nun mit vielen anderen lebe.

Ich hätte meine Heimat nicht freiwillig verlassen, hätte mich niemals allein auf den Weg gemacht. Immer haben andere für mich entschieden. Dass ich hier bin, verdanke ich Harun ebenso sehr wie meinem Vater. Harun nahm mich dort, wo die Anweisungen und Vorkehrungen meines Vaters endeten, unter seine Fittiche. Er verhandelte mit den Schleppern, sah zu, dass ich nicht zurückblieb. Mein Vater schickte mich fort, Harun sorgte dafür, dass ich ankam. Auch hier bestimmen andere über mich und meine Zeit, und ich folge dem Ruf, sobald jemand nach der Dolmetscherin verlangt.

Neben dem Schrecken über meine unerwartete Courage durchströmt mich die plötzliche Gewissheit, dass ich richtig gehandelt habe. Immerhin bin ich nach Haruns Verschwinden allein und auf mich gestellt und werde es bleiben, bis er wieder auftaucht.

Falls er wieder auftaucht.

Die Möglichkeit, dass Harun vielleicht für immer verschwunden bleibt, nimmt mir den Atem und löst ein Zittern aus, das vom Kopf zu den Zehen reicht und die Zähne laut aufeinanderschlagen lässt.

2

Es dauert eine ganze Weile, bis ich mich so weit beruhige, dass ich mir Gedanken über mein weiteres Vorgehen machen kann. Rafiq will dabei sein, wenn ich Haruns Spind öffne, aber das muss ich unbedingt verhindern. Er wird mich zur Seite drängen und sich von Haruns Sachen nehmen, was ihm gefällt oder nützlich erscheint. Ich muss also einen Zeitpunkt finden, zu dem Rafiq anderweitig beschäftigt ist und sich auch sonst niemand in dem Zimmer aufhält, denn es ist undenkbar, dass ich mit einem fremden Mann allein in einem Zimmer bin. Mein Herz beginnt schon zu stolpern, wenn ich mir nur vorstelle, dass ich ein Zimmer, in dem sieben fremde Männer leben, allein betrete.

Die Zeit bis zum Mittagessen verbringe ich in nervöser Unruhe, aber zum Glück dauert es nicht allzu lang, bis die Glocke geläutet wird. Wer noch nicht unterwegs ist, macht sich nun auf. Obwohl niemand das Essen hier mag, sind die Mahlzeiten die Höhepunkte der mit dröhnender Leere angefüllten Tage. Als ich zu Rafiqs Zimmer hinaufsteige, laufen nur noch ein paar Kinder herum, weil sie vom Klang der Glocke draußen beim Spielen überrascht wurden und erst die Hände waschen müssen. Einen der Jungen halte ich an seiner Jacke fest und verspreche ihm ein Bonbon, wenn er schaut, ob Rafiqs Zimmer leer ist. Der Kleine flitzt los, bestätigt mir, dass niemand da ist, und schnappt sich das Bonbon ohne ein Dankeschön. Dann nehme ich meinen ganzen Mut zusammen und betrete das Zimmer.

Die Betten sind ungemacht und zerwühlt, auf einigen liegen persönliche Dinge oder Kleidungsstücke. Unschlüssig stehe ich mitten im Zimmer und schaue mich um. Ich weiß nicht, welches Bett Haruns ist. Enttäuscht, dass ich seine Besitztümer womöglich doch den gierigen Mitbewohnern überlassen muss, wende ich mich den vier Spinden zu. Nur an einem hängt ein Schloss, schon ziemlich zerkratzt, auch die Tür weist zwei Dellen auf, offenbar hat jemand versucht, sie aufzuhebeln. Ich verdächtige Rafiq, aber natürlich könnte es jeder gewesen sein.

Nur mit Mühe gelingt es mir, den Schlüssel in das winzige Schlüsselloch zu schieben. Der Bügel löst sich, ich stecke das Schloss in meine Manteltasche und öffne die Tür. Bis auf eine Jeanshose, ein paar rot-weiße Turnschuhe, Unterwäsche und eine blaue Plastiktüte auf dem Boden ist der Spind leer. Ich stecke alles in den Baumwollbeutel, den ich mitgebracht habe, und will mich schon abwenden, als ich noch einmal innehalte. Über der Kleiderstange befindet sich eine Ablage. Ob dort oben etwas liegt, kann ich nicht sehen, dafür bin ich zu klein. Also strecke ich mich, so gut es geht, erhebe mich auf die Zehenspitzen und taste vorsichtig mit der rechten Hand über das Bord. Meine Fingerspitzen berühren etwas, bekommen es aber nicht zu fassen. Schon leicht außer Atem von der Anstrengung lasse ich mich zurückfallen und schaue mich im Zimmer um.

Ein Hocker steht zwischen den Stockbetten. Er dient als Ablage für einige Medizinfläschchen, ein Nasenspray, eine Packung Taschentücher. Ich räume die Sachen auf das linke Bett, trage den Hocker zum Spind und steige hinauf. Jetzt kann ich sehen, was ich zuvor nur gefühlt habe: ein Päckchen aus stabilem schwarzem Plastik, das an einer der vier Seiten aufgerollt und mit einem Klettverschluss gesichert ist. Noch nie habe ich ein solches Päckchen gesehen, begreife aber sofort, dass es strapazierfähig genug ist, um den Inhalt während einer langen Flucht zu schützen. Ich stecke auch dieses Päckchen in meinen Beutel und steige gerade vom Hocker, als Rafiq in der Tür erscheint.

»Du hintertriebenes Weib, was bildest du dir ein?«, brüllt er, betritt den Raum aber nicht.

Ich verliere das Gleichgewicht, muss mich kurz am Bett abstützen und greife nach meinem Stock. Als ich den Raum verlassen will, versperrt Rafiq mir den Weg und streckt mir fordernd die Hand entgegen. Hereinkommen darf er nicht. Die strikten Verhaltensregeln, an die Männer wie Rafiq, der auf dem Land und traditionell aufgewachsen ist, gebunden sind, verschaffen mir plötzlich einen Vorteil. Während die Zeit um uns herum stillzustehen scheint, wird mir klar, dass Rafiq genauso unentschlossen ist wie ich. Er wäre durchaus berechtigt, ein widerspenstiges Weib zu schlagen, aber ich bin nicht irgendwer. Ich bin die Dolmetscherin. Es ist mir ein Leichtes, mich bei den freiwilligen Helfern zu beschweren, die ich alle persönlich kenne. Ich kann die Behörden einschalten und Rafiq anzeigen, denn ich bin der Sprache dieses Landes mächtig. Rafiq ist das nicht. Er ist auf Hilfe angewiesen. Im Zweifelsfall auf meine.

»Lass mich durch«, erklingt plötzlich eine andere, jüngere, mir unbekannte Stimme hinter Rafiq. Ein Mann, den ich vom Sehen kenne, will zu seinem Bett. Auch er bleibt wie angewurzelt stehen, als er mich sieht. »Was tust du hier?«, fragt er.

Er trägt moderne Kleidung, was allerdings nicht viel bedeuten muss, da wir alle nur die Kleidung tragen können, die wir in der Kleiderkammer finden. Trotzdem erkennt man Männer wie Rafiq daran, dass sie dunkle Farben wählen, während Städter blaue Jeanshosen und bunte Pullover bevorzugen. Demnach gehört der Mann an der Tür zu den modernen Männern. Trotzdem wird auch er den Raum nicht betreten. Aber vielleicht hilft er mir, ohne Schläge hier herauszukommen – und zwar mit Haruns Eigentum.

»Harun bat mich, sein Eigentum zu verwahren«, sage ich daher und zeige ihm das Schloss, das er am Spind gesehen haben muss und in dem noch der Schlüssel steckt. »Also lass mich bitte durch.«

»Klar«, sagt er und tritt zur Seite.

Rafiq bleibt, wo er ist.

»Gibt es ein Problem?«, fragt der junge Mann, während er zwischen Rafiq und mir hin- und herschaut.

Ich halte die Augen gesenkt, aber so, dass ich die beiden Männer im Blick habe. Der jüngere fasst Rafiq am Arm und zieht ihn ein wenig zur Seite. Rafiq wehrt sich nicht, rührt sich aber auch nicht vom Fleck. Ich fasse mir ein Herz und gehe langsam auf die beiden Männer zu, wende den gesenkten Kopf ab, schaue auf den Fußboden knapp außerhalb des Zimmers und konzentriere mich darauf, dorthin zu gelangen.

Wie von feinsten Spinnenfäden gezogen, weichen die Männer gerade so weit zur Seite, dass ich die Tür passieren kann. Ich beeile mich, die Treppe hinunterzusteigen, bevor Rafiq es sich doch noch anders überlegt. Als ich unten ankomme, bin ich nass geschwitzt.

In meinem eigenen Zimmer sind zu viele Menschen, daher ziehe ich mich auf die Toilette zurück, in die einzige Kabine, in der sich noch ein Klodeckel befindet. Ich klappe ihn herunter, setze mich darauf und sortiere Haruns Besitztümer: Die blaue Plastiktüte und das schwarze Päckchen stecke ich in die Gürteltasche aus Leder, in der sich meine eigenen Wertsachen wie Pass und Bargeld befinden. Kleidung und

Schuhe lasse ich im Baumwollbeutel. Dann gehe ich in mein Zimmer, quetsche mich an den schwarzafrikanischen Frauen vorbei, die sich gegenseitig die Haare flechten, lege den Beutel in einen leeren Spind und lasse Haruns Bügelschloss einschnappen. Den Schlüssel verstaue ich in meiner Gürteltasche. Vielleicht ist Rafiq nur habgierig, aber vielleicht hat er einen ganz speziellen Grund, sich für den Inhalt von Haruns Spind zu interessieren. Solange ich keine Antwort auf diese Frage habe, werde ich mich noch mehr als bisher vor ihm in Acht nehmen müssen.

»Hallo, Madiha. Wir müssen noch ein paar Formulare ausfüllen«, ruft Amelie, eine der vielen freiwilligen Helferinnen, mir zu, als ich den türlosen Raum betrete, in dem zwei Waschmaschinen und drei winzige Tische mit klapprigen Hockern stehen. Wegen der fast ununterbrochen laufenden Waschmaschinen herrscht noch mehr Lärm als in den anderen Räumen, und die Luft ist stickig, aber wenigstens ist es hier immer warm.

Amelie ist Mitte fünfzig, eine immer lächelnde, freundliche Frau mit einem riesigen Busen und einer knallroten Brille. Sie war ehrlich entsetzt, als sie erfuhr, dass ich zwar Deutsch spreche, aber weder lesen noch schreiben kann. Seitdem zeigt sie mir immer wieder Wörter, die sie für wichtig hält, in der Hoffnung, dass ich sie eines Tages plötzlich lesen oder gar schreiben kann. Ich nicke höflich, auch wenn ich ihre Zuversicht nicht teile.

Ich nehme auf einem der Hocker Platz und gebe mir Mühe, Amelies Lächeln zu erwidern. Offenbar nicht sehr erfolgreich, denn sie fragt, was mich bedrückt.

»Harun ist verschwunden.«

Ich muss ihr erklären, wer Harun ist und was er während

unserer Flucht für mich getan hat. Seit wir hier sind, haben Harun und ich kaum mehr Zeit miteinander verbracht. Hier bleiben die Männer und die Frauen unter sich, und hier gibt es genügend Frauen, die mir helfen, wenn ich wegen meines verkrüppelten Beins Schwierigkeiten habe. Ob allerdings die Männer, mit denen Harun das Zimmer teilte, ihm Mut zusprachen, wenn er nachts schreiend erwachte, wage ich zu bezweifeln. Eher warfen sie etwas nach ihm, damit er still war und sie nicht weiter störte.

»Er hat seine Sachen nicht mitgenommen. Er würde nie gehen, ohne sich von mir zu verabschieden. Und er hat mir den Schlüssel zu seinem Spind anvertraut für den Fall, dass ihm etwas zustoßen sollte.«

Ich erinnere mich gut an diese Situation, es war das letzte Mal, dass wir miteinander sprachen. Ich hatte bei einem Termin mit seiner Helferin gedolmetscht. Als die Frau kurz fortgerufen wurde, sagte Harun leise: »Madiha, ich möchte dir etwas zur Aufbewahrung geben.« In seiner Hand hielt er einen kleinen Schlüssel.

Ich war so überrascht, dass ich kein Wort herausbrachte. Schlüssel sind etwas aus dem vorigen Leben, als wir in Wohnungen oder Häusern lebten, als Eigentum nicht nur das war, was man am Leib trägt. Hier besitzt praktisch niemand etwas. Die Dokumente und Handys trägt man am Körper, Kleidung zum Wechseln liegt auf dem Bett oder in einem der wenigen Spinde oder hängt an einem Haken. Die Zimmertüren sind immer offen, die einzigen abschließbaren Türen in der Unterkunft sind die der Toiletten und Duschen. Sie haben allerdings keine Schlüssel, sondern Drehriegel. Daher war der kleine silberne Gegenstand, den Harun mir reichte, wie eine Erinnerung an eine vergangene Zeit.

»Falls ich meinen verliere. Oder mir etwas zustößt.«

Den zweiten Teil sagte er so leise, dass ich nicht sicher war, ihn richtig verstanden zu haben. Bevor ich nachfragen konnte, kam Haruns Betreuerin zurück und füllte den Rest der Formulare aus. Als ich später endlich die Gelegenheit hatte, den Schlüssel in meine Gürteltasche zu stecken, fiel mir ein, dass ich Harun nicht danach gefragt hatte, was ihm denn zustoßen sollte. Was auch immer er damit meinte – ich hoffe, dass es nicht eingetreten ist.

Amelies resoluter Tonfall holt mich in die Gegenwart zurück. »Dann melden wir ihn bei der Polizei als vermisst.«

Das Wort ›Polizei‹ verursacht mir Unwohlsein, aber es hat hier in Deutschland eine ganz andere Bedeutung als in meiner Heimat. Hier nennt man Polizisten ›Freunde und Helfer‹. Eine Bezeichnung, von der ich nicht glaube, dass sie der Wahrheit entspricht. Allerdings hat bisher kein Polizist die Hand gegen einen von uns erhoben, und es war auch keiner hier, um Schutzgeld zu kassieren.

»Lass uns den Papierkram erledigen und dann die Vermisstenmeldung machen. Ich wüsste nicht, was wir sonst tun können.«

Während wir über gepflasterte Bürgersteige, auf denen auch ich mit meinem Stock problemlos vorwärtskomme, zur Bushaltestelle gehen, stelle ich fest, wie gesund und flink Amelie ist. Dabei ist sie über fünfzig! In meiner Heimat ist die Schwiegermutter froh, wenn die Frau des Sohnes ihr die schwere Hausarbeit abnimmt. Auch diese Frauen sind erst fünfzig, manche sechzig, aber sie gehen gebückt, haben kaum noch Zähne und verlassen das Haus nicht mehr. Männer in dem Alter sitzen vor der Tür oder gehen ins Café. Auch sie sind verbraucht und nur noch Schatten ihrer selbst. Solche gebrechlichen Menschen habe ich in Deutschland noch nicht gesehen, aber das mag am Wetter liegen. Es ist so kalt, dass die Holzbänke, die vor vielen Häusern stehen, ungenutzt bleiben. Vielleicht kommen die Alten im Frühjahr heraus und verbringen dann den ganzen Tag vor der Tür, sprechen die heimkommenden Nachbarn an, schimpfen mit den Kindern und regen sich über die Jugend auf. Der Gedanke bringt mich fast zum Lächeln, aber dann streift mein Blick eine Häuserzeile, und ich kann es mir doch nicht vorstellen. Zu viele Zäune ziehen Grenzen zwischen benachbarten Grundstücken, zu eilig hasten die Leute aneinander vorbei.

Trotz ihrer Leibesfülle schreitet Amelie flott aus. Ich muss mir Mühe geben, mitzuhalten, denn nicht nur meine Behinderung erschwert mir das Gehen, auch die Füße sind noch nicht von den Strapazen der langen Märsche genesen. Die leichten Schuhe, die ich trage, habe ich extra eine Nummer größer ausgesucht, damit sie nicht scheuern, aber sie bremsen meine Schritte. Trotzdem genieße ich die Bewegung und die frische Luft, selbst wenn diese eiskalt ist. Ich bin Feldarbeit gewohnt und fühle mich in der drangvollen Enge der Unterkunft meistens eingesperrt.

Amelie blickt sich immer wieder mit vorwurfsvollem Blick zu mir um. Sie möchte, dass ich wegen meines Beins einen Arzt aufsuche. Als ich sechs Jahre alt war, keilte ein Esel aus, weil eine Schlange ihn erschreckt hatte. Der Huf zerschmetterte mein Schambein, beschädigte das Hüftgelenk und zerstörte den Geburtskanal. Ich kann keine Kinder bekommen, habe daher nie geheiratet, aber ich kann mit den Schmerzen und der Behinderung leben und weiß, dass Bewegung mir guttut und zu viel sitzen schadet. Ich sehe keinen Sinn darin, mich von einem Arzt untersuchen zu lassen. Was könnte er jetzt, achtundzwanzig Jahre nach dem Unfall, noch tun?

Ich solle den Busfahrschein beim Fahrer lösen, trägt Amelie mir auf. Starr vor Schreck bleibe ich in der Tür stehen, der Busfahrer schaut mich erwartungsvoll an, dann ungeduldig. Von einem Moment zum anderen ist mein Kopf vollständig leer. Amelie flüstert mir von hinten den Namen der Haltestelle zu, aber ich kann ihn nicht nachsprechen. Zum Schluss schiebt sie mich zur Seite, kauft die Fahrscheine und sagt laut: »Du lernst es schon noch.«

Damit es mit dem Lernen schneller geht, lässt sie mich während der gesamten Fahrt Ausspracheübungen machen. ›Stadtzentrum‹ kommt mir nach einiger Übung über die Lippen, ›Bahnhof‹ wäre einfach gewesen, aber der Name der Straße, in der das Polizeipräsidium liegt, stellt ein unüberwindbares Hindernis für mich dar. Ich weiß, dass ich diese Wörter irgendwann lernen muss, aber im Moment hätte ich mir lieber in Ruhe überlegt, was ich der Polizei sagen soll. Die Jugendlichen vor uns machen sich über mich lustig und äffen mich nach. Ich schäme mich.

Auch wo wir aus dem Bus steigen sind die Straßen sauber und die Bürgersteige ohne Stolperfallen. Die Menschen warten an roten Ampeln, und die Autos fahren zwar schnell und manchmal rücksichtslos, hupen aber kaum. Immer noch irritierend sind die vielen Hunde. Dauernd muss man aufpassen, dass man nicht gegen eine quer über den Gehweg gespannte Leine läuft. In meiner Heimat vermeiden wir den Kontakt mit Hunden und Katzen, weil sie unrein sind. Niemals würde man einen Hund anfassen, bevor man das Gebet beginnt. Kein Mensch in meiner Heimat, nicht einmal die Kinder wären auf die Idee gekommen, das Tier zu streicheln oder gar auf den Arm zu nehmen. Natürlich hatten wir einen Wachhund auf dem Hof, aber er war angekettet und schlief draußen. Hier jedoch gibt es sogar Menschen, die besonders kleine Hunde auf dem Arm halten wie Babys.

Wer keinen Hund ausführt, trägt einen Pappbecher mit Kaffee herum oder schaut auf sein Handy. Es ist schwierig, all diesen Menschen auszuweichen, die so schnell gehen, als müssten sie an ein Sterbebett eilen, bevor der Tod sie überholt. Zweimal werde ich angerempelt. Eine Frau entschuldigt sich, die andere murmelt etwas, das wie ›Schleiereule‹ klingt.

Amelie stößt die Tür zur Polizeiwache auf und tritt an einen Tresen.

»Wir möchten einen jungen Mann als vermisst melden. Sein Name ist Harun …« Sie schaut mich fragend an.

»Dardari«, ergänze ich und schüttele den Kopf, als ich den Namen buchstabieren soll.

»Wie man es spricht«, sagt Amelie. Sie hat inzwischen Erfahrung mit arabischen Namen.

Wieder muss ich erzählen, warum ich mir Sorgen um ihn mache.

»Der ist bestimmt ab in die Großstadt«, sagt ein Polizist, der im Hintergrund mit einer Kaffeetasse in der Hand an einem Regal lehnt, gerade so laut, dass wir ihn hören können.

»Oder hat eine besonders eifrige Betreuerin gefunden«, fügt ein anderer mit einem anzüglichen Grinsen hinzu.

»Nein«, widerspricht Amelie bestimmt. »Er ist nicht aus freien Stücken verschwunden.« Sie gibt das wieder, was ich ihr erzählt habe, berichtet von den Sachen im Spind, von Haruns Vorkehrungen für den Fall, dass ihm etwas zustößt.

Ich bewundere ihr Selbstbewusstsein und den Mumm, mit dem sie den Männern in Uniform widerspricht, und staune über die Männer, die sich diesen Widerspruch gefallen lassen. Von einer Frau!

Der Polizist am Tresen nickt und telefoniert kurz.

Wenig später folgen wir einem Mann, der uns in ein Büro führt und auf zwei Stühle vor seinem Schreibtisch deutet. Wir setzen uns.

»Also, wen wollen Sie als vermisst melden?«

Amelie gibt Haruns Namen an und wiederholt alle Informationen, die sie bereits dem Mann am Empfang gegeben hat.

»Seit wann verschwunden?«

»Vor sechs Tagen war er noch beim Frühstück. Danach hat er die Unterkunft verlassen. Seitdem hat ihn niemand mehr gesehen«, sage ich.

»Wo wollte er hin?«

»Ich weiß es nicht.«

»Hat er die Unterkunft regelmäßig verlassen? Hatte er Bekannte, die er besuchte? Oder ging er in einen Sprachkurs? War er krank? Musste er zum Arzt?«

Alle diese Fragen beantworte ich mit Kopfschütteln.

»Sie wissen schon, dass er wahrscheinlich untergetaucht ist?«, murmelt der Polizist.

»Er kann nicht schwimmen«, sage ich entsetzt, weil die Vorstellung, dass Harun freiwillig taucht, mir einen Kälteschauer über den Rücken jagt.

»Dummerchen«, sagt Amelie lachend. »Untertauchen bedeutet, dass er sich vor den Behörden versteckt.«

»Oh.«

Sie wendet sich an den Polizisten. »Er ist Syrer, hundert Prozent Aussicht auf Anerkennung. Keinerlei Grund, unterzutauchen.«

»Haben Sie seine Handynummer?«, fragt der Polizist.

Amelie und ich schütteln die Köpfe.

»Ein Foto von ihm?«

»Nein«, sage ich.

»Aber bei seinem Asylantrag muss doch eins sein«, sagt Amelie.

Gelangweilt tippt der Polizist die Angaben in seinen Computer, dann druckt er ein Formular aus, das er vor Amelie auf den Tisch legt. Sie liest alles durch und unterschreibt.

»Sie auch«, sagt der Polizist, während er das Papier zu mir herüberschiebt.

Ich nehme den Kugelschreiber und male mit größter Konzentration meinen Namen.

»Schreiben ist wohl nicht Ihre Stärke«, murmelt der Polizist, als er das Blatt zu sich herumdreht. »Na ja, hätte mich auch gewundert.«

Die Herablassung hat er mit seinen syrischen Kollegen gemein.

3

Als ich in die Unterkunft zurückkomme, sitzen sechs Frauen in meinem Zimmer, auf den Betten und dem Boden. Eine wohnt hier, ihr Bett ist das an der Tür unten links. Sie reden über das Leben, das sie aufgegeben haben. Studium, Arbeitsstellen, eine von ihnen hat ein wichtiges Museum in Aleppo geleitet, wie ich ihren Worten entnehme. Sie unterbrechen ihr Gespräch nicht, grüßen mich aber, als ich die Tür öffne, und machen in dem beengten Raum gerade so viel Platz, dass ich mit Mühe zu meinem Spind gelange.

Die Art, wie all die Menschen, die in diesen Containern hausen, miteinander umgehen, verwirrt mich. Zunächst gibt es verschiedene Nationalitäten, die sich praktisch nicht mischen, obwohl die Bettenzuweisung nach dem Zufallsprinzip erfolgt. Auch in meinem Zimmer schlafen Frauen aus dem tiefsten Afrika, mit denen ich kein Wort wechseln kann. Aber die Mehrheit sind Syrer, allerdings aus allen Ecken des Landes. Alle Schichten, Weltanschauungen, Sitten und Gebräuche treffen hier aufeinander. Es gibt die modern eingestellten Städter, die die westliche Kleidung tragen, als wären sie daran gewöhnt. Wahrscheinlich sind sie das sogar. In dieser Gruppe bleiben zwar die Männer und die Frauen auch meist unter sich, aber bei den Mahlzeiten reden diese Frauen eher mit den Männern am Nebentisch als mit den Schwestern am eigenen, wenn diese Schwestern traditionell gekleidet oder ungebildet sind. So wie ich. Und es gibt Männer aus dem tiefen Osten des Landes, wo die Frauen nie das Haus verlassen und die Familie zwei- oder dreitausend Mitglieder umfasst, die alle denselben Namen tragen, nach dem auch ihr Land benannt ist. Ein Mann aus dieser Region würde eher sterben, als eine fremde Frau berühren. Hätte die Gruppe von Flüchtlingen, mit der ich viele Kilometer zu Fuß zurückgelegt habe, nur aus diesen Leuten bestanden, wäre ich unterwegs krepiert.

Ich gehöre wie immer zu keiner Gruppe. Das war schon in meiner Heimat so, ich bin daran gewöhnt. Daheim allerdings gab es einen Menschen, den ich, nachdem ich ihn im Alter von zwölf Jahren endlich kennengelernt hatte, von ganzem Herzen liebte: meinen Vater. Alle anderen Haushaltsmitglieder hasste ich, so wie sie mich hassten. Hier hingegen begegnet man mir meist mit Gleichgültigkeit, manchmal mit Verachtung. Seit ich hier bin, kommt es vor, dass ich mich nach dem Hass meiner Stiefmutter sehne.

All das geht mir durch den Kopf, während ich überlege, wo ich einen Tisch und etwas Ruhe finde, um ein Bild von Harun zu zeichnen.

»Setz dich doch zu uns.«

Es dauert ein paar Sekunden, bis ich begreife, dass der Satz mir gilt. Diejenige, die ihn ausgesprochen hat, heißt Jasmin. Sie schläft zwei Zimmer weiter, ich habe bereits für sie gedolmetscht. Sie ist vierundzwanzig, studierte an der Universität in Damaskus und hat sich nach dem Gespräch für meine Hilfe bedankt.

»Du bist immer allein.«

›Madiha ist anders.‹ Das habe ich mein ganzes Leben lang gehört. Immer schweigsam, während die Münder aller anderen Frauen nie stillzustehen schienen. Allein die Geschwindigkeit, mit der sich meine Halbschwestern oder die Frauen meiner Halbbrüder Bemerkungen zuwarfen, Kommentare abgaben oder das Thema wechselten, vereitelte meine Beteiligung. Ich fühle mich wohler, wenn ich zuhören kann: dem Klang der Worte lauschen, ihren Bedeutungen nachspüren, den ausgesprochenen und den unausgesprochenen. So ist es auch hier. Das Dolmetschen verlangt mir alles ab, doch meist geht es den Leuten nicht schnell genug. Dann zweifeln sie an meiner Übersetzung, obgleich ein wohl überlegtes Wort glaubwürdiger sein sollte als eins, das hastig gesprochen wird. Aber auch wenn niemand etwas zu tun hat, sind alle in Eile.

Mein erster Impuls ist, dankend abzulehnen, aber das wäre extrem unhöflich. Auch bringe ich nicht die Kraft auf, das Zimmer wieder zu verlassen und in den Regen hinauszugehen, unter den Himmel, der jeden Tag tiefer sinkt, auf unsere Köpfe herab, so dass wir gebückt gehen müssen, tiefer und tiefer, bis wir uns unter der bleischweren Decke eines Tages gar nicht mehr bewegen können. Wie lang habe ich die Sonne nicht gesehen? Ich lasse mich auf die Bettkante sinken, die Jasmin freimacht, indem sie ein bisschen beiseiterückt, und murmele ein Dankeschön.

»Woher kommst du?«, fragt Jasmin mich. Sie trägt eine hellgraue Wollhose, einen signalroten, flauschigen Pullover, knöchelhohe Lederstiefel mit einem hohen Absatz und keinen *Hidjab*, nicht einmal einen Schal um den Kopf, auch nicht bei den Mahlzeiten. Das schulterlange, seitlich gescheitelte Haar streicht sie immer wieder hinter die Ohren.

Mir sind die plötzliche Stille und die Aufmerksamkeit, die sich auf mich konzentriert, unangenehm.

»Aus einem Dorf am Euphrat, nahe al-Rakka.«

Die Frauen machen schnalzende Laute, vielleicht aus Mitleid, weil die Region als rückständig gilt. Nicht ganz so schlimm wie die Provinz Deir-al-Zur, aber doch viel traditioneller als der Westen mit seinen großen Städten wie Damaskus, Homs oder Aleppo. Die modernen Syrerinnen, die stark geschminkt sind und von denen nur wenige den *Hidjab* tragen, sind für mich nicht zu durchschauen. Ihre vorlaute Art stößt mich ab, während ich ihr Selbstbewusstsein bewundere – und sie darum beneide.

»Und du bist ganz allein unterwegs?«, fragt Jasmin.

Das sind diese Frauen auch, aber offensichtlich betrachten sie es nur in meinem Fall als unpassend oder zumindest verwunderlich. Und das ist es ja auch. Ich wäre niemals auf die Idee gekommen, diesen Weg auf mich zu nehmen. Und sicherlich hätte außer meinem Vater kein Mann im ganzen Dorf jemals sein Geld aufgewendet, um eine Frau in Sicherheit zu bringen. Ich habe ihn nicht darum gebeten, er hat mich nicht um meine Einwilligung gefragt. Er hat mich auf die Reise geschickt und dann …

Ich bringe kein Wort heraus, nicke nur stumm. Ja, ich bin allein unterwegs.

Meine Mutter starb bei meiner Geburt, und nur der Barmherzigkeit ihrer deutschen Schwägerin ist es zu verdanken, dass die Familie meiner Mutter mich aufnahm, bis ich mit zwölf endlich erwachsen war. Die Familie, die mein Vater mit seiner zweiten Frau gegründet hat, hat mich nie willkommen geheißen. Und er selbst wurde bereits vor meiner Geburt von seinen Eltern verbannt. Ich bin nicht nur allein unterwegs. Ich bin allein auf der Welt.

»Du hast wunderschöne Augen«, sagt Jasmin.

Damit überrascht sie mich. Meine Stiefmutter und die Halbgeschwister nannten mich ›Katzenauge‹. Es war eine Beleidigung. Sie wussten, dass sie mich damit bis ins Mark trafen, denn ich habe die grünen Augen meiner Mutter Mariam geerbt.

Die stolze Mariam war dem älteren Bruder meines Vaters zur Frau versprochen, verliebte sich aber in den jüngeren

Sohn. Obwohl auch er ihr vom ersten Moment an mit Haut und Haaren verfallen war, wussten beide nichts von den Gefühlen des jeweils anderen, bis sie, eine Woche vor der geplanten Hochzeit, einander ihre Liebe gestanden. Wenige Tage darauf flohen sie gemeinsam aus Damaskus, wo die Familie meines Vaters auf eine lange Tradition als Händler zurückblickt. Die Liebenden gaben sich als Ehepaar aus und nahmen einen falschen Namen an. Sie mieden die Städte und lebten in kleinen Orten, manchmal Wochen, mitunter nur einige Tage lang. Mariam wurde schwanger, und so wandten sich meine Eltern nach Norden, damit ihr Kind in einem Krankenhaus in Aleppo zur Welt käme. Aber daraus wurde nichts. Drei Wochen vor der Zeit – sie fuhren gerade auf einer Landstraße – schrie meine Mutter auf dem Beifahrersitz des Autos plötzlich auf. Sie waren kurz vor einem Dorf, kein Mensch weit und breit. Mein Vater bettete seine geliebte Frau in einen kleinen Schafunterstand und raste los, um Hilfe zu holen. Als er mit der Hebamme aus dem Dorf zurückkam, war meine Mutter tot.

Eine aufdringliche Melodie unterbricht meine Gedanken: ein Handy. Fast alle haben ständig eins dieser Geräte in der Hand. Sie halten Kontakt in die Heimat oder zu Familienangehörigen, die an anderen Orten gestrandet sind, im Libanon, im Jemen oder in Schweden oder Italien. Nach einem kurzen Augenblick, in dem mehrere Augenpaare das eigene Gerät streifen, setzt das Geschnatter wieder ein: Die eine hat Verwandtschaft in Dänemark, eine andere will nach Berlin, wo ihre Brüder sind. Jasmin möchte hier auf ihren Verlobten warten. Ich erhebe mich leise, gehe an meinen Spind und nehme Papier und Stift heraus. Auf dem Weg zur Tür ziehen sich Beine in schwarzen oder blauen Hosen zurück, um meinen Füßen Platz zu machen, aber das geschieht, ohne dass die

Worte stocken oder Blicke mich wahrnehmen. Es ist wie daheim, ich bin wieder unsichtbar.

In der Heimat war ich oft allein, aber, solange ich bei meinem Vater war, nicht einsam. Nun bin ich einsam, aber praktisch nie allein. Wo soll ich also hin, um Haruns Bild zu zeichnen und sein Eigentum zu betrachten, das ich am Körper trage? In der Unterkunft ist außer in den Toiletten kein Ort, an dem ich ungestört wäre, und dort ist es nicht sehr angenehm. Ich verlasse also den Container und lenke meine Schritte in Richtung der Häuser. Nur ungern gehe ich durch die Straßen, denn ich weiß, dass die Leute mich beobachten. Gardinen bewegen sich, Schatten huschen hinter Fensterscheiben umher. Ich suche einen trockenen, ruhigen Platz und finde ihn am unwahrscheinlichsten Ort für einen muslimischen Flüchtling: in der Kirche.

Vor drei Tagen hat Amelie mich bereits einmal mit hineingenommen, nachdem wir in der Kleiderkammer waren, die gleich nebenan liegt. Amelie liebt diesen hohen Raum mit seinen Säulen, das war deutlich zu spüren, und sie freute sich über mein Staunen, das sie offenbar für Bewunderung hielt. Dabei war es eine Mischung aus Verblüffung und Schreck: Verblüffung, weil die Kirche mit Bänken vollgestellt ist. Wo sollen die Leute beten? Und Schreck, weil die Wände und Decken über und über mit Bildern bemalt sind. Bilder, die Heilige darstellen und – ich musste einen Ausruf des Entsetzens unterdrücken – Gott selbst, seinen Sohn und dessen Mutter! Natürlich ist das undenkbar, Gott hat keinen Sohn. Aber Amelie beharrte darauf und wurde ärgerlich, weil ich an ihren Worten zweifelte und fragte, ob sie Jesus, den Propheten, meine, den, der in der Reihe zwischen Moses, Johannes dem Täufer und Mohammad steht. Vor Entrüstung brachte Amelie keinen Ton mehr heraus, also schluckte ich alle weiteren Bemerkungen hinunter und nickte nur noch. Auch ich war erregt, aber als sich mein Puls wieder beruhigt hatte, fiel mir vor allem die Stille in der Kirche auf, die es in einer Moschee niemals gibt. Auch der Geruch nach *Luban* gefiel mir, obgleich es mich wunderte, das aromatische Harz, das ich als Kind bei Halsentzündungen kauen musste, so fern meiner Heimat in einer Kirche zu riechen. Amelie erklärte mir, dass der Weihrauch, wie sie das Harz nennen, bei feierlichen Anlässen zum Einsatz kommt. Der *Luban*-Geruch löste ein solch starkes Heimweh aus, dass ich schlucken musste, bevor ich Amelie mit meiner Bemerkung, dass dies ein wunderbarer Raum sei, versöhnte. Sie lud mich ein, jederzeit hierherzukommen. Davon mache ich nun Gebrauch, denn bei dem, was ich vorhabe, möchte ich allein sein.

In der Kirche setze ich mich in die hinterste Bank des Seitenschiffs und warte einige Minuten in gespannter Stille. Nichts rührt sich. Langsam knöpfe ich den Mantel auf, öffne den Lederbeutel an meinem Gürtel und breite seinen Inhalt auf der Bank neben mir aus.

In den vielen gefalteten Papieren, die ich der blauen Plastiktüte entnehme, erkenne ich die Formulare, die Amelie auch für mich ausgefüllt hat. Haruns Antrag auf Asyl. Spätestens jetzt bin ich mir absolut sicher, dass er nicht freiwillig fortgegangen ist, denn diese Dokumente haben eine enorme Bedeutung für jeden von uns. Ich schaue mir die Papiere sorgfältig an, um vielleicht eine Telefonnummer darauf zu finden. Es gibt mehrere Ziffernfolgen, eine ist vermutlich ein Geburtsdatum, eine andere, längere wahrscheinlich die Telefonnummer. Ich stecke die Papiere zurück in meine Gürteltasche und nehme mir das kleine, schwarze Päckchen vor, das Harun vor neugierigen Blicken auf dem obersten Brett seines Spinds verborgen hat.

Es ist etwas größer als eine Hand. Das Plastik ist sehr dick und rauer als eine normale Plastiktüte. Meine Finger haben Mühe, eine Ecke des Materials zu fassen. Der erste Versuch, das Päckchen zu öffnen, misslingt, denn der Klettverschluss, der das aufgerollte Ende fixiert, sitzt sehr stramm. Dann finde ich einen Zipfel, an dem ich ziehen kann, und mit einem Geräusch, das die sanfte Stille der Kirche zerreißt, lösen sich die Widerhaken voneinander. Weitere Verschlüsse versperren meinen Händen den Zugang zu dem gut verborgenen Inhalt, aber nachdem ich verstanden habe, dass hier schlichte Gewalt nötig ist, um sie zu lösen, komme ich meinem Ziel näher.

Das Erste, was meine bebenden Finger zu fassen bekommen, ist ein syrischer Pass. Harun hat mir mehrfach erklärt, dass er alle Ausweispapiere und Dokumente verloren habe. Bei den Kontrollen an den Grenzen, als unser Gepäck schnell und oberflächlich durchwühlt wurde, hat er nie einen Ausweis vorgezeigt. Auch dort sagte er, er habe keinen. Wessen Pass ist also dieser hier? Das Foto ist scharf, aber ist der füllige junge Mann mit den Pausbacken wirklich Harun? Der Harun, den ich kannte, war ausgezehrt, mit tief liegenden Augen, einer Narbe am rechten Mundwinkel, einem spitzen Kinn und schwarzen Bartstoppeln, weil er sich wegen eines Hautausschlags nur schlecht rasieren konnte, aber auch keinen Bart tragen wollte.

Eine ganze Weile starre ich auf das Foto, ohne zu einem abschließenden Urteil zu kommen. Dann lege ich den Pass auf die Bank und widme mich erneut dem Päckchen. Ein gefaltetes Papier, mit einem roten Faden zusammengebunden, kommt zum Vorschein. Beim Lösen des Fadens bemerke ich einen silbernen Ring, der daran geknotet ist. Er ist nicht wertvoll, aber hübsch, mit fein ziselierten Blütenranken, die um den ganzen Reif laufen. Einen Moment schießen mir Tränen in die Augen, als ich an das Schmuckstück denke, das mein Vater für mich angefertigt hatte. Ich musste den Ring heimlich tragen, weil meine Halbschwestern ihn mir sonst abgenommen hätten. Als er zu klein wurde, machte mein Vater daraus einen Verschluss für das Kästchen, in dem ich meine persönlichen Schätze sammelte: einige besonders gelungene Zeichnungen, getrocknete Blüten, eine Haarlocke von meinem Lieblingsesel, den schillernden Panzer eines Käfers. Das Kästchen ging wie alles andere in Flammen auf.

Ich lege Ring und Faden beiseite und entfalte das einzelne Blatt aus dickem Papier, das aussieht wie handgeschöpft. Auf der nach außen weisenden Seite befindet sich eine Kalligrafie, die gut, aber nicht perfekt ist. Eine Zeitlang hoffte mein Vater, mir über die Kalligrafie das Lesen und Schreiben beizubringen. Die prächtige Gestaltung von Wörtern oder Sinnsprüchen ist eine Mischung aus Schrift und Kunst, und mir gelangen einige gute Darstellungen. Den Schritt zum Lesen und dem Verständnis längerer Texte schaffte ich jedoch nie – vielleicht auch mangels Interesse. Die Arbeit, die ich hier in Händen halte, erinnert mich an meine eigenen ersten Versuche. Auf der Vorderseite des Papiers befinden sich einige Zeilen in Alltagsschrift. Es sieht aus wie ein Brief. Mein Blick bleibt an einem Wort hängen, von dem ich glaube, dass es ›Familie‹ bedeutet.

Beim Entfalten des Briefs ist ein Foto herausgerutscht, das ich gerade noch aufgefangen habe. Es zeigt eine junge Frau mit *Hidjab*. Ihre Wangen sind voll, die Haut rosig. Sie lächelt strahlend in die Kamera. Die Sorgfalt, mit der der Brief, das Bild und der Ring zusammengefaltet und verknotet waren, lässt auf eine innige Beziehung zwischen Harun und der Frau schließen.

Langsam lasse ich die Hände in den Schoß sinken. Ist der

Mann auf dem Passfoto Harun? Wenn ja: Warum hat er mich angelogen? Warum behauptete er immer wieder, dass er keine Papiere mehr besitze, keinen Pass und keine Familie? Ist die Familie wirklich ausgelöscht, oder hat Harun das nur erzählt, um sie zu schützen? Vor wem? Wartet die Frau auf dem Foto auf Nachricht von ihm? Ist sie seine Schwester oder seine Ehefrau? Und die beunruhigendste Frage von allen: Was erwartet Harun von mir? Er hat mir den Schlüssel zu seinem Spind anvertraut. Er wusste, dass ich seine geheimen Papiere finden würde, die Fotos, den Pass. Er hat es darauf angelegt. Zu welchem Zweck?

In der Stille und dem Dämmerlicht der Kirche greife ich nach meinem Block und dem Stift. Ich wappne mich und blättere die erste Seite auf.

Das Gesicht meines Vater schaut mich an. Sein Blick ist ruhig, ernst, gefasst. So, wie ich ihn all die Jahre kannte. Seit ich dieses Bild ansehen kann, geht es mir besser. Es verdrängt den Moment, in dem ich meinen Vater das letzte Mal lebend sah, verdrängt das Bild, das für alle Zeiten in mein Gedächtnis eingebrannt ist: der Ausdruck in seinen Augen, die letzten Sekunden, das grausame Ende. Mit der größten Kraftanstrengung schlage ich die Seite um, blättere schnell weiter, über unser Haus hinweg, die kleine, dumme Eselin, die eines Morgens versuchte, meinen Stock, den ich für einen Moment an den Zaun gelehnt hatte, auf der Nase zu balancieren. Ich schlage die Seite mit den Hühnern um, deren Gefieder ohne die Farben leblos wirkt, das Blatt mit den Ziegen, deren Geruch so beißend und deren Fell so weich ist. Auch den Brunnen, die Blüten der Frühjahrsblumen und den knorrigen Olivenbaum überblättere ich mit angehaltenem Atem, weil mir jeder Blick die Sehnsucht wie eine Messerklinge zwischen die Rippen stößt.

Endlich eine freie Seite. Mit dem Bleistift, den man nie spitzen muss, weil die Mine sich in einem haarfeinen Röhrchen befindet und auf Knopfdruck herausfährt, zeichne ich ein Bild von Harun, so wie ich ihn kannte. Es fällt mir schwer, so wie es mir schwerfiel, meinen Vater zu zeichnen, denn Abbilder von Menschen sind *haram*, verboten. Diese Regel habe ich immer befolgt, aber mit dem Bild meines Vaters habe ich dagegen verstoßen. Trotzdem fühlt es sich richtig an. Und das Bild von Harun, so rechtfertige ich mich still vor mir selbst, zeichne ich für den Polizisten.

Ich beginne mit den Augen, die von halb geschlossenen Lidern mit langen Wimpern bedeckt werden, und taste mich langsam weiter vor: Nasenrücken, Nasenflügel, Oberlippe. Die kleine Narbe, die hohlen Wangen mit dem Bartschatten, die abstehenden Ohren, die Harun am liebsten unter einer Mütze oder einer Kapuze versteckte. Sein Kinn muss ich korrigieren, es ist seltsam unentschlossen, nicht weich, aber auch nicht kantig. Der zweite Versuch gelingt. Die Zeichnung ist so wahrheitsgetreu, dass ich dem Mann, der mich ernst und unergründlich anschaut, Antworten entlocken möchte. Aber dann seufze ich nur, packe meine Habseligkeiten zusammen und verstaue Haruns schwarzes Päckchen mit seinem wertvollen Inhalt sorgfältig in meiner Gürteltasche.

Die Fragen, die ich mir in der Kirche gestellt habe, verfolgen mich auf dem Weg zurück in die Unterkunft, sie verfolgen mich bei meinem bescheidenen Abendessen, das aus einer Scheibe Brot und Käse mit großen Löchern besteht, durch die der Geschmack entwichen sein muss, und sie verfolgen mich die halbe Nacht. Erst nach Stunden schlafe ich endlich ein. Im Traum sehe ich Harun, der vor meinen Augen im Meer ertrinkt. Das Einzige, was von ihm bleibt, ist der wasserdichte Beutel, den die Wellen auf mein Floß spülen.

Auf dem Floß sitze nur ich. Allein. Umgeben von der Schwärze der Nacht auf dem Meer. Kein Land in Sicht, kein Licht, kein Schiff.

Ich erwache nass geschwitzt und atemlos. Die Frau in dem Bett über mir schnarcht laut und unregelmäßig, eine andere wimmert, wieder eine wirft sich von einer Seite auf die andere. Auch aus den Zimmern neben und über uns ist Schnarchen zu hören, Musik oder das Quietschen von Bettgestellen. Es ist noch stockdunkel, aber ich weiß, dass ich nicht wieder einschlafen kann.

In dem Moment, in dem ich meine Füße aus dem Bett schwinge, um mich anzuziehen, fliegt etwas durch die Fensterscheibe in den Raum und poltert zu Boden. Ich sitze stocksteif und starre auf das Fenster, in dem ein großes Loch klafft. Dann fliegt noch etwas durch die Scheibe, zerbirst mit einem lauten Knall am Bettgestell und blendet mich. Feuer tropft von der Decke, vom Bett und breitet sich auf dem Boden aus. Die Frau in dem Bett über mir beginnt so laut zu schreien, dass mir davon schwindelig wird. Ich zerre an ihrem Arm, sie lässt sich herunterfallen, landet auf mir, gemeinsam gehen wir zu Boden. Dann springt sie auf und rennt aus dem Zimmer, bevor ich überhaupt begriffen habe, was passiert ist. Immer noch auf allen vieren bekomme ich meinen Mantel zu fassen, schlage auf die Flammen ein, die um mich herumzüngeln, und höre nicht auf, selbst als die anderen Frauen mich an den Haaren nach draußen schleifen. Der Hausmeister ist bereits in dem engen Flur aufgetaucht und schiebt uns, ebenso wie all die anderen Leute, die verschreckt und verschlafen herumlaufen, hinaus in die Kälte. Dann geht er wieder hinein.

Den Rest der Nacht verbringe ich in einem dichten Nebel: Stimmen rufen durcheinander, irgendwann nimmt jemand meinen Arm und führt mich, zusammen mit vielen anderen, von der Unterkunft weg. Wir stolpern barfuß über kalten, nassen Asphalt. Der Weg ist kurz, eine Tür öffnet sich, und man bringt uns eine Treppe hinunter in einen warmen, trockenen Raum, in dem ein paar Matratzen, Kissen und Decken liegen. Ich nehme die anderen Menschen um mich herum nur als hustende oder tuschelnde Schatten wahr, während ich, fest in eine Decke gewickelt, schreckensstarr auf das Licht des Tages warte.

4 Auf der schlammigen Erde vor der Unterkunft liegen Matratzen, Bettzeug, Decken, Teppichläufer und Kleidung. Die beiden Zimmer rechts und links sowie der Raum genau über unserem weisen ebenfalls Schäden auf, sind aber bewohnbar. Das sagt zumindest die Feuerwehr. Mich würgt es, als ich nur in die Nähe des Gestanks komme. Erinnerungen werden wach. Der Anblick der weiß-grauen Container vermischt sich mit Bildern von daheim.

Unser Haus, solide gebaut und liebevoll eingerichtet – im nächsten Moment ein rauchender Steinhaufen, aus dem beißender Gestank dringt, der die Atemwege verätzt. Die Beizen meines Vaters, Leimtöpfe, Chemikalien, mit denen er Silber und Steine poliert oder mattiert, um daraus die schönsten Intarsien zu legen, brennen in heißen, farbigen Flammen. Meine Matratze, für die mein Vater bis in die Stadt gefahren war, weil ich nur auf diesem modernen Schaumstoff schmerzfrei liegen konnte, kokelt und stinkt. Holz, Leinen, Wolle, Keramik, Stein – manches brennt, anderes nicht, aber nichts bleibt heil. Verkohlte Balken und geborstene Steine sind alles, was vom Haus übrig ist, nachdem der letzte Rauch sich in der klaren Luft aufgelöst hat. Das Haus, in dem ich endlich in Frieden mit meinem Vater leben und arbeiten konnte, nachdem meine Stiefmutter tot und die Halbgeschwister alle verheiratet und ausgezogen waren, war weg. In dem Moment beschloss mein Vater, mich fortzuschicken. In diesem Moment, mit diesem Geruch in den Kleidern, im Haar und in jeder Pore meiner von kaltem Schweiß bedeckten Haut verlor ich meine Heimat.

Leises Schluchzen bringt mich in die Gegenwart zurück. Ein Blick in die Gesichter um mich herum zeigt mir, dass auch andere Menschen mehr sehen als die Wohncontainer. Einige sind starr vor Schock, andere haben die Hände vor das Gesicht geschlagen, vielen laufen Tränen über die Wangen.

Während im Speisesaal das Frühstück mit leichter Verspätung beginnt, darf ich in mein Zimmer. Ich betrete es in der Hoffnung, dass die wenigen Dinge, die ich besitze und nicht am Leib trage, noch vorhanden sind. Nach zwei Schritten stocke ich. Der hellgraue Fußboden ist geschmolzen, durch das etwa kopfgroße Loch erblicke ich einen Stahlträger. Bis auf die rußigen Bettgestelle und die Spinde ist das Zimmer leer. Mein Spind war als einziger abgeschlossen. Er steht nun offen, das Schloss ist nirgends zu sehen. Der Spind ist leer, bis auf den Zeichenblock. Ich greife danach, aber das Papier ist zu einem matschigen Brei geworden, in dem man keine einzelnen Blätter mehr erkennen kann.

Bis unser Zimmer in Ordnung gebracht ist, werden wir im Raum neben der Kleiderkammer schlafen. Dorthin wende ich meine Schritte, denn ich trage noch immer mein Nachthemd, einen fremden Mantel, den mir jemand um die Schultern gelegt hat, und einen Schal, der immerhin Kopf und Hals bedeckt. Ich muss unbedingt anständige Kleidung finden.

Als ich endlich angezogen bin, lasse ich mich nur allzu bereitwillig vom träge, aber kraftvoll fließenden Strom der Verwaltungsabläufe forttragen, um die Erinnerungen in Schach zu halten. Polizisten kommen und befragen die Bewohner. Ich werde als Dolmetscherin gebraucht und wiederhole hundertfach, dass niemand etwas gehört oder gesehen hat. Nur eine einzige Flasche, die ein Polizist ›Molli‹ nennt, wurde geworfen. Sie flog in ein einziges Zimmer. Ich zittere, als ich mir endlich eingestehe, was ich schon die ganze Zeit denke: Es war meins.

Ist das ein Zufall? Harun ist verschwunden und hat mir seine Sachen hinterlassen. Kaum sind sie in meinem Besitz, brennt mein Zimmer, der Spind wird aufgebrochen, der Inhalt gestohlen. Ein Wunder, dass ich schon wach war, dass ich reflexartig nach dem Mantel griff, der auf dem Bett lag, dass ich die Flammen schon fast erstickt hatte, bevor die Feuerwehr eintraf, dass niemand zu Schaden kam. Ein Wunder, dass ich lebe und Haruns Papiere noch existieren.

Diese Gedanken gehen mir wieder und wieder durch den Kopf. Irgendwann kann ich mich nicht mehr auf das Gespräch konzentrieren. Ich habe nicht geschlafen und nicht gefrühstückt, und nun ist es fast Mittag. Der Polizist stellt eine Frage zum dritten Mal, ich stütze die Ellbogen auf den Tisch und lege den Kopf in die Hände. Das Gefühl, das mich den größten Teil meines Lebens begleitet hat, wird übermächtig: Ich bin verflucht, weil ich ein Kind der *zina* bin, die Frucht der Unzucht.

Als mein Vater damals am Tag meiner Geburt zurückkehrte und seine Frau tot fand, hockte er sich neben ihren Leichnam, hielt das schlafende Baby im Arm und blieb dort während des ganzen Tages und der folgenden Nacht.

Dann musste er eine Entscheidung treffen. Er erzählte mir später, dass dies die schwerste Entscheidung seines Lebens war: Er brachte mich zur Familie meiner Mutter. Der Vater berief den Familienrat ein und fragte seine Söhne, ob sie mich aufnehmen wollten. Der älteste weigerte sich, das Kind der verstoßenen Schwester auch nur anzusehen. Der zweite und dritte Sohn wollten die Frucht der Schande nicht im Haus haben. Der jüngste Sohn allerdings, der meine Mutter abgöttisch geliebt hatte, fragte seine deutsche Frau, ob sie bereit sei, mich in ihren Haushalt aufzunehmen. So geschah es.

Sie trieben eine Amme für den Säugling auf und ließen mich mit den Kindern spielen, solange wir klein waren. Als meine Cousinen und Cousins zur Schule gingen, wechselte ich zu den Angestellten, schlich mich aber immer noch ins Haus, um die Märchen zu hören und heimlich die Illustrationen in dem Buch zu bewundern. Als der Eseltritt mich einige Wochen ans Bett fesselte, begann ich, die Bilder abzuzeichnen aus dem Buch, das die Deutsche mir freundlicherweise lieh. Mit zwölf galt ich als erwachsen und musste das Haus verlassen. Die Deutsche sorgte immerhin dafür, dass ein fahrender Händler mich in das Dorf mitnahm, in dem mein Vater lebte.

So kam ich aus einem reichen Haushalt nahe der Hauptstadt in einen entfernten Teil des Landes zu einem Mann, der weit über das Dorf hinaus für seine wunderschönen Intarsienarbeiten bekannt war. Dieser Mann, der mich, kaum dass er die Tür geöffnet hatte, wie eine Erscheinung anstarrte, war mein Vater. Er war der erste Mensch in meinem Leben, der mir echte Zuneigung entgegenbrachte.

»Lassen Sie uns allein«, höre ich plötzlich eine neue Stimme. Sie ist es gewohnt, Anweisungen zu erteilen, und klingt trotzdem nicht herrisch. Sie ist dunkel und kräftig, aber nicht laut. Es ist die Stimme eines Mannes mit Autorität.

Langsam und unter Aufbietung aller mir zur Verfügung stehenden Kräfte hebe ich den Kopf und sehe eine schwarze Jeans und einen schwarzen Wollpullover unter einem knielangen dunkelgrauen Mantel. So weit, dass ich sein Gesicht sehe, hebe ich den Blick nicht.

»Sind Sie Madiha Hammada?«

Ich nicke.

»Sind Sie verletzt?«

»Nein.«

»Warten Sie hier.«

Wenige Minuten später ist der Mann wieder da, setzt sich mir gegenüber und stellt eine große Tasse vor mich hin. Es ist Tee. Sehr stark, sehr süß. Gierig trinke ich in hektischen, kleinen Schlucken, verbrenne mir die Zunge, den Gaumen, aber ich trinke, als hinge mein Leben davon ab. Erst als die Tasse leer ist, setze ich sie ab.

»Mein Name ist Brocker, Kriminalhauptkommissar, Landeskriminalamt. Sie haben gestern einen Mann namens Harun Dardari als vermisst gemeldet?«

Verwirrt nicke ich. Ist dieser Kommissar nicht wegen des Brandanschlags hier?

»Erzählen Sie, was diese Nacht passiert ist.«

Also doch der Anschlag. Ich berichte leise, stockend.

»Und es war Ihr Zimmer, in das der Molotow-Cocktail flog?«

»Welcher Cocktail?«, frage ich.

Er erklärt mir, dass das Wort ›Molli‹ nur ein Spitzname sei. »Molotow-Cocktail auch«, fügt er nach einer kurzen Pause hinzu. »Die korrekte Bezeichnung lautet ›Wurfbrandsatz‹.«

Ich kann ihm nicht mehr folgen, die Wörter sind mir unbekannt, und ich bin zu erschöpft, um neue zu lernen.

»Haben Sie eine Erklärung dafür?« Seine Stimme ist fordernd und etwas ungeduldig. Ihr Ton sagt mir, dass ich wieder nicht so funktioniere, wie man es von mir erwartet.

Ein Polizist in Uniform ruft den Namen des Kommissars. Während der sich zu dem Rufenden dreht, wage ich einen schnellen Blick in sein Gesicht. Er hat kleine helle Augen, schmale Lippen und eine große, gebogene Nase, die das ganze

Gesicht beherrscht. Umrahmt wird es von graumeliertem, leicht lockigem Haar, das er länger trägt, als es hier üblich ist. Hätte man mir ein Foto dieses Mannes gezeigt, hätte ich ihn für einen Künstler gehalten, ganz sicher nicht für einen Polizisten. Er wendet sich mir so abrupt wieder zu, dass unsere Blicke sich kurz kreuzen.

»Nun?«

Ich weiß nicht mehr, was er von mir hören will, und zucke die Schultern.

»Frau Hammada, glauben Sie, dass es einen Zusammenhang gibt zwischen der Vermisstenmeldung, die Sie gestern gemacht haben, und dem Brandsatz, der heute Nacht in Ihr Zimmer geflogen ist?«

»Ich weiß es nicht, aber es … könnte sein.« Ich greife unter den Wintermantel, den ich morgens in der Kleiderkammer bekommen habe. Er ist für Innenräume eigentlich viel zu warm, aber da ich vor Müdigkeit friere, momentan genau richtig. »Ich habe Papiere gefunden und einen Pass, der Harun gehören könnte.«

Ich reiche ihm den Pass und den Asylantrag. Den Brief und das Foto mit dem Ring behalte ich. Zwar hat die deutsche Polizei einen guten Ruf, aber das heißt nicht, dass man ihr die privatesten Angelegenheiten enthüllt. Oder?

Der Kommissar blättert durch den Pass, überfliegt die Formulare. »Ist das ein gutes Foto von ihm?«

»Ich bin mir nicht einmal sicher, ob es wirklich Harun ist.«

»Wie bitte?«

»Eine Flucht verändert die Leute.«

»Erzählen Sie mir von diesem …«

Er unterbricht sich, als Amelie mit lautem Geschrei an unserem Tisch erscheint.

»Wie geht es dir, Madiha, das ist ja schrecklich!«, ruft sie und drückt mich so ungestüm an sich, dass mein Gesicht in der Wolle ihres Schals verschwindet und ich einige Flusen einatme. Ich muss niesen.

»Und Sie sind …?«, fragt der Kommissar.

»Amelie Lenders, die Betreuerin von Frau Hammada.«

»Brocker, Landeskriminalamt.«

Die beiden schütteln sich die Hand.

»Ermittelt das LKA bei so einem Anschlag?«, fragt Amelie. »Ich bin total entsetzt. Wir haben hier im Ort noch nie mit rechter Gewalt …«

»Ich bin wegen Harun Dardari hier.«

Amelie stutzt, schaut mich an und dann wieder den Kommisar. »Haben Sie ihn gefunden?«

»Möchten Sie sich zu uns setzen?«

Ich habe den Wortwechsel zwischen Amelie und dem Kommissar wie eine unbeteiligte Zuschauerin verfolgt, denn diese Rolle ist mir die vertrauteste. Aber als Amelie sich neben mich setzt, wendet der Kommissar seine Aufmerksamkeit wieder mir zu.

»Sind Sie mit Herrn Dardari verwandt?«

»Nein.«

»Liiert?«

Ich schaue Amelie an.

»Das bedeutet verliebt. Oder verlobt«, erläutert sie.

Ich schüttele den Kopf.

»In welcher Beziehung stehen Sie also zu ihm?«

Wie soll ich dem Mann erklären, was Harun für mich bedeutet? Wo soll ich anfangen?

»Sie haben sich auf der Flucht kennengelernt und gegenseitig geholfen. Das ist alles«, sagt Amelie in meine Gedanken hinein.

»Haben Sie ein aktuelles Foto von ihm?«

Ich schüttele den Kopf.

»Nichts auf dem Handy?«

»Sie besitzt kein Handy«, wirft Amelie ein, bevor ich das Wort ergreifen kann.

»Das macht es nicht einfacher«, sagt der Kommissar. »Was glauben Sie denn, was ihm passiert ist?«

Mir stockt der Atem, die direkte Frage setzt mich unter Druck, eine vernünftige Antwort zu geben. Aber ich habe keine. Meine Gedanken kreisten in den letzten Tagen um nichts anderes, aber sie fanden keine Erklärung. In einer winzigen Bewegung zucke ich die Schultern.

»Zu wem hatte dieser Harun Kontakt?«

Mir schießt das Blut in die Wangen. Ich habe seit unserer Ankunft viele Stunden mit dem Dolmetschen von immer den gleichen Gesprächen verbracht. Was Harun in der Zeit tat, weiß ich nicht, und es wäre mir auch niemals eingefallen, ihn danach zu fragen.

Der Mann notiert etwas und wendet sich dann wieder mir zu. »Wie kann ich Sie erreichen?«

»Telefonisch nur über mich«, sagt Amelie. Sie diktiert ihm ihre Nummer.

»Ich kann versuchen, ein Bild von Harun zu zeichnen«, sage ich. Meine Stimme ist so leise, dass ich sie selbst kaum höre.

»Das wäre gut.« Der Kommissar kramt in seiner Manteltasche und schiebt Amelie und mir je eine Visitenkarte hin.

Ich stecke sie ein, ohne daraufzuschauen.

»Sie kann nicht lesen«, sagt Amelie.

Wir stehen alle drei auf, der Kommissar reicht Amelie die Hand und streckt sie dann mir hin. Ich starre darauf und verschränke die Hände vor dem Bauch, so dass sie im jeweils anderen Ärmel verschwinden.

»Entschuldigung, das ist ein Reflex«, sagt der Kommissar und lässt die Hand sinken.

»Entschuldigung«, murmele auch ich. Es ist mir unangenehm, mich den deutschen Sitten nicht anpassen zu können, aber die Berührung eines fremden Mannes ist einer muslimischen Frau streng verboten. Zum ersten Mal frage ich mich, wie meine Glaubensschwestern damit umgehen, die in diesem Land leben.

5

Zwei Tage vergehen, in denen ich mich fühle wie ein Rührlöffel im Quittengelee. Mühsam ist das Vorankommen im klebrigen Sirup, und am Ende landen alle meine Gedanken doch nur wieder am Ausgangspunkt.

Ich dolmetsche stundenlang und entfliehe dem Lärm, sooft es geht, auf langen Spaziergängen im Nieselregen. Dieser Ausdruck ist neu in meinem Wortschatz, genau wie die Wörter ›Brandanschlag‹ und ›fremdenfeindlich‹. Auch das Gefühl der direkten, persönlichen Bedrohung, dem ich glaubte, in diesem sauberen, ordentlichen Land entkommen zu sein, holt mich ein, als ein Hund auf mich zustürmt und sich in meinem Mantel verbeißt. Es dauert lang, bis der Halter uns nicht mehr genüsslich beobachtet und das Tier zurückpfeift. Wegen der neuen Gefahr, die auf den Feldwegen auf mich lauert, verzichte ich auf die Spaziergänge und verliere den Ausgleich zu der quälenden Enge und dem Lärm der Unterkunft.

Ich bin so erschöpft, dass selbst meine Gedanken formlos bleiben, aber am dritten Tag nach dem Feuer erfasst mich eine ungewohnte Unruhe. Habe ich genug getan, um Harun zu finden? Wie oft habe ich Harun in Gedanken ›meinen Bruder‹ genannt, wohl wissend, dass keiner meiner Halb- oder Stiefbrüder mir je geholfen hat. Wäre er tatsächlich mein zwölf Jahre jüngerer Bruder, würde ich dann genauso handeln? Würde ich die Verantwortung an einen fremden Mann abtreten, von dem ich gar nicht weiß, ob er ihn wirklich sucht? Und selbst wenn – aus welchem Grund will der

Kommissar ihn eigentlich finden? Darüber habe ich bisher noch gar nicht nachgedacht. Vielleicht will er ihn abschieben?

Das Wort macht immer wieder die Runde, es lässt selbst die Großmäuler verstummen. Vielleicht stimmt es aber auch, was manche Flüchtlinge erzählen, nämlich dass der Arm der syrischen Regierung bis ins Ausland reicht, wo sie Oppositionelle aufspüren und kidnappen lässt, um diese dann in ihren dunklen Gefängnissen zu foltern. Kann das sein? Ist der Kommissar ein Handlanger des unglückseligen Präsidenten und sucht Harun nur, um ihn auszuliefern? Oder haben die dunklen Mächte Harun bereits in ihren Fängen, und der Kommissar will nun wissen, warum das Verschwinden ausgerechnet dieses Mannes so viel Staub aufwirbelt? Habe ich also dem Falschen vertraut? Kann ich überhaupt jemandem vertrauen?

Ich muss an Frauen wie Amelie und die anderen Helferinnen denken, um mich gegen solch irrsinnige Gedanken zu wappnen. Menschen wie sie legen Zeugnis dafür ab, dass es eine sichere, friedliche Welt gibt, in der gute Menschen denen helfen, die in Not sind.

Mitten in einem Gespräch, das ich nur unkonzentriert und mehr schlecht als recht dolmetsche, springe ich auf, entschuldige mich nicht einmal und verlasse die Unterkunft. In diesem Moment wird mir klar: Ich muss selbst nach Harun suchen. In meinem Leben gibt es niemanden mehr, der mir die Verantwortung abnimmt, niemanden mehr, der Entscheidungen für mich trifft – weder zum Guten noch zum Schlechten. Was in den vergangenen Tagen als Ahnung in mir aufgestiegen war, kommt erst jetzt richtig bei mir an, im Kopf, im Bauch, im Herzen: Ich habe keine Familie mehr, keine Nachbarinnen, keine Dorfgemeinschaft. Ich befinde mich in einer Situation, die daheim undenkbar wäre, unmöglich in einer Gesellschaft, in der die Zugehörigkeit zu einer Gruppe das Leben bestimmt. Aber das ist Vergangenheit. Meine Gegenwart besteht aus drei einfachen Wörtern: Ich. Bin. Allein.

Mit dem neuen *Hidjab* fühle ich mich nicht mehr ganz so nackt, aber eine *Abaya* ist momentan nicht aufzutreiben. Die Frau, die die Kleiderkammer betreut, verspricht mir, sich zu erkundigen. Sie steht, wie die meisten anderen Helferinnen, mit noch mehr hilfsbereiten Menschen in anderen Ortsteilen in Kontakt. Auf diese Weise können manchmal sogar Wünsche nach bestimmten Farben erfüllt werden, denn selbst in unserer Situation weigern sich die jungen Männer, Pullover oder Jacken in Rosa zu tragen.

Den Weg zur Polizei habe ich mir gemerkt, als ich mit Amelie dort war. Die Verständigung mit dem Busfahrer ist wieder schwierig, aber beim dritten Versuch schaffe ich es, ihm begreiflich zu machen, an welcher Haltestelle ich aussteigen möchte. Als ich endlich meinen Fahrschein in der zitternden Hand halte und nach hinten gehe, höre ich, wie die Frau in der ersten Sitzreihe eine abfällige Bemerkung über meine Aussprache macht.

»Wie gut ist Ihr Arabisch?«, fragt der Busfahrer zurück.

Erschrocken ziehe ich den Kopf ein und suche mir schnell einen Platz weiter hinten, wo ich immer wieder die Scheibe freiwische, um die Umgebung zu betrachten. Der Himmel ist weiterhin grau, aber ein kleines bisschen höher als in den letzten Tagen.

Am Empfang sitzt wieder ein Polizist in Uniform. Ob es derselbe ist wie bei meinem letzten Besuch, kann ich nicht sagen. Ich schaue ihm nicht ins Gesicht.

»Ich möchte zu Kommissar Brocker«, flüstere ich so leise, dass er mich kaum versteht und nachfragen muss.

»Brocker? Gibt's hier nicht«, erhalte ich dann als Auskunft.

»Aber ich habe mit ihm gesprochen …«

»Hier?«

Ich schüttele den Kopf. Dann fällt mir ein, dass Brocker mir seine Karte gegeben hat. Sie ist ein wenig zerknickt, aber der Polizist nimmt sie entgegen und stößt dann einen leisen Pfiff aus.

»Was haben Sie ausgefressen, dass sich das LKA für Sie interessiert?«

Ich verstehe nicht, was er damit meint, traue mich aber auch nicht nachzufragen.

»Kann ich bitte den Kommissar sprechen?«, setze ich noch mal an.

Eine Frau in Uniform tritt neben mich und legt einen Arm auf den Tresen. »Probleme?«, fragt sie mit schneidender Stimme.

Der Mann reicht ihr die Karte des Kommissars und sagt: »Den will sie sprechen. Sieh mal, ob du ihn telefonisch erreichst.«

Auf ihr Zeichen hin folge ich der Frau in ein Büro, nehme Platz und beobachte, wie sie die Telefonnummer wählt, wartet und schließlich die Schultern strafft. Sie spricht leise und schnell, so dass ich ihr nicht folgen kann, aber dann reicht sie mir den Hörer mit den Worten: »Kommissar Brocker möchte Sie sprechen.«

Die Stimme des Kommissars dringt verzerrt und mit Aussetzern aus dem Hörer, aber ich verstehe, dass er mich fragt, was ich von ihm will.

»Ich habe das Bild von Harun dabei, das ich Ihnen versprochen habe.«

»Geben Sie es der Kollegin. Und dann reichen Sie ihr bitte auch den Hörer.«

Ich halte ihr das Telefon hin, ziehe das Blatt Papier aus der Tasche und streiche es auf dem Tisch glatt.

Die Frau lässt einen ähnlichen Pfiff ertönen wie der Kollege unten am Empfang. »Haben Sie das gemalt?«

Ich nicke.

Sie nimmt die Zeichnung in die Hand und sagt ins Telefon: »Es ist eine Zeichnung, aber … Mann! Das ist das Beste, was ich je gesehen habe. Scharf wie ein Foto. Ob der Mann gut getroffen ist, kann ich natürlich nicht beurteilen.« Sie hört noch einen Moment zu, verspricht, Brocker die Zeichnung zukommen zu lassen, legt auf und gibt mir die Karte des Kommissars zurück. Dabei schaut sie mich neugierig an. »Wo haben Sie das gelernt?«

Es ist das erste Mal in meinem Leben, dass ich eine Zeichnung einem anderen Menschen als meinem Vater zeige.

Meine Zeichnungen waren der Schlüssel zu seinem Herzen. Er, der nie ein Händler sein wollte wie alle anderen Männer seiner Familie, erkannte in mir eine Seelenverwandte. Zwölf Jahre lang hatte er jeden Gedanken an mich verdrängt, dann wurde ich vor seiner Tür abgeladen: ein Krüppel mit dem Antlitz meiner Mutter und ausgestattet mit dem künstlerischen Talent, das er mir vererbt hatte. Sehr zum Missfallen seiner zweiten Frau und der vier Kinder nahm er mich in seinen Haushalt auf. Ich arbeitete von morgens bis abends auf den Feldern, hielt Haus und Hof in Ordnung und ertrug schweigend Beleidigungen und Schläge im Gegenzug für die Stunden, die ich mit meinem Vater verbrachte. Gemeinsam entwarfen wir Intarsienmotive für Schränke, Kommoden, Schatullen und andere Kostbarkeiten. Sein langsames, bedächtiges Kopfnicken war das einzige Lob, das ich brauchte.

Dass auch anderen Menschen meine Zeichnungen gefallen könnten, wäre mir nie in den Sinn gekommen.

»Sind Sie in Ihrer Heimat eine bekannte Künstlerin?«

Ich muss lächeln, während ich den Kopf schüttele, so absurd ist der Gedanke.

»Das ist so … lebendig! Nun, jedenfalls sollten wir den Namen daraufschreiben, damit das Foto auch richtig zugeordnet wird. Wie war er doch gleich?«

»Harun Dardari.«

»Wie schreibt man das?«

Noch während ich die Schultern zucke, wendet sich die Frau dem Computer auf ihrem Tisch zu und tippt etwas ein.

»Ah, da ist er ja …« Sie liest und stutzt. »Hier stehen zwei Namen für dieselbe Person, nämlich der, den Sie gerade genannt haben, und ein anderer, der von einem syrischen Pass stammt.«

Mein Kopf ruckt hoch. »Wie lautet der Name?«, flüstere ich.

»Ich bin nicht sicher, ob ich Ihnen das sagen darf. Stellen Sie diese Frage lieber Kommissar Brocker, es ist sein Fall.«

Auf dem Heimweg nehme ich die Umgebung kaum wahr, so sehr bin ich in meinen trüben Gedanken gefangen. Hat Harun mir tatsächlich einen falschen Namen genannt? Warum? Weil er mir nicht traute? Aber warum hätte er mir misstrauen sollen? Und wenn der Name des einzigen Menschen, der mir seit meiner Flucht etwas bedeutet hat, eine Lüge ist – worauf kann ich mich dann überhaupt noch verlassen?

Die Fragen beschäftigen mich so sehr, dass ich fast die Haltestelle verpasse, an der ich aussteigen muss. Der Weg zur Unterkunft am Ortsrand fällt mir schwer, zu viel bin ich in den letzten Tagen gegangen, die ganze linke Seite schmerzt von der Schulter bis zum Fuß. Meine Füße brennen, die Zehen sind eiskalt, die Schuhe, die ich trage, sind nicht für dieses Wetter gemacht.

Wieder bin ich so in Gedanken versunken, dass ich den vom Wind zerrupften Gesang erst wahrnehme, als ich nur noch wenige Meter entfernt bin. Ich biege rechts ab in die Straße zur Unterkunft und sehe etwa fünfzig Menschen mit Kerzen in der Hand. Sie stehen in einem Halbkreis und singen ein Lied, das ich nicht kenne. Die Wörter ›Gott‹ und ›Frieden‹ kommen darin vor. Ich will ins Warme, dränge mich vorsichtig an den Menschen vorbei, aber plötzlich steht Amelie vor mir.

»Madiha, kannst du dolmetschen?«

Nein, will ich sagen, mir fehlt die Kraft dazu, aber so unhöflich zu sein kommt nicht infrage. Ich lasse mich von ihr führen, widersetze mich nicht, versuche, mich für eine neue Aufgabe zu wappnen, und stehe plötzlich vor den Sängern, die verstummen und mich erwartungsvoll anstarren.

Etliche Bewohner, vor allem Kinder, stehen vor der Unterkunft und beobachten das Geschehen mit reservierter Neugier.

»Wir möchten ein Zeichen gegen Gewalt setzen. Wir verurteilen den Anschlag auf euch und möchten euch sagen, dass ihr uns willkommen seid«, ruft Amelie den Flüchtlingen zu.

Ich beginne zu sprechen, aber nach den ersten Worten stößt Amelie mich an. »Wenn du so flüsterst, hört dich doch niemand.«

Jemand zupft mich am Ärmel und drückt mir ein Megaphon in die Hand. Ich starre darauf und spüre, wie eine Faust meinen Magen anhebt und zerdrückt, so dass sich seine Säure in meinen Körper ergießt. Sie kriecht ins Rückenmark, sprudelt in die Lunge, überschwemmt das Herz, steigt in den Kopf, fließt in die Augäpfel. Mit der Säure kommen Bilder, Geräusche, Gerüche, Empfindungen. Wie viele Anweisungen habe ich aus solchen Geräten erhalten? Während der gesamten Flucht, bei Tag und Nacht, in vielen Sprachen. Immer wieder sprachen Männer durch dieses Ding, überall – aber vor allem dort, wo das Grauen seinen Anfang nahm.

Dort, wo mein Vater seine Tasche abstellte, mir tief in die Augen sah und mir sagte, dass er mich mehr liebe als alles auf der Welt und im ganzen Universum. »Nimm die Tasche«, forderte er mich dann auf. Ich bückte mich, ergriff den Henkel und stand ungeduldig mit den zwei schweren Gepäckstücken neben dem Bus, der uns nach Norden bringen sollte.

»Steig ein, ich muss noch mit dem Mann dort reden.«

Ich dachte mir nichts dabei. Mein Vater hatte alles arrangiert und mir erst am Vortag Bescheid gesagt. Es gab nicht viel zu packen, unser Haus war zerstört, wir besaßen jeder eine Tasche. In seiner befanden sich die Wertgegenstände.

Ein Mann mit Megaphon rief zum Einsteigen auf. Ich folgte seinem Ruf und der Anweisung meines Vaters. Fand zwei Sitzplätze. Verstaute die Taschen. Schaute aus dem Fenster. Suchte in der Menge meinen Vater, fand seinen Blick. Er nickte mir noch einmal zu, hob die Hand und …

Mit dem Megaphon in der Hand, den Sängern im Rücken und den erwartungsvollen Blicken der Menschen vor mir spüre ich, wie meine Beine nachgeben. Dann wird alles schwarz.

6

Die Worte der Krankenschwester kommen zu schnell, das Verwaltungsdeutsch ist mir nicht geläufig, so begreife ich praktisch nichts von dem, was die Frau mir bei der Entlassung aus dem Krankenhaus erklärt. Ich traue mich nicht nachzufragen.

Die medizinischen Details, die mir kurz zuvor der Arzt erläutert hat, habe ich einigermaßen verstanden. Mein Allgemeinzustand sei schlecht, der Blutdruck extrem niedrig, mein Gewicht viel zu gering, es mangele mir an verschiedenen Vitaminen, besonders D, und an Flüssigkeit. Insgesamt nichts Dramatisches. Viel Schlaf, viel essen, viel trinken und viel Ruhe würden mich wieder auf die Beine bringen. Stress solle ich vermeiden.

Fast hätte ich gelacht. An nichts davon ist überhaupt zu denken. Mein Zimmer in der Unterkunft ist zwar wieder bewohnbar und das Bett dort bequemer als die Sofakissen im Keller des Pfarrgemeindehauses, aber der Lärm von Hunderten Menschen, der die ganze Nacht herrscht, erschwert den Schlaf, der vielleicht möglich wäre, wenn die Gedanken zur Ruhe kämen. Zum Essen fehlt mir der Appetit, trinken würde ich gern mehr Tee, aber den gibt es nur zu den Mahlzeiten. Kaltes Leitungswasser hingegen lässt mich nur noch mehr frieren. Ich weiß, dass mein Zustand sich unter den gegebenen Umständen kaum verbessern wird.

An der Bushaltestelle vor dem Krankenhaus suche ich die Liniennummer, die zur Unterkunft Waldstraße fährt, finde sie aber nicht. Stattdessen sind acht Liniennummern angegeben, die ich nicht kenne. Erst jetzt wird mir bewusst, dass ich keine Ahnung habe, wo ich mich befinde. Ich erinnere mich, in der Nähe des Polizeigebäudes eine große Kirche mit bunten Glasfenstern und einem hohen, schlanken Turm mit spitzem grauem Dach gesehen zu haben. Diesen Orientierungspunkt suche ich nun, aber das Krankenhaus reicht in zwei Richtungen bis zum Himmel. Wie kann man sich orientieren, wenn Steine und Beton den Blick verstellen? Über den Parkplatz und die Straße hinweg sehe ich Hausdächer. Es sind zu viele, wird mir plötzlich bewusst. Zu viele Hausdächer, zu viel Lärm. Der Parkplatz und das Krankenhaus sind zu groß, als dass sie in die kleine Gemeinde passen würden, in der unsere Wohncontainer stehen. Ich befinde mich in einer Stadt, deren Namen ich nicht kenne und von der ich nicht weiß, wo sie liegt.

Mit hängenden Armen stehe ich eine Weile vor dem Fahrplan, der mir nicht hilft, und überlege, was ich tun kann. Mein Kopf ist vollkommen leer. Mir fehlt die Kraft, den kurzen Weg zum Krankenhausempfang zu laufen und dort zu fragen, wo ich bin und wie ich zur Unterkunft komme. Mir fehlt die Kraft, darüber nachzudenken, was ich sonst tun könnte. Ich lasse mich auf die Bank im Wartehäuschen sinken und hoffe, dass ein Bus kommt, der mich irgendwohin bringt, wo ich umsteigen kann. Ich spüre, dass meine Zehen kalt werden, dann schmerzen sie, und irgendwann spüre ich sie nicht mehr. Aber ich bleibe einfach sitzen.

Zweimal nicke ich ein, daher bin ich noch etwas durcheinander, als ein Auto vor mir hält. Die Seitenscheibe fährt automatisch herunter, der Fahrer beugt sich über den leeren Beifahrersitz, so dass ich sein Gesicht sehen kann. Es ist der Kommissar.

»Tut mir leid, dass ich zu spät bin. Steigen Sie ein.«

Verwirrt bleibe ich sitzen. Ich kann mich nicht daran erinnern, dass wir verabredet waren.

»Ich habe Frau Lenders angerufen und erfahren, dass Sie im Krankenhaus sind.«

Frau Lenders? Ach so, Amelie! Ich traue mich nicht, ihn zu fragen, was er von ihr wollte.

»Nun steigen Sie ein, bitte! Ich bringe Sie heim.«

Erst im zweiten Anlauf gelingt es mir, auf die Füße zu kommen. Das Kribbeln in den Zehen schmerzt, und fast verliere ich das Gleichgewicht, aber dann erreiche ich das Auto und suche die hintere Tür. Es gibt keine. Wo soll ich hin? Eine Frau sitzt immer hinten, das haben inzwischen sogar die Taxifahrer im Ort verstanden, die gelegentlich einen von uns zum Arzt fahren. Männer vorn, Frauen hinten. Hier geht das nicht.

»Steigen Sie ein, es wird kalt!«

Notgedrungen lasse ich mich auf den Beifahrersitz sinken. Im Auto ist es warm, es riecht nach Pfefferminz. Und es ist still bis auf das Motorengeräusch.

Der Kommissar fährt langsam, fast zögerlich. Dann sagt er unvermittelt: »Es ist Mittagszeit, und ich wollte etwas essen gehen. Leisten Sie mir Gesellschaft?«

Essen gehen? In einem Restaurant? Und dann noch in einem deutschen? Vor Schreck zieht sich mein Magen zusammen. Ich war in meinem ganzen Leben noch nie in einem Restaurant. Ich kann keine Speisekarte lesen. Selbst wenn ich die Wörter entziffern könnte, wüsste ich kaum, was sich hinter Gerichten wie Leipziger Allerlei verbirgt – ein Wort, das ich einmal von Amelie gehört habe und das ich wegen seines Klangs mag, aber ein Rätsel, wenn es um die Zutaten geht. Wenn ich also wählen könnte, würde meine Antwort lauten:

»Nein, auf gar keinen Fall!« Eine Ablehnung wäre aber sehr unhöflich und ist daher undenkbar.

»Ja.«

»Schön. Ich kenne ein Restaurant, das Ihnen sicher gefallen wird.«

In Gedanken gehe ich alle Gerichte durch, von denen ich weiß, dass sie Schweinefleisch enthalten. Es ist wichtig, das zu wissen, denn die Frage danach bringt bei Deutschen häufig nur ein Schulterzucken hervor, wie mir Jasmin berichtet hat, die schon zweimal mit ihrer ehrenamtlichen Betreuerin in einem Restaurant war. Schnitzel besteht aus Schweinefleisch, in Frikadellen ist meist welches drin, und selbst eine Bohnensuppe wird entweder mit Speck oder Wurst aus Schweinefleisch zubereitet. Ich habe gehört, dass es sogar Salate gibt, die aus Nudeln gemacht werden und Schweinewurst enthalten. Wie sollte ich in einem Salat Schweinefleisch vermuten? Es führt kein Weg daran vorbei: Ich werde einen fremden Mann, noch dazu einen Polizisten, bitten müssen, mir etwas aus der Karte zu bestellen. Hätte ich doch nur nicht zugestimmt! Aber jetzt ist es zu spät, und so versuche ich mich von meiner Angst abzulenken, indem ich konzentriert aus dem Fenster schaue.

In den vierunddreißig Jahren meines Lebens habe ich bei Weitem nicht so viele Menschen gesehen wie hier in nur einer einzigen Woche. Und nie zuvor sah ich so viele Menschen, die es so eilig hatten. Mit verschlossenen Gesichtern hetzen sie aneinander vorbei, nirgendwo sieht man Leute zusammenstehen und reden. In dieser Stadt, deren Namen ich nicht kenne, gibt es viele Fahrspuren nebeneinander, dazwischen liegen Schienen mitten auf der Straße. Eine Bahn fährt auf diesen Schienen, der Kommissar muss mit seinem Auto warten, bis der schmale Zug vorbei ist. Ich spüre, dass mir der Mund offen steht. Ein Zug, der mitten durch die Stadt fährt! Das Gewimmel wird immer dichter, Autos, Fahrräder und Fußgänger laufen und fahren durcheinander, dann biegt der Kommissar ab, und plötzlich ist alles anders.

Hier herrscht zwar Durcheinander, aber keine Hektik. Die Menschen gehen langsamer, einige Männer stehen in Grüppchen zusammen und reden aufeinander ein, viele der Frauen, die ihren mit grünen oder orangefarbenen Plastiktüten beladenen Männern folgen, tragen lange Mäntel und Kopftücher. Die Schaufenster der Geschäfte sind nicht elegant dekoriert, sondern randvoll, als wollte der Händler alles zeigen, was er im Angebot hat. Diese Straße erinnert mich an meine Heimat. Ich starre aus dem Fenster und kann gar nicht schnell genug schauen, um alle die seltsam vertrauten und doch irgendwie fremden Eindrücke aufzunehmen. Aber so schnell muss ich auch gar nicht mehr sein, denn der Wagen wird langsamer. Schließlich parkt der Kommissar das Auto am Straßenrand. Ich habe Mühe, auszusteigen, schaffe es aber allein. Nur der Stock hat sich verhakt, und so bin ich dankbar, dass der Kommissar sich in den Wagen beugt, um ihn zu befreien.

»Da sind wir.«

Er zeigt auf ein Restaurant auf der gegenüberliegenden Straßenseite. Über der Eingangstür strahlt eine Leuchtreklame mit drei großen grünen Zedern, im Fenster hängt die libanesische Flagge: eine grüne Zeder auf rot-weiß-rotem Grund. Ein libanesisches Restaurant? Wieder bin ich völlig überrascht, dann mischt sich ein weiteres Gefühl in mein Staunen: Erleichterung. Und plötzlich: Appetit. Ein so unbändiger Appetit überfällt mich, dass ich mich kaum beherrschen kann. Seit Monaten esse ich, was man mir vorsetzt. Ich esse, um den Hunger zu bändigen, der manchmal so schlimm war, dass ich glaubte, ein Tier sitze in meinen Eingeweiden und fresse mich von innen her auf. Ich aß Brot, trocken wie Staub oder verschimmelt. Ich aß wilde Feigen, Nüsse und Kohl, den man uns vor die Füße warf, einen ganzen Kopf, roh, ohne Salz, Öl oder Zitrone. Hier schiebe ich mir das seltsam geschmacklose Essen in den Mund, das man uns in der Unterkunft vorsetzt, auch weil die Mahlzeiten eine Abwechslung bieten. Ich kaue, schlucke, werde satt. Aber Appetit habe ich schon ewig nicht mehr verspürt. Bis jetzt.

»Ist das nicht nach Ihrem Geschmack?«, fragt der Kommissar. Vielleicht ist er verunsichert, weil ich wie angewachsen vor dem Restaurant stehen geblieben bin. »Das Restaurant genießt einen guten Ruf, vor allem auch unter Arabern. Es heißt, es sei ein beliebter Treffpunkt für Ihre Landsleute. Aber wenn Sie lieber woanders …«

»Es ist ganz wunderbar«, bringe ich mühsam heraus. Ich meine, ein Lächeln auf meinem Gesicht zu spüren, bin aber nicht sicher, ob es stark genug ist, um sichtbar zu werden.

Der Kellner begrüßt uns mit höflicher Zurückhaltung, bringt uns zu einem Tisch am Fenster und legt die Speisekarten auf den Tisch. Ich hefte meinen Blick auf die Karte, greife aber nicht danach.

Der Kommissar schlägt die Karte auf und schaut mich an. Dann räuspert er sich und klappt seine Karte wieder zu. »Sie wählen aus«, sagt er. In seiner Stimme schwingt die Andeutung eines Lächelns mit.

Ich schnappe nach Luft. Das geht nicht!, will ich sagen. Er hat mich hierher eingeladen, also bestellt er die Speisen. Niemals verlangt ein Gastgeber von seinem Gast, aus der Vielfalt zu wählen. Stattdessen ordert er selbst eine reichhaltige Zusammenstellung von Gerichten, von allem etwas. Aber offenbar macht man es so nur in meiner Heimat, nicht hier. Hier soll ich, die nicht einmal lesen kann, eine Auswahl treffen. Ich greife nach der Karte, lege sie aber sofort wieder hin, als hätte ich mich daran verbrannt.

»Sie brauchen die Karte vermutlich gar nicht, weil Sie ja die Küche kennen.« Der Kommissar reibt sich die Hände. »Ich hingegen war noch nie libanesisch essen und habe keine Ahnung, was gut ist und was nicht. Bestellen Sie also, was immer Sie wollen, die Rechnung geht natürlich auf mich.«

Bevor ich etwas erwidern kann, ruft er den Kellner und erklärt ihm seine Idee. Dann schweigen beide erwartungsvoll.

Ich weiß, worauf ich Appetit habe, aber für den Kommissar mitzubestellen ist eine Aufgabe, der ich mich nicht gewachsen fühle. Was, wenn ihm meine Wahl nicht gefällt?

»Nur Mut, meine Schwester!«, sagt der Kellner auf Arabisch. »Was willst du essen?«

Sein Arabisch klingt anders als meins, aber ich verstehe ihn gut und fühle mich schlagartig besser. Der kleine, dicke Mann macht einen freundlichen, gelassenen Eindruck. Er ist sicher über sechzig, aber sein Haar ist dick und voll und auf dem runden Schädel mit reichlich Pomade in Form gebracht. Mit dieser altmodischen Frisur erinnert er mich an den Barbier, den mein Vater schätzte, weil er sehr belesen war.

Ich frage nach den Gerichten, die ich aus Syrien kenne, und lasse mir vom Kellner die jeweilige libanesische Variante beschreiben. Dann bestelle ich verschiedene *Mezze*, darunter gefüllte Weinblätter, pikantes Sesammus und den Petersiliensalat *Taboulé*. Als Hauptgang wähle ich ein Gericht, das aus Hackfleischbällchen mit Gemüse und Brot besteht und im Libanon *Kibbaye biryani* genannt wird, wie ich vom Kellner erfahre. Es ist nicht ganz dasselbe wie das syrische *Kibbeh Mischwye*, klingt aber gut. Außerdem ordere ich Tee.

Der Kellner notiert alles, verbeugt sich leicht und watschelt in seltsam kurzen Schritten in den hinteren, dunklen Teil des Restaurants. Wir sind die einzigen Gäste.

Ich schaue auf den Tisch, weiß nicht, wohin mit meinen Händen. Den Umgang mit fremden Menschen bin ich nicht gewöhnt. Als Frau bleibt man im Haus oder auf den eigenen Feldern, aber man geht nicht aus, es sei denn zur Nachbarin oder zu Verwandten, wo die Frauen gemeinsam kochen und die Männer Pfeife rauchen und reden. Nachdem meine Stiefmutter tot war, führte ich meinem Vater den Haushalt. Kamen aber Kunden ins Haus, was selten geschah, brachte ich ihnen nur Wasser, Tee, Kaffee, Obst und etwas zu essen, setzte mich jedoch niemals dazu. Wenn ich in der Unterkunft dolmetsche, sitze ich zwar mit am Tisch, bin aber nicht als Person am Gespräch beteiligt. Auf der Polizeiwache war ich Bittstellerin. Was bin ich nun?

»Danke für das Bild«, sagt der Kommissar. »Es ist eine kunstvolle Zeichnung.«

Sein Lob freut mich sehr, aber ich bringe nicht mehr zustande als ein leichtes Kopfnicken.

»Amal Arabi«, fährt er fort.

Ich bin verwirrt und spiele mit dem Saum der Tischdecke.

»Der Name in dem Pass. Er lautet Amal Arabi. Aus Sarghaya. Wissen Sie, wo das liegt?«

Ich schüttele den Kopf.

»An der Grenze zum Libanon.«

Ich weiß darauf nichts zu antworten und nicke nur.

»Das Problem ist, dass ich immer noch nicht sicher bin, ob der Harun, den Sie suchen, und der Mann, dessen Pass Sie mir gebracht haben, ein und dieselbe Person sind.«

Das weiß ich auch nicht, obwohl ich Harun persönlich kannte und nicht nur nach einer Zeichnung urteilen muss.

Eine Weile ist es still. Aus der Küche dringt Musik herein,

jemand singt ein arabisches Lied mit. Ich suche in meinen Erinnerungen, ob Harun mir etwas über einen Namenswechsel anvertraut hat, aber da ist nichts. Nur Bilder von dem Mann, der an der türkischen Grenze zu unserer Gruppe stieß. Er war erschöpft, hatte rote Augen und hohle Wangen, schlief aber wenig. Dazu war er zu nervös. Obwohl er sich verhielt wie ein Tier in einem Käfig, verließ er die Unterkunft, in der wir auf den Grenzübertritt warteten, kein einziges Mal. Als es endlich weiterging, blickte er sich häufig um, aber ich kämpfte mit meinen eigenen Problemen und fragte ihn nicht, wen oder was er fürchtete. Dieses Versäumnis liegt schwer auf meinem Gewissen.

Aus dem Dunkel des Restaurants nähern sich die watschelnden Schritte des Kellners. Er trägt die *Mezze* auf. Alles sieht etwas anders aus als in meiner Heimat, aber die Speisen verströmen Aromen, als hätte die Sonne Syriens sie geküsst. Die Petersilie duftet leicht bitter, der Kreuzkümmel erdig und warm, die Zitrone fruchtig-kühl. Zum ersten Mal seit Monaten schaue ich auf sorgfältig zubereitete, kunstvoll angerichtete Köstlichkeiten in satten Farben. Das warme, dünne Brot, das in einem kleinen Plastikbeutel geliefert wird, damit es nicht austrocknet, lässt mir das Wasser im Mund zusammenlaufen.

»Erklären Sie mir, was das alles ist?«, fragt der Kommissar.

Ich beschreibe die Speisen und ihre Zutaten, erkläre ihm, dass dieser spezielle Salat, auf dem die Weinblätter angerichtet sind, *Chass* heißt und in Syrien gut wächst, weil er Wassermangel und große Temperaturschwankungen toleriert. Ich erläutere den besten Erntezeitpunkt der Weinblätter und den entscheidenden Unterschied, den das Anbraten der Füllung in Hammelfett macht.

»Hammelfett?«, fragt er in einem Tonfall, der irgendwo zwischen Überraschung und Abscheu liegt.

»Ich glaube nicht, dass hier welches verwendet wurde, denn es hat ein spezielles Aroma, das diesen Speisen fehlt.«

Ich verrate mein Geheimrezept für starke Petersilienpflanzen – die Reste vom Salatputzen rund um die Pflanzen auf dem Beet verteilen und regelmäßig mit Zwiebelschalenbrühe umgießen, um die Wurzelschädlinge fernzuhalten – und kann mich gar nicht sattsehen an den Speisen. Dann nehme ich vorsichtig das Brot, reiße ein Stückchen ab und greife damit nach einem gefüllten Weinblatt. Die muntere Säure der Weinblätter belebt die sanftmütige Füllung aus weichem Reis, aber ich habe recht: Es fehlt das Hammelfett. Dann kitzelt ein Aroma meinen Gaumen, das ich erst nicht zuordnen kann, aber nach dem zweiten Bissen reiße ich überrascht die Augen auf: Bitterorange!

»Ist alles zu Ihrer Zufriedenheit?«

Ich habe das Erscheinen des Kellners wieder nicht bemerkt, so fasziniert war ich vom Essen.

»Bitterorange!«, ist das einzige Wort, das ich äußern kann.

Er lächelt überrascht. »Sie haben einen feinen Gaumen.«

Wir sprechen Deutsch, er siezt mich.

»Mir schmeckt es ausgezeichnet«, sagt der Kommissar. Er hat von jeder Speise eine kleine Menge auf seinem Teller. Wie ist das dorthin gekommen?, frage ich mich. Dann sehe ich die Löffel in den Schüsseln und werde rot. Offenbar bedient man sich hier beim Essen nicht mit einem Stückchen Brot aus einem Teller. Die Speisen sind libanesisch, aber die Tischsitten deutsch. Ich hätte daran denken sollen, schließlich sitzen wir an einem Tisch auf Stühlen und haben Besteck neben dem Teller liegen.

Der Kommissar greift wieder zu, häuft *Taboulé*, *Hummus*

und Weinblätter auf seinen Teller, nimmt mehr Brot und isst mit sichtlichem Appetit. »Sie haben gut gewählt«, sagt er zwischendurch.

Ich freue mich über das Lob, lasse mich aber nicht vom Essen abhalten. Es kommt mir vor, als hätte ich monatelang gehungert. Die Gegenwart verblasst, sogar meine Verlegenheit schwindet, und ich konzentriere mich auf die Mahlzeit. Zwinge mich, kleine Happen zu nehmen, langsam zu kauen, zu genießen. Und als mir plötzlich klar wird, dass ich genau das tue, dass ich tatsächlich in der Lage bin, das Essen zu genießen, krampft sich mein Magen schmerzhaft zusammen. Mein Gewissen brüllt auf wie ein wütendes Tier. Wie kann ich nur hier sitzen und genießen, während mein Vater tot ist, vielleicht nicht einmal begraben, ich weiß es nicht, habe mich nicht darum gekümmert.

Der Bus fuhr los, bevor ich aussteigen konnte, und als ich nach vorn rannte, schwankend wegen der holprigen Straße, wegen meines Beines und aufgrund des kalten Entsetzens in meinem Herzen, stoppte mich ein Nachbar, der ebenfalls auf dem Weg nach Norden war, und sagte leise: »Nicht, Madiha. Ich musste ihm versprechen, dich mitzunehmen, egal, was passiert. Ich lasse dich nicht zurück.«

Die Augen voller Tränen und die Hände fest auf den Mund gedrückt, springe ich auf und eile nach hinten, wo ich die Toilette finde und mich immer wieder übergebe, bis ich zitternd auf dem kalten Boden hocke und weine. All die Tränen, die sich seit Monaten in mir aufgestaut haben, finden endlich ihren Weg hinaus. Mit ihnen schwindet die Selbstbeherrschung, die meinen Körper aufrecht hielt seit dem Tag, an dem mein Vater mich fortschickte. Zurück bleibt ein Haufen Knochen in einem Sack aus Haut und fremden Kleidern. Ich lehne den Kopf an die Bretterwand der Toilettenkabine, schließe die Augen und wünsche mir nichts sehnlicher als den Tod.

Leise Schritte kommen näher, jemand berührt vorsichtig meine Schulter und sagt einige Worte, die ich nicht verstehe. Ich höre nicht zu. Will niemanden sehen. Mit niemandem sprechen. Aber die Person bleibt hartnäckig. Endlich öffne ich die Augen und sehe eine kleine, dicke Frau mit einem weißen Netz über den Haaren.

»Kann ich dir helfen?«, fragt sie auf Arabisch. Ihr Dialekt ist kaum zu verstehen.

Ich schließe die Augen wieder und wünschte, sie ginge fort, aber sie bleibt, beugt sich über mich, betätigt die Toilettenspülung und wischt mir mit einem Papierhandtuch, das sie am Waschbecken nass macht, über das Gesicht. Sie greift unter meine Achseln und zerrt mich hoch. Ich will nicht aufstehen, aber sie lässt nicht locker. Stellt mich hin, lehnt mich gegen die Wand, holt mehr Handtücher und wischt mir noch einmal über das Gesicht. Dann drückt sie mir Tücher in die Hand und zeigt auf einen Fleck auf meinem Mantel. Mechanisch reibe ich daran herum. Sie drängt mich zum Waschbecken, dreht den Wasserhahn auf und macht eine auffordernde Geste. Ich spüle mir den Mund mit Wasser aus und danach mit dem Pfefferminztee, den die Frau mir bringt, bis der saure Geschmack verschwindet. Dann lasse ich mich von ihr zurück an den Tisch führen.

»Es tut mir leid, wenn ich etwas Falsches gesagt oder getan habe«, sagt der Kommissar.

Mein Benehmen ist mir so unendlich peinlich, dass ich unfähig bin, ihm zu antworten.

»Kann ich etwas für Sie tun?«

Es kostet mich übermenschliche Anstrengung, den Kopf zu schütteln.

»Soll ich Sie zurückfahren?«

Bevor ich antworten kann, steht der Kellner mit den Hauptgerichten am Tisch. Er stellt die Platten in die Mitte, wünscht guten Appetit und sagt leise auf Arabisch: »Ein Unglück ist wie ein Stück Seife. Erst ist es groß, dann wird es klein.«

Wieder wollen Tränen in meine Augen steigen, und die Versuchung, sie einfach fließen zu lassen, ist unermesslich groß. Aber das darf ich nicht. Kurz vor unserem Abschied war mein Vater so ernst wie nie zuvor in seinem Leben. Er sah mir in die Augen, küsste mich auf die Stirn und sagte: »Sei stark, Madiha. Immer.« Ich habe es ihm versprochen, auch wenn ich damals nicht ahnte, was er von mir verlangte. Gleichzeitig spüre ich die Augen des Kommissars auf mir. Er ist geduldig. Das ist ungewöhnlich in diesem Land, in dem alle Menschen ständig in Eile sind.

Millimeter für Millimeter richte ich meine Wirbelsäule auf. »Entschuldigen Sie bitte.« Ich kann mich selbst kaum hören. »Bitte, essen Sie.«

Der Kommissar nimmt von beiden Gerichten, legt den Löffel auf die Platten zurück, überlegt es sich anders, nimmt ihn wieder in die Hand und tut mir ein Fleischbällchen mit etwas Sauce auf den Teller. Dann beginnt er zu essen.

Meine Hände greifen nach einem Stück Brot und tunken es in die Sauce. Ich koste. Die Sauce ist genau so, wie sie sein soll. Scharf und würzig, etwas bitter und ganz leicht säuerlich. Eher Granatapfel als Zitrone. Mit dem nächsten Stück Brot nehme ich das Fleischbällchen, von dem ich ein winziges Stückchen abbeiße, kaue, schlucke. Dann nehme ich mehr und spüre, wie mit jedem Bissen der Krampf im Magen nachlässt. Ich kann das Glück, das ich bei den Vorspeisen verspürt habe, nicht mehr empfinden, aber das warme Essen mit den gewohnten Aromen spendet ebenso viel Trost wie Kraft.

Wir beenden die Mahlzeit schweigend, und so habe ich Zeit, meine Gedanken aus den klebrigen Fäden der Erinnerung zu befreien und in die Gegenwart zurückzukehren. Der Kommissar bestellt Kaffee.

»Erzählen Sie mir von Harun.«

Das Wenige, was ich weiß, gebe ich wieder, obwohl ich nicht mehr sicher bin, ob auch nur ein Wort davon wahr ist: Er erzählte mir, er sei allein, seine Familie tot. Er habe studiert, bevor der Krieg ausbrach, um Ingenieur zu werden. Er wollte Brücken bauen, nichts anderes. Nur Brücken. In seinem Zimmer, erzählte er, habe er Hunderte Bilder von Brücken gehabt, von der Golden Gate Bridge in Amerika bis zur Brücke, die Dänemark mit Schweden verbindet. Ich hatte von keinem dieser Bauwerke je zuvor gehört und konnte mir nichts darunter vorstellen, aber Harun konnte stundenlang darüber sprechen. Und doch – das wird mir mit einem Mal klar – wird mir nichts von dem, was ich über ihn weiß, helfen, ihn zu finden.

Von dem Brief, dem Foto und dem Ring, die ich bei seinen Sachen gefunden habe, sage ich nichts – aus Scham darüber, dass ich sie früher nicht erwähnt, geschweige denn mit dem Pass ausgehändigt habe.

»Hat Harun jemals eine Bemerkung darüber gemacht, warum er nach Deutschland wollte?«

Hat er? Wollte er hier die Universität besuchen, um Ingenieur zu werden?

»Nein.«

»Hatte er ein konkretes Ziel? Einen Ort? Eine Stadt?«

»Ich glaube nicht.«

»Aber dass er nach Deutschland wollte, das war klar? Nicht

nach Dänemark oder Schweden, wo die Brücke über den Großen Belt führt, oder in die Niederlande?«

»Deutschland. Ganz sicher.«

»Hat er Namen erwähnt von Menschen, die er treffen wollte? Die ihm nahestanden? Oder von denen er sich Hilfe erhoffte?«

»Nein.«

Immer mehr will er wissen, aber ich kann ihm nicht helfen. Auch ist mir der Sinn seiner Fragen unbegreiflich, aber ich wage nicht, mich danach zu erkundigen.

»Halten Sie es für denkbar, dass der Mann, den Sie als Harun kennen, sich zwar noch in Deutschland aufhält, aber an einem geheimen Ort? Dass er nicht gefunden werden will? Von niemandem?«

Ich denke sorgfältig über diese Frage nach. Harun gab mir den Zweitschlüssel zu seinem Spind mit der Bemerkung ›falls mir etwas zustößt‹. Hätte er die Absicht gehabt, zu verschwinden, hätte er mir sagen können, dass unser gemeinsamer Weg nun zu Ende sei. Ich wäre traurig gewesen, hätte aber seine Entscheidung nicht infrage gestellt. Ich wäre nicht zur Polizei gegangen. Erst durch seine Bemerkung fühlte ich mich verpflichtet, mich in seine persönlichen Angelegenheiten zu mischen und ihn zu suchen.

»Nein, das glaube ich nicht.«

Den Mokka, den der Kellner aus einer Messingkanne mit geradem Griff in kleine Porzellantassen füllt, trinken wir schweigend. Dann sieht der Kommissar auf die Uhr. »Ich bringe Sie jetzt in Ihre Unterkunft – oder wohin Sie wollen.«

Ich wüsste nicht, wohin ich sonst gehen sollte, also nicke ich.

Er bestellt die Rechnung, zahlt und bedankt sich bei dem freundlichen Kellner.

Auch ich danke ihm mit gesenktem Kopf.

»Pass auf dich auf, meine Schwester«, sagt er auf Arabisch. »Und wenn du etwas brauchst, komm her!«

Überrascht hebe ich den Blick.

Er steckt dem Kommissar und mir jeweils eine Visitenkarte zu, nickt ernst und hält uns mit einer kleinen Verbeugung die Tür auf.

Wieder schaue ich während der Fahrt aus dem Fenster. Bald verlassen wir die Innenstadt, die Häuser weichen zurück, die Welt wird wieder flach. Der Horizont wird sichtbar, was große Erleichterung in mir auslöst, die mir erst klarmacht, wie sehr mich die engen Straßenschluchten ängstigen. Wie soll man sich ohne Horizont orientieren? Ohne Blick auf die Sonne, die hier so tief steht, dass selbst ein kleines Haus sie verdecken kann. Sofern sie jemals scheint. Es ist eine seltsame, fremde Welt in Grau und Braun, die draußen vorbeifliegt, aber wenigstens ist sie offen. Dann kommt der hohe, schlanke Kirchturm in Sicht, verschwindet links am Wagen vorbei nach hinten, und nach weiteren Minuten erkenne ich die Straßen des Ortsteils, in dem ich jetzt lebe. Am äußersten Rand einer blitzsauberen Stadt, mit vierhundertsiebenunddreißig fremden Menschen in einer Unterkunft aus Containern, die aus allen Nähten platzt.

»Passen Sie auf sich auf«, sagt der Kommissar, als ich die Tür öffne, um auszusteigen.

»Warum sagen Sie das?«, frage ich mit klopfendem Herzen. »Droht mir Gefahr, weil ich Harun kannte?«

»Ich hoffe nicht.«

7

Den Rest des Tages verbringe ich wie üblich mit Dolmetschen, aber als es schon dunkel ist, verlasse ich die Unterkunft und lenke meine Schritte in den Ort. Ich habe kein Ziel, empfinde aber zum ersten Mal seit meiner Ankunft vor sechzehn Tagen Neugier auf die Umgebung, in der ich gelandet bin. Ich will mehr kennenlernen als das, was ich beim zögerlichen Vortasten der vergangenen Wochen erkundet habe. Die Wege zur Sparkassenfiliale, zur Kleiderkammer und zur Bushaltestelle sind mir aus reiner Notwendigkeit inzwischen geläufig, aber plötzlich interessiert mich auch der Rest. Ich fühle mich, als wäre ich aus einem fiebrigen Schlaf erwacht. Noch ein bisschen orientierungslos, aber erleichtert, den Angstträumen entkommen zu sein.

Kreuz und quer laufe ich durch die Straßen und entdecke einen Imbiss, aus dem es nach heißem Fett riecht, einen Kiosk und viele Häuser, aus deren Fenstern der blaue Schein des Fernsehers flimmert. Unzählige Lichter finden sich vor den Türen: Lichterschlangen, die sich um kahle Bäume winden, Lichternetze über grünen Kugelsträuchern, Lichtersterne auf Metallstäben und Eiszapfen aus Lichtern. Und dann, in einer der vier Ecken des Marktplatzes, auf dem keine Marktstände, sondern Autos stehen, sehe ich es.

Ein Telefon.

Langsam gehe ich näher, zögere, greife nach dem Hörer und höre einen einzelnen, langgezogenen Ton. Ein kleines Fenster am Apparat leuchtet auf. Schnell hänge ich den Hörer zurück. Es gibt einen Schlitz für Münzen und einen, der ähnlich aussieht wie der Schlitz an den Automaten der Sparkasse. Und dann gibt es das Feld mit den Ziffern, von denen ich wieder kaum glauben kann, dass es die gleichen sind wie die auf der Rückseite unserer Geldscheine. Mit zitternden Fingern nestle ich die bunte Karte des libanesischen Restaurants aus meiner Tasche und halte sie neben den Tastenblock. Taste für Taste vergleiche ich die Symbole, bis ich sicher bin, alle Ziffern der aufgedruckten Nummer erkannt zu haben, obwohl sie auf der Karte ein bisschen anders aussehen, wie von Hand geschrieben, mit einem langen Strich bei der Vier und einer kleinen Schlaufe bei der Zwei. Trotzdem kann ich sie eindeutig zuordnen. Der Moment beschert mir ein unerwartetes Gefühl von Zuversicht.

Müde, aber beschwingt mache ich mich auf den Weg zur Unterkunft. Ich lasse das Abendessen, das aus dünn geschnittenem grauem Brot und den bereits bekannten Käsescheiben besteht, ausfallen, putze mir die Zähne und gehe in mein Zimmer, das durch einen glücklichen Umstand leer ist. Ich ziehe mich aus und schlafe Sekunden später ein.

Als ich erwache, ist es um mich herum still, und so spielt mir meine Einbildung einen Streich: Ich glaube mich in meinem früheren Leben. Glaube, dass im Zimmer nebenan der Vater schläft, glaube, dass ich gleich hinaustreten werde in die klare Luft, reingewaschen vom Tau, der sich nachts an den Staub heftet und die feinen Körner schwer zu Boden sinken lässt. Warum höre ich den Hahn nicht? Warum nicht den Hund, der das Federvieh anbellt, weil er die frühe Ruhestörung nicht mag? Meist fällt auch der Esel ein, dann erreicht der Lärm eine geradezu ohrenbetäubende Lautstärke, die sich legt, sobald ich die Tür öffne, um die Tiere zu füttern. Aber die Geräusche, die um mich herum einsetzen, klingen anders. Schnarchen, Schritte, Gesprächsfetzen …

Der Zauber des Augenblicks geht vorbei, als ich die Augen öffne und das Bett über mir erblicke. Die Erkenntnis, nicht zu Hause zu sein, ist wie ein Schlag in den Magen, unter dem ich mich krümme, bis ich wieder zu Atem komme. Dann schwinge ich die schmerzenden Füße auf den Boden und bleibe minutenlang so sitzen, die Arme auf die Knie gestützt, den Kopf in die Hände. Woher soll ich die Kraft für einen neuen Tag nehmen? Einen Tag in einem Leben, das ich nicht wollte, an einem Ort, wo ich nicht sein will, mit Menschen, die mir zu nahe kommen und doch unendlich fremd bleiben. Einen Tag, an dem andere entscheiden, wann und was es zu essen gibt, wessen Gespräche ich dolmetsche, wann in meinem Zimmer das Licht gelöscht wird. Die Frau in dem Bett über mir regt sich, ich kenne nicht einmal ihren Namen. Sie murmelt im Schlaf, schläft viel, oft ganze Tage am Stück, manchmal beneide ich sie.

Die Kälte, die vom Fußboden in meine Beine aufsteigt, erinnert mich an meine Verpflichtung, nach Harun zu suchen. Allerdings habe ich keinerlei Vorstellung davon, wie ich das anstellen soll. Wo soll ich beginnen? Und wann überhaupt, wenn ich ständig zum Dolmetschen gebraucht werde – was mich quält, da ich lieber schweige. Meine Neigungen liegen eindeutig im Zeichnen und in der körperlichen Arbeit im Haushalt, in der Küche, auf dem Feld. Die Sehnsucht nach diesen einfachen Tätigkeiten treibt mir die Tränen in die Augen, aber ich blinzle sie schnell weg. Diese Art von Schwäche konnte ich mir nie erlauben, hier erst recht nicht.

Ich gehe zum Frühstück, trinke viel Tee, esse ein Brot mit der süßen Creme, die nach Nüssen und Schokolade schmeckt und hier offenbar eine Art Nationalgericht ist, und breche, bevor mich jemand zum Dolmetschen verpflichten kann, zu einem Spaziergang auf. Ich suche Ruhe zum Nachdenken, aber das Gehen fällt mir schwer. Ein hauchzarter Schimmer von Schnee liegt auf den Feldern, den Wegen, im kahlen Geäst der Bäume, auf den dürren Zweigen der Sträucher. Die kalte Luft schmerzt in der Lunge und tut mir gleichzeitig gut, denn sie bläst alle Spinnweben aus meinem Kopf, der nun, nach Monaten, endlich wieder ganz klar ist. Mehr denn je bin ich entschlossen, die Wahrheit über Haruns Verschwinden herauszufinden.

Das naheliegendste Vorgehen wäre, hier in der Unterkunft herumzufragen, wer mit Harun Kontakt hatte, wer sich an eine Bemerkung erinnern kann, die bei der Suche hilft. Außerdem könnte ich Jasmin bitten, mir das Papier, das ich für einen Brief halte, vorzulesen. Und natürlich könnte ich sie bitten, über ihr Handy eine Anfrage an all ihre Bekannten zu schicken, die diese wiederum an ihre Bekannten weiterleiten und so fort. Auf diese Weise finden immer wieder Menschen zusammen, die auf der Flucht getrennt wurden und entweder kein eigenes Handy besitzen oder es verloren haben. Sicher würde Jasmin diese Nachricht für mich versenden. Dann würden wir abwarten, während sich die Frage in alle Richtungen verbreitet wie die Wellen, die immer weitere Kreise ziehen, wenn man einen Stein ins Wasser wirft.

Aber spätestens seit dem Feuer in meinem Zimmer und dem aufgebrochenen Spind traue ich niemandem in dieser Unterkunft, nicht einmal Jasmin. Ich muss also einen anderen Weg finden, um das Versprechen, das ich mir selbst und Harun gegeben habe, zu halten.

Die Luft wird während meines Spaziergangs noch kälter, der Wind frischt auf, stürmt ungehindert durch meinen Mantel, streicht zwischen meinen Rippen hindurch, kühlt Herz,

Magen und die anderen Organe und dringt durch Ohren und Nase in den Kopf. Nach einer halben Stunde ist mir so kalt, dass ich befürchte, es nicht mehr zur Unterkunft zurückzuschaffen. Aber mit letzter Kraft erreiche ich die ehemals weißen Container, öffne die Tür und lasse mich erleichtert gegen die Wand sinken.

Es dauert eine ganze Weile, bis ich mich wieder bewegen kann, aber dann, gerade als ich mich mühsam aufrichte, schwingt die Tür neben mir auf, und Amelie stürmt herein.

»Madiha, wie geht es dir? Ich habe mir Sorgen um dich gemacht! Hat der nette Kommissar dich gestern vom Krankenhaus abgeholt? Ich hoffe, es war in Ordnung, dass ich ihm erzählt habe, was passiert ist. Er wollte dich unbedingt sprechen. Hat er dich nach Hause gebracht?«

Wie immer spricht sie zu schnell, und so versuche ich noch, den Sinn ihrer Worte zu verstehen, als sie schon ein ungeduldiges »Na?« hinterherschiebt.

»Er hat mich hierhergefahren«, sage ich, weil die Formulierung ›nach Hause‹ absurd ist. »Vorher waren wir in einem libanesischen Restaurant essen.«

In dem Moment habe ich eine Eingebung und beginne, nachdem das Kältezittern endlich nachgelassen hat, erneut zu beben. Der Kellner in dem libanesischen Restaurant spricht Arabisch. Lesen kann er bestimmt auch. Außerdem hat er mir seine Hilfe angeboten.

Die Vorstellung, einen wildfremden Mann beim Wort nehmen und um Hilfe bitten zu müssen, raubt mir fast den Atem. Was für eine verdrehte Welt, in der ich die Nachbarin Jasmin übergehe und mich stattdessen an einen vollkommen Fremden wenden möchte, aber die ganze Welt ist aus den Fugen, zumindest meine. Da kommt es darauf auch nicht mehr an.

»Was ist denn los mit dir, Madiha?«

Ich tauche aus meinen Gedanken auf und schaue in Amelies sorgenvolles Gesicht. Auch die Geräusche dringen wieder auf mich ein, leise Gespräche der Erwachsenen, das Rufen der Kinder und ihre trappelnden Füße, die schlurfenden Schritte der Älteren, dazwischen die Handys, auf denen manche sich Videos von Raketenangriffen anschauen, in der Hoffnung, dass es nicht ihr Haus ist, das da in Schutt und Asche gelegt wird.

»Danke, mir geht es gut.« Das ist angesichts dessen, dass ich meinen Vater, meine Heimat und all mein Hab und Gut verloren habe, natürlich gelogen, aber es ist das, was Amelie hören will. Gemeint ist, dass ich nicht zusammenbrechen werde. Ich funktioniere wieder, der Schwächeanfall ist überwunden – mehr verlangt niemand von mir.

Beruhigt hakt sich Amelie bei mir unter und zieht mich mit sich in den kleinen Raum bei den Waschmaschinen. Sie hat einige Gespräche vor sich, für die sie eine Dolmetscherin braucht.

Die Zeit vergeht langsam, während ich die immer gleichen Unterhaltungen übersetze. Formulare müssen ausgefüllt werden, Kinder müssen zur Schule. Die Eltern wollen zwar, dass ihre Söhne und Töchter etwas lernen, aber sie möchten ebenfalls im Klassenraum sitzen, um auf sie aufzupassen. Jeder in dieser Unterkunft hat Angehörige verloren, viele haben Angst, dass auch denen, die es bis hierher geschafft haben, noch etwas zustößt. Manche sind so verzweifelt, dass sie sechs oder acht Stunden am Tag am Schultor stehen, weil sie nicht hineindürfen, sich aber auch nicht durchringen können, wegzugehen. ›Traumatisiert‹ ist ein Wort, das ich hier lerne und häufiger gebrauche, als mir lieb ist.

Ich schaffe es an dem Tag nicht, mich davonzustehlen. Eine ganze Weile rede ich mir ein, dass ich die Menschen nicht im Stich lassen kann, die einen Dolmetscher benötigen, aber als ich nachts im Bett liege und keinen Schlaf finde, stelle ich mich der Wahrheit: Ich hatte nicht den Mut, mich auf die Suche nach dem Restaurant zu machen und einen mir fremden Mann um Hilfe zu bitten. Woher sollte ich diese Kühnheit auch nehmen? Es gab in meinem ganzen früheren Leben keine ähnliche Situation. Alles, was außerhalb des Hauses lag, wurde von den Männern geregelt. Der Gedanke an die ersten zwölf Jahre meines Lebens bringt die Erinnerung an die deutsche Frau mit, bei der ich aufwuchs.

An sie habe ich oft denken müssen, seit ich in diesem Land bin. Dass sie von hier stammen soll, ist so unglaublich, dass ich es für eine Lüge hielte, wenn ich von ihr nicht Deutsch gelernt hätte. Blicke ich heute zurück, war sie die perfekte Syrerin. Ihr Arabisch war fehlerfrei, ihre Kleidung anständig, und sie verließ das Haus nur in Begleitung ihres Mannes. Sie bediente seine Gäste, ohne sich bemerkbar zu machen, und hielt meine Schulbildung für unnötig, weil zu viel Bildung und zu viel Wissen die Menschen nur egoistisch und hochmütig mache. Das Einzige, was nicht dazu passte, waren die Gespräche auf Deutsch, die sie mit der aus Österreich stammenden Nachbarin führte, und die Märchen der Brüder Grimm, die sie ihren Kindern abends vorlas. Fragten die Kinder sie nach ihrer Heimat, verschloss sich ihr Gesicht. Kaltherzig seien die Deutschen, sie zerstörten die Natur, dächten nur an Geld. Überall Industrie, überall Dreck, die Flüsse schmutzig, die Wälder tot. Hätte ich auf der Flucht die Kraft und den Mut gehabt, selbst über mein Schicksal zu entscheiden, wäre ich überallhin gegangen, nur nicht nach Deutschland. Aber da Harun sich meiner annahm, landete ich hier und frage mich seitdem, ob meine Erinnerung mich trügt oder ob die Deutsche auch in diesem Punkt gelogen hat, so wie sie mich zwölf Jahre lang belogen hat, indem sie mir sagte, meine Eltern seien tot. Wem kann ich glauben, wem kann ich trauen? Irgendwann schlafe ich ein.

Den Ledergürtel mit den Papieren wie immer unter dem Mantel versteckt, verlasse ich am nächsten Morgen mein Zimmer und wende mich zur Eingangstür. Dort steht Rafiq. Sobald er mich sieht, verstellt er mir den Weg.

»Du hast dich meiner Anweisung widersetzt.«

Ein Mann wie Rafiq, der ebenso wie ich aus der Provinz kommt und traditionell denkt, wird mir nie verzeihen, dass ich Haruns Eigentum an mich genommen habe, obwohl das Haruns Wunsch war.

»Lass mich durch, ich muss zu Amelie«, sage ich, obwohl ich befürchte, dass es nichts helfen wird. Immerhin zuckt er kurz, denn Amelie betreut auch ihn, und sicher will er es sich mit ihr nicht verscherzen. Aber seine gekränkte Eitelkeit gewinnt die Oberhand.

»Es ist nicht richtig, dass eine Frau das Eigentum eines Mannes übernimmt, der weder ihr Bruder noch ihr Gatte ist.«

»Ich muss gehen«, wiederhole ich.

Rafiq schüttelt den Kopf. »Gib mir erst Haruns Sachen.«

Weiß er wirklich nicht, dass der Spind aufgebrochen und sein Inhalt gestohlen wurde? Oder fragt er danach, um unschuldig zu erscheinen, obwohl er selbst der Dieb war?

»Es ist nichts mehr da«, sage ich müde. »Die Sachen wurden gestohlen, nachdem jemand das Feuer gelegt hatte.«

Zu meiner Überraschung wirkt Rafiq verunsichert. Ich hätte nicht erwartet, dass das, was ich sage, überhaupt zu ihm durchdringt oder einen Unterschied macht. Die Erkenntnis, dass er mir nicht nur zuhört, sondern auch noch Glauben schenkt, ermutigt mich.

»Lass mich gehen.«

Mit diesen Worten mache ich einen Schritt nach vorn und ergreife die Klinke. Noch steht Rafiq vor der Tür und verhindert, dass sie aufschwingen kann, aber als ich mit einer energischen Geste die Klinke drücke, gibt er automatisch den Weg frei. Schnell zwänge ich mich durch den schmalen Spalt, was mir keine Schwierigkeiten macht, da ich immer noch nicht zugenommen habe. Ich muss mich beeilen und komme vollkommen außer Atem an der Haltestelle an. Erst im Bus lässt das Zittern meiner Knie nach.

Ich zeige der Busfahrerin die Visitenkarte des Restaurants. Sie erklärt mir, dass es zwei Möglichkeiten gibt, dorthin zu gelangen. Am schnellsten geht es mit dem Zug: Ich kann in ihrem Bus bis zum Bahnhof fahren und von dort mit der S-Bahn in die Innenstadt, wo das Restaurant ist. Dort soll ich den Bahnhof durch den Hinterausgang verlassen und mich links halten. Dann in die erste Straße rechts abbiegen und in die zweite Straße links.

Ich bin noch nie Zug gefahren, wusste nicht einmal, dass es hier einen Bahnhof gibt. Also frage ich nach der zweiten Möglichkeit und bin erleichtert, dass es eine Busverbindung gibt. Dafür muss ich im Zentrum in die Linie 7 umsteigen und mit dieser bis zur Endstation fahren. Dann vom Bushalteplatz zum Bahnhof und den Rest des Weges wie beschrieben. In Gedanken wiederhole ich die Anweisungen während der Fahrt mehrmals, um nur ja kein Wort zu vergessen.

Die Fahrt dauert fast eine Stunde, während der ich über kahle Felder und gerade Baumreihen unter dem tiefen grauen Himmel blicke. Vielleicht hatte die Deutsche recht, denke ich plötzlich. Vielleicht werden die Bäume im Frühling nicht grün, vielleicht bleiben die Felder karg, vielleicht reißen die Wolken niemals auf. Die Vorstellung nimmt mir den Atem.

Dann erreichen wir die ersten Häuser des Stadtzentrums, die Straßen werden enger, immer mehr Autos und Busse und die seltsamen Bahnen müssen sich den wenigen Platz teilen. Die Häuser wachsen in die Höhe, rücken näher an den Bus heran, der Lärm nimmt zu. Der Anblick all dieser Menschen hat mich schon bei meinem ersten Besuch verunsichert, aber jetzt ist es ungleich erschreckender. Ich bin allein und kenne mich nicht aus. Zu allem Übel beginnt es zu regnen. Ich verfluche meinen Übermut und überlege, ob ich einfach sitzen bleiben und mit dem Bus wieder zurückfahren soll. Aber dann erinnere ich mich an die Verpflichtung, die Harun mir auferlegte, als er mir seinen Schlüssel gab, und erhebe mich.

Am Bahnhof steigen alle Fahrgäste aus. Ich bin die Letzte, mühe mich mit meinem Stock ab, weiß im ersten Moment nicht, ob ich nach rechts oder links muss, und stehe als Hindernis allen anderen im Weg. Endlich lichtet sich die Menschenmenge, ein Rempler bringt mich fast aus dem Gleichgewicht, aber dann erreiche ich das Wartehäuschen und lehne mich schwer gegen den Windfang. Einige Augenblicke verharre ich so und spüre, wie mein Herz gegen die Rippen schlägt, wie es im Hals klopft, wie kalter Schweiß zwischen den Schulterblättern mich erschauern lässt.

So viele Menschen laufen zielstrebig an mir vorbei. So viele Autos kriechen Stoßstange an Stoßstange über die Straße, die schmalen Bahnen rumpeln ihre Schienen entlang, dazwischen flitzen Radfahrer, sogar Frauen sind auf Rädern unterwegs! Sie schlängeln sich in halsbrecherischem Tempo über Fahrbahnen und Fußwege, ein junger Mann fährt einen anderen fast um, beide brüllen sich an. Ich schlage die Richtung ein, die die Busfahrerin mir genannt hat, und werde wenig später brutal angerempelt.

»Pass doch auf!«, ruft jemand.

Ich versuche es ja, bin aber hoffnungslos überfordert. Werbesäulen, die im Weg stehen, Fußgänger, Radfahrer, Ampeln, Hunde, Kinderwagen, kleine Wägelchen mit vier Rollen, die alte Menschen vor sich herschieben, oder Taschen auf zwei Reifen, die sie ziehen … In meinem Kopf verquirlt sich das alles zu einem Strudel aus Lärm und Geschwindigkeit. Ich schlinge den Arm um einen Stahlmast und schließe die Augen. Versuche, meine Atmung zu beruhigen, kneife mich mit zwei Fingern in die Nasenwurzel. Langsam ebbt die Panik ab.

Als ich die Augen wieder öffne, habe ich jede Orientierung verloren. Völlig entkräftet gehe ich die wenigen Schritte zurück zu der Haltestelle, an der ich ausgestiegen bin, setze mich kurz auf die eiskalte Bank aus Drahtgeflecht und überlege, doch lieber zur Unterkunft zurückzufahren. Nur das Wissen, dass ich mich für diese Feigheit selbst verachten würde, gibt mir den Funken Kraft, den ich brauche, um den Weg noch einmal zu beginnen.

Kaum bin ich um die Ecke gebogen, sehe ich mein Ziel deutlich vor Augen. Das Bahnhofsgebäude ist groß und an der riesigen Uhr gut zu erkennen, der Weg dorthin führt über verschiedene Verkehrsinseln. Durch den Gang, der unter den Gleisen hindurchführt und am anderen Ende hinaus, hat die Busfahrerin gesagt, und dann nach links.

Diesmal schaffe ich es bis zu den ›Drei Zedern‹.

Vor dem Restaurant verlässt mich der Mut. Ich kann zwei Gäste sehen, einen Mann und eine Frau an dem Tisch, an dem ich mit dem Kommissar saß. Ich sehe den Kellner herantreten, beobachte, wie er die Bestellung aufnimmt, die

Speisekarten wegräumt und den Blick hebt. Er sieht mich. Erkennt mich. Nickt mir zu.

War das eine Aufforderung, hereinzukommen? Oder draußen zu bleiben und hier auf ihn zu warten? Wieder fühle ich mich verloren. Die Zeichen, mit denen alle anderen sich verständigen, sind mir ein Rätsel. Während ich noch unentschlossen beobachte, wie der Mann und die Frau einander über den Tisch hinweg die Hände reichen und die Köpfe zusammenstecken, erscheint aus der schmalen Gasse, die etwa fünfzig Meter rechts von dem Restaurant auf die Straße trifft, der Kellner. Er winkt mich zu sich. Ich passe eine Lücke im Verkehr ab und beeile mich, zu ihm zu gelangen.

Er nickt mir kurz zu und sagt, während er sich umdreht und vorgeht: »Ich zeige dir den Hintereingang.«

Die Gasse führt zwischen den Häusern hindurch auf eine schmale Einbahnstraße. Links von uns befindet sich der rückwärtige Eingang des Restaurants. Der Kellner zeigt mir eine Klingel, es ist die unterste in der Reihe. Die Beschriftung kann ich nicht lesen, aber die drei Zedern hätten selbst mir verraten, dass sie zu dem Restaurant gehört.

Wir treten ein, der Kellner eilt vor mir her, fordert mich mit einer Geste auf, zu warten, und biegt links ab in die Küche. Als er wiederkehrt, trägt er einen Teller mit Oliven und *Hummus*, den er nach vorn ins Restaurant bringt. Aus der Küche schaut die Frau mit dem Haarnetz, die mir zwei Tage zuvor geholfen hat. Sie nickt mir zu und verschwindet wieder. Der Kellner kommt zurück und führt mich in einen zweiten Gastraum, dessen Tische ungedeckt sind.

»Ich bin Jean.«

»Madiha.«

Einen Moment herrscht verlegene Stille, dann beendet Jean die peinliche Situation.

»Setz dich.« Er rückt mir einen Stuhl zurecht. »Ich bringe dir Tee.«

Kurz darauf sitzt er mir gegenüber. »Bist du neu in Deutschland?«

Ich nicke.

»Du sprichst gut Deutsch.«

»Das habe ich als Kind gelernt.« Der Tee ist stark und süß, mit einem Hauch Kardamom.

»Wie kann ich dir helfen?«

Ich schlucke. Lange habe ich überlegt, ob ich die folgende Frage überhaupt stellen darf. Eigentlich ist sie sehr unhöflich, denn Hilfsbereitschaft gehört wie die Gastfreundschaft zu unserer Kultur, zu unserer Religion. Es ist ungehörig, an den Motiven eines hilfsbereiten Menschen zu zweifeln, und ich weiß, dass es nach Verfolgungswahn klingt, nach einer Verschwörungstheorie, vollkommen verrückt – aber was, wenn er seine Hilfe nur anbietet, um Haruns Papiere in die Hand zu bekommen? Mein Verstand sagt mir, dass dieser Mann nichts über Harun wissen kann, nichts über seinen Brief, den Pass, das Foto, den Ring. Aber mein Herz ist ängstlich. Rafiq setzt mir zu. In mein Zimmer wurde ein Brandsatz geworfen. Ich befinde mich in einer Umgebung, deren Regeln ich nicht verstehe, und ich kann es nicht über mich bringen, Haruns Brief einem Fremden anzuvertrauen, ohne vorher meine unverschämte Frage gestellt zu haben.

Ich hole tief Luft. »Warum willst du mir helfen?«

Meine Befürchtungen werden wahr. Sein Gesicht verschließt sich.

»Bitte versteh mich nicht falsch«, setze ich eilig hinzu. »Ich besitze etwas, das auch andere haben wollen. Oder vernichten, ich weiß es nicht. Ich wurde bedroht, es gab einen Brandanschlag … Ich muss wissen, ob ich dir trauen kann.«

Jeans Augen sind während meiner Worte immer größer geworden. »Jetzt machst du mir Angst.«

Ich muss ihn ansehen, muss mich überwinden, um einem fremden Mann ins Gesicht zu schauen. Es widerstrebt mir zutiefst, aber ich muss wissen, was in ihm vorgeht. Eine Sekunde nur hält mein Blick seinem stand, aber das reicht mir. Ich erkenne in seinem Blick keine Berechnung. Eher Sorge. Vermutlich ärgert er sich bereits, dass er mir Hilfe angeboten hat.

»Ich dachte, dass der Mann, mit dem du hier warst, dir unrecht täte.«

Die Erklärung ist so überraschend und gleichzeitig so naheliegend, dass ich lächeln muss. Darauf wäre ich nicht gekommen. »Entschuldige, ich sehe Gespenster. Meine Nerven sind nicht die besten.«

Jeans angespannte Schultern lösen sich, er lächelt auch. »Bist du allein in diesem Land?«

Ich nicke.

»Dann ist es gut, vorsichtig zu sein. Entschuldige mich einen Moment.« Jean eilt in die Küche und bringt den Gästen die warmen Vorspeisen.

Ich ziehe das Papier hervor, das ich für einen Brief halte, und lege es vorsichtig auf den Tisch. Jean nimmt, nachdem er mit einem Blick um die Erlaubnis gebeten hat, das Blatt in die Hand und beginnt zu lesen.

»Dein Bruder?«, fragt er leise.

»Nein. Ein junger Mann, der mir auf der Flucht geholfen hat. Nun ist er verschwunden, und ich möchte wissen, was mit ihm geschehen ist.« Ich erzähle ihm die Geschichte, lasse nur den Kommissar weg. Dass die Polizei nach Harun sucht, verschweige ich, weil es sein könnte, dass Jean mir dann sagt, ich solle auf die Behörden vertrauen und meine eigenen Bemühungen einstellen. Das will ich nicht hören.

Noch während ich spreche, spüre ich, wie gut es tut, neben den reinen Tatsachen auch das Gefühl der Bedrohung und die Last der Verantwortung jemandem anvertrauen zu können, von dem ich mir Verständnis und Hilfe erhoffe. »Kannst du mir das vorlesen?«

Jean nickt, überfliegt das Blatt noch einmal und räuspert sich. »Es wird dir nicht gefallen.«

8

Wie betäubt verbringe ich den Rest des Tages. Fahre zurück in die Waldstraße, werde wieder zum Dolmetschen verpflichtet, habe Schwierigkeiten, mich zu konzentrieren, und packe abends, als fast alle beim Essen sind, das Päckchen aus, das Jean mir mitgegeben hat. Mit Heißhunger schlage ich die Zähne in das weiche Brot, löffele den scharf gewürzten Fleischeintopf kalt aus der Aluschale und schaffe zwei der vier gefüllten Teigtaschen. Mir steigen Tränen in die Augen, die ich schnell wegblinzle. Wenn ich erst einmal anfange, an meinen Kräuter- und Gemüsegarten, die Oliven-, Zitronen- und Orangenbäume zu denken, werden alle Dämme brechen. Stattdessen spreche ich mir selbst gut zu. Wenn Jean diese Köstlichkeiten in seinem Restaurant zubereiten kann, bedeutet das, dass die Zutaten in Deutschland erhältlich sind, vielleicht sogar in den Geschäften in seiner Straße, die ich vor lauter Aufregung kaum eines Blickes gewürdigt habe. Im Moment nützt mir dieses Wissen nichts, denn in der Unterkunft gibt es keine Küche. Das Essen kommt aus Töpfen, die groß wie Badezuber sind und Kartoffeln enthalten, immer wieder Kartoffeln, außerdem Gemüse, das ohne Fett, ohne Kräuter, ohne Gewürze gedämpft ist und nach nichts schmeckt. Aber eines Tages werde ich die Möglichkeit haben, selbst zu kochen.

An diesem Tag werden mir das Wetter egal sein und die Eile der Menschen und die verächtlichen Blicke auf mein Kopftuch. Ich werde so viele Zutaten einkaufen, dass ich einen Träger bezahlen muss, der sie in meine Küche bringt.

Dann beginne ich mit der Zubereitung. Ich schneide, hacke, wiege, knete, rühre die halbe Nacht und probiere bereits hiervon und davon … Am nächsten Tag stehe ich vor Sonnenaufgang auf und koche, brate, backe, frittiere in einem fort. Den ganzen Tag koche und esse ich, bis ich zu platzen drohe. Selbst dann esse ich weiter, zwei Bissen noch, vielleicht drei. Von dem vielen Essen werde ich schläfrig und nicke ein, aber mitten in der Nacht wache ich wieder auf, weil das Aroma der Heimat meine Sehnsucht weckt, und dann nehme ich hiervon einen Löffel und davon ein Stück …

»Amelie will dich sehen!«

Nur mühsam finde ich in die Gegenwart zurück. Jasmin steht in der Tür und starrt auf die zwei verbliebenen Teigtaschen. »Woher hast du das?«

Es zerreißt mir das Herz, als ich die Hand ausstrecke und sie ihr anbiete, aber es wäre geradezu undenkbar, es nicht zu tun. »Von einem Freund.«

Jasmin nimmt eine, beißt hinein, kaut, nickt. »Lecker.«

Sie beginnt nicht zu zittern, zeigt keine Ergriffenheit, weint nicht. Kurz: Sie weiß die Köstlichkeit nicht zu schätzen. Ernüchtert schlage ich das Papier über den verbliebenen Leckerbissen und schiebe ihn unter mein Kopfkissen. Dann erhebe ich mich mühsam.

»Ich komme.«

Nach einem Gespräch mit einem Neuankömmling, den Amelie mit ihren Regeln und Anweisungen überschüttet, von denen er sich nicht einmal die Hälfte wird merken können, gehe ich zurück in mein Zimmer, nehme den Brief aus der Gürteltasche und streiche das Papier glatt. Den lautstarken Streit der Afrikanerinnen blende ich aus, was mir nicht schwerfällt, da ich kein Wort verstehe. Stattdessen starre ich auf die winzigen Symbole, die ich neben den Text gezeichnet habe, damit sie meinem Gedächtnis als Stütze dienen. Während meine Augen über das Blatt gleiten, höre ich Jeans leise, traurige Stimme, die die Worte des Briefes wieder und wieder gesprochen hat, bis ich ihn auswendig wiederholen konnte.

Geliebter Bruder,
sie sind tot, die Eltern sind tot, ich habe das Haus verlassen. Mit dem Bäcker und seiner Frau bin ich geflohen, nachts, jeder konnte nur eine Tasche packen, die Frau des Bäckers trug das Baby. Mitten in der Nacht sind wir davongeschlichen wie Diebe, damit uns niemand sieht, damit sie uns nicht abschießen wie Hunde. Sie schießen auf alles, egal, ob Mensch oder Tier. Unseren Nachbarn Haitham haben sie erschossen, einfach so, ohne Grund. Der Bäcker will nach Jordanien, aber ich werde mich von ihm und seiner Familie trennen, denn ich will nach Düsseldorf, das ist eine Stadt in Deutschland. Du erinnerst dich an Halime, die unsere Nachbarin war, bevor sie nach Damaskus ging? Sie studiert an der Universität Düsseldorf. Halime hat mir ihre Hilfe zugesagt.
Ich habe mein Handy verloren und weiß nicht, ob es lohnt, ein neues zu kaufen, denn die Sendemasten, an denen wir vorbeikommen, sind alle kaputt. Von den Telefonen aus, die ich benutzen durfte, konnte ich deine Nummer nicht erreichen. Ich schreibe daher in der Hoffnung, dass meine Worte zu dir finden. Wie du siehst, ist mein Papier die Rückseite deiner Kalligraphie, die du mit so viel Freude angefertigt hast. Ich wollte sie nicht zurücklassen und hoffe, dass sie zu dir zurückkehrt. Diesen Brief gebe ich einem Mann mit, der nach Aleppo reist und zuversichtlich ist, dich zu treffen.
Wenn du kannst, geliebter Bruder, komme auch nach Deutschland. Unsere Heimat gibt es nicht mehr, unser Dorf, unser

Elternhaus, es ist alles zerstört. Kehre nicht zurück, es würde dir das Herz brechen.
Allah möge dich beschützen.
Deine Schwester Razan

Mein Herz schlägt so hart, dass der Brief im selben Rhythmus in meinen Händen zittert. Die Zeit löst sich aus ihrem unermüdlichen Vorwärts, so wie ein Bach sein Bett verlassen kann, wenn ihm ein Hindernis den Weg versperrt. Sie dehnt sich aus, zieht sich strudelnd zusammen und wirbelt mich zurück in eine Zeit, als mein Leben noch im Einklang mit der Natur verlief. Ich sehe mich selbst im ersten Licht des Tages die Ziegen melken und die Erde in der kleinen Mulde hacken, in der die Winterluft wie ein eisiges Kissen liegen bleibt, wenn ringsumher schon der Frühling Einzug hält. Später im Jahr ist es die Feuchtigkeit dieser Senke, die den wunderbar süßen Melonen das nötige Wasser spendet. Komme ich auf den Hof zurück, laufen mir bereits die Hühner entgegen. Den ganzen Tag bin ich auf dem Feld oder im Haus beschäftigt, gehe meiner Stiefmutter und meinen Halbgeschwistern aus dem Weg, weil ihre Verachtung mich genauso trifft wie ihre Schläge. Später darf ich ins Arbeitszimmer meines Vaters, was allen anderen streng verboten ist. Auch deshalb hassen sie mich.

Jahre später, als die Geschwister verheiratet sind und die Stiefmutter tot ist, wird das Leben noch geruhsamer. Oft vergehen ganze Tage, an denen ich kein Wort spreche, aber ich bin zufrieden. Abends sitzen wir beisammen, hören Radio, wieder schweigend, jeder in seine Gedanken vertieft. So hätte es bleiben sollen, ich wünschte mir nichts anderes. Doch dann hörten wir im Radio von den Revolutionen in Tunesien, Algerien, Ägypten und Bahrain. Mir schienen die Ereignisse unendlich weit entfernt und zugleich doch beängstigend nah.

Mein Tagwerk blieb unverändert, aber die Luft war elektrisch geladen. Und eines Tages, lang befürchtet und dennoch unerwartet, begann das Töten.

Der neue Tag ist mir willkommen. Nicht, weil ich Gutes von ihm erwarte, sondern weil er die Nacht vertreibt und mit ihr die Erinnerungen, die mich überfallen haben wie ein Schwarm Bienen. Ihre Stiche sind ebenso schmerzhaft, und so fühle ich mich am ganzen Körper zerschunden, als ich die Füße auf den eiskalten Boden setze. Die anderen schlafen noch, vielleicht sind ihre Knochen weicher, ihre Muskeln elastischer und willig, sich mit der Matratze anzufreunden. Mir ist es unmöglich, auf der Seite zu liegen, aber auf dem Rücken träume ich schlecht. Das war immer schon so, deshalb bekam ich die teure Matratze, die mein Vater aus der Großstadt mitbrachte. Auf dem wunderbar weichen Bett konnte ich den bösen Traumgeistern den Rücken zukehren. Hier habe ich keine Möglichkeit, sie fernzuhalten.

Razan schreibt in ihrem Brief von Düsseldorf. Der Name der Stadt ist mir bekannt, ich befinde mich in derselben Provinz. Wie weit die Stadt entfernt ist, weiß ich allerdings nicht. Nach dem Frühstück, das aus der letzten übrig gebliebenen Teigtasche und viel süßem Tee besteht, verlasse ich die Unterkunft.

Vor der Tür treffe ich Amelie.

»Du kannst nicht weggehen, ich brauche dich doch zum Dolmetschen.«

Wie immer hakt sie sich bei mir unter, aber heute ist es mir unangenehm, weil sie mich in eine Richtung zieht, in die ich nicht will. Ich will zu Jean, damit er mir erklärt, wie ich nach Düsseldorf komme. Aber Amelie lässt nicht locker. Drei Stunden verbringe ich mit Neuankömmlingen, für die Amelie Formulare ausfüllt, deren Fragen sie beantwortet und denen sie die wichtigsten Dinge erklärt. Später gehen wir gemeinsam zur Sparkassenfiliale, denn die Stadt verlangt von jedem Asylbewerber, dass er ein Konto hat. Die Kontoeröffnung geht mit Amelies Hilfe schnell, dann erklärt sie noch die Bedienung des Geldautomaten, den zwei Männer bereits kennen, ein dritter nicht. Auch mir waren diese Geräte neu. Falls mein Vater sie kannte, hat er mir nichts davon erzählt. Warum auch? In meinem alten Leben spielten diese Dinge keine Rolle.

Auf dem Rückweg steht plötzlich eine Frage klar vor meinen Augen, die sich in den letzten Tagen schon mehrfach angekündigt hatte, aber nie greifbar wurde. »Wie kann es sein, dass es in der Unterkunft so viele Neuankömmlinge gibt, obwohl alle Betten belegt sind?«

»Weil wir schon vielen Menschen eine eigene Wohnung vermitteln konnten.«

Mein Gesicht muss meine Entgeisterung verraten, denn Amelie drückt lachend meinen Arm. »Familien, hauptsächlich. Und dich, Madiha, könnten wir doch gar nicht entbehren!«

Ich bin unsicher, welche Gefühle dieser Satz bei mir auslöst. Ist es Enttäuschung? Empörung? Resignation? Meine Blicke schweifen in der Straße umher, suchen einen Punkt, an dem ich mich festhalten und meinen Gefühlen auf den Grund gehen kann. Löst dieses erleuchtete Fenster dort oben mit der winterlichen Dekoration die Sehnsucht nach einem eigenen Zuhause aus? Oder würde ich dahinter vereinsamen, verkümmern, verdorren wie die letzte Feige, die am Baum hängen bleibt und irgendwann, weil niemand sie mehr ernten will, hinunterfällt und unbemerkt zu Erde wird? Mein Blick gleitet die Hauswand hinab und verhakt sich plötzlich in den schwarzen Augen eines jungen Mannes. Natürlich senke ich sofort den Blick, trotzdem genügt der winzige Augenblick für die Gewissheit: Der Fremde ist mir nicht gänzlich unbekannt. Ich bin sicher, die durch eine kleine Narbe geteilte Augenbraue gestern auf dem Weg zu den ›Drei Zedern‹ auch schon bemerkt zu haben. Mir kommt ein Gedanke, der so ungeheuerlich ist, dass ich mich selbst auslachen würde, wäre ich nicht vor Angst wie erstarrt: Ich werde verfolgt.

9

Schon beim Aufwachen beginnen meine Gedanken wieder zu kreisen. Ich muss zu Jean, damit er mir hilft, Haruns Schwester zu finden, aber wie soll ich meinem Verfolger entkommen? Er hat es leicht, braucht nur die Bushaltestelle im Blick zu behalten, denn ohne Bus komme ich nirgendwohin. Vielleicht hat er sogar einen Spion in der Unterkunft, der ihm Bescheid gibt, wenn ich sie verlasse. Aber wer sollte ein Interesse daran haben, meine Schritte zu überwachen? Und warum? Hat das mit meiner Suche nach Harun zu tun? Zwar verstehe ich immer noch nicht, was daran für irgendjemand interessant sein sollte, aber eine andere Erklärung fällt mir nicht ein.

Beim Frühstück, das in dem großen Container stattfindet, der früher einmal ein Klassenzimmer war, beobachte ich die Menschen um mich herum mit Misstrauen. Frauen und Männer sitzen wie immer getrennt, nur Kinder laufen zwischen den Gruppen hin und her. Da die Schlafräume überbelegt sind, ist auch der Gemeinschaftsraum, in dem die Mahlzeiten stattfinden, zum Bersten voll. Es gibt lange Tische und Bänke, zusätzlich hocken an allen Wänden und überall, wo noch ein Fleckchen Platz ist, Menschen auf dem Boden. Zwischen den Mahlzeiten finden hier Sprachkurse statt, deshalb sind die Essenszeiten kurz. Noch bevor es richtig hell wird, muss ich den geheizten Raum wieder verlassen.

Sofort nach dem Frühstück mache ich mich auf den Weg, damit Amelie mich nicht wieder zum Dolmetschen einspannen kann. Um ewaige Verfolger zu verwirren, gehe ich nicht zur Bushaltestelle, sondern wende mich zum Pfarrhaus. Davor ist wie immer viel Betrieb: Deutsche bringen abgelegte Kleidung für die Flüchtlinge, Neuankömmlinge bekommen Hosen, Pullover, Jacken, Schuhe und was sie sonst noch brauchen. Die meisten Männer sind enttäuscht, weil die Kleidung der Deutschen ihnen zu groß ist. Frauenkleidung in bunten Farben oder mit aufgedruckten Katzen oder Glitzersteinen wollen sie nicht anziehen, also stehen sie da in Pullovern, die ihnen bis an die Knie reichen, und sehen aus wie Kinder, die die Garderobe ihrer älteren Geschwister auftragen.

Neben der Kleiderkammer gibt es ein Zimmer, in dem Flüchtlingskinder spielen dürfen. Auch vor dieser Tür herrscht ein großes Getümmel, denn die Mütter lassen ihre Söhne und Töchter nicht aus den Augen. Ich mische mich unter die Frauen, gehe aber nicht mit ihnen hinein, sondern biege vor dem Pfarrhaus nach links, gehe hinter der Kirche vorbei und nehme den Fußweg zur Querstraße. Langsam, als ginge ich nur spazieren, wandere ich durch den Ort. Alles ist so sauber und aufgeräumt, dass es mir einmal mehr vollkommen unwirklich vorkommt. Sogar die großen bunten Tonnen, in denen die Leute ihren Müll sammeln, stehen in kleinen Holzhäusern.

Das Sortieren des Abfalls ist auch in der Unterkunft ein ständiger Anlass für Ärger. Welcher Abfall in welche Tonne gehört, scheint wichtiger zu sein als die Frage, wer in welchem Zimmer schläft. Amelie hat mir einen geschlagenen Vormittag lang die Anweisungen für das korrekte Sortieren von Müll von einem dicht beschriebenen Papier vorgelesen und mir aufgetragen, meinen Mitbewohnern zu erklären, welcher Abfall in welchen Behälter geworfen werden muss. Aber Wörter wie ›Wertstoff‹, ›Blisterverpackung‹, ›Kleintierstreu‹ oder ›Kohlepapier‹ habe ich nicht einmal verstanden.

Abgesehen davon interessiert sich von uns niemand dafür.

Im gesamten Ort stehen auch die Autos genau auf den eingezeichneten Parkplätzen. Jedes Haus ist ordentlich mit einer Nummer versehen und besitzt einen Briefkasten, in den die Post eingeworfen wird. Niemand kommt aus dem Haus, um den Postboten zu begrüßen.

Mein Orientierungssinn wird auf eine harte Probe gestellt, denn ich gelange in einen Ortsteil, in dem die Häuser alle gleich aussehen: dunkelbrauner Stein, schwarze, sanft geneigte Dächer, jeweils zwei Häuser spiegelbildlich nebeneinander, dann Garagen, dann wieder sich zum Verwechseln ähnliche Häuser, das Gleiche in der Quer- und der Parallelstraße. Der Himmel ist wie immer grau, so kann ich mich nicht einmal an der Sonne orientieren, sondern hege bald die Befürchtung, im Kreis zu laufen. Da ich inzwischen sicher bin, dass mir niemand folgt, würde ich jetzt gern zu der zweiten Bushaltestelle des Ortes gehen und dort in den Bus steigen, der mich zu den ›Drei Zedern‹ bringt, aber ich habe mich verlaufen. Mühsam schleppe ich mich weiter und weiter, mein Bein und die Hüfte schmerzen, und als ich wirklich nicht mehr weiterkann, lasse ich mich auf eine Mauer sinken, die einen Vorgarten begrenzt. Ich lege beide Hände auf den Knauf des Stocks und die Stirn auf die Hände. Die Kälte dringt mir durch Mark und Bein, lange kann ich hier nicht sitzen, aber wohin soll ich gehen?

Eine Stimme reißt mich aus meiner Verzweiflung. »Was machst du da?«

Ich kämpfe mich auf die Füße und drehe mich zur Haustür. Ein etwa zehnjähriger Junge lugt durch die halb offen stehende Tür.

»Ich habe mich verlaufen.«

»Willst du zu der Asi-Unterkunft?«

»Nein, von der Asyl-Unterkunft komme ich. Ich möchte zur Bushaltestelle.«

»Die ist da lang.«

Eine Frau erscheint hinter dem Jungen, zerrt ihn ins Haus, wirft mir einen bösen Blick zu und schließt die Tür. Ich gehe in die Richtung, die das Kind mir genannt hat, und stoße an der nächsten Ecke auf die Bushaltestelle. Mit letzter Kraft lasse ich mich auf die Wartebank fallen und unterdrücke die Tränen. Meine Angst, verfolgt zu werden, war lächerlich. Mein Plan, dem eingebildeten Beobachter zu entwischen, miserabel. Keinesfalls habe ich jetzt noch genug Kraft für einen Ausflug zu den ›Drei Zedern‹, daher nehme ich den nächsten Bus zurück zur Unterkunft und verschlafe den Tag, bis es Zeit zum Abendessen ist.

Ich bin die Erste beim Frühstück, schlinge Tee und einige Brote hinunter und bitte Jasmin, mich in ihrem Zimmer verstecken zu dürfen. Sie betrachtet mich neugierig, fragt aber nicht nach und weist einladend auf ihr Bett, bevor sie zum Deutschkurs geht. Amelie findet mich nicht in dem fremden Zimmer, und ich gebe acht, ihr nicht über den Weg zu laufen, als ich die Unterkunft verlasse.

Erst huschen meine Blicke hin und her auf der Suche nach dem Gesicht mit der gespaltenen Augenbraue, aber dann schelte ich mich eine Idiotin und gehe zielstrebig zur Bushaltestelle. Der Bus ist schon zu sehen, als sich zwei junge Männer aus der Unterkunft zu mir stellen. Ich fühle mich unbehaglich, obwohl sie mich nicht beachten, sondern nur auf ihre Handys starren. Aber sie setzen sich in die letzte Reihe, so dass sie mich sehen können, ich sie jedoch nicht. Als ich den Bus zum Umsteigen verlasse, bleiben sie sitzen. Meine

Nervosität lässt langsam nach, und als ich bei den ›Drei Zedern‹ ankomme, hat sich meine Atmung wieder beruhigt.

Die großen Fenster erlauben mir einen ungehinderten Blick in den Gastraum, die meisten Tische sind besetzt. Das ist schlecht, Jean wird keine Zeit für mich haben. An der Hintertür klopfe ich, trete ein und werfe einen Blick in die Küche. Die Köchin nickt mir kurz zu.

Es dauert eine Weile, bis Jean nach hinten kommt. Wieder wundere ich mich darüber, wie flink der kleine, dicke Mann mit seinem seltsamen Watschelgang sich bewegt. Er schenkt mir ein winziges Lächeln, hebt eine Hand, ruft eine ganze Liste von Gerichten in die Küche, geht zur Bar, füllt Gläser und bringt die Bestellungen in den Gastraum. Dann kehrt er zurück und bleibt kurz bei mir stehen.

»Es tut mir leid, Madiha, im Moment ist viel zu tun. Du kannst warten und essen, wenn du magst.«

Ich habe tatsächlich wieder einen unbändigen Appetit. Die Aromen kitzeln meine Nase, tanzen auf der Zunge und necken den Gaumen, aber ich kann mich nicht hinsetzen und essen, während Jean und die Köchin mit der Arbeit nicht nachkommen.

»Kann ich helfen?«

Jean ist überrascht, fängt sich aber schnell und wiegt den Kopf hin und her. »Frag Buschra, sie ist die Herrin der Küche.«

Die Köchin nickt kurz, deutet mit dem Kopf auf ein Waschbecken, neben dem Schürzen und Kopfhauben hängen, und weist mir, als meine Hände gewaschen und die Schürzenbänder geknotet sind, einen Platz an der Arbeitsfläche zu.

Ich hacke Petersilie, Zwiebeln und Knoblauch, hobele Paprika in Ringe, schneide Rotkohl, klopfe Fleisch und forme Hackbällchen. Hunderte, wie mir scheint. Irgendwann ist mein Kopf vollkommen leer, eine verloren geglaubte Ruhe breitet sich in mir aus, und meine Hände arbeiten von allein. Nehmen das gewürzte Fleisch, pressen es einmal in der Faust fest zusammen und drehen eine Kugel, legen sie zur Seite, nehmen neues Fleisch.

Irgendwann legt sich eine kleine Hand auf meinen Arm und drückt fest zu. Verwundert schaue ich auf. Buschra steht neben mir, sie runzelt die Stirn und schüttelt den Kopf. Ich lasse die Hände sinken, lausche auf den Lärm aus der Gaststube und höre das Scharren von Stühlen, Schritte, die sich entfernen, dann nichts mehr.

Im nächsten Moment steht Jean in der Tür. »Hast du in einem Restaurant gearbeitet?«

Die Vorstellung, dass ich einem Beruf nachgegangen sein könnte, erheitert mich so sehr, dass ich fast auflache. Tatsächlich schüttle ich nur den Kopf. Mir ist unklar, wie viel Zeit vergangen ist, aber ich fühle mich gut, so unglaublich leicht wie schon seit Monaten nicht mehr. Auch im Kopf herrscht Ruhe. Keine kreisenden Gedanken, keine Angst, nur Stille.

»Danke«, sage ich.

Jean lacht. »Wir müssen uns bedanken. Freitage sind immer schlimm, aber heute war die Hölle. Du hast uns gerettet.«

Buschra sieht mich von schräg unten an, sie ist noch kleiner als Jean. Auf ihren Lippen liegt die Andeutung eines Lächelns. Sie nickt. Ich bin sicher, sie weiß, wie ich mich fühle.

Wir essen gemeinsam, und zwar alle von einer Platte. Ohne Besteck, nur mit dem Brot, das wir mit den drei Fingern der rechten Hand halten. Nur beim Petersiliensalat nehmen wir einen Löffel zu Hilfe. Buschra sagt kein Wort, aber sie und Jean scheinen sich per Gedankenübertragung zu verstehen. Mein Hunger ist während des Kochens gewachsen wie die Schatten am Nachmittag, und ich esse schweigend, bis er ganz und gar gestillt ist. Dann erkläre ich Jean, warum ich nach Düsseldorf muss.

»Düsseldorf ist nicht weit, aber es ist eine große Stadt. Wie willst du Haruns Schwester dort finden?«, fragt er zweifelnd.

»Ich frage in der Unterkunft.«

»Davon gibt es dort zwanzig oder dreißig. Sie sind über die ganze Stadt verstreut.«

Mein Mut sinkt, aber mein Entschluss steht fest. »Dann dauert es eben länger.«

Buschra schaut mir plötzlich mit einem irritierend intensiven Blick direkt in die Augen. »Komm wieder«, sagt sie, bevor sie in ihre Küche verschwindet.

Ich könne auch mit dem Bus nach Düsseldorf fahren, hat Jean mir erklärt, aber dann würde ich den Tag auf der Straße verbringen und nicht bei der Suche. Also fasse ich mir ein Herz und nehme den Bus nur bis zum nächstgelegenen Bahnhof. Es ist so, wie die freundliche Busfahrerin, die mich mittlerweile kennt, erklärt hat: Es gibt zwei Gleise und zwei Bahnsteige. Der Zug, den ich nehmen muss, fährt vom ersten Gleis, den Bahnsteig erreiche ich direkt vom Bürgersteig aus. Erst auf dem Rückweg, wenn ich auf dem anderen Bahnsteig ankomme, muss ich durch die Unterführung gehen. Der niedrige Tunnel, in dem immer Zwielicht herrscht, jagt mir jetzt schon Angst ein.

Obwohl die Bahn absolut pünktlich kommt, frage ich eine Frau, die ebenfalls einsteigt, ob dieser Zug nach Düsseldorf fährt.

»Klar, steht ja dran.«

Ich suche mir einen freien Platz, von denen es viele gibt, und lasse mich auf den Sitz sinken. In dem Moment, in dem der Zug anfährt, möchte ich am liebsten aufspringen und hinausstürzen. Was tue ich hier?, denke ich voller Panik. Noch nie in meinem Leben bin ich mit einem Zug gefahren, schon gar nicht allein. Ich weiß nicht, ob ich nach Norden, Süden, Osten oder Westen unterwegs bin. Weiß nicht, was mich in der großen Stadt erwartet. Was, wenn ich mich dort verlaufe und nicht mehr zurück zur Unterkunft finde? Wenn ich auf der Rückfahrt in einen falschen Zug steige, der mich Hunderte von Kilometern weit wegbringt? Was, wenn …

Ich rufe meine Gedanken zur Ordnung, konzentriere meinen Blick auf die Landschaft, die vorbeizieht, sage mir wieder und wieder, dass ich mich nicht verlaufen werde, weil mein Gedächtnis sich Häuser und Straßenecken und alle möglichen Anhaltspunkte einprägt. Meine Augen sehen mehr als andere Augen, das war schon immer so. Deshalb könne ich zeichnen, hat mein Vater mir erklärt. Zuerst müsse man sehen, dann könne man malen. Wer nicht sehe, werde nie malen. So rufe ich mir jetzt die Unterführung vor Augen, durch die ich heute Abend gehen werde. Auf der linken Seite sind Pfützen, darauf sollte ich achten. Der Gedanke beruhigt mich, mein Atem wird tiefer, sanfter, langsamer. Die lähmende Angst weicht einer nervösen Unsicherheit. Dieses Gefühl ist mir wohlvertraut, es ist der Normalfall geworden. Aber mehr kann ich nicht erwarten.

Wir passieren den Bahnhof, den ich auf dem Weg zu den ›Drei Zedern‹ zu Fuß unterquert habe, aber es gelingt mir nicht, einen Blick nach draußen zu erhaschen, dazu liegen zu viele Gleise nebeneinander, zu viele, als dass ich sie zählen könnte. Danach geht es wieder über winterliche Felder. Der Boden ist hier so flach wie die Oberfläche des großen Stausees hinter al-Rakka, zu dem mich mein Vater einmal mitgenommen hat. Niemals hätte ich gedacht, dass es so eine Landschaft geben könnte, ohne Hügel, ohne Steine, ohne Täler. Mal zieht ein kleiner Wald an den Fenstern vorbei, dann wieder ein Ort und lange, schnurgerade Baumreihen. Als mehrere Brücken in Sicht kommen, muss ich an Haruns Traum denken. Ob er diese hier schön fände? Und plötzlich geht es über den Fluss, der das dunkle Grau des Himmels spiegelt, weiter auf einem hoch liegenden Damm an Häusern vorbei, die ich fast mit der Hand berühren könnte.

Die Größe, der Lärm und die Menschenmassen des Hauptbahnhofs stellen alles in den Schatten, was ich je erlebt habe. Es gibt so viele Möglichkeiten, wohin ich meine Schritte lenken könnte, dass ich mich nicht entscheiden kann. Stehenbleiben ist allerdings auch unmöglich, denn alles ist in Bewegung, die Menschen, die Anzeigen, die Züge, das Auge findet keinen Halt, irrt von hier nach dort, wird mitgeschleift, beschleunigt, abgebremst. Um dem Schwindel zu entkommen, hefte ich den Blick auf eine rote Jacke, die aus der dunklen Kleidung heraussticht, und folge ihr den Bahnsteig entlang, eine Treppe hinunter, dann spuckt der Strom mich aus, und ich ringe nach Atem, nur wenige Zentimeter von einer unsichtbaren Grenze entfernt, hinter der alles eilt und drängelt.

In der rechten Tasche meines Mantels trage ich einen Zettel mit den Adressen der Unterkünfte, die Jean in seinem Computer ausfindig machen konnte. Krampfhaft halten meine Finger das Papier umfangen, das ich aus der Tasche ziehen muss, um nach dem Weg zu fragen. Ich bringe den Mut nicht auf und irre stattdessen in dieser Zwischenwelt umher, in der es mehr Platz gibt, in der auch andere Menschen stehen wie ich, obwohl sich einige Eilige durch die Lücken schlängeln und sich einreihen in den Strom, der nur eine Armeslänge entfernt vor mir vorbeizieht.

Plötzlich kommt eine Frau auf mich zu. Sie ist jung, vielleicht zwanzig, groß und dünn mit heller Haut und Haar in der Farbe des Mondlichts.

»Kann ich Ihnen helfen? Was suchen Sie denn?«

Es dauert einen Moment, bis ich mich von meinem Schreck erholt habe, dann zeige ich ihr den Zettel.

»Also das hier, das ist ganz in der Nähe.« Sie deutet auf eine der Adressen und erklärt mir den Weg, der nicht allzu schwierig klingt. Zum Schluss wünscht sie mir Glück.

Das werde ich brauchen, und zwar deutlich mehr, als ich mir bei meinen Planungen habe ausmalen können.

10

Ich schaffe drei Unterkünfte am ersten Tag und weitere zwei am nächsten. Bei der zweiten habe ich meine Fragen schon mehrmals vorgebracht, bis ich einem Mann gegenüberstehe, der mit Papieren in der Hand Anweisungen erteilt. Er hört mir geduldig zu, denkt nach und schüttelt den Kopf. Er richtet den Blick auf einen Punkt hinter meiner Schulter und nickt jemandem zu. Ich begreife, dass ich entlassen bin, und wende mich um.

Und dann sehe ich ihn. Den Mann, von dem ich glaube, dass es der mit der geteilten Augenbraue ist. Er steht etwa zehn Meter von mir entfernt und schaut auf sein Handy, das er in Kopfhöhe vor sich hält, weshalb ich sein Gesicht nicht genau sehen kann. Macht er etwa ein Foto von mir? Ich spüre, wie meine Beine zu zittern beginnen. Der Mann dreht sich etwas nach links und macht weitere Fotos, als hätte er nicht mich im Visier. Ist das so? Bilde ich mir das alles nur ein? Aber trägt er nicht dieselbe Kleidung wie mein Verfolger? Andererseits tragen die meisten Männer dunkle Jacken, die ihnen zu groß sind, dick wattiert, mit Kapuzen, darüber Schals mehrfach um den Hals gewickelt.

Solange ich sein Gesicht nicht sehe, bin ich unsicher, aber ich will nicht warten, bis sich diese Gelegenheit ergibt. Ich will weg hier, nur weg, und so eile ich, so schnell es mir möglich ist, in den Eingangsbereich, schlüpfe mit einem unterdrückten Schmerzenslaut in meine Schuhe und haste zurück zum Bahnhof. Unter all den Frauen, die mit *Hidjab* und *Abaya* für das ungeschulte Auge vielleicht gleich aussehen, werde ich durch meinen Stock und den hinkenden Gang immer herausstechen wie ein Elefant aus einer Herde Gazellen. Wenn der Mann mit dem Handy tatsächlich mein Verfolger war, muss er nicht befürchten, mich aus den Augen zu verlieren. Zum ersten Mal in meinem Leben hadere ich wirklich mit dem Schicksal, das mich zu einem unbeholfenen Krüppel gemacht hat.

Im Hauptbahnhof frage ich mich zum richtigen Gleis durch und warte auf dem zugigen Bahnsteig. Aus den Augenwinkeln nehme ich eine Bewegung direkt neben mir wahr und spüre etwas in der Tasche meines Mantels, das dort nicht hingehört. Bin ich auch schlecht zu Fuß, so sind meine Reflexe und meine Hände von der Arbeit mit den Tieren gut geschult. So flink, wie ich ein Huhn am Bein fasse, wenn es mir entwischen will, greife ich nach der Hand, die mich bestiehlt. Sie ist halb so groß wie meine und unglaublich schmutzig. Das Kind versucht, sich meinem Griff zu entwinden, aber ich lehne den Stock an die Wand und fasse mit links zu. Diese Hand trainiert seit achtundzwanzig Jahren täglich ohne Unterlass, überträgt mein Gewicht auf die Gehhilfe, fängt Stürze ab. Das Kind hat keine Chance. Mit rechts greife ich in meine Tasche. Stofftaschentuch, Bonbons, Fahrkarte, alles noch da. Natürlich. Der Junge – ich bin mir ziemlich sicher, dass es ein Junge ist – stiehlt Handys. Von seiner Sorte habe ich auf der Flucht viele gesehen. Allerdings bin ich überrascht, einen von ihnen hier zu treffen, mitten in Deutschland.

Sein Gesicht ist so schmutzig wie die Hand, das Haar verfilzt, die Augen verklebt, aus der Nase läuft Rotz. Jetzt dringt mir auch der Geruch seiner ungewaschenen Kleider in die Nase. Es gab Zeiten, in denen ich genauso aussah, genauso stank, weil ich in meiner Kleidung schlief, sie wochenlang weder wechseln noch waschen konnte. Meine bereits zum Schlag erhobene rechte Hand bleibt in der Luft hängen, während sich mein Herz zusammenzieht in der Erinnerung an die Zeiten ohne Dach über dem Kopf, ohne Wasser, ohne Seife, ohne einen geschützten Schlafplatz, ohne ausreichend Essen, ohne Toilette, ohne Wärme. Obwohl der Junge gerade versucht hat, mich zu bestehlen, tut er mir leid. Ich hole die Bonbons aus der Tasche und gebe sie ihm.

Ungläubig starrt er darauf.

Ich lasse seine Hand los, greife nach meinem Stock und schaue ihm hinterher, als er davonflitzt.

Anfangs ist der Zug so voll, dass ich stehen muss, aber irgendwann finde ich einen Sitzplatz. Blicklos starre ich aus dem Fenster, während ich meinen Gedanken nachhänge, vor allem der Frage, was ich hier eigentlich tue. Habe ich wirklich noch Hoffnung, Harun zu finden? Andererseits geht es nicht um meine Hoffnung, sondern um die Verpflichtung, die er mir auferlegte, als er mir seinen Schlüssel gab. Und dass sein Verschwinden nicht freiwillig war, steht für mich fest, seit ich weiß, dass meine Schritte überwacht werden.

Fast hätte ich meine Haltestelle verpasst, denn die Durchsage ist so leise, dass ich sie kaum verstehen kann. Im letzten Moment begreife ich, dass ich mich beeilen muss, und kämpfe mich gegen den Strom der Einsteigenden hinaus. Auf dem Bahnsteig muss ich mich kurz orientieren, bis ich aus meinen Gedanken zurückgefunden habe in die graue Wirklichkeit. Als ich mich umdrehe, stehe ich unvermittelt dem kleinen Dieb gegenüber. Er schaut mich mit großen Augen an.

»Was machst du denn hier?«, frage ich. Ich kann mich zwar nicht daran erinnern, ihn schon einmal in der Unterkunft gesehen zu haben, aber da täglich neue Flüchtlinge ankommen, muss das nichts heißen. »Wohnst du auch in der Waldstraße?«

Er lässt nicht einmal erkennen, ob er die Frage verstanden hat. So ungepflegt, wie er ausschaut, ist es unwahrscheinlich, dass er in der Unterkunft wohnt.

»Wie heißt du?«

Wieder keine Reaktion.

Meine Blicke schweifen von links nach rechts. Niemand interessiert sich für uns. »Ich habe keine Bonbons mehr«, sage ich und stülpe die Manteltasche nach außen, weil ich nicht sicher bin, ob er mich versteht.

Er reagiert nicht.

Ich zucke die Schultern, weiche ihm aus und setze meinen Weg fort. Erst an der Bushaltestelle bemerke ich, dass der Kleine mir gefolgt ist. Wieder ruhen seine großen Augen auf mir, aufmerksam, ruhig, unergründlich.

Was soll ich tun?, frage ich mich. Muss ich überhaupt etwas tun? Irgendwann wird das Kind doch einsehen, dass es weder Bonbons noch Geld von mir bekommt. Meine Überlegungen enden, als der Bus naht. Es ist der letzte für heute, ich muss ihn nehmen, daran ändert auch ein kleiner Junge nichts. Ich zeige beim Einsteigen den Fahrschein hoch, der bereits abgestempelt ist, und dränge mit den anderen Fahrgästen nach hinten durch. Die Sitzplätze sind belegt, meine rechte Hand sucht einen freien Platz an der Haltestange in sicherer Entfernung fremder Hände. Kurz darauf spüre ich den Ruck des anfahrenden Fahrzeugs und etwas, das sich an meine rechte Seite drängt. Der Junge hat es irgendwie in den Bus geschafft.

Schon um sechs Uhr quäle ich mich aus dem Bett, das nicht mehr meins ist. Zumindest nicht diese Nacht. Der Junge schläft noch. Sein Erscheinen hat weniger Aufmerksamkeit erregt, als ich erwartet hatte, nur in der Schlange vor der Dusche wurde der von ihm ausgehende Geruch ausführlich kommentiert. Da die Kleiderkammer schon geschlossen hatte, bettelte ich Kleidung für ihn von den anderen Müttern zusammen. Es sei nur für einen Tag, versprach ich immer wieder, denn niemand wollte von dem wenigen etwas abgeben. Beim Umräumen der Habseligkeiten aus den diversen Taschen seiner Kleidung wollte der Junge mich nicht zusehen lassen. Den Grund dafür kann ich mir denken.

Die Helfer an der Essensausgabe haben ihn bedient wie alle anderen auch, wahrscheinlich können sie die Kinder sowieso nicht auseinanderhalten, zumal gerade die Familien nur kurz in der Unterkunft bleiben und schnell in eine Wohnung vermittelt werden. Die Frauen in meinem Zimmer haben verwundert geschaut, gesagt hat keine etwas. Die Einzige, von der ich Interesse erwartet hätte, ist Jasmin, und die habe ich nicht zu Gesicht bekommen.

Aus meinem Plan, die Unterkunft noch vor Amelies Ankunft zu verlassen, um ihren lästigen Aufgaben aus dem Weg zu gehen, wird wohl nichts. Stattdessen hoffe ich, dass sie weiß, was man wegen des Kindes unternehmen muss. Doch bevor ich meine Geschichte zu Ende erzählt habe, unterbricht Amelie mich entsetzt: »Du hättest den Jungen gar nicht mitnehmen dürfen!«

Ich erkläre ihr noch einmal, dass ich das nicht getan habe. Erzähle wieder, dass er sich an mich gehängt hat wie eine Klette ins Ziegenfell.

»Ich rufe sofort beim Jugendamt an.«

Der Junge lauscht dem Gespräch mit großen Augen, aber ohne jede Reaktion, nur seine Hand in meiner zuckt jedes Mal, wenn Amelie die Stimme erhebt.

Nun, da Amelie sich mit ihrem Handy am Ohr von uns wegdreht, entspannt sich seine Hand etwas.

Die Nähe des Jungen ist mir Trost und Last zugleich. Bisher hatte ich wenigstens eine Hand immer frei. Nun stehe ich hier wie gefesselt. Links der Gehstock, rechts ein schweigendes Kind mit verfilztem Haar, für das ich die Verantwortung nicht tragen will.

»Wie heißt du denn?«, wendet sich Amelie, immer noch mit dem Telefon am Ohr, plötzlich an den Jungen.

Er zieht den Kopf ein.

»Hat er Papiere bei sich?«, fragt sie mich.

Amelies Hand greift bereits in die Taschen der zu großen Hose, die der Junge trägt. Er windet sich und schiebt ihre Hand fort.

»So wird das nichts.« Amelie seufzt. »Nein, keine Papiere zu finden. Was machen wir denn jetzt?«

Sie lauscht der Stimme am Telefon, nickt mehrmals, verabschiedet sich und beendet die Verbindung.

»Bring den Jungen zum Jugendamt, die sehen dann weiter.«

Im Bus löse ich zwei Fahrscheine, der Kleine läuft an meiner Hand, als hätte er sein Lebtag nichts anderes getan. Noch immer hat er kein Wort gesprochen, und noch immer weiß ich nicht, wie viel er versteht. Vom Aussehen her könnte er Syrer sein, vielleicht mit einem Europäer in der Ahnenreihe, so wie es auch bei meiner Mutter war und bei Hunderttausenden anderen der Fall ist. Er trägt die Kleidung, die wir in der Kleiderkammer für ihn ausgesucht haben, aber selbst die passt ihm nicht. Er ist so klapperdürr, dass alles an ihm herabschlottert. Äußerlich scheint er unversehrt, auch an seinen Füßen fand ich am Abend zuvor keine Druckstellen oder Blasen, er ist also nicht weit marschiert. Vielleicht ist er überhaupt nicht geflohen, möglicherweise ist er einfach ein kleiner Ausreißer, wer weiß das schon?

Im Jugendamt, das im selben Gebäude untergebracht ist wie das Sozialamt, wo die Asylangelegenheiten bearbeitet werden, schickt man mich zu einer Frau, die zu schnell spricht, als dass ich ihren Namen hätte verstehen können. Sie schüttelt mir die Hand und gibt dem Jungen Saft und Schokolade. Er greift mit beiden Händen zu, isst und trinkt gierig – und schweigt.

Noch einmal erkläre ich, wie der Junge mir zugelaufen ist, wobei ich seinen Diebstahlversuch verschweige. Noch einmal mache ich sehr deutlich, dass ich ihn nicht mitgenommen habe, bekomme aber trotzdem einen vorwurfsvollen Blick. Dann darf ich gehen.

Als ich aufstehe, springt auch der Junge von seinem Stuhl und nimmt meine Hand. Die Frau mit dem komplizierten Namen hält ihn zurück, kniet sich vor ihn, nimmt seine kleinen, schokoladigen Hände in ihre, während sie ihm erklärt, dass er gleich in ein Haus mit vielen anderen Kindern gebracht werde, bis man seine Eltern gefunden habe. Seine Blick folgen mir – er muss den Kopf ganz weit verdrehen –, bis ich die Tür hinter mir geschlossen habe.

Ich fühle mich befreit von der Last der Verantwortung für dieses Kind, kann aber meine Gedanken noch nicht von ihm lösen. Neben den Fragen über sein Schicksal beschäftigt mich vor allem die Überlegung, warum er ausgerechnet mit mir gegangen ist? Wegen der paar Bonbons, die ich ihm gab? Ich komme mir plötzlich schäbig vor, weil ich mein Schicksal für beklagenswert und mich für einsam hielt. Wie muss es erst diesem Kind ergangen sein?

Nach dem Besuch beim Jugendamt komme ich erst am späten Mittag in Düsseldorf an. Hatte ich an den Tagen zuvor den Eindruck gewonnen, ein Gespür dafür entwickelt zu haben, welche Frau ich nach dem Weg fragen kann, werde ich jetzt enttäuscht. Die erste kennt sich nicht aus, und die zweite spuckt mir ins Gesicht. Wie erstarrt stehe ich mitten auf der Straße, reibe mir mit dem Ärmel das Gesicht trocken und höre die Beleidigungen, die sie von sich gibt, während sie mich voller Wut und Verachtung von oben bis unten mustert. Eine andere Frau bleibt stehen, greift nach meinem Arm, den ich ihr entziehe, weil ich nicht erkennen kann, ob sie mir freundlich oder feindlich gesinnt ist. Schnell stehen weitere Menschen um mich herum, ich bekomme keine Luft mehr und drehe mich um mich selbst, um eine Lücke in den Leibern zu finden, die mich zu ersticken drohen. Endlich öffnet sich ein Durchgang, ich stolpere nach vorn und wäre fast gefallen, hätte mich nicht eine Frau im letzten Moment am Arm gefasst und gestützt. Sie scheucht die anderen Leute fort, führt mich ein paar Schritte zur Seite und wartet stumm, bis ich mich wieder gefangen habe.

»Danke sehr«, sage ich leise.

»Ist Ihnen nicht gut?«, fragt sie.

Ich habe keine Kraft, ihr zu erklären, was passiert ist. Wozu auch? Ich weiß, dass es Menschen gibt, denen es nicht gefällt, dass wir hier sind. Ich gehöre selbst dazu, wäre lieber in meiner Heimat geblieben. Aber alles Wollen hilft manchmal nicht.

»Wissen Sie, wie ich dorthin komme?« Ich zeige ihr den Zettel, ohne auf ihre Frage einzugehen.

Ich kann sehen, dass sie mit sich ringt, erkenne aber nicht, was in ihrem Kopf vorgeht. Sorgt sie sich, dass ich zusammenbreche, wenn sie mich alleinlässt, oder ist sie beleidigt, weil ich mich ihr nicht anvertrauen will? Egal. Sie zuckt die Schultern, nickt und erklärt mir den Weg.

Ich nehme eine dieser seltsamen Bahnen, die mitten über

die Straße fahren, denn die Frau wusste, dass mein Fahrschein mich dazu berechtigt, und konnte mir auch die Nummer der Linie nennen und die Haltestelle, an der ich aussteigen muss. Gut, dass diese Fahrt für mich kostenlos ist, eine neue Fahrkarte hätte ich nicht kaufen können. Das Geld, das jeder Flüchtling bei seiner Ankunft bekommt, wird erschreckend schnell weniger.

Nach einer alten Schule, einem ehemaligen Bürogebäude, einem Zelt und mehreren Containern, die ich bereits gesehen habe, stehe ich nun vor einer Turnhalle inmitten eines Geländes, das schlammig ist wie die Ufer des Euphrat am Ende des Winters. Auf einem Steg aus Holzbohlen gelange ich zur offen stehenden Tür. Mehrere Gruppen von Männern stehen daneben, gegen die Kälte und den Nieselregen in dicke Jacken gehüllt. Sie rauchen schweigend, niemand sieht den anderen an, niemand spricht, alle starren auf die Handys in ihren klammen Fingern.

Mit gesenktem Blick trete ich durch die Tür, durchquere einen schmalen Flur, der sich nach links und rechts fortsetzt. Links warten Frauen mit Handtüchern vor verschlossenen Türen, rechts Männer. Das Geräusch laufenden Wassers erfüllt die Luft, warmer Dampf und der Geruch nach stark parfümierten Shampoos nimmt mir den Atem. Ich streife die Schuhe von den Füßen, stelle sie auf die Seite der Frauenschuhe und betrete die eigentliche Halle, die riesig ist. Zwei Meter hohe Zäune, wie ich sie in der Stadt an Baustellen gesehen habe, teilen verschiedene Bereiche ab. Sichtschutzfolien schlagen im Luftzug, der die Temperatur der verbrauchten Luft senkt. Frische bringt er nicht mit.

Verloren stehe ich inmitten von spielenden Kindern, Männern und Frauen mit verschlossenen Blicken und ehrenamtlichen Helfern, die ich an ihren eiligen Schritten ebenso erkenne wie an den einheitlichen roten Westen. Eine Zeitlang verharre ich, während um mich herum alle ein Ziel zu haben scheinen.

Dann tritt eine Frau auf mich zu. Sie ist vielleicht Mitte zwanzig und so dünn, dass ein Hahnenschrei sie umwehen könnte. Der Pullover und die Jeanshose schlottern an ihrer dünnen Gestalt, das Gesicht, das von einem lose umgelegten Schal umrahmt wird, hat nicht viel mehr Fleisch als ein Totenschädel. Sie fragt mich, ob sie mir helfen könne. Sie spricht Arabisch mit einem Dialekt, den ich nicht zuordnen kann.

Wie auch schon an den beiden vorigen Tagen zeige ich das Foto der jungen Frau, das ich aus Haruns wasserdichter Dokumentenmappe habe, und frage nach Razan. Ich frage nach Amal Arabi aus Sarghaya, dessen Pass der Kommissar besitzt und der vielleicht derselbe Mann ist, den ich als Harun Dardari kenne. Nach Haruns Namen frage ich auch. Auf alle meine Fragen habe ich bisher nur Kopfschütteln geerntet, aber endlich habe ich Glück.

»Razan, ja, die kenne ich.« Die Frau hält das Foto so vorsichtig in der Hand, als wäre es ein Schmetterling, der sich gleich wieder in die Luft schwingen möchte. »Sie hat die Unterkunft vor zwei Wochen verlassen.«

Sie kann mir nicht sagen, wo Razan jetzt ist. Den Namen Halime, der in Razans Brief genannt wird, kennt sie nicht. Mit einem Schulterzucken wendet sie sich ab. Ich habe das Ziel, Razans Spur aufzunehmen, erreicht und stelle fest, dass es eine Sackgasse ist.

Von einem Moment zum anderen verlässt mich die Kraft. Ich eigne mich einfach nicht dazu, in einem fremden Land einen fremden Menschen zu finden. Ich sollte auf den Kommissar vertrauen, der weiß, wie man Vermisste findet. Allerdings – ich spüre, wie mir bei diesem Gedanken das Blut in die Wangen schießt – weiß er nichts von dem Brief. Er kennt weder den Namen Razan noch Halime, hat keine Verbindung nach Düsseldorf. Ich hätte ihm Razans Brief geben müssen. Vielleicht sollte ich das nachholen? Oder ist es dafür zu spät? Welchen Grund könnte ich angeben, dass ich ihm den Brief erst jetzt aushändige? Dass ich ihn gerade erst gefunden habe? Aber wo? Beide Hände auf meinen Stock gestützt, lehne ich mit geschlossenen Augen an der Wand. Der Weg zum Bahnhof scheint mir unendlich weit, obwohl ich hierher nur eine halbe Stunde gebraucht habe, davon die Hälfte in der Straßenbahn. Aber der Wind hat aufgefrischt, das kann ich sogar hier drinnen spüren.

Plötzlich höre ich schnelle Schritte, dann legt sich eine warme Hand auf meine klammen Finger. »Razans Betreuerin hat ihre Telefonnummer. Willst du selbst mit ihr sprechen?«

Vor mir steht die halmdünne Frau. Ihre Hand ist so unglaublich warm, dass ich mich frage, ob ihre Energie wie eine Kerze ist, deren Flamme Wärme erzeugt, aber den Wachskörper dabei verzehrt. Vielleicht ist sie heute Abend schon verschwunden. Ihre Augen sind violett, wie ich jetzt bemerke. Ihre Bemühung, mir zu helfen, und die Berührung der zwar dürren, aber unerwartet sanften Finger sind wie heißer Tee an einem eisigen Morgen. Ich spüre, wie von der Berührung ausgehend Energie durch meine Adern fließt, schwach wie das Leuchten eines Glühwürmchens, aber in seiner Zartheit beständig und zuverlässig. Ich stoße mich von der Wand ab, richte mich auf, nicke.

Sie führt mich hinter einen Bauzaun auf der linken Seite der Halle. Hier ist eine Art Café eingerichtet, einige wackelige Stühle, ein paar runde Tische, Automaten für heiße und kalte Getränke stehen auf faltigen Teppichen. Kinder krabbeln zwischen den Tischen herum, Frauen stehen beieinander, die

Hände um Becher mit heißen Flüssigkeiten gelegt. Vom hintersten Tisch winkt uns eine Frau zu. Meine hauchzarte Begleitung verabschiedet sich mit einer daunenleichten Berührung und einem ernsten Nicken. Hätte ich eine von Jeans Teigtaschen bei mir, hätte ich die Frau eigenhändig gefüttert.

»Darf ich fragen, warum Sie Razan suchen?«

Die Betreuerin hat eine tiefe Stimme, Schultern wie ein Pflugochse und den breitesten Mund, den ich je gesehen habe. Auch sie sieht erschöpft aus, wie praktisch jeder in dieser Halle, in den Unterkünften, die ich die letzten Tage besucht habe, ebenso wie in meiner eigenen, wie mir gerade klar wird. Vielleicht ist die Überforderung der Grund dafür, dass sie noch nicht einmal ›Guten Tag‹ sagt, wahrscheinlicher ist allerdings, dass die Deutschen selbst beim Sprechen eilig auf ihr Ziel zustürmen. An diese Direktheit werde ich mich noch gewöhnen müssen.

»Ich suche Razans Bruder.«

»Warum?« Die Frau erhebt sich von dem kleinen Stuhl und wächst in die Höhe, bis sie mehr als einen ganzen Kopf größer ist als ich. Einen Moment bin ich angesichts ihrer monumentalen Gestalt sprachlos.

»Er hat mir den Schlüssel zu seinem Spind anvertraut, für den Fall, dass ihm etwas zustößt. Nun ist er verschwunden, und ich suche ihn.«

Mit müden Augen schaut sie mich prüfend an. Ihre Arme hängen kraftlos herab, die Schultern fallen nach vorn. Dann nickt sie resigniert. »Ich gebe Ihnen Razans Handynummer.«

Es entsteht ein peinlicher Moment, als ihr klar wird, dass ich weder ein Handy besitze noch lesen oder schreiben kann, aber schließlich reicht sie mir einen Zettel. Ich erkenne die meisten Ziffern, nur zwei sehen sich in dieser Handschrift sehr ähnlich. Aber dann ordnen sich die Linien vor meinen

Augen, es ist wie der Moment, in dem ich etwas, das ich zeichnen möchte, in aller Deutlichkeit und Klarheit vor mir sehe. Es ist ein Gefühl wie das unerwartete Auftauchen einer Sternschnuppe in der dunkelsten Stunde der Nacht. Fast hätte ich gelacht, aber tatsächlich spüre ich das Glucksen nur in der Brust.

»Danke.«

Das Hochgefühl kühlt in der eisigen Luft schnell ab. Wann habe ich das letzte Mal warme Füße gehabt? Ich weiß, dass ich neue Schuhe benötige, aber noch immer habe ich Eiterblasen, Druckstellen und eingewachsene Nägel von den langen Märschen in nassen Stiefeln, die auch nicht meine eigenen waren. Meine Hoffnung, erst dann wieder feste Schuhe tragen zu müssen, wenn alle Verletzungen verheilt sind, wird sich nicht erfüllen. Bis dahin würden mir sicher ein paar Zehen abfrieren. So schlurfe ich zum Bahnhof, verlasse die riesige Stadt aufgewühlt wie schon lange nicht mehr und betrete die Kleiderkammer mit dem festen Vorsatz, sie nicht ohne warme Schuhe wieder zu verlassen.

11

Als ich die letzten Meter von der Kleiderkammer zur Unterkunft gehe, ist mein Gang noch schwerfälliger als vorher. Die einzigen warmen Schuhe, die ich fand, sind gefütterte Männerstiefel, in denen meine Füße trotz drei Paar Wollsocken herumrutschen. Aber meine Zehen sind warm. Durch die Weite der Schuhe schmerzen auch die Hautverletzungen und Druckstellen nicht so schlimm wie befürchtet. Die Frau, die mir die Schuhe gab, hatte außerdem Desinfektionsspray und Pflaster zur Hand. Sie kennt schlimmere Füße als meine, denn wenn Schuhe auf der Flucht einmal nass werden, ist es meist unmöglich, sie wieder trocken zu bekommen. Ich hatte das Problem nur wenige Tage, manch anderer legt noch tausend Kilometer in nassen Schuhen zurück.

Auf dem Weg vom Bus zur Unterkunft fällt mir plötzlich der Junge wieder ein. Hat er Verwandte, die man finden kann? Vielleicht ist er inzwischen dorthin zurückgekehrt, woher er kam. Ich weiß allerdings, dass das sehr unwahrscheinlich ist. Seine ganze Erscheinung verrät, dass er schon lange auf der Straße lebt. Es wäre ein Wunder, wenn sein Fall einfach und schnell zu lösen wäre.

Wie so oft ist es Amelie, die mich, kaum dass ich die Unterkunft betrete, aus meinen Gedanken reißt, weil sie mich braucht.

»Wo hast du denn gesteckt? Wie soll ich den Menschen helfen, wenn ich sie nicht verstehe?« Sie ist so empört, dass ihre Stimme sich überschlägt. »Das ist wirklich nicht in Ordnung, dass du mich so im Stich lässt.«

Sie lässt mir nicht einmal die Zeit, in mein Zimmer zu gehen, sondern zieht mich gleich mit sich in den kleinen Raum bei den Waschmaschinen, dessen Enge und stickige Luft mir heute noch mehr zu schaffen machen.

Daheim war ich die meiste Zeit draußen. Sogar gekocht habe ich häufig auf der alten Feuerstelle im Hof, obwohl im Haus ein moderner Herd stand. Diese Vorliebe für ein Leben unter freiem Himmel hat mir auf der Flucht sehr geholfen. Die Weite des Sternenzeltes war mir Trost, während viele andere sich ohne Dach schutzlos fühlten. Nur Harun liebte den Blick in den Himmel so wie ich. Der Gedanke an ihn lenkt mich kurzfristig ab, so dass ich Amelies Frage verpasse.

»Was ist nur los mit dir, Madiha? In den letzten Tagen bist du entweder verschwunden oder unkonzentriert.« Sie erwartet keine Antwort, sondern fährt gleich mit ihrem Gespräch fort.

Im ersten Moment bin ich beschämt, aber dann stelle ich überrascht fest, dass mich ihr Vorwurf ärgert. Wie kann sie erwarten, dass ich funktioniere wie eine Maschine? Noch dazu, da mich nie jemand gefragt hat, ob ich das Dolmetschen dieser Gespräche übernehmen möchte. Hätte ich die Wahl, würde ich ablehnen, denn die Worte, die in mich eindringen, die ich begreifen, in eine andere Sprache übertragen und wieder aussprechen muss, handeln von der Hölle, die ich aus eigener Erfahrung kenne.

Die Worte erzählen vom eiskalten Grauen, das sich wie eine erbarmungslose Faust um das Herz legt, wenn wenige Zentimeter entfernt ein Mensch tot zusammenbricht, weil er von einem Scharfschützen erschossen oder von einer Fassbombe zerfetzt wurde oder sein Herz sich der Zersetzungskraft des Schmerzes ergab. Von den durchwateten Flüssen, in denen Leichen vorbeitreiben mit aufgeblähten Leibern. Von den Dörfern, in denen abgeschlagene Köpfe auf Stangen vor der Moschee in der Sonne verrotten. Von Babyleichen in Brunnenschächten, von abgerissenen Gliedmaßen, die man im Halbdunkel für Brennholz hielt und nicht fallen lassen kann, weil der Schock die Nervensignale blockiert, die die Hand öffnen sollen. Alle diese Bilder blitzen in meinem Kopf auf, wenn die anderen davon berichten. Wenn sie erzählen, dass sie keinen Pass mehr besitzen, weil ihr Mann, ihr Vater, ihr Onkel die Wertsachen am Leib trug, als er von einer Mine auseinandergerissen wurde. Jedes Wort löst Bilder in mir aus, Gefühle, Herzklopfen, Atemstillstand, so dass ich um Luft ringe, bevor ich weitersprechen kann. Und dann heißt es noch, es gehe nicht schnell genug!

Natürlich sage ich nichts, erkläre nichts, wehre mich nicht gegen Amelies Vorwurf. Der Moment, in dem ich das hätte tun können, ist längst vorbei, aber ich war wieder nicht schnell genug, hätte mich auch nicht getraut. Trotzdem spüre ich die Verletzung, die sie mir zugefügt hat, und weiß, dass es lange dauern wird, bis sie verheilt.

Wie kann es sein, dass Amelie das Grauen nicht spürt?, frage ich mich. Sie hört die Worte, die ich spreche. Sie erfährt von all dem Schrecken, aber sie spürt es nicht. Vielleicht weil es nur Worte sind, die in ihrem Innern keine Bilder entstehen lassen. Oder weil sie die Leute, die vor ihr sitzen, nicht als Menschen wahrnimmt. Vielleicht spricht Amelie nicht mit Männern und Frauen, sondern mit Flüchtlingen. Vielleicht bin ich für sie nicht Madiha, die Familienlose, sondern Madiha, die Dolmetscherin. Ich wünschte, ich könnte es ihr gleichtun, aber es will mir nicht gelingen. Als Amelie mich endlich entlässt, falle ich auf mein Bett und verschlafe das Abendessen.

»Ich verlange, dass sofort diese Tür geöffnet wird!«

Das Klopfen hat mich geweckt, es ist laut und fordernd wie die männliche Stimme. Es dauert einen Moment, bis ich ganz zu mir komme. Ich bin allein im Zimmer. Wer auch immer Einlass verlangt, wird sich gedulden müssen, denn es ist undenkbar, dass ich einen Mann ohne Zeugen in mein Zimmer lasse.

»Was ist hier los?«, fragt eine schneidende Stimme vor der Tür. Jasmin, glaube ich.

»Hier wird Unzucht getrieben, und das darf man nicht durchgehen lassen«, ruft der Mann.

»Was geht es dich an?«, fragt Jasmin. »Was hast du überhaupt hier unten zu suchen? Dein Zimmer ist im ersten Stock!«

»Ich bin einer Frau keine Rechenschaft schuldig.«

»Und die Frauen dir auch nicht.«

»Diese schon. Sie hat sich von Anfang an gegen mich aufgelehnt.«

Aha, dachte ich es mir doch. Es ist Rafiq, der vor der Tür steht und aus irgendeinem Grund meint, mich der Unzucht überführen zu können.

»Welches Recht hast du an Madiha, gegen das sie sich auflehnen könnte?«

»Nur weil wir in einem Land voller sittenloser Ungläubiger sind, heißt das noch lange nicht, dass unsere Gesetze hier nicht mehr gelten!«

»Zeig mir das Gesetz, das dir Macht über Madiha gibt.«

»Geh mir aus dem Weg, zänkisches Weib!«

Während des Streits sind offenbar weitere Zuhörerinnen herangekommen, denn es folgt ein Aufschrei aus vielen Kehlen. Was hat ihn ausgelöst? Hat Rafiq die Hand gegen Jasmin erhoben? Wundern würde es mich nicht. Je lauter die Geräusche vor der Tür werden, desto weniger kann ich dem Geschehen folgen. Mit angehaltenem Atem sitze ich auf meinem Bett und warte ängstlich auf das nächste Klopfen. Als es endlich kommt, ist es deutlich zaghafter als zuvor.

»Madiha?«

Ich lasse Jasmin herein. Die anderen Frauen bleiben in der Tür stehen. Was auch immer hier passiert, wollen sie sich nicht entgehen lassen.

»Danke«, sage ich. Meine Stimme will mir nicht ganz gehorchen. Rafiq macht mir mehr Angst, als ich mir eingestehen will.

»Der dumme Bauer hat einen Narren an dir gefressen«, sagt Jasmin verächtlich.

»Aber wie kommt er auf die Idee, mir Unzucht zu unterstellen?«, frage ich.

Jasmin tritt einen Schritt zurück und bedeutet den Frauen in der Tür, uns durchzulassen. Sie machen gerade genug Platz, dass mein Blick Jasmins ausgestrecktem Arm folgen kann. Draußen vor der Tür stehen meine neuen Schuhe. Sie sind riesig. Es sind Männerschuhe.

Jasmin grinst. »Lass dich nicht einschüchtern.«

»Er ist ein sehr dummer Mann«, sagt eine der Frauen vor der Tür.

»Die Dummen sind die Schlimmsten«, wirft eine andere ein.

»Du warst nicht beim Essen. Hast du keinen Hunger?«, fragt Jasmin.

Mein Magen knurrt eine eindeutige Erwiderung.

Wieder grinst sie. »Komm mit in mein Zimmer.«

Als wir uns durch die sich auflösende Gruppe von Frauen mit und ohne *Hidjab* drängen, drücken einige mir den Arm oder die Schulter. So unterschiedlich die Frauen sind, spüre ich doch zum ersten Mal seit meiner Ankunft eine Verbundenheit, wie es sie daheim mit manchen Nachbarinnen gab. Ich bedanke mich bei ihnen und bemühe mich um ein Lächeln, das von wenigen erwidert wird. Ob es eine von ihnen war und wenn ja, welche, die Rafiq den Tipp mit den Männerschuhen vor meiner Tür gegeben hat, kann ich nicht erkennen.

In Jasmins Zimmer sitzen ihre Freundinnen auf dem Boden. In der Mitte steht eine große Platte mit *Mutabbal*, *Wara-Ainab*, *Fattoush* und *Kibbi*. Frisches, duftendes Brot liegt daneben, auf einem kleinen Teller türmt sich klebrig süßes Gebäck mit Pistazien, Datteln oder Walnüssen. Wieder meldet sich mein Magen mit einem lauten Knurren zu Wort. Die Frauen lachen und laden mich mit großen Gesten zum Mitessen ein. Ich lehne bescheiden ab, aber die ersten Hände ziehen an meinem Mantel. Wieder wehre ich ab, Jasmin schiebt mich weiter ins Zimmer. Zum dritten Mal werde ich eingeladen und nehme dankend an. Mühsam lasse ich mich nieder. Den üblichen Schneidersitz kann ich wegen meiner Behinderung nicht einnehmen, aber sie machen mir Platz, damit ich das linke Bein ausstrecken kann.

»Lass es dir schmecken!«

Wieder warte ich, bis mir jemand ein Stück Brot in die Hand drückt, dann greife ich zu den Köstlichkeiten. Zufrieden, dass die anderen Frauen ihr Gespräch fortsetzen, probiere ich erst von allen Speisen, dem Auberginenpüree, den gefüllten Weinblättern, dem Salat mit frittiertem Brot und den frittierten Bällchen aus Hackfleisch und Bulgur, stelle fest, dass sie vorzüglich sind, obwohl ihnen das schwere Hammelfett fehlt, und greife wieder zu. Ich weiß gutes Essen zu schätzen, obwohl die Küche in der Region, in die sich mein Vater vor seiner Vergangenheit und seiner Familie geflüchtet hatte, einfach ist. Aber auch wenn mein Vater fast alles aus seinem früheren Leben hinter sich gelassen hatte, sein anspruchsvoller Gaumen gehörte nicht dazu. So wurde in seinem Haus immer gut gegessen, und etliche Kunden, die nach der langen Anreise zur Mahlzeit eingeladen wurden, wunderten sich über die delikaten Speisen in einem Landstrich, der ihnen als rückständig galt.

Während des Essens lausche ich den Frauen, die über ihre Pläne plaudern. Aus jedem Wort spricht die Übung, die sie darin haben, ihr Leben selbst in die Hand zu nehmen. Sie haben selbst entschieden, was sie studieren wollen, haben ihren Beruf gewählt, ihren Lebensmittelpunkt, der oft fern der Familie in einer anderen Stadt lag. Unvorstellbar. Dann berichtet Jasmin von ihrem Zusammentreffen mit Rafiq. Die Frauen äußern ihre Verachtung über den Bauerntrampel. Der Bissen von dem köstlichen Brot bleibt mir im Hals stecken. So haben sie mich vor wenigen Tagen auch noch genannt.

Jasmin bemerkt meinen vermutlich betroffenen Gesichtsausdruck. »Du kommst zwar vom Land, aber du lernst schnell«, sagt sie.

Die anderen nicken. Alle schauen mich an, die allgemeine Aufmerksamkeit ist mir unangenehm.

»Du hast Rafiq mehrmals widersprochen und läufst nicht mehr wie ein Schatten hinter Amelie her«, fährt Jasmin fort. »Und du warst mehrere Tage verschwunden, niemand wusste, wo du dich aufhieltest. Das hätte ich dir gar nicht zugetraut.«

Sie bewundern mich dafür, dass ich mich egoistisch verhalte? Ja, beantworte ich mir die Frage stumm, weil sie selbst egoistisch sind. Aber in dem Moment, in dem Rafiq Ärger machte und ich Hilfe brauchte, waren sie für mich da. Die Regeln dieser neuen Welt verwirren mich immer mehr.

Das Essen und die stickige Luft machen mich müde, ich

kann den Gesprächen bald nicht mehr folgen, aber es macht mir nichts aus. Mal höre ich zu, mal schweifen meine Gedanken ab. Heute Abend noch einmal die Unterkunft zu verlassen, um Razans Nummer zu wählen, überfordert mich. Ich habe noch nicht genug Mut gesammelt und mir nicht zurechtgelegt, was ich sagen will. Als die erste Frau zu gähnen beginnt, kämpfe ich mich auf die Beine, bedanke mich und gehe zu meinem Zimmer.

Mein Bett ist belegt: Der Junge, den ich heute Morgen den Behörden übergeben habe, liegt wie ein zusammengerollter Igel unter meiner Decke und pustet leise im Schlaf.

12 Am nächsten Morgen wecke ich den Kleinen früh und zerre ihn in den Frühstücksraum. Ich habe schlecht geschlafen, denn das Bett ist schon für eine Person kaum breit genug, für zwei ist es keinesfalls ausreichend. Ich bin wütend.

»Was hast du dir dabei gedacht?«, schelte ich den Jungen, der geknickt auf der Bank hockt und mich mit unergründlichen Augen ansieht. »Ich brauche Schlaf, ich habe wirklich genügend Verpflichtungen, und außerdem werde ich Ärger bekommen wegen dir!«

Die Frau vom Jugendamt hat mich schon gerügt, weil ich den Kleinen nicht gleich am ersten Abend den Behörden übergeben habe. Was wird sie jetzt erst sagen?

Die Helfer, die das Frühstück vorbereiten, ziehen den Vorhang zur Seite. Auf dieses Zeichen warten die Schlaflosen und die Frühaufsteher gleichermaßen: Der Tee ist fertig. Ich hole zwei Tassen von dem starken Gebräu und schaue zu, wie der Junge auf die Flüssigkeit bläst und vorsichtig nippt, bis der Tee so weit abgekühlt ist, dass er ihn gut trinken kann.

»Willst du noch einen?«

Er schaut mich an, zeigt aber keine Reaktion, nicht einmal ein Nicken.

Ich stehe auf und hole zwei weitere Tassen. Dann mache ich ihm ein Brot mit dem Aufstrich aus Nüssen und Schokolade. Er isst und trinkt gierig und schaut nur gelegentlich zu mir auf. Sein Gesicht ist ernst, aber entspannt, und ich bewundere ihn für seine Hartnäckigkeit.

Trotzdem fahren wir in die Stadt zum Jugendamt, wo wir eine Stunde warten, bis die Frau mit dem komplizierten Namen erscheint. Sie sieht mich an, als zweifle sie an meinen Worten, aber ich kann mir nicht vorstellen, was sie stattdessen glaubt. Dass ich den Jungen morgens in ihre Obhut gebe und abends wieder entführe? Ich spüre ihr Misstrauen und traue mich nicht zu fragen, wohin sie ihn bringt.

Mein Herz ist schwer, als ich allein auf die Straße trete.

Von der Bushaltestelle lenke ich meine Schritte direkt zu dem Platz, an dem ich das Telefon entdeckt habe. Auf den Straßen des Ortes ist mehr Betrieb als je zuvor. Der Grund wird mir klar, als ich mein Ziel erreiche: Sechs Marktstände stehen unter den Bäumen, das Warenangebot umfasst Obst und Gemüse, Brot, Käse, Fisch, Fleisch und Geflügel. Langsam schlendere ich an den Auslagen vorbei und wundere mich wieder einmal. Es gibt eine unglaubliche Auswahl an frischen Lebensmitteln, obwohl Winter ist. Das Gemüse ist knackig, die Früchte sind makellos, aber nirgendwo ist auch nur das geringste Aroma wahrzunehmen. Und wo sind die Kräuter, wo die Gewürze? Von den Fischen gibt es nur Filets, das Fleisch von Rind und Schwein ist bereits in kleine Stücke zerteilt, überwiegend fettfrei, ich finde weder Schafsköpfe noch Hammelfett oder Hühnerfüße. Kein Wunder, dass das deutsche Essen so geschmacklos ist.

Mir wird bewusst, dass ich mich von den Auslagen mehr als bereitwillig ablenken lasse, weil der bevorstehende Anruf mir Angst macht. Um nicht noch mehr Entschlusskraft einzubüßen, gehe ich zum Telefon, krame den Zettel mit der Telefonnummer hervor, werfe ein paar Münzen ein und drücke die Tasten. Es sind viele, ich muss mich stark konzentrieren und spüre, wie mir trotz der Kälte der Schweiß ausbricht.

Endlich ertönt der Klingelton. Ich halte die Luft an und presse den Hörer so fest gegen das rechte Ohr, dass es schmerzt.

»Hallo?«

Die Stimme ist so leise, dass ich nicht einmal sicher bin, mit einer Frau zu sprechen.

»*Salam aleikum*, spreche ich mit Razan?«, frage ich auf Arabisch.

»Wer ist da?«

»Mein Name ist Madiha. Razans Bruder hat mir das Leben gerettet.«

Eine Weile ist es im Hörer so still, dass ich schon glaube, die Leitung wäre unterbrochen.

»Was willst du?«, fragt die Stimme dann.

»Bist du Razan?«, wiederhole ich.

»Ja.«

Ich frage, ob sie von ihrem Bruder gehört habe. Ob sie wisse, wo er steckt, ob es ihm gut geht, was ich bezweifle. Ich will hören, ob sie eine Idee hat, was ihm zugestoßen ist. Vielleicht kann sie mir einen Hinweis geben. Meine Vermisstenmeldung bei der Polizei verschweige ich lieber.

»Wie kann ich sicher sein, ob es stimmt, was du sagst?«, fragt die Stimme.

Darauf weiß ich keine Antwort. Stattdessen frage ich, ob wir uns treffen können.

»Ich muss darüber nachdenken. Gib mir deine Telefonnummer.«

Bisher hat mir ein Handy nicht gefehlt, aber jetzt wird mir der Mangel schmerzlich bewusst.

»Ich habe kein Telefon. Kann ich dich wieder anrufen?«

»Versuche es morgen um dieselbe Zeit.«

Dann ist die Leitung tot.

Im Telefon ist das Geräusch fallender Münzen zu hören,

zwei werden wieder ausgeworfen. Ich nehme sie an mich und versuche, mich zu erinnern, wie viele Münzen ich verbraucht habe und wie teuer das Gespräch war, aber ich kann mich nicht konzentrieren. Mit zitternden Fingern stecke ich das Geld weg, dann mache ich mich auf den Rückweg. Als die Aufregung nachlässt, empfinde ich Stolz. Ich habe eine Spur.

Auf den letzten Metern vor der Unterkunft begegnet mir Rafiq. Unsere Blicke kreuzen sich unabsichtlich, denn er starrt mir genau ins Gesicht, als ich hochschaue, um zu sehen, wer da meinen Namen ruft. Es ist Amelie, die in der Tür steht und mir winkt, aber meine Augen treffen Rafiq, dessen Gesichtsausdruck mich aus der Fassung bringt. Ist es Verachtung oder Hass, was ich in seinem Blick lese? Heckt er wieder etwas aus, was er mir anhängen kann? So schnell es geht, humpele ich an ihm vorbei, den Kopf gesenkt, die Schultern hochgezogen. Was habe ich dem Mann nur getan, dass er sich so verhält? Anfangs war er nicht so, natürlich nicht, er nahm mich gar nicht wahr. Erst seit ich nach Haruns Sachen gefragt habe, verfolgt mich seine Bosheit. Ich muss aufpassen, dass ich ihm keinen noch so geringen Anlass gebe, mir Schwierigkeiten zu machen, denn im Zweifelsfall hat ein Mann immer die größere Macht.

»Hörst du nicht?«, ruft Amelie, obwohl ich fast vor ihr stehe. »Da ist jemand, der dich sprechen will.«

»Wer denn?«, frage ich leise.

»Du wirst schon sehen«, sagt Amelie mit einem wissenden Lächeln.

Mit einem flauen Gefühl in der Magengegend gehe ich zögernd weiter. Wen kann sie meinen? Amelies Gewissheit, dass ich mich über diesen Besuch freuen werde, schließt diejenigen aus, die mir als Erstes in den Sinn kommen: die Frau vom Jugendamt, der Kommissar oder ein anderer Polizist, der mich verhaftet unter der Anschuldigung, dass ich den Jungen entführt habe.

Über wessen Erscheinen würde ich mich also freuen? Die Erkenntnis trifft mich wie ein Huftritt: Harun! So schnell ich kann, eile ich auf die Tür zu, reiße sie auf, werfe einen Blick in den Gemeinschaftsraum, wo Deutschunterricht stattfindet. Dort ist er nicht, auch nicht an den kleinen Tischen bei den Waschmaschinen. Welche Möglichkeit gibt es noch? Sein Bett ist vergeben – oder hat er den Platz wiederbekommen? Ist Rafiq deshalb so wütend? Ich wende mich zur Treppe und bleibe wie angewurzelt stehen.

Es ist nicht Harun, der mich ähnlich entgeistert anstarrt, wie ich vermutlich ihn betrachte. Es ist ein Mann, den ich noch nie in meinem Leben sah und doch sofort erkenne. Die tief liegenden Augen unter den zusammengewachsenen Brauen, die große Nase mit dem Höcker, die dünnen Lippen sind genau wie bei meinem Vater, nur älter. Ich stehe vor dem Mann, der meinen Vater vor vierunddreißig Jahren in die Verbannung schickte. Der mich aus der Familie ausschloss, bevor ich überhaupt geboren wurde. Der den Tod meiner Mutter verschuldete, denn wenn meine Eltern in der Stadt hätten bleiben dürfen, wäre sie bei meiner Geburt nicht gestorben. Der Mann vor mir ist also mein nächster Verwandter. Vielleicht mein einziger. Der Mann, der aussieht wie eine ältere, kleinere, dickere Ausgabe meines Vaters, ist mein Onkel.

Ich kenne nicht einmal seinen Namen.

»Madiha.«

Seine Stimme ist ein leises, heiseres Flüstern. Tränenerstickt. Seine Wangen sind feucht, obwohl ich keine einzelnen Tropfen erkennen kann. Er weint nicht aus den Augen, sondern durch die Haut hindurch, denke ich und weiß genau, dass mein Kopf Unfug hervorbringt, um der Wirklichkeit zu entfliehen. Zu groß ist der Schock dieser Begegnung, zu gegensätzlich die Gefühle in meiner Brust. Freude darüber, dass ich plötzlich nicht mehr allein bin. Trauer, dass ich es so lange war. Wut auf die Grausamkeit und Unbeugsamkeit dieses Mannes, der gewusst haben muss, wie sehr die Verbannung meinen Vater schmerzte. Die Gefühle zerreißen mich, ein Laut dringt aus meiner Kehle wie das Heulen eines Hundes. Ich krümme mich, verliere das Gleichgewicht, stolpere gegen die Wand und rutsche an ihr herunter. Auf den Knien, den Kopf fast am Boden, schaukele ich vor und zurück und wehre Hände ab, die mich bei den Schultern fassen, halte mir die Ohren zu, schreie, als jemand meine Handgelenke ergreift, und überlasse mich dankbar der Schwärze, die sich wie ein großes, weiches Tuch auf mich senkt und die Welt aussperrt.

Es ist Jasmins Gesicht, das ich sehe, als ich zu mir komme. Ich liege auf der Seite, an der Stelle, an der ich ohnmächtig wurde.

»Geht es wieder?«, fragt sie leise. »Wer ist der Mann?«

Ich fühle mich nicht in der Lage zu antworten, konzentriere mich ganz darauf, mich aufzurichten. Hinter Jasmins Schulter taucht ein weiteres Gesicht auf: der Junge, der mir seit zwei Tagen nachläuft. Wie kann das sein? Ich habe ihn doch gerade erst wieder in die Obhut der Behörden gebracht! Im Hintergrund schaut mein Onkel auf mich herab, erschrocken, peinlich berührt, verlegen angesichts des Blickes, den Jasmin ihm über die Schulter zuwirft.

»Madiha, da ist eine Frau am Telefon, die dich sprechen will.«

Amelie hat mir gerade noch gefehlt. Aber Jasmin nimmt ihr das Handy aus der Hand und meldet sich am Telefon mit einem herrisch klingenden Ausdruck auf Englisch. Eins der Wörter klingt ähnlich wie »Moment!«.

Endlich stehe ich auf zittrigen Beinen, lasse mich auf den Stuhl sinken, den der Junge herbeischleppt, und nehme das Telefon.

»Hallo?«

»Steinforth-Blumenfeld. Frau Hammada, ist der Junge wieder bei Ihnen?« Die Stimme klingt ärgerlich, vorwurfsvoll, gereizt.

»Ja.«

»Gut, dann soll es so sein. Sie kümmern sich um ihn, bis wir mehr über ihn wissen. Ich melde mich wieder.«

»Nein!«, rufe ich, aber die Verbindung ist bereits unterbrochen.

Mechanisch reiche ich das Handy zurück, suche derweil den Blick des Jungen und sage: »Du kannst bleiben.«

Ganz langsam erscheint etwas wie ein winziges Lächeln auf seinem Gesicht. Ob er die Worte verstanden hat oder den Klang meiner Stimme richtig deutet, weiß ich nicht, aber der Ausdruck seiner Zufriedenheit macht mich fassungslos. Ich begreife nicht, warum er gerade mich als Muttterersatz ausgesucht hat, und empfinde die Verantwortung für dieses Kind, die die Frau von der Behörde mir gegen meinen Willen übertragen hat, als unerträgliche Last.

»Madiha, es tut mir leid, ich kann dir gar nicht sagen, wie sehr.«

Die Stimme meines Onkels ist immer noch leise, aber gefasst. Er umklammert die Tasse mit Tee, die Haut auf seinen Händen ist fleckig, aber ohne Kratzer, ohne Narben, alle Fingerglieder sind vorhanden. Ich blicke auf die zittrigen Hände eines Mannes, der nie handwerklich gearbeitet hat. Wie alt er wohl sein mag? Mein Vater wäre jetzt Ende fünfzig, der Onkel könnte sechzig sein, sieht aber aus wie siebzig. Ich weiß noch nicht einmal, ob es weitere Geschwister gab.

»Dass wir uns unter diesen Umständen begegnen.«

Wieder entsteht eine Pause, in der wir am Tee nippen, den die Helfer dreimal am Tag zubereiten. Das Mittagessen ist in vollem Gang, auf den Bänken sitzen Menschen und essen gedämpfte Kartoffeln, matschige Möhren und gekochtes Rindfleisch ohne Gewürze, ohne Knoblauch, ohne Kräuter, ohne Fett. Ich sehne mich nach den ›Drei Zedern‹, nach den Zutaten, die bunt und warm sind oder scharf und sauer, erdig, salzig, pikant oder honigsüß, gehaltvoll nussig oder duftend weich. Das, was der Junge, der sich neben uns auf den Boden gekauert hat, in sich hineinschaufelt, bringe ich heute nicht hinunter.

»Ist mein Bruder auch hier?«

Er ist nicht mehr dein Bruder, will ich schreien, aber kein Ton kommt über meine Lippen.

»Lebt er noch?«

»Nein.« Nur dieses eine Wort schleudere ich ihm entgegen. Darin ist alles enthalten, was ich in diesem Moment empfinde: Wut, Trauer, Vorwurf.

Der Junge hebt den Kopf, schaut mich fragend an. Ich habe keine Kraft, ihm zuzunicken, aber offenbar hat er in meinem Gesicht etwas gelesen, das ihn beruhigt, denn er wendet sich wieder dem Essen zu. Mit Messer und Gabel ist er ungelenk, also helfe ich ihm, das Fleisch zu schneiden, damit er mit dem Löffel essen kann. Gesprochen hat er bisher kein einziges Wort.

»Madiha, ich möchte für dich sorgen. Ich bin allein in diesem Land ebenso wie du. Das ist nicht gut. Wir sind eine Familie und können uns gegenseitig Halt geben.«

Ich schweige.

»Ich weiß, dass du mich nicht als Familie betrachten kannst. Es ist … es war unvermeidlich, damals.«

Ich halte still, wage kaum zu atmen in der Hoffnung, dass er weiterspricht. Ja, in diesem Moment wird mir bewusst, dass mir die Erklärungen meines Vaters nie ausgereicht haben. Wie kam es, dass er sich in die Braut seines Bruders verliebte? Wussten die Liebenden, welches Leben sie als Verbannte erwartete? Haben sie geglaubt, dass ihre Liebe alle Entbehrungen wettmachen würde? Ist diese Art der Liebe, die ich aus den deutschen Märchen kenne, in der Wirklichkeit überhaupt möglich?

»Aber ich habe deinen Vater noch einmal getroffen. Hat er dir davon erzählt?«

Alles in mir versteift sich, alles Leben weicht aus meinem Körper, eisige Kälte breitet sich in mir aus. Nein, davon hat mein Vater nichts gesagt.

»Ich bin Händler, habe viele Kontakte zu Menschen in allen Teilen des Landes und hörte eines Tages von einem Geschäftspartner, dass er meinen Bruder gesehen habe. Ich bin dorthin gereist, Madiha, um zu sehen, ob es ihm und … deiner Mutter gut geht. Aber im Dorf erfuhr ich, dass dein Vater schon lang mit einer Einheimischen verheiratet war und mehrere Kinder hatte. Ich habe ihn nach deiner Mutter fragen wollen, aber er hat sich geweigert, mit mir zu sprechen.«

Mein Onkel hätte die Möglichkeit gehabt, das Leben meines Vaters ein zweites Mal zu zerstören, wenn er im Dorf erzählt hätte, warum der Intarsienkünstler aus der großen Stadt so weit fort von daheim ein zurückgezogenes Leben führte. Wenn er erzählt hätte, dass der Künstler seine Familie nicht in einer Brandkatastrophe verloren hatte, sondern wegen Unzucht verbannt worden war. Die Einheimischen hätten meinen Vater verstoßen, niemand hätte ihm Lebensmittel oder Arbeitsmaterial verkauft, niemand hätte ihn gegrüßt oder mit ihm gesprochen, wäre bekannt geworden, dass der Damaszener seinem Bruder die Braut weggenommen hat. Aber mein Onkel hat geschwiegen. Hat er mir die Geschichte erzählt, damit ich seine Großzügigkeit bewundere?

»Ich möchte, dass du mit mir kommst. Ich lebe in Düsseldorf, in einer richtigen Wohnung. Sie hat drei Zimmer, weil …« Seine Stimme verebbt. »Eins der Zimmer ist im Moment mein Arbeitszimmer, aber es ist groß genug, dass ich dort auch schlafen kann. Du hast auf jeden Fall einen Raum ganz für dich. Bitte, Madiha, komm zu mir.«

Zum ersten Mal, seit wir einander gegenübersitzen, blicke ich ihm ins Gesicht. Es ist gezeichnet von Einsamkeit und Schmerz. Hat auch er unterwegs Angehörige verloren?

»Ich werde darüber nachdenken«, sage ich ausweichend.

Es ist der Anblick meines Vaters in dem anderen Gesicht, der mich verwirrt, sage ich mir. Vierunddreißig Jahre der Verbannung kann man nicht mit ein paar freundlichen Worten ungeschehen machen. Das wäre Verrat an meinem Vater, Verrat am Andenken meiner Mutter, die ihr Leben aufs Spiel setzte für die Liebe – und verlor. Oder würde mein Vater die Aussöhnung wollen? Was würde er tun, wenn er jetzt hier wäre?

Mein Onkel sackt in sich zusammen. Er hat eine andere Antwort erhofft, aber er bemüht sich um Haltung. »Dann nimm bitte wenigstens dieses Geschenk von mir an.«

Mit beiden Händen reicht er mir ein Handy, hält es so lange fest, bis ich danach greife.

Der Junge hört auf zu essen und starrt auf das flache Kästchen.

»Es würde mich beruhigen, wenn ich dich erreichen kann. Und du mich. Meine Nummer ist eingespeichert, sieh hier!« Er wischt über das Gerät, aufmerksam beobachtet von dem Jungen.

Ich kann dem, was er tut, nicht folgen, aber ich frage nicht nach. Mit einem Nicken gebe ich ihm mein Einverständnis und stecke das Gerät in meine Manteltasche.

Mein Onkel steht auf, zögert, streckt die Hand aus, als wolle er mich an der Schulter berühren, lässt es dann aber doch bleiben und wendet sich wortlos ab.

Ich weiß nicht, wie lange ich sitze und vor mich hin starre, während meine Gedanken sich im Kreis drehen. Irgendwann bemerke ich, dass der Junge seinen Teller leer gegessen hat und mich abwartend anschaut. Dass er sich weder für die anderen Kinder noch überhaupt für seine Umgebung interessiert, sondern praktisch nur für mich, macht mich unsicher. Noch nie war ich derart im Zentrum der Aufmerksamkeit eines Menschen.

Es widerstrebt mir, ihn immer nur ›den Jungen‹ oder ›den Kleinen‹ zu nennen, also frage ich ihn wieder nach seinem Namen.

Er antwortet nicht.

Ich könnte ihm einen Kosenamen wie Habibi geben, aber so nah stehen wir uns nicht.

»Ich nenne dich Faysal, einverstanden?«

Er schaut mich mit ernstem Blick an.

»Das bedeutet ›der Zielstrebige‹.«

Erst als Faysal auch noch den Nachtisch vertilgt hat und sich in meinem Bett zu einem Mittagsschlaf zusammenrollt, fällt mir die Frage ein, die ich meinem Onkel hätte stellen sollen: Woher wusste er, dass er mich hier finden würde?

13

Jasmin ist ganz verrückt nach Faysal. Sie bemuttert ihn beim Frühstück, bringt ihm Tee, streicht seine Brote mit der Schokoladenpaste, redet ununterbrochen auf ihn ein, fragt ihn nach seinem Namen, seinem Alter, seiner Herkunft, nach Eltern und Geschwistern. Aber er bleibt genauso stumm wie bei mir. Trotzdem muss ich lächeln. Dass ich es überhaupt noch kann, wundert und freut mich. Für einen Moment ist mein Herz so leicht, wie es früher manchmal war.

Auch Jasmins Freundinnen, die von Selbstbestimmung reden und vom Studium und einem Beruf, der sie ernährt, damit sie einen Ehemann aus Liebe wählen können und nicht aus Gründen der Versorgung, flattern aufgeregt um Faysal herum. Sie alle wollen Kinder, sie alle wollen, sobald sie Mütter sind, zu Hause bleiben und sich nur um die Kinder kümmern, zumindest einige Jahre. Sie schnattern davon, dass Freundinnen bereits so weit seien oder ältere Schwestern, dass es ein wunderbares Leben sei in einer Nachbarschaft, in der die Mütter sich jeden Vormittag reihum bei einer aus ihrer Gruppe treffen, inoffiziell, ohne Programm, ohne aufwendige Bewirtung. Die Kinder spielten zusammen, die Mütter plauderten, ganz so, wie es früher war, als Frauen keinen Beruf hatten. Einen Beruf und die Mutterschaft gleichzeitig finden sie zu anstrengend.

Ich höre ihnen zu und fühle weder Bedauern, dass ich keine Kinder bekommen kann, noch Neid. Das einzige Gefühl in meiner Brust ist die drückende Bürde der Verantwortung, die man mir für den Jungen übertragen hat. So versuche ich, Faysal bei Jasmin zurückzulassen, als ich zum Telefon will, um Razan anzurufen.

Jasmin erklärt sich gern bereit, den Jungen zu betreuen, aber kaum bin ich wenige Schritte von der Unterkunft entfernt, schiebt sich seine kleine Hand in meine. Das ist mir lästig, weil ich mit dem Stock in der einen und dem Kind an der anderen Hand ungelenk bin, aber ich bringe es nicht übers Herz, ihn wegzustoßen.

Ich habe Mühe, zum Telefon zu kommen, denn auf dem Platz wird gebaut. Bretterhäuschen entstehen hier, eins neben dem anderen, alle gleich groß. Sollen dort etwa noch mehr Flüchtlinge schlafen? Aber die Häuschen sind klein, vielleicht zwei mal drei Meter. Nein, sie müssen einem anderen Zweck dienen, den ich aber nicht verstehe. Ein großes Transparent hängt zwischen zwei Laternenpfosten, vermutlich ist darauf die Erklärung zu finden, aber ich kann nicht lesen, was da steht. Solange das Telefon am Platz bleibt und ich es benutzen kann, ist mir auch egal, wozu die Häuschen gebraucht werden.

Das Telefonat mit Razan ist kurz: Sie will mich treffen und nennt mir den Namen eines Cafés in der Nähe des Düsseldorfer Hauptbahnhofs, den ich inzwischen gut kenne. Sie erklärt mir den Weg und schlägt zwei Uhr vor. Um Amelie aus dem Weg zu gehen, würde ich am liebsten gleich nach Düsseldorf fahren, aber vorher muss ich das Kind loswerden, denn eine zusätzliche Fahrkarte nach Düsseldorf kann ich mir nicht leisten.

Also gehen wir zurück zur Unterkunft. Ich bleibe draußen und beauftrage Faysal, Jasmin zu holen. Dann erkläre ich ihr, dass der Kleine bei ihr bleiben muss, bis ich wiederkomme. Jasmin ist einverstanden, aber Faysal läuft mir hinterher, kaum dass ich ein paar Schritte gemacht habe. Nicht einmal die erhobene Hand, die ihm Schläge androht, überzeugt ihn, bei Jasmin zu bleiben, also schlage ich wirklich zu. Nicht fest, sicherlich nicht so fest, wie er es gewöhnt ist, trotzdem füllen sich seine Augen mit dunkler Enttäuschung, die mir wie eine Faust in den Magen fährt. Ich bleibe hart und schlucke die aus dem Magen aufsteigende Säure hinunter, während ich zum Bus gehe.

Das Café, das Razan mir als Treffpunkt genannt hat, liegt in einer Straße voller türkischer und arabischer Geschäfte, ähnlich der Gegend um Jeans Restaurant. Es gibt Haushaltsgegenstände, Kleidung, Lebensmittel. Endlich sehe ich auch Kräuter und Gewürze in riesigen Körben. Die Farben und Aromen lassen mein Herz aufgehen. Ein Metzger bietet Hammelfett an. Ich drücke mir die Nase an einigen Schaufensterscheiben platt, kaufe eine türkische Teigtasche und bin so in der heimatlich anmutenden Welt gefangen, dass ich fast die Zeit vergesse.

Um kurz vor zwei stehe ich vor dem Café und zögere. In meiner Heimat sind Cafés den Männern vorbehalten. Von Jasmin weiß ich, dass das in den großen Städten nicht mehr so streng gehandhabt wird, dass sie regelmäßig in solche Lokale einkehrte, aber ich selbst habe in meinem ganzen Leben noch keins betreten. Auch dass ich vor einigen Tagen zum ersten Mal in meinem Leben in einem Restaurant war, hilft mir nicht weiter, denn dorthin bin ich nicht freiwillig gegangen und vor allem: nicht allein. Daher blicke ich mit Unwohlsein durch die große Glasscheibe – und trete erstaunt einen Schritt näher. In diesem Café sitzen ausschließlich Frauen, und zwar moderne, junge Frauen in bunter Kleidung ebenso wie alte Hutzelweiber ganz in Schwarz. Manche haben

Aktentaschen bei sich, andere Tüten voller Einkäufe, etliche Kinder laufen herum. Meine Scheu lässt nach, ich öffne die Tür und atme auf, als die warme Luft mich umfängt. Erst da wird mir wieder bewusst, wie schneidend die Kälte in diesem Land durch die Kleidung dringt.

Ich weiß sofort, dass sie es ist. Nicht, weil ich sie vom Foto kenne oder Ähnlichkeiten mit ihrem Bruder feststelle, sondern weil sie in diesem Raum voller entspannter Menschen die Einzige ist, die steif auf ihrem Stuhl sitzt und nervös mit dem winzigen Löffel spielt, der neben dem feinen Teeglas liegt. Sie trägt *Hidjab*, *Abaya* und eine Sonnenbrille, obwohl das Licht im Café gedämpft ist. Ihre Bewegungen sind fahrig. Sie wirkt auf mich wie ein gejagtes Tier.

Ich dränge mich durch das Gewimmel zu ihrem Tisch. Als Razan die Sonnenbrille abnimmt, sehe ich, dass sie sogar noch jünger ist als gedacht, vielleicht Anfang zwanzig. Ihre Augen sind riesig und blicken ängstlich, nein, panisch, wie ich erkennen kann, als ich mich setze. Die Bedienung taucht neben mir auf, ich bestelle Tee.

»Du hast etwas von meinem Bruder?«, fragt Razan in leisen, abgehackten Worten, sobald die Kellnerin uns den Rücken zukehrt.

Ich halte den Ring zurück, weil ich mir nicht sicher bin, ob er Harun oder Amal gehörte, lege aber den Brief und das Foto von Razan auf den Tisch. Im direkten Vergleich fällt mir auf, wie sehr sie sich verändert hat. Auf dem Foto strahlt sie Selbstbewusstsein, Energie und Lebensfreude aus. Nichts davon ist ihr geblieben.

Razan nimmt den Brief, den sie ihrem Bruder schrieb, vorsichtig in die Hand. Ihre Augen füllen sich mit Tränen.

Ich lasse ihr Zeit, sich zu fassen, bis die Bedienung mein Teeglas vor mir abgestellt hat.

»Woher kennst du meinen Bruder?«, fragt Razan.

»Aus Kobane. Wir wollten von dort über die Türkei nach Europa. Genauer gesagt wusste dein Bruder, wohin er wollte, während ich …«

Meine Gedanken gehen zurück an den Ort, bis zu dem mein Vater meine Flucht geplant und bezahlt hatte. Achtzehn Tage hatten wir bis dorthin gebraucht, was nicht an der Länge des Wegs lag, sondern daran, dass man das Kampfgebiet im Norden Syriens nur durchqueren konnte, wenn man eine Schutzzusage der Kurden hatte. In Kobane luden mich die Schlepper mit einigen anderen in einem leer stehenden Hotel ab und kündigten an, es käme jemand, der uns über die türkische Grenze brächte. Wir warteten zwölf Tage, während derer weitere Flüchtlinge in dem Hotel ankamen. Ich nahm das alles nur wie durch einen Nebel wahr, konnte noch nicht glauben, dass ich von einer Sekunde zur anderen zur Waise geworden war …

»Madiha?«

Mühsam finde ich zurück in die Gegenwart und reibe mir über das Gesicht, als könnte ich die Bilder damit auslöschen.

»Ich war in Trauer um meinen Vater, hatte kein Ziel und keine Kraft. Dein Bruder brachte es nicht über das Herz, mich dort in meinem Zustand der Lähmung zurückzulassen, und organisierte alle weiteren Schritte für uns beide zusammen.«

Razan hat die Stirn gerunzelt und schüttelt leise den Kopf. »Kobane? Das muss ein Irrtum sein. Amal wollte das Land nicht verlassen.«

Mein Herz setzt einen Schlag aus. »Amal? Aber wir reden doch die ganze Zeit über Harun!«

Razan starrt mich an. Dann greift sie in ihre Handtasche, die sie auf dem Schoß hält, holt ein Foto heraus und legt es zu mir gedreht auf den Tisch. Das Bild zeigt zwei Männer, die mit Waffen im Arm posieren. Den rechten kenne ich, es ist Harun. Razans Zeigefinger tippt auf den Mann, der links steht. »Das ist mein Bruder. Amal Arabi.«

Fassungslos starre ich auf das Bild, greife danach, halte es ins Licht. Haruns Wangen sind deutlich voller, nicht ausgezehrt, wie ich sie kenne, aber es ist ohne Zweifel er.

»Du kennst meinen Bruder gar nicht?«, fragt Razan ungläubig.

Ich lasse die Hand mit dem Foto sinken und versuche mich zu erinnern, was ich Razan erzählt habe. Ich sprach von Razans Bruder und meinte Harun. Sie sprach von ihrem Bruder und meinte Amal. Es ist alles ein großes Missverständnis. Wir schauen einander an, entsetzt.

Es dauert eine ganze Weile, bis Razan sich räuspert. »Dieser Harun ist also auch verschwunden?«

Ich nicke kraftlos. Genau deshalb bin ich hier.

»Wann?«

»Vor mehr als zwei Wochen.«

Sie überlegt einen Moment. »Ja, das passt. Vor etwa drei Wochen rief ein Mann, der sich Harun nannte, bei Halime an und fragte nach mir.«

»Wie hat er Halime gefunden?«

Razan stockt. »Warum ist das wichtig?«

Ich zucke die Schultern. Es ist nicht wichtig, aber ich bin neugierig, wie Harun es angestellt hat. Außerdem habe ich Angst vor den Informationen, die Razan mir über Harun geben wird, und stelle dumme Fragen, um den Moment der Wahrheit hinauszuzögern.

»Über die Uni. Sie ist Mitglied in einer Gruppe von Studenten, die Asylanten hilft. Man findet ihren Namen auf der Internetseite.«

Nicht nur Mobiltelefone, sondern auch das Internet sind jedem vertraut. Jedem außer mir. Wieder einmal wird mir bewusst, dass ich der ungeeignetste Mensch bin, um eine verschwundene Person zu finden.

»Harun sagte, dass er meinen Bruder kenne. Amal habe ihm Briefe für mich mitgegeben. Diese Briefe wollte er mir aushändigen.«

Ich denke an den Pass auf den Namen Amal Arabi, den Brief und das Foto, das zwischen uns auf dem Tisch liegt, und frage mich, weshalb Razans Bruder Harun auch diese Dokumente anvertraut hat. Ein furchtbarer Verdacht kriecht wie Nebel aus dunklen Tälern hervor, aber bevor ich die Frage laut stellen kann, fährt Razan fort.

»Ich bin … Ich habe … « Ich sehe, wie ihre Hände zu zittern beginnen, ihre Augen füllen sich mit Tränen, aber sie schluckt mehrmals und fährt dann fort: »Meine Nerven sind nicht gut. Ich wollte Harun nicht treffen und forderte ihn deshalb auf, die Briefe an Halimes Adresse an der Uni zu senden und sich drei Tage später wieder zu melden. Er schickte die Briefe, aber seitdem haben wir nichts von ihm gehört.«

Meine Hoffnung, dass Razan mir dabei helfen kann, Harun wiederzufinden, schmelzen wie Raureif in der Sonne.

»Dieser Harun wird in den Briefen genannt«, sagt Razan plötzlich mit weicherer Stimme. »Willst du sie lesen?« Sie legt einen Stapel zerknitterter Papiere auf den Tisch.

Ich starre darauf, wünsche in diesem Moment nichts sehnlicher, als des Lesens mächtig zu sein, und spüre, wie die Hitze der Scham meine Wangen überzieht. Statt nach den Briefen zu greifen, ziehe ich den Ring aus der Tasche. »Dieser Ring lag auch bei dem Brief und dem Foto. Ich weiß nicht, ob er Harun oder Amal …«

Razans Reaktion ist Antwort genug. Ihre Augen weiten

sich, die Lippen beben. Mit zitternden Händen greift sie nach dem Ring.

»Den habe ich …« Ihre Stimme erstirbt, sie schluchzt einmal leise, dann presst sie den Ring mit beiden Händen an ihr Herz. »Diesen Ring habe ich ihm gegeben, als er fortging zum Studium. Er würde ihn niemals ablegen. Nie im Leben.« Sie wird so blass, dass ihre Haut fast durchsichtig scheint. »Das bedeutet, Amal ist tot.«

Razan wiegt sich vor und zurück, Tränen rollen ihr über die Wangen.

Ich strecke meine Hand aus, will sie trösten, aber die junge Frau starrt mich mit einem Blick an, in dem sich Schmerz und Hass die Waage halten. Dann springt sie auf, hastet durch das Café und bringt die Türglöckchen in hellen Aufruhr, als sie ungestüm die Tür aufreißt und hindurchstürmt.

Sekunden später höre ich Bremsen quietschen und Menschen schreien.

Ich stehe immer noch reglos da, die Hand ausgestreckt, mit der ich Razan zurückhalten wollte. Ich wage es nicht, nach vorn zu laufen wie die anderen Gäste, zum Fenster. Wage es nicht, hinauszusehen.

Eine Frau tritt neben mich, spricht mit mir, aber ich höre ihre Worte nicht. Sie folgt meinem Blick, bemerkt die Menschen, die an der Scheibe stehen, ihre verstörten Gesichter, die vor den Mund geschlagenen Hände. Langsam und zögernd geht sie zur Tür, tritt hinaus und verschwindet aus meinem Blickfeld.

Als die ersten Frauen sich umdrehen und mit dem Finger auf mich zeigen, verlässt mich die Kraft, aufrecht zu stehen. Ich sinke auf meinen Stuhl. Höre ein Signalhorn. Von einem Krankenwagen? Immer mehr Frauen starren mich an, tuscheln, drehen sich wieder zum Fenster. Ich will das Café verlassen, stehe schwankend auf und komme ein paar Schritte weit, bevor die Bedienung mir quer durch den Raum zuruft: »Wer bezahlt den Tee?«

Ich gehe zurück zum Tisch, lege einen Geldschein hin und bemerke die Briefe, die noch dort liegen. Papiere in allen möglichen Größen, in Weiß, Gelb, Grau und Rosa. Blätter mit bedruckten Rückseiten, mit Eselsohren, mit Flecken. Buchstaben, die jedes Fleckchen Papier bedecken, das verfügbar war. Persönliche Briefe eines jungen Mannes an seine Schwester, die nicht für die Öffentlichkeit bestimmt sind. Ich stecke sie ein und trete auf die Straße.

Menschen stehen im Kreis, die Köpfe auf den Boden in der Mitte gerichtet. Ein Lkw steht quer. Ein Krankenwagen hält, mit dem Absterben der Sirene wird es schlagartig still. Dann öffnet sich der Kreis, Sanitäter knien sich neben die Gestalt auf dem kalten Boden, ich erkenne nicht, was sie tun, aber als sie sich aufrichten und den Kopf schütteln, weiß ich, dass jede Hilfe zu spät kommt. Ich lasse mich auf die Stufe des Cafés sinken und lege den Kopf auf die Knie.

Razans Tod ist meine Schuld. Hätte ich ihr doch nicht den Ring einfach so gegeben. Hätte ich sie doch festgehalten, als sie aufsprang. Hätte ich doch nur länger überlegt, was das alles bedeutet, die Verwechslung der beiden Männer, der Ring, der Brief. Meine Schuld, meine Schuld, meine Schuld …

Zeit spielt in der Verdammnis keine Rolle, und so weiß ich nicht, ob Minuten oder Stunden vergangen sind, als ich eine Hand auf der Schulter spüre. Ich schaue in ein fremdes Gesicht, eine Frau, die die Uniform der Polizei trägt.

»Haben Sie auch etwas beobachtet?« Ihr Finger zeigt über die Schulter, dorthin, wo Razan immer noch auf dem Boden liegt, immer noch umringt von Menschen. Dahinter ziehen gaffende Gesichter vorbei, manche schockiert, andere neugierig. Eins dieser Gesichter erkenne ich, es gehört meinem Vater. Als ich ungläubig ein zweites Mal hinschaue, ist er verschwunden.

»Ob Sie etwas beobachtet haben, möchte ich wissen.«

Ich nicke.

»Gehen Sie ins Café, wir wollen gleich mit Ihnen sprechen.«

Eine nach der anderen werden die Frauen aus dem Café an einen Tisch vorn am Fenster gebeten, an dem ein Mann und eine Frau Platz genommen haben. Immer wieder zeigen sie ihre Ausweise, die Frau stellt die Fragen, der Mann macht Notizen. Polizisten in Uniform sprechen draußen mit Passanten, Ladeninhabern, Anwohnern. Ich sehe, was um mich herum vor sich geht, fühle mich aber nicht davon berührt, fühle mich dieser Welt nicht zugehörig. In meiner Welt existieren keine Fragen über den genauen Hergang, über Zeitabläufe oder zurückgelegte Wege. In meiner Welt gibt es nur Schuld.

Irgendwann geht die Tür des Cafés auf, und ein Mann tritt herein. Zuerst erkenne ich sein ungewöhnlich langes Haar, dann die große Nase. Kommissar Brocker. Er lässt seinen Blick durch den Raum schweifen, stutzt bei meinem Anblick und wendet sich an die beiden Polizisten vorn bei der Tür. Sie sprechen leise, einigen sich schließlich auf irgendetwas, wie ich dem übereinstimmenden Kopfnicken entnehme, dann setzt Brocker sich zu den anderen. Schließlich werde ich nach vorn gerufen.

Ich bin erleichtert, den Platz zu verlassen, um den alle Menschen in diesem Raum einen riesigen Bogen machten. Den Platz der Ausgestoßenen, der Schuldigen, der Mörderin. Gleichzeitig habe ich Angst vor dem Gespräch mit dem Kommissar. Wird er mich verhaften, wenn er erfährt, dass ich schuld an Razans Tod bin? Was wird dann aus Faysal?

»Reden Sie!«, fordert der Kommissar mich auf, während die anderen beiden schweigen. Seine Stimme klingt nach unterdrückter Wut oder Ungeduld, genau weiß ich es nicht. Ich traue mich nicht, den Blick zu heben. Was will er von mir hören?

»Ich suche Harun«, beginne ich unsicher.

»Das weiß ich. Wer ist die Frau, mit der Sie sich hier getroffen haben?«

»Sie heißt Razan. Ich dachte, sie wäre Haruns Schwester.«

»Razan Dardari?«

»Nein.«

Er seufzt ungeduldig. »Heißt das, dass sie es nicht ist?«

Ich nicke. »Razan ist die Schwester von Amal Arabi. Nicht von Harun.«

»Das ist ein und derselbe.«

Es ist mir unangenehm, ihm widersprechen zu müssen, daher ist meine Stimme kaum mehr als ein Flüstern. »Nein.«

»Können Sie das beweisen?«

Ich denke an das Foto. Was ist damit geschehen? Vielleicht liegt es noch auf dem Tisch. Ich zeige mit dem Finger zu dem Tisch, an dem wir saßen. Der Kommissar ergreift meinen Arm und führt mich hin. Das Foto liegt noch dort, vermutlich hatten die Briefe es verdeckt. Die Briefe, die ich an mich genommen habe. Was soll ich damit machen?

Zurück an dem Tisch am Fenster dreht der Kommissar das Foto ins Licht, betrachtet es ausgiebig.

»Links ist Amal, rechts Harun«, sage ich.

Die beiden anderen Polizisten wollen es auch sehen, der Kommissar zeigt es ihnen, gibt es aber nicht aus der Hand.

»Woher haben Sie das?«, fragt er.

»Razan hat es mir gezeigt, nachdem wir feststellten, dass das alles ein Missverständnis war. Dass Harun nicht ihr Bruder ist, obwohl ich immer dachte …«

»Wie haben Sie sie aufgespürt?«

Ich erzähle von meinen Besuchen in den Flüchtlingsunterkünften.

»Als Sie mit mir über Haruns Verschwinden gesprochen haben, haben Sie mir nicht erzählt, dass er eine Schwester hat, die in Düsseldorf lebt.«

Ich erstarre. Der Kommissar hat recht. Damals hielt ich es für unpassend, der Polizei persönliche Dinge wie Fotos oder Papiere zu geben. Noch immer weiß ich nicht, wie so etwas in diesem Land gehandhabt wird. Sicher ist nur, dass der Kommissar ärgerlich ist, weil ich ihm diese Information verschwiegen habe. Soll ich ihm also jetzt von dem Brief erzählen, den ich mit dem Pass zusammen fand, ihm aber nicht aushändigte?

»Frau Hammada?« Sein Ton ist scharf, er verursacht mir eine Gänsehaut.

»Ich habe erst später davon erfahren.« Ich bin zu feige und zu schwach, die Wahrheit zu gestehen, und schäme mich dafür. Noch mehr allerdings schäme ich mich, dass ich ihm die anderen Briefe nicht geben werde. Die, die ich eben an mich genommen habe. Aber wenn ich sie jetzt weggebe, erfahre ich nicht, was darin steht. Erfahre nicht, was Amal über Harun schrieb. Vielleicht ist darin ein Hinweis zu finden. Vielleicht will ich aber auch einfach nur die Gewissheit erlangen, dass Harun ein vertrauenswürdiger Freund war. Auf jeden Fall muss ich ihren Inhalt kennen. Später kann ich mir immer noch überlegen, sie dem Kommissar zu geben.

»Kennen Sie diesen Amal Arabi?«, fragt der Kommissar.

Ich schüttele den Kopf.

»Denken Sie nach. Vielleicht haben Sie ihn auf der Flucht gesehen? Oder hier in Deutschland?«

»Nein.«

»Sind Sie sich ganz sicher?«

Natürlich nicht. Ich habe Hunderte, nein, Tausende Menschen gesehen, die in dieselbe Richtung fuhren, gingen, liefen, rannten, kletterten, schwammen, krochen. Ich sah Menschen über und über mit Blut besudelt oder mit Staub bedeckt oder mit beidem. Ich sah Menschen andere Menschen töten, sah sie hungern, weinen, verzweifeln, explodieren, ertrinken oder auf andere Weise sterben. Meist schaute ich nicht genauer hin, weil ich mit meinen eigenen Problemen beschäftigt war und ohnehin nicht hätte helfen können. Trotzdem bedeutet Nicht-Hinsehen nicht, dass man Abstand halten könnte. Daher überwältigen mich jetzt die Geräusche, die Gerüche, die Angst. Explosionen, Schüsse, Schreie, brennendes Plastik, brennendes Fleisch. Überall Menschen in Panik – aber keiner hat ein Gesicht, nur Münder, Augen, aufgerissen …

»Bringen Sie ein großes Glas kaltes Wasser!«

Erst langsam wird mir klar, dass das Gefühl an meinem Oberarm der Griff des Kommissars ist. Dass die Aufforderung der Bedienung galt. Es muss etwas mit mir zu tun haben. Ich sehe kleine Füße in schwarzen Schnürschuhen herbeieilen, höher reicht mein Blick nicht. Dann nimmt jemand meine Hand, legt sie um ein Glas, führt es an meinen Mund. Ich schlucke. Das Wasser ist kalt und belebend. Langsam weitet sich mein Blickfeld wieder, der Kommissar sieht mich an, halb sorgenvoll, halb ungeduldig.

»Sie kennen diesen Amal also nicht?«

»Nein. Ich gab Razan einen Ring, den ich bei Haruns Kleidern gefunden habe. Ich dachte ja, er wäre ihr Bruder …«

Inzwischen bin ich selbst verwirrt. »Als sie den Ring sah, geriet sie außer sich. Sie rief, ihr Bruder hätte diesen Ring niemals abgelegt, niemals. Dass Harun ihn bei sich trug, könne nur heißen, dass ihr Bruder tot sei. Dann lief sie auf die Straße.«

Der Kommissar schweigt, ich starre auf den Tisch. Sein Schweigen ist schwer zu deuten. Es strahlt nicht nach außen, sendet keine Schwingungen, die ich spüren könnte. Keine Wut, die sich in kurzen, harten Wellen verbreitet, keine Ungeduld, die mit spitzen Pfeilen schießt. Sein Schweigen umschließt ihn wie eine Glocke.

»Wussten Sie, dass Amal Arabi der Anführer einer Gruppe von europäischen Dschihadisten war?«

Es dauert eine Weile, bis mein Verstand die Worte erfasst. Europäische Dschihadisten? Die Wörter passen nicht zusammen, ergeben keinen Sinn.

»Was soll das sein?«, frage ich.

»Das sind junge Männer, manchmal sogar junge Frauen aus Deutschland, England und anderen europäischen Ländern, die nach Syrien gehen, um sich dort den Dschihadisten anzuschließen.«

Warum sollte ein junger Mann aus diesem sicheren, sauberen Land in einen schmutzigen Krieg ziehen? Was lockt einen Unbeteiligten zu diesem hemmungslosen Morden, vor dem Millionen Menschen fliehen? Und für wen oder was ergreift er Partei?

»Ich glaube, dass Harun nach Deutschland gekommen ist, um hier neue Kämpfer anzuwerben.«

»Nein!«, sage ich. Meine Stimme ist so laut, dass sich mehrere Köpfe zu mir umdrehen. Ich spüre, wie mir die Hitze in die Wangen steigt. »Nein«, sage ich leiser. »Das kann nicht sein.«

»Wie gut kannten Sie ihn wirklich?«

Ich muss die Antwort nicht aussprechen, der Kommissar hat längst begriffen, dass Harun mein einziger Vertrauter und zugleich ein vollkommen Fremder war.

14

Geliebte Schwester,
dein Brief hat mich erschüttert. Die Eltern tot, unsere Heimat zerstört! Der Schmerz frisst sich durch meine Brust und raubt mir den Atem. Noch schwerer zu ertragen finde ich den Gedanken, dass du den weiten, gefährlichen Weg nach Europa auf dich nehmen willst, nachdem der Vater dir verboten hatte, dich für ein Studium im Ausland zu bewerben. Wie kannst du nur seinen Willen so missachten, kaum dass er tot ist? Auch ich würde dir am liebsten sagen: Lass ab von dem Plan! Bleib unter deinesgleichen, bleib in der Nähe! Aber ich weiß, dass meine Worte dich nicht rechtzeitig erreichen werden.
Hier an der Universität ist schon lange kein normales Leben mehr möglich, viele Studenten und Professoren haben das Land verlassen, aber ich hoffte, dass ihr in Sicherheit seid. Der Schock über deine Nachricht hat mich wachgerüttelt. Ich arbeite jetzt in einem Untergrund-Krankenhaus. Hierher werden Opfer von Fassbomben oder Minen gebracht, auch Menschen mit Schussverletzungen, viele sind Frauen und Kinder. Wir sind noch lange keine Ärzte, aber Wunden versorgen und Amputationen durchführen können wir schon. Und das tun wir. Täglich. Hunderte. Das Schlachten nimmt kein Ende. Und es ist unsere eigene Regierung, die auf uns schießt.
Ich erinnere mich an Halime und hoffe, dass sie sich deines Vertrauens würdig erweist. Möge Allah dich auf deinem langen und gefahrvollen Weg beschützen.
Dein Bruder

Nachdem der Kommissar mich entlassen hatte, stand ich zitternd auf der Straße und fühlte mich so allein wie selten in meinem Leben. Ich fühlte eine mir den Atem raubende Sehnsucht nach meinem Vater, aber dann schalt ich mich eine Närrin. Unmöglich, dass ich ihn wirklich gesehen hatte. Meine Wahrnehmung hatte mir einen Streich gespielt, hatte mir ein Bild gezeigt, das mir Trost versprach. Aber dieser Trost war ausgeschlossen. Es gab nur einen Ort auf der Welt, an dem ich Zuspruch finden konnte, und so hatte ich mich auf den Weg zu den ›Drei Zedern‹ gemacht.

Wir sitzen zu dritt auf der Eckbank. Sie gehört zu dem Tisch gegenüber der Küche, wo es zu dunkel, zu laut und zu hektisch für Gäste ist. Das Restaurant ist geschlossen, es ist die ruhige Zeit am Nachmittag, bevor das Abendgeschäft und die Vorbereitungen dafür beginnen. Jean sitzt außen und hält den Brief in das trübe Licht der schwachen Glühbirne, Buschra und ich hocken auf der Bank an der Wand, sie hat beide Beine angezogen und die Arme um die Knie gelegt. Ihr Kopf lehnt an meiner Schulter. Wir lauschen Jeans leiser Stimme.

Geliebte Schwester,
erst als ich den vorigen Brief an dich geschrieben hatte, fiel mir ein, dass ich ihn gar nicht abschicken kann. Ein Mensch auf der Flucht hat keine Adresse. Trotzdem schreibe ich dir wieder, denn fast ist es, als spräche ich diese Worte zu dir, und das hilft mir über meine Einsamkeit hinweg.
Zwei meiner besten Freunde sind tot. Sie wurden bei einem Angriff auf das Untergrund-Krankenhaus getötet, ebenso wie etwa zwanzig Patienten. Die überlebenden Ärzte und Helfer haben die noch brauchbare Ausrüstung zusammengerafft und

sind umgezogen in den nächsten Keller, dieses Mal ist es eine ehemalige Schule. Ich weiß nicht, wie lange wir noch durchhalten können. Wir schlafen zu wenig, essen zu wenig, trinken zu wenig und kommen praktisch nicht mehr nach draußen. Verbandmaterial haben wir schon lange nicht mehr, wir decken die Wunden mit Stoffen ab, die wir den Opfern vom Leib reißen. Hemdenärmel oder Hosenbeine, die sie nicht mehr benötigen, weil wir ihnen den Arm oder das Bein abgeschnitten haben. Es ist ein Horror, aber wir geben nicht auf. Ich bete für dich.
Dein Bruder

Jean legt den Brief auf den Tisch und fährt sich mit der Hand über die Augen. »Das haben wir auch alles mitgemacht«, flüstert er mit erstickter Stimme.

Buschra nickt.

Ich bin genauso betroffen wie sie, aber was hatte ich erwartet? Ich wollte einen Hinweis finden, warum Harun verschwand oder wohin er gegangen sein mag. Ich hoffte, das Rätsel zu lösen und Harun zu finden. Inzwischen ist die Hoffnung verflogen wie der Duft der Orangenblüten, wenn der Wind den Rauch des Feuers in ihre Richtung weht. Schlimmer noch: Meine Suche hat Razan das Leben gekostet. Hier höre ich nun die Stimme eines toten Bruders, der sich an seine tote Schwester wendet. Ich will nicht mehr hören, was er schreibt, aber nachdem der Anfang gemacht ist, bringe ich es nicht über mich, Jean davon abzuhalten. Es ist wie eine Buße, die ich tun muss, weil ich die Katastrophe heraufbeschworen habe. So muss ich es wieder durchleben, das tausendfache Morden, das Ausbomben, Aushungern, Ausräuchern, das Schießen auf Menschen, die aus einem brennenden Gebäude laufen. Ich sehe es, sobald ich es höre, denn darin bin ich geübt. Weil ich mir niemals etwas notieren kann, mache ich mir ein Bild von allem, was meine Ohren erreicht. Höre ich die Zahl ›drei‹, sehe ich den dreiblättrigen Schildklee vor mir, den ich als Zwischenfrucht auf meinen Feldern anbaue. Höre ich das Wort ›Haus‹, sehe ich ein Haus. Höre ich ›Krieg‹, bin ich wieder mittendrin, höre, rieche, schmecke Schmerz, Angst, Tod, Verwesung.

Würde das aufhören, wenn ich lesen könnte?

Jean greift nach dem nächsten Brief.

Geliebte Schwester,
ich bin nicht mehr bei den Ärzten. Unsere Arbeit war zwecklos. Was nützt es, einen Menschen zu retten, wenn der Krieg ihn schließlich doch tötet und hundert andere dazu? Mehrmals mussten wir unseren Unterschlupf verlegen, immer wieder haben sie die Krankenhäuser bombardiert.
Deshalb habe ich das Skalpell zur Seite gelegt und zur Waffe gegriffen. Ich kämpfe für unser Volk, gegen die Unterdrückung. Waffen gibt es genug, viele gute Gewehre, deutsche vor allem, die wir den Kurden abgekauft oder erbeutet haben. Wir sind gut ausgerüstet, aber vor allem haben wir das Recht auf unserer Seite. Unsere Feinde kämpfen für Geld, für Macht oder für was auch immer, aber wir kämpfen für Allah und dafür, dass seine Gesetze gelten. Wir kämpfen gegen die Regierung, die sich vom Westen bevormunden lässt und ihre eigene Bevölkerung bombardiert. Wir kämpfen gegen die Amerikaner, die alle Muslime ausrotten wollen. Wir kämpfen für einen neuen Staat, in dem jeder Muslim in Frieden leben kann nach den Gesetzen Allahs.
Wenn es Allah gefällt, dass ich in seinem Namen kämpfe, wird er auch dich beschützen. Vertrau auf ihn, so wie ich auf ihn vertraue. Allah ist groß.
Dein Bruder

Jean schaut zur Uhr. »Wir müssen aufhören. Buschra, es wird Zeit.«

Ich bin erleichtert, dass er selbst den Horror beendet, aber noch nicht in der Lage, ihn hinter mir zu lassen. So schaue ich Jean bettelnd an.

Er versteht sofort. »Magst du uns wieder helfen, Madiha?«

Meine Dankbarkeit kennt keine Grenzen. Im Moment hätte ich es einfach nicht ertragen, diesen Ort zu verlassen und mich unter Menschen zu begeben, die mich verachten, weil ich anders gekleidet bin als sie. Die über meine Aussprache lachen oder drängeln, weil ich nicht schnell genug gehe. Noch schwerer aber hätte ich diejenigen ertragen, die mir freundlich begegnen, wie der Busfahrer, der mich vor bösen Bemerkungen in Schutz nimmt. Ich habe diese Freundlichkeit nicht verdient, denn ich bin verantwortlich für Razans Tod.

Bevor ich mich der Welt da draußen stellen kann, muss ich die schrecklichen Bilder und Erinnerungen aus meinem Kopf verbannen. Das gelingt mir am besten in der Küche.

Wir arbeiten schweigend, die Ruhe senkt sich auch über mich und sickert langsam vom Scheitel nach unten, entspannt das Gesicht und den Nacken, die Schultern und den Rücken. Nur die Schmerzen in der Hüfte lassen nicht nach, aber daran bin ich gewöhnt. Als Jean die Tür aufschließt, um die ersten Gäste einzulassen, fühle ich mich dem Heimweg gewachsen. Den Abend kann ich hier nicht verbringen, weil der letzte Bus zur Unterkunft um sieben Uhr geht. Auf dem Weg zur Haltestelle drehe ich mich mehrfach um. Ich sehe den Mann mit der geteilten Augenbraue nicht, fühle mich aber trotzdem beobachtet.

Eine abgrundtiefe Erschöpfung erfüllt mich, als ich aus dem Bus steige. Nur mit Mühe bringe ich den Weg bis zur Unterkunft hinter mich. Faysal erwartet mich bereits an der Tür, sicher hat er an einem Fenster gesessen, um mich bei meiner Rückkehr abzupassen. Jasmin – zumindest vermute ich, dass sie es war – hat seine verfilzten Locken abgeschnitten. Übrig geblieben sind glänzend schwarze Haare, so kurz und stachelig wie Igelborsten. Er sieht jünger aus, verletzlicher. Wie selbstverständlich schiebt er seine klebrige Hand in meine. Ich drücke sie so fest, dass er mich verstört anschaut.

In meinem Zimmer lasse ich mich, vollständig bekleidet wie ich bin, auf das Bett fallen. Faysal legt sich zu mir, kuschelt sich an mich und schläft fast augenblicklich ein. Zwei weitere Betten sind belegt, die Frauen sind krank, sie husten und wälzen sich unruhig hin und her. Trotzdem spüre ich, wie der Schlaf mich übermannt.

Ich bin nicht sicher, ob ich tatsächlich geschlafen habe, als eine Hand mich an der Schulter fasst und sanft rüttelt.

»Madiha, steh auf!«

Es ist Jasmin. Immer wieder ruft sie leise meinen Namen, zerrt an mir. Ihren Gesichtsausdruck kann ich nicht erkennen, aber in ihrer Stimme liegt eine Begeisterung, die ich mir nicht erklären kann. Ich setze mich auf und reibe mir die Augen. Sie brennen, als hätte der Wüstensand sie ausgetrocknet.

»Madiha, steh auf und komm mit. Du hast Besuch!«

Schlaftrunken hinke ich hinter Jasmin her in den Gemeinschaftsraum, Faysal folgt mir so nah, dass er mir gelegentlich in die Hacken tritt. Das Abendessen ist vorüber, aber viele Menschen sitzen noch an den Tischen, die meisten für sich, ihr Blick auf das Handy gerichtet. Ich habe einen schalen Geschmack im Mund und wäre glücklich über einen Schluck Tee, aber die riesigen Warmhaltekannen, die zu den Essenszeiten gefüllt werden, sind kalt und leer. Es gibt nichts mehr, keinen Bissen zu essen, keinen Tee für den Rest des Tages und die ganze Nacht. Daheim wären es noch drei Stunden bis zum Beginn des Abendessens.

Ich widersetze mich Jasmins Schieben und Drängen und trinke gierig kaltes Leitungswasser, das den ganzen Tag verfügbar ist. Jetzt erst fühle ich mich in der Lage, mir anzuhören oder anzusehen, was auch immer Jasmin mir zeigen will. Fast habe ich es schon geahnt, trotzdem ist sein Anblick wieder schockierend. Mein Onkel steht vor mir.

»Madiha, ich bin gekommen, um dich abzuholen!«, sagt er, die Arme einladend erhoben.

Ich stehe stumm und starr. Zu viel ist heute geschehen, als dass ich Zeit gehabt hätte, das unerwartete Auftauchen meines Onkels zu verarbeiten und mir zudem zu überlegen, ob ich seinem Wunsch entsprechen möchte. Was würde mein Vater von mir erwarten? Da er seit zweiundzwanzig Jahren kein Wort über seinen Bruder verloren hat, kann ich diese Frage nicht beantworten. Das einzige Mal, dass mein Vater über seine Vergangenheit sprach, war der Tag, an dem ich auf seiner Türschwelle erschien.

Mein Vater stand da und starrte mich an, als wäre ich ein Geist. Er erkannte mich sofort. Später, als wir allein waren, saß er eine ganze Stunde schweigend an seinem Arbeitstisch, während ich mir ein Blatt Papier und einen Stift suchte und, fasziniert von den Intarsienmustern um mich herum, am Boden Blütenmuster malte. Irgendwann kam mein Vater um seinen Tisch herum, sah meine Zeichnungen und hockte sich zu mir auf den Boden. Dann erzählte er mir unsere gemeinsame Geschichte.

»Du bist deiner Mutter wie aus dem Gesicht geschnitten«,

flüsterte er unter Tränen. »Aber du darfst niemandem sagen, dass du meine Tochter bist. Du bist die Tochter meines Bruders, hast du verstanden?«

Ich nickte, verwirrt, verängstigt, so einsam wie nie zuvor in meinem Leben.

»Am besten sprichst du überhaupt so wenig wie möglich.«

Wieder nickte ich. Das kam mir gelegen.

»Du wirst meiner Frau auf den Feldern helfen und in der Küche, aber zwei Stunden am Tag arbeiten wir zusammen. Deine Zeichnungen sind wunderbar.«

Dann lächelte er mich an. Dieses erste Lächeln, das gleichzeitig traurig und stolz war, entzündete in meinem Herzen die Flamme der Liebe zu meinem Vater. Von da an waren wir Vertraute, obwohl wir wenig voneinander wussten.

Die Frage, ob mein Vater eine Versöhnung gewollt hätte oder nicht, überfordert mich. Ich trete einen Schritt zurück.

»Ich dachte, dass es dich freut, hier herauszukommen«, sagt mein Onkel und lässt langsam die Arme sinken. Die Enttäuschung ist ihm ins Gesicht geschrieben.

Ich bin so unendlich erschöpft, dass ich dieser Begegnung nicht gewachsen bin. Razans Tod lastet auf mir, die schrecklichen Worte aus Amals Briefen, der Verdacht des Kommissars, dass Harun hierherkam, um deutsche Männer für den Krieg in unserer Heimat anzuwerben. Noch vor drei Wochen hätte ich das Angebot meines Onkels mit der größten Freude angenommen, hätte mich in seine Obhut begeben, mich seinen Entscheidungen unterworfen, die Verantwortung für mein Leben abgegeben.

Das kann ich jetzt nicht mehr. Ich suche Harun. Ich habe die Verantwortung für ein Kind bekommen, um das ich mich kümmern muss. Und ich habe Freunde gefunden: Jean und

Buschra, die fast so etwas wie meine neue Familie sind. Möglich, dass in diesem neuen Leben auch Platz für meinen Onkel ist, aber seine Entscheidung über meinen Kopf hinweg ärgert mich. Überrascht stelle ich fest, dass ich eigene Pläne habe, die ich nicht leichtfertig aufgeben will.

Ich fasse mir ein Herz und stelle die Frage, die mir bei unserer letzten Begegnung zu spät einfiel. »Woher weißt du, dass ich hier bin?«

Einen Moment lang ist er überrascht, vielleicht weil ich das Thema gewechselt habe oder weil er meine mangelnde Zurückhaltung als frech empfindet, dann spielt ein kleines, wehmütiges Lächeln um seinen Mund.

»Kontakte sind der wahre Reichtum eines Händlers, Madiha. Und wer schlau ist, erhält die Kontakte auch außerhalb der Heimat aufrecht. Hier sind sie doppelt so viel wert.«

Das glaube ich ihm aufs Wort. Informationen sind die wichtigste Ware für Menschen, die von ihren Angehörigen getrennt sind. Wie geht es denen, die in der Heimat geblieben sind, wie steht es um diejenigen, die sich auf den Weg gemacht haben? Wo ist die Lage zurzeit sicher, wo nicht? Welches Ziel ist gut, welches schlecht? Welches unerreichbar? Wer weiß, wo der Bruder, Vater, Onkel, Cousin oder Nachbar abgeblieben ist, von dem man seit Tagen nichts gehört hat? Hat er nur sein Handy verloren oder sein Leben? Ja, Informationen sind das Wichtigste für Menschen auf der Flucht. Außer für mich. Um wen sollte ich mich sorgen?

»Wirst du über meine Bitte nachdenken, Madiha?«

Er hatte die Entscheidung, mich mitzunehmen, nicht als Bitte vorgebracht, aber ich nicke trotzdem. Die Vorstellung, endlich wieder eine Familie zu haben, rührt mich fast zu Tränen. Die Familie ist das höchste Gut, sie steht über Reichtum und Ansehen, bietet Halt und Hilfe in jeder Lebenslage. So habe ich es mir all die Jahre vorgestellt, in denen meine Stiefmutter ihre Kinder verhätschelte, während ich von allen Seiten Schläge bekam, nur von meinem Vater nicht. Niemals. Dagegen sind die Menschen, die mir jetzt etwas bedeuten, in meinem Leben nur Durchreisende. Harun ist bereits fort, in Jasmins Zukunft wird für mich kein Platz sein, und Jean und Buschra, die mir lieb und teuer sind, haben ihr eigenes Leben, in das ich mich nicht hineindrängen darf.

Fast gebe ich der plötzlich übermächtigen Verlockung nach, die Hände meines Onkels zu ergreifen und mich in seine Obhut zu begeben, aber im letzten Moment halte ich mich zurück. Ich habe noch Pflichten zu erfüllen, denen ich mich nicht entziehen darf. So verspreche ich ihm, das Handy angeschaltet zu lassen, damit er mich erreichen kann, nehme das Kabel entgegen, mit dem man das Gerät auflädt, wenn der Akku leer ist, und schaue ihm hinterher, wie er langsam und allein den Weg entlanggeht, den er mit mir an seiner Seite ein letztes Mal hatte zurücklegen wollen.

Ich schlafe kaum in dieser Nacht. Übermannt der Schlaf mich doch einmal, dann träume ich schlecht. Irgendwann stehe ich auf und verlasse das Zimmer, in dem ich keine Luft mehr bekomme. Vor Kälte und Erschöpfung zitternd gehe ich in den Gemeinschaftsraum. Ich bin nicht die Einzige dort, aber niemand beachtet mich. Die meisten Gesichter sind nach unten gewandt und werden von Handys angestrahlt, jeder ist mit sich selbst allein. Das ist mir recht. Ich setze mich auf den Boden, lehne den Kopf an die Wand und starre nach draußen in die dunkle Nacht, nur erhellt vom Schein der Straßenlaterne vor der Unterkunft.

Wie soll ich mich meinem Onkel gegenüber verhalten? Darf ich sein Angebot ablehnen? Habe ich überhaupt eine

Wahl? Ist es nicht selbstverständlich, dass er als einziger lebender Verwandter entscheidet, was mit mir geschieht? Ich bin erstaunt, dass er nicht darauf bestanden hat. Andererseits hat er sein ganzes Leben in der Stadt verbracht, dort scheint tatsächlich eine weniger traditionelle Gesinnung zu herrschen, auch wenn Jasmin und die anderen Frauen berichten, dass sie sich immer wieder gegen Widerstände durchsetzen mussten. Vielleicht hat die Flucht meinen Onkel demütig gemacht, vielleicht quält ihn sein Gewissen oder die Trauer darüber, dass mein Vater allein und einsam gestorben ist.

Ich muss eingeschlafen sein, denn eine plötzliche Helligkeit schmerzt in den Augen. Alle Knochen tun mir weh, mühsam rappele ich mich auf. Die Helfer in den roten Jacken, die das Frühstück bringen, haben das Licht angeschaltet und schleppen große Kisten und Platten herein. Ich warte, bis der improvisierte Vorhang vor der Theke weggezogen wird, und stelle mich für eine Tasse Tee an. Übernächtigte Gesichter drängen heran, lechzen nach Wärme. Ich setze mich an einen leeren Tisch.

Eine Helferin stellt einen Teller mit einem Gebäckstück vor mir ab. »Wir haben nicht genug für alle, deshalb gibt es das eigentlich nur für die Kinder. Aber Sie sehen aus, als könnten Sie etwas Süßes brauchen.«

Sie lächelt mich an und geht weiter zum Nachbartisch, an dem ein junger Mann schläft. Ihn haben Licht und Geschäftigkeit noch nicht erreicht. Er schreckt hoch, als die Helferin ihm einen Teller hinstellt, und schlingt das Gebäck mit wenigen Bissen hinunter. Die Frau schaut zu mir, zuckt die Schultern und lächelt noch einmal. »Die jungen Leute …«

Meine Worte sind wie immer zu langsam auf dem weiten, steinigen Weg vom Herzen zum Mund, und so ist sie hinter ihrem Tresen verschwunden, bevor ich ihr sagen kann, wie unendlich gut mir ihre Freundlichkeit tut. Nach den finsteren Stunden, die hinter mir liegen, ist ihre Güte wie der Sonnenstrahl, der mit dem neuen Tag auch einen Funken Hoffnung bringt.

Wieder lasse ich Faysal bei Jasmin, die den Jungen mit einer Begeisterung an sich zieht, die er nicht teilt. Er schaut mir mit traurigen Augen hinterher, aber ich kann ihn nicht mitnehmen, will nicht, dass er zuhört, wenn Jean mir die Briefe vorliest.

In Gedanken versunken fahre ich zu den ›Drei Zedern‹.

Jean öffnet mir die Hintertür und bringt mir ein Glas Tee zu dem Tisch gegenüber der Küche. Buschra nickt mir durch die offene Tür zu, lässt sich aber nicht von der Arbeit abhalten. Ich verstehe ihre Zurückhaltung. Angesichts der restlichen Briefe von Amal an seine Schwester erfüllt auch mich eine bange Erwartung.

Geliebte Schwester,
wir machen große Fortschritte, weil wir für den gerechten Gottesstaat kämpfen, während unsere Gegner den Mut verlieren, sobald sie uns sehen. Wir hingegen haben keine Angst. Mit einer Handvoll Männer erobern wir ganze Dörfer, schneiden den Ältesten die Köpfe ab und stecken sie auf dem Marktplatz auf lange Stangen, damit jeder sieht, wie über Abtrünnige gerichtet wird. Denn abtrünnig ist, wer eigene Gesetze erlässt oder sich danach richtet. Richter werden getötet ebenso wie jeder, der die Göttliche Ordnung durch weltliches Recht infrage stellt. Um die Witwen der Männer, die wir erschossen haben, kümmern wir uns, sie werden weiterverheiratet. Viele unserer Kämpfer sind bereit, sich ihrer anzunehmen. Damit retten wir

ihr Leben. Ich habe bisher keine Frau genommen, aber ich denke, dass ich das bald tun werde.
Unsere Sache ist so groß, dass aus der ganzen Welt Menschen zu uns kommen, um an unserer Seite zu kämpfen. Deutsche, Engländer, Franzosen, Belgier, sogar Amerikaner! Sie alle sind gläubige Muslime und wollen in einem Staat leben, in dem es keinen Gott neben Allah gibt, in dem niemand außer Allah Gesetze macht. Keine Regierung darf sich das anmaßen, deshalb kommen die Muslime aus ihren Demokratien und schließen sich uns an.
Wegen meiner guten Englischkenntnisse bin ich nun in dieser Einheit, wo die ausländischen Mudjahedin ausgebildet werden. Hier habe ich auch einen Freund gefunden, Harun, einen ruhigen Mann in meinem Alter, der nicht viel spricht. Ich bin zuversichtlich, dass du bald dem Land der Ungläubigen den Rücken kehren und in die Heimat zurückkommen kannst. Ich werde einen guten Mann für dich finden. Möge Allah dich so lange beschützen.
Dein Bruder

Jean legt den Brief ab und holt Tee für uns beide. Ich bin dankbar für die Pause und versuche mich zu wappnen, als er das nächste Blatt aufnimmt.

Geliebte Schwester,
sicher hörst du auch in Deutschland von den Kämpfen, aber lass dir gesagt sein, dass das Leben hier eigentlich relativ normal ist. Wir wohnen in einem Haus, das noch gänzlich unbeschädigt ist, sogar die Fensterscheiben sind vollständig, es gibt Wasser und Strom. Die Mobilfunkmasten sind abgeschaltet, aus Sicherheitsgründen, aber es gibt Internetcafés. Die meisten Geschäfte sind offen, schließen aber natürlich während der

Gebetszeiten. Es gibt genug Lebensmittel zu kaufen, aber wir kochen nicht, sondern essen im Restaurant oder Imbiss. Unser Leben ist einfach, aber es mangelt uns an nichts, weil wir zum Ruhme Allahs leben und nicht zu unserem eigenen Wohlergehen.
Jeder hier hat Zugang zu medizinischer Versorgung, es gibt keine Diebstähle mehr, seit die Scharia gilt, denn niemand möchte seine Hand verlieren. Es gibt keinen Alkohol, also auch keine Betrunkenen, die nur Streit suchen oder Lärm machen. Die Menschen in der Stadt sind dankbar, dass wir endlich Gottes Ordnung durchsetzen, niemand ist uns feindlich gesinnt.
Natürlich ist das Kämpfen manchmal schwer, auch das Foltern verlangt einen starken Glauben, die Schreie sind fürchterlich. Es ist nicht leicht, einen Mann zu quälen oder zu töten, nur weil er auf der Gegenseite steht. Er hat vielleicht auch eine Schwester, die um ihn trauert. Die Gefolterten rufen die Namen ihrer Frauen, ihrer Kinder, das ist schwer auszuhalten. Dann das ganze Blut, wenn man dem toten Feind die Waffe abnimmt, die Munition, alles, was er bei sich trägt. Wenn er eine Kampfweste hat, die noch intakt ist, nimmt man auch sie, obwohl sie ganz blutig ist. Aber vielleicht kann sie dem Freund helfen, der noch keine besitzt. Mit Blut kenne ich mich aus, trotzdem empfinde ich es im Kampf anders als bei einer Operation. Aber das gerechte Kalifat, in dem jeder Muslim in Frieden leben kann, muss durch Krieg errungen werden. Mir wäre ein friedlicher Weg lieber, aber nun bin ich stolz, dabei mitzuhelfen.
Möge der barmherzige Allah dich beschützen.
Dein Bruder

Ich wünschte, Razan hätte die Briefe nie aus ihrer Tasche geholt, ich hätte sie nie an mich genommen, oder Jean hätte, nach dem ersten Blick auf den Inhalt, das Lesen verweigert.

Diese Worte bringen nicht nur das Grauen aus der Heimat zurück, sie nehmen mir auch das Wichtigste, was ich seit der Flucht hatte: den Freund.

Ich kann nicht mehr an Harun denken, ohne mich zu fragen, ob er dabei war, als die Teufel unser Dorf überfielen. Ob er einer der Vermummten war, die unseren Imam aus seinem Haus trieben, auf den Platz führten und dort enthaupteten, weil er, wie sie sagten, die Gesetze der Scharia nicht streng genug durchsetzte. Vielleicht war Harun der Mann, der die Nachbarin auspeitschte, weil sie nicht angemessen bedeckt war, als sie im Hof ihre Hühner fütterte. Vielleicht gehörte er zu den zwölf Männern, die die vierzehnjährigen Zwillinge des Bäckers vier Tage lang vergewaltigten und dann steinigten. Vielleicht … Tränen tropfen auf das Papier.

Jean legt die restlichen Briefe zur Seite und umfasst meine zitternden Hände. »Es tut mir leid.«

»Darf ich euch über Mittag wieder helfen?« Es ist mehr ein Betteln als ein Angebot, und ich bin glücklich, als Jean und Buschra meine Hilfe akzeptieren.

Die Vorspeise des Tages sind *Fatayer bi-Sabanikh*, Blätterteigtaschen mit Spinat und Pinienkernen, das Hauptgericht im Angebot ist Couscous, der im Libanon *Maghrabiye* heißt, mit Hühnerklein. Ich mache mich an die Arbeit, hacke und dünste Zwiebeln, schwitze Spinat an und zerpflücke das gekochte Huhn. So habe ich Zeit, das Grauen hinter mir zu lassen und in die Welt zurückzufinden, denke ich, aber heute funktioniert es nicht. Selbst das Gefühl der Sicherheit, das ich einmal in diesem Land spürte, ist fort. Die Männer, die meine Heimat in die Hölle verwandelt haben, sind hier.

Wir stecken noch mitten im Mittagsgeschäft, als Jean aufgeregt in die Küche kommt. »Du musst gehen, Madiha, sofort, bevor es zu gefährlich wird auf der Straße!«

Mein Verstand begreift nicht, was er sagt, mein Körper schon. Gefahr! Ich zittere. Vom linken Bein über das Herz bis in die Fingerspitzen spüre ich das krampfartige Beben, das mir die Luft abschnürt und das Blut in den Adern stocken lässt.

»Du darfst nicht den Bus nehmen, ich rufe dir ein Taxi. Hast du Geld?«

Ich schaffe es nicht, meine Gürteltasche zu öffnen, weil meine Hände zu sehr zittern.

»Egal«, sagt Jean, »nimm das hier.« Er drückt mir Geld in die Hand, ich weiß nicht, wie viel. Buschra steht schweigend neben ihm, ihre Haut ist blass und fleckig, sie presst die Hände vor die Brust.

»Was ist denn überhaupt passiert?«, flüstere ich.

»Ein Anschlag auf den Weihnachtsmarkt in Straßburg.«

»Ist das hier in der Nähe?«

»Es ist nicht einmal in Deutschland, aber das ist egal. Es gibt mindestens dreißig Tote.«

Ich frage nicht, was ich damit zu tun habe. Ich weiß längst, dass die anfängliche Freundlichkeit gegenüber Flüchtlingen abgekühlt ist. Dass es immer mehr Menschen gibt, die sagen, wir seien zu viele. Dass es immer mehr Menschen gibt, die Angst vor uns haben. Vor unserem Ansturm. Vor unserem Glauben. Vor unserem Krieg.

Ich umarme Buschra, die inzwischen lautlos weint, dann umarmt Jean mich. Ich mache mich steif vor Schreck. Noch nie hat mich ein Mann umarmt – außer meinem Vater, und auch er tat es nur wenige Male. Und nun Jean! Es ist ungehörig. Verboten. Nicht einmal die Hand reiche ich einem Fremden. Aber Jean drückt mich an sich, und unter der Berührung zerplatzt mein Schreck, mein Körper fließt in seine Arme, so wie die Tränen über meine Wangen fließen. Ich spüre Trost inmitten der Gefahr, Verbundenheit in totaler Vereinsamung.

Dann ist das Taxi da, und Jean schiebt mich hinein. In seinen Augen stehen Tränen. Als der Wagen sich in den Verkehr einreiht, verfliegt die Wärme, die ich einen Moment genießen durfte. Eisige Kälte breitet sich in mir aus: Auf der gegenüberliegenden Straßenseite sehe ich den Mann mit der geteilten Augenbraue. Er schaut mir hinterher.

15

Das Taxi hält an der Abzweigung zur Waldstraße, denn eine Weiterfahrt ist unmöglich. Hunderte Menschen versperren den Weg. Sie stehen in Gruppen zusammen, aber es wird kaum gesprochen. Stattdessen ist fast jeder Blick auf ein Handy gerichtet. Ich drücke dem Fahrer Geldscheine in die Hand, nehme das Wechselgeld entgegen und steige mühsam aus. Langsam humple ich zwischen den erstarrten Menschen hindurch, komme an einer Gruppe von Frauen vorbei, die einander weinend an den Händen halten.

Kurz vor der Unterkunft ist es mit dem stillen Entsetzen vorbei. Hier stehen sich zwei Frauen gegenüber, die einander lautstark anschreien, die eine ist Jasmin. Neben ihr steht Faysal. Wie er es anstellt, weiß ich nicht, aber genau in dem Moment, in dem ich ihn erblicke, dreht er sich um und schaut mich an. Er lässt Jasmins Hand los und rennt auf mich zu, wirft mich fast um, ergreift meine Hand, krallt seine Finger in meinen Ärmel. Seine Zuneigung ängstigt mich, denn ich habe den Eindruck, dass er bei mir Sicherheit sucht, Schutz, Liebe. Letzteres kann ich möglicherweise geben, aber Sicherheit? Fast hätte ich gelacht, so grotesk ist die Vorstellung, ich könnte irgendjemanden beschützen. Ich fühle mich schwach, hilflos, wehrlos. Von mir ist kein Beistand zu erwarten, das würde ich dem Kleinen am liebsten sagen, aber das wäre grausam, und das will ich nicht sein. Außerdem löst seine naive Hoffnung nicht nur Angst vor Unzulänglichkeit in mir aus, sondern auch einen Funken Mut. Wenn er so viel Vertrauen in mich setzt, werde ich mich bemühen, dem gerecht zu werden.

Als ich mich den beiden streitenden Frauen nähere, erkenne ich die andere: Es ist Nura. Sie trägt einen *Hidjab*.

Nura! Sie war es, die immer am lautesten gegen die Herrschaft der Männer wetterte. Sie lehnte alle Regeln des Koran und der Hadithen ab, die der Frau weniger Wert beimessen als dem Mann: die Regel, nach der zwei Töchter so viel erben wie ein Sohn. Die Regel, nach der vor Gericht ein männlicher Zeuge vier weibliche aufwiegt. Das Gesetz, das dem Mann die Befugnis gibt, zu bestimmen, ob seine Frau arbeiten darf. Das Scheidungsrecht, das den Mann bevorzugt, das Wiederverheiratungsrecht … Nura könnte die Liste fortsetzen, bis die Sonne einmal auf- und wieder untergegangen ist. Sie verachtete die ›dummen, alten Männer‹, die noch nicht begriffen hätten, dass die Zeit ihrer ungerechten Herrschaft vorbei sei. Sie verabscheute jede Form der Ungleichbehandlung, hasste jedes Zeichen weiblicher Unterwerfung unter diese Regeln, egal, ob weltlich oder religiös. Diese unerschrockene Kämpferin, die von ihrem eigenen Bruder Prügel bezog, bis sie im Streit das elterliche Haus verließ und ganz auf sich allein gestellt in die Stadt ging, um dort zu studieren, versteckt ihr Haar nun unter dem Kopftuch.

Vor Überraschung bleibe ich stehen und versuche, das neue Aussehen von Nura zu verdauen. Auch ihr Make-up ist verschwunden.

»Gerade jetzt«, faucht Jasmin. »Gerade jetzt willst du zu den Fanatikern gehören? Zu denen, die Bomben auf Ungläubige werfen?«

Ich starre Jasmin an. Das ist unglaublich! Ich trage, ebenso wie die meisten anderen Frauen hier, den *Hidjab*, ohne Bomben auf Ungläubige zu werfen.

»Ich tue es, um allen Männern zu zeigen, dass ich verlobt bin. Ich gehöre jetzt zu Ali.«

»Ach«, spottet Jasmin. »Und vorher warst du wohl für jeden zu haben? Einfach so?« Sie schnippt mit dem Finger.

»Vorher war es allein meine Entscheidung.«

»Und jetzt unterwirfst du dich diesem Mann, der nichts für dich getan hat, aber Ansprüche stellt: Verhülle dein Haar, hilf mir bei den Papieren, geh mir Tee holen …«

»Ich liebe ihn.«

»Blödsinn! Du willst die Verantwortung für dein Leben abgeben, das ist es.«

»Na und?« Nura bricht in Tränen aus. »Ich wollte nie hierherkommen. Ich verstehe die Sprache nicht, das Wetter ist grausam, ich habe mich schon zweimal verlaufen, und die Art, wie die Männer mich hier anstarren, macht mir Angst. Ich brauche jemanden, der mich beschützt.«

»Er kann dich auch beschützen, wenn du keinen Hidjab trägst.«

Wenn es um Argumente geht, wird Jasmin diesen Streit gewinnen, denn ihr Verstand ist scharf und ihre Zunge spitz. Aber das wird die Situation nicht ändern. Ich verstehe Nura gut. Ich weiß, wie Einsamkeit sich anfühlt, Unsicherheit, Angst. Gäbe es ein Kleidungsstück, das dagegen helfen könnte, würde ich es tragen. Der *Hidjab* vermag das leider nicht.

Ich will mir das Gezänk nicht länger anhören, habe nicht einmal mehr die Kraft, mich weiter aufrecht zu halten, also schleppe ich mich in mein Zimmer. Die Briefe in meiner Gürteltasche verursachen mir ein körperliches Unwohlsein, aber ich bin nicht imstande, sie herauszuholen. Dazu müsste ich sie anfassen – und dann? Sie in den Müll zu werfen würde sich anfühlen, als tötete ich Razan ein zweites Mal, indem ich alle Erinnerungen an sie auslöschte. So spüre ich ihr Gewicht, obwohl das Papier kaum etwas wiegt, auf meinen Eingeweiden. Es ist die Schuld, die mich quält, und die Frage, wie ich das Grauen, das ich jetzt schwarz auf weiß mit mir herumtrage, wieder loswerde.

Ich muss eingenickt sein, denn ich schrecke aus dem Schlaf, aber draußen ist es noch hell. Oder schon wieder? Nein, ein Blick aus dem Fenster zeigt mir mehr oder weniger das gleiche Bild wie bei meiner Rückkehr. Immer noch stehen viele Bewohner draußen, folgen den Nachrichten, reden leise oder weinen. Faysal sitzt auf dem Boden neben meinem Bett und spielt mit einem Würfel, der aus vielen verschiedenfarbigen Vierecken zusammengesetzt ist. Er ist völlig in sein Spiel versunken. Die Tür zum Zimmer wird geöffnet, Jasmin schaut durch den Spalt, dann tritt sie ein.

»Madiha, Faysal, ihr seid die einzigen Menschen, die ich jetzt ertragen kann.«

Ich wäre lieber allein, bringe es aber nicht über mich, Jasmin wegzuschicken. Faysal rückt zur Seite, damit Jasmin sich neben ihn setzen kann, aber sie ist unruhig und läuft auf dem winzigen freien Platz im Zimmer hin und her.

»Hast du von dem Anschlag gehört?«, fragt sie.

Ich nicke.

»Was sind das für Teufel, die nur Töten im Sinn haben?« Ihre Stimme gehorcht ihr nicht mehr, wird zu einem heiseren Krächzen.

Ich denke an Harun und frage mich, ob er nach Europa kam, um seinen Krieg hierherzutragen, weiß aber keine Antwort.

Jasmin bricht in Tränen aus, und wir weinen gemeinsam, bis unsere Augen austrocknen und brennen. Faysal lehnt sich an mich und schaut uns mit unergründlichem Blick an. Ob er nicht sprechen kann? Aber wenn er von Kindheit an stumm wäre, hätte er doch irgendeine Zeichensprache gelernt? Ich lege auch ihm einen Arm um die schmalen Schultern, und so stehen wir eine Weile zu dritt zusammen, bis Jasmin zurücktritt, um sich die Nase zu putzen.

Faysal zuliebe gehe ich mit zum Abendessen, bei dem er sieben Brote und zwei Tassen Tee verdrückt. Danach sitzen wir zu dritt auf meinem Bett.

»Woher kannst du so gut Deutsch?«, fragt Jasmin.

Es ist das erste Mal, dass einer meiner Landsleute mir diese Frage stellt.

»Ich bin bei einer Deutschen aufgewachsen.«

Auf Jasmins Drängen erzähle ich ihr die Geschichte meiner Herkunft. Ich berichte von der Liebe und der Flucht meiner Eltern vor ihren Familien, meiner Geburt und dem Tod meiner Mutter. Ich erzähle ihr, dass mein Vater mich zur Familie meiner Mutter brachte und nur die Deutsche barmherzig genug war, mich aufzunehmen. Ich erzähle von dem Schock, als ich die Wahrheit erfuhr, und von der Zuneigung, die meinen Vater und mich zweiundzwanzig Jahre lang verband.

»Wie kommt es, dass du allein hier bist?«, fragt Jasmin schläfrig.

Sofort bin ich wieder mittendrin in dem Gedränge an dem Tag, als wir mit zwei Taschen unser Dorf verließen. Ich höre die Anweisungen durch das Megaphon, sehe die Menschen, die sich voneinander verabschieden, höre Schluchzen und gute Wünsche und Gebete. Ich spüre den heißen Wind auf der Haut, krümme mich unter dem Gewicht des Gepäcks, erinnere mich, dass ich mit dem quer über die Tasche gelegten Stock den Mann hinter mir berührte und mich entschuldigte. Ich sehe mich selbst in den Bus steigen, während mein Vater draußen steht, in der Menge der Zurückbleibenden – immer noch bin ich davon überzeugt, dass er mir gleich folgen wird. Dann suche ich seinen Blick und erkenne sofort, dass etwas nicht stimmt. Gelähmt vor Entsetzen sehe ich seine Hand, die die alte Pistole mit den wunderbaren Intarsien am Griff hebt, sehe, wie der glänzende Lauf die Schläfe berührt, sehe …

»Mein Vater war krank und zu schwach, um wegzugehen. Deshalb waren wir überhaupt noch dort, obwohl schon alles zerstört war. Aber dann beschloss er, dass wenigstens ich fliehen sollte. Und da ich mich niemals darauf eingelassen hätte, ohne ihn zu gehen, hat er sein Leben für mich geopfert.«

»Er hat Selbstmord begangen?«, fragt Jasmin leise.

Ich nicke. Noch immer ist es für mich unbegreiflich, dass mein Vater diesen Weg wählte. Der Selbstmord ist eine der schwersten Sünden, die ein Muslim begehen kann. Er verdammt ihn zu ewigen Höllenqualen, es ist sogar möglich, dass einem Selbstmörder die Beerdigung versagt wird. Bei der Vorstellung, wie die Menschen den Platz verlassen, nachdem der Bus abgefahren ist, und der Leichnam meines Vaters allein zurückbleibt, den Vögeln zum Fraß, drückt mir das kalte Entsetzen die Luft ab. Mein Vater war ein gläubiger Mann, der wusste, was er tat. Seitdem lebe ich mit dem Wissen, dass er die ewige Verdammnis für mich auf sich nahm.

»Bist du ihm dankbar?«, flüstert Jasmin.

Während ich noch über die Antwort nachdenke, schläft Jasmin ein.

Da mein Bett nun belegt ist, schleiche ich mit Faysal in Jasmins Zimmer. Als wir endlich in ihrem Bett liegen, kann ich die Augen nicht schließen aus Angst, in die Augen meines sterbenden Vaters zu starren. Wieder verbringe ich eine Nacht fast ohne Schlaf.

Die eisige Luft ist zum ersten Mal seit Tagen nicht feucht. Sie kriecht nicht unter die Kleidung, sondern schneidet durch sie hindurch. Dieses Gefühl kenne ich von daheim, es ist tröstlich, obwohl die Kälte schmerzt. Meine Schritte sind langsam, weil ich erschöpft bin, und schwerfällig wegen der Schuhe. Der Stock rutscht mehrfach auf glatten Stellen aus, aber ich habe es nicht eilig. Die Aufgabe, die vor mir liegt, lastet auf mir wie ein ganzer Sack Reis. Ich muss Halime anrufen, die Frau, bei der Razan gewohnt hat und deren Telefonnummer Jasmin für mich aus dem Internet herausgesucht hat. Halime muss entscheiden, was mit den Briefen geschehen soll. Neben der Hoffnung, mich der schrecklichen Last bald entledigen zu können, fürchte ich Vorwürfe, aber da sie berechtigt sind, werde ich sie ertragen müssen.

Ich bin sicher, dass Faysal meinen Schmerz spürt, auch wenn er wie immer schweigt. Aber sein Blick ist sorgenvoll, und er hat sich geweigert, bei Jasmin zu bleiben. Ich bin hin- und hergerissen zwischen der Bürde der Verantwortung, die er mir auferlegt, und dem Trost, den seine Hand in meiner spendet.

Schon bevor wir den Platz mit dem Telefon erreichen, wehen uns leise Musik und ein seltsam süßlicher Duft entgegen. Die Holzhäuschen, deren Verwendung mir solche Rätsel aufgegeben hat, entpuppen sich als Marktstände. Sie sind nun mit künstlichem Schnee und Lichterketten dekoriert, an manchen hängen zusätzlich Tannenzweige. Da der kürzeste Weg zum Telefon über den Platz führt, schaue ich mir die Auslagen einiger Stände an. Kerzen, bunte Socken, Silberschmuck und alle möglichen winzigen Figuren aus bemaltem Holz wechseln sich ab mit Imbissbuden, in denen es Frittiertes und ein rotes Getränk in Gläsern gibt. Das ist es, was so seltsam duftet, nach Gewürzen, Zucker und Alkohol. Ich gehe schnell weiter zum Telefon, sehe aber schon aus einigen Schritten Entfernung, dass es mir heute nichts nützen wird.

Der Hörer ist weg. Ein Reststück des Kabels baumelt vom Gerät herab, das Tastaturfeld ist unter einer Masse verschwunden, die aussieht wie die Schaumflocken, die sich im Frühjahr manchmal in den Strudeln des Euphrat drehen. Eine ganze Weile stehe ich fassungslos davor und weiß nicht, was ich nun tun soll.

»Schrecklich, dieser Vandalismus«, sagt eine schrille weibliche Stimme hinter mir. »Das gibt es auch erst, seit ihr hier seid. Verschwinde! Lass uns wenigstens auf unserem Weihnachtsmarkt in Frieden!«

Faysals Griff wird fester, ich gebe mir Mühe, meine Anspannung nicht an ihn weiterzugeben. Wieder habe ich ein neues Wort gelernt, das ich lieber nicht kennen würde. Ich warte, bis sich die zornig knallenden Schritte der Frau entfernt haben, bevor ich mich umdrehe und unverhofft einem Mädchen von vielleicht vierzehn oder fünfzehn Jahren gegenüberstehe.

»Mach dir nichts draus. Die alte Hexe hasst alles und jeden.«

Ich muss lächeln. Die ›alte Hexe‹ kenne ich aus den Märchen, die die Deutsche vorgelesen hat. Da diese Figur in unserer Kultur eine andere Bedeutung hat, musste sie ihren Kindern – auch mithilfe der Illustration in dem Buch – erst umständlich erklären, was damit gemeint ist. Das Märchenwort nun in diesem modernen, sauberen Land, das so gar nichts mit den Geschichten von küssenden Fröschen und sprechenden Backöfen gemein hat, plötzlich auf offener Straße zu hören, ist so unerwartet, dass ich für einen winzigen Moment glaube, durch einen Zauber in der Märchenwelt gelandet zu sein.

»Wen willst du denn anrufen?« Das Mädchen trägt ausschließlich schwarze Kleidung voller Risse und Löcher, hat schwarz gefärbte Haare, die an der linken Kopfseite zu Stoppeln abrasiert sind, und Ringe nicht nur in den Ohren, sondern auch in den Augenbrauen und der Unterlippe. Ich weiß nicht, ob ich mich fürchten oder ekeln soll. Ein Blick zu Faysal zeigt mir, dass er weder Furcht noch Ekel empfindet. Seine Augen sind weit aufgerissen, der Mund steht offen.

»Sprichst du Deutsch?«

Der intensive Blick aus hellblauen, schwarz umrandeten Augen macht mich ebenso nervös wie die Tatsache, dass sie mich duzt. So sprechen mich normalerweise nur Deutsche an, die entweder ehrenamtliche Helfer sind wie Amelie oder Leute, die mich bespucken, beschimpfen oder sonstwie beleidigen wollen. Sie scheint zu keiner dieser Gruppen zu gehören.

»Willst du im Ausland anrufen?«

»Nein.« Meine Stimme versagt, ich muss mich räuspern. »In Düsseldorf.« Ich krame den Zettel mit Halimes Telefonnummer heraus und reiche ihn dem Mädchen, das, wenn man von der kindischen Verkleidung einmal absieht, eigentlich bereits eine junge Frau ist.

»Okay, du kannst mein Handy nehmen.« Sie streckt es mir entgegen.

Ich starre darauf und spüre das Blut in meine Wangen schießen. So ein Telefon habe ich selbst in meiner Tasche. Ich hatte es ganz vergessen, vermutlich, weil ich gar nicht damit umgehen kann. Trotzdem nestle ich es hervor, halte es der jungen Frau hin und frage: »Kann ich hiermit telefonieren?«

Ihr Blick wird misstrauisch. Vielleicht glaubt sie, ich hätte es gestohlen.

»Ein Verwandter hat es mir gegeben, damit wir in Verbindung bleiben können, aber ich habe so etwas nie zuvor benutzt, und er hat es mir nicht erklärt.«

Noch während sie mich fassungslos anstarrt, greift Faysals Hand vorsichtig nach dem Handy und dem Zettel. In unglaublicher Geschwindigkeit tippt er die Nummer in das Telefon und legt es mir so behutsam in die Hand, als wäre es ein kleiner Vogel. Als sein Blick sich hebt und meinen trifft, erkenne ich, wie stolz er darauf ist, mir helfen zu können. Ich streiche ihm über die kurzen Haare und schenke ihm ein Lächeln, während ich das Gerät, in dem bereits das Rufzeichen zu hören ist, ans Ohr halte.

»Hallo?«

»Halime, hier ist Madiha.«

»Moment.«

Ich höre Stimmengewirr, das sich entfernt, eine Tür, dann Stille.

»Wer ist da?«, fragt sie nach.

Ich erkläre ihr, wer ich bin.

Eine Weile ist es still.

»Was willst du?«

Ihre Stimme ist so kalt, dass die Worte, die durch mein Ohr dringen, das Gehirn einfrieren.

»Madiha?«

Ich muss mich räuspern. »Ich … Ich habe Razans Briefe.« Stockend schildere ich ihr die Umstände unseres Treffens und wie die Briefe in meinen Besitz gelangten.

Dieses Mal ist sie es, die so lange schweigt, dass ich schon glaube, sie habe die Verbindung unterbrochen.

»Das ist gut. Ich habe mich schon gefragt, ob die Polizei sie gefunden hat, aber der Kommissar hat nichts erwähnt. Es wäre auch schlecht, wenn sie der Polizei in die Hände gefallen wären. Die glaubt sowieso schon, dass wir hier neue Kämpfer anwerben wollen.«

Ich weiß nicht, ob Halime alle Syrer oder eine spezielle Gruppe um Harun, Amal und seine Schwester meint, wenn sie ›wir‹ sagt, möchte aber auch nicht fragen. Ich bin froh, dem Krieg entkommen zu sein, und will mich von allem fernhalten, das ihn in dieses Land holt.

»Wenn du die Briefe haben möchtest, bringe ich sie dir«, biete ich an.

Ein raues Lachen dringt aus dem Hörer. »Wem sollten sie noch nützen? Verbrenne sie!«

Sie beendet die Verbindung, bevor ich antworten kann.

Die schwarz gekleidete junge Frau hat meinem Gespräch gelauscht, was mich nicht stört, da ich nicht glaube, dass sie Arabisch spricht. Einen Moment stehe ich mit dem Handy in der Hand da, enttäuscht und verwirrt. Halime will die Briefe nicht haben, der Polizei soll ich sie auch nicht aushändigen. Somit bleiben nur zwei Möglichkeiten, von denen mir keine gefällt: behalten oder wegwerfen. Mutlos lasse ich die Arme sinken.

»Schlechte Nachrichten?«, fragt die junge Frau. Ihr Blick verrät ehrliche Anteilnahme.

»Nein, nur leider auch keine guten«, sage ich, danke ihr nochmals und verabschiede mich mit einem Kopfnicken. Es betrübt mich, dass die junge Frau so hässlich ist. Nicht von Natur, sondern aus eigenem, freiem Willen. Ich versuche mir vorzustellen, was ihr Vater zu den Ringen in der Haut, der

Frisur und der Kleidung sagt, aber es gelingt mir nicht. Trotz des schrecklichen Äußeren ist das Mädchen hilfsbereit und freundlich. Nicht einmal meinen Augen kann ich mehr trauen. Wer ordentlich gekleidet ist, muss noch lange nicht barmherzig sein, und wer aussieht wie ein böser Geist, kann ein Herz aus Gold haben.

Während wir durch die Straßen zurück zur Unterkunft gehen, versuche ich mir wieder vorzustellen, wie es hinter den dunklen Fenstern der Häuser aussieht. Seit einigen Wochen bin ich inzwischen in diesem Ort, war aber noch nie in einem dieser Häuser zu Gast. Alle freiwilligen Helfer kommen in die Unterkunft. Von Amelie weiß ich nicht einmal, wo sie wohnt.

Dabei gibt es einige Flüchtlinge, die diese Häuser von innen kennen. Es sind Männer, die hier die Liebe gefunden haben. Sie erzählen von vier oder fünf Zimmern, in denen eine einzige Frau lebt. Von zwei oder drei Sofas im Wohnzimmer, obwohl nie jemand zu Besuch kommt. Von Esstischen mit zwölf Stühlen, die leer bleiben, weil in diesem Land die meisten Menschen allein oder zu zweit vor dem Fernseher essen. Aber vielleicht trifft das lediglich auf diese einsamen Frauen zu, die nur darauf warten, das Haus wieder mit Leben zu füllen. Diejenigen, die Familie haben, werden doch miteinander essen? Vielleicht nicht dreimal am Tag, wie bei uns. Das wäre auch schwierig, weil die Arbeitszeiten hier eine lächerliche Mittagspause von wenigen Minuten vorsehen, wie Amelie mir erklärt hat. Aber zweimal? Andererseits habe ich bisher zu keiner Tageszeit die Geräusche gehört, die ein großes Familienessen begleiten. Das Klappern der Löffel in den Schüsseln und auf den Platten, die lauten Gespräche, die noch lauteren Ermahnungen an die Kinder, ihre Gläser nicht umzustoßen. Vielleicht dringen sie nur nicht nach draußen, weil die Häuser gut gebaut und die Fenster geschlossen sind, um die Wärme drinnen und die Kälte draußen zu halten.

In der Waldstraße stehen die Leute in Gruppen herum, manche sitzen im Gemeinschaftsraum, in dem der Sprachkurs samstags erst um zehn beginnt. Wieder saugen die meisten starr die neuesten Nachrichten aus ihren Handys auf, aber es gibt auch Unterhaltungen, in denen immer wieder das Wort ›Opfer‹ fällt. Die Zahl, die im selben Atemzug genannt wird, lautet jetzt ›fünfzig‹. Dieser hohe Verlust an Menschenleben macht mir Angst, vor allem seit ich begriffen habe, dass ein Weihnachtsmarkt eine Art heilige Tradition in diesem Land ist. Eine Bombe an solch einem Ort ist wie ein Anschlag auf die Pilger in Mekka.

Ich muss mit jemandem sprechen, der mir sagen kann, was dieser Terrorakt für uns bedeutet. Ich brauche eine Beschäftigung, damit ich nicht ständig darüber nachdenken muss, ob ich hätte bemerken müssen, dass Harun ein Mörder war, der im Namen Allahs tötete. Ich bleibe im Gemeinschaftsraum sitzen, bis die Deutschlehrerin kommt, und gehe dann zur Bushaltestelle. Zum ersten Mal gemeinsam mit Faysal nehme ich den mir inzwischen vertrauten Weg zu Jeans Restaurant.

Schon als ich den Bahnhof am Hinterausgang verlasse, weiß ich, dass etwas nicht stimmt. Auf der Straße herrscht noch mehr Gedränge als normalerweise, der Geruch von kaltem Rauch liegt in der Luft, der nicht von einem Holzfeuer stammt, nicht von Laub, nicht von alten Brettern. Es ist der Gestank, der entsteht, wenn alle möglichen Materialien gemeinsam brennen: Holz, Staub, Steine, Farben, Plastik, Wolle,

Kunstfasern, Gummi, Papier, Lack, Schaumstoff. Es ist der Geruch brennender Häuser. Es ist der Gestank des Krieges.

Wie an einer Schnur gezogen, gehe ich in Richtung der ›Drei Zedern‹, gehe an der Absperrung vorbei, die die Autos fernhält von der Straße, in der sonst immer Hochbetrieb herrscht. Ich komme an die letzte Ecke, biege in die Straße und sehe große rote Lastwagen, Polizeiautos, mehrere Schläuche, die schlapp auf dem Boden liegen, und Menschen. Hunderte Zuschauer drängen sich an den Absperrgittern, starren schweigend. Die hinten stehen, halten Handys in die Höhe und filmen, was sie nicht beobachten können, weil ihnen die Sicht versperrt ist.

Auch ich bin zu klein, um irgendetwas zu erkennen, aber mein eiskaltes Herz hat bereits begriffen: Die ›Drei Zedern‹ gibt es nicht mehr.

Faysal tritt vor mich, legt seinen rechten Arm um meine Taille und drückt seinen Kopf an meinen Bauch. Weiß er, was hier zerstört wurde? Oder verbindet er eigene Erfahrungen mit dem Gestank, der Feuerwehr, den Gaffern? Wir stehen stumm aneinandergelehnt, während ich spüre, wie mir Tränen über das Gesicht laufen. Unfähig, auch nur einen einzigen Schritt zu tun, bleibe ich dort und warte, ohne zu wissen, worauf.

Nach und nach verlieren die Zuschauer das Interesse. Die Schläuche werden aufgerollt, Feuerwehrautos beladen, die Absperrungen zur Seite geräumt, damit sie den Einsatzort verlassen können. Es ist keine Hitze mehr zu spüren, das Feuer muss schon lang gelöscht sein. Inzwischen stehen Faysal und ich fast allein hier, sein Kopf immer noch an meinem Bauch, während ich beobachte, wie Autos heranfahren, Männer aussteigen, Koffer und Geräte entladen. Ich schaue zu, aber die Bilder erreichen mich nicht. Wer die Menschen sind oder was sie tun, bedeutet mir nichts. Meine Augen haben, ebenso wie der Rest des Körpers, die Verbindung zum Gehirn verloren. Ich spüre nicht einmal Entsetzen. Ich spüre gar nichts.

Irgendwann kann ich nicht mehr stehen, aber da ich auch die Augen nicht von den Vorgängen lösen kann, nehme ich Faysal wieder bei der Hand und setze mich mit ihm auf den Bordstein. Er zieht die Beine an, schlingt die Arme darum und bettet den Kopf auf die Knie, als wolle er sich in einer Höhle verkriechen. Ich lege meinen Arm um seine schmalen Schultern. So bleiben wir sitzen.

Ich weiß nicht, wie viel Zeit vergangen ist, als plötzlich zwei Beine in meinem Blickfeld erscheinen.

»Entschuldigung, gehören Sie zu dem Haus? Wohnen Sie dort?«

Die Stimme einer Frau. Ich glaube, dass sie mit mir spricht, reagiere aber nicht. Wozu auch?

Die Knie vor mir werden spitz, kommen näher, dann sinkt ein Oberkörper in mein Blickfeld, ein Gesicht.

»Wohnen Sie in dem Haus?«

Ich drehe den Kopf weg, will niemanden sehen, mit niemandem sprechen.

»Ist hier noch irgendwo ein Arzt oder Sanitäter?« Der Ruf ist laut, befehlsgewohnt. Er interessiert mich nicht.

Mehr Beine kommen heran, Hände greifen nach mir, fassen unter meine Achseln, ziehen mich hoch. Ich bin steif gefroren, kann kaum stehen. Faysals Hände klammern sich an meinen Mantel, ich ergreife seine Hand, wir halten einander so fest, dass die anderen Hände, die an mir sind, uns nicht trennen können. Sie stützen mich rechts und links, führen mich weg, ich drehe den Kopf, um noch einen letzten Blick auf den Höllenschlund zu werfen. Er verschwindet aus meinem Sichtfeld, ich will das nicht, will hier bleiben und in die Schwärze starren, kann mich aber nicht wehren. Kurz darauf werde ich auf einen Sitz gedrückt, jemand schiebt den Ärmel meines Mantels hoch, den Ärmel meines Pullovers, ein Stich im Arm lässt mich zusammenfahren, dann reicht mir jemand Tee.

16

Der Tag hat mir alles abverlangt, und so sind meine Beine noch zittriger als sonst, als Faysal und ich im letzten Tageslicht zur Unterkunft gelangen. Der Junge ist undurchschaubar. Er äußert keine Bedürfnisse, weder Hunger noch Durst oder Müdigkeit. Er ist mir ein Rätsel, das ich nicht lösen will aus Angst vor dem, was ich finde: noch eine Geschichte voller Einsamkeit und Trauer, voll Tod und schrecklicher Erfahrungen. Und immer wenn ich ihn dann ansähe, würde ich daran denken. Würde mit ihm leiden. Mein Mitleid wäre wiederum der Spiegel, in dem er sein Leid erblicken würde … Ein Kreislauf ohne Ende. Manchmal ist Vergessen der beste Weg, und wem es gegeben ist, der kann sich glücklich schätzen. Vielleicht ist das sein Geheimnis. Vielleicht hat er sein altes Ich einfach abgestreift, weggesperrt, hinter sich gelassen.

Das möchte ich auch gern. Vergessen. Dem Schmerz entfliehen, der mich in Wellen durchströmt. Schlafen möchte ich, tagelang, wochenlang.

Fast schaffen wir es unbehelligt in mein Zimmer, aber auf den letzten Metern laufen wir Amelie über den Weg.

»Madiha, so geht es nicht!« Ihre Augen blitzen ärgerlich, werden kurz von dem Jungen an meiner Hand abgelenkt, richten sich aber gleich wieder auf mich. »Bitte erkläre mir, was so wichtig ist, dass du dauernd weg bist, ohne mir wenigstens Bescheid zu sagen, wann du geruhst, zu übersetzen, und wann nicht. Wie soll ich euch helfen, wenn ihr nicht mitarbeitet?«

Uns helfen?, denke ich und spüre eine vollkommen ungekannte Wut in mir hochsteigen. Wer hilft hier eigentlich wem? Was hat Amelie für mich bisher getan? Ist es nicht eher so, dass ich seit meiner Ankunft von morgens bis abends gedolmetscht habe, die letzten paar Tage einmal ausgenommen? Hat sie sich jemals Gedanken darüber gemacht, ob ich überhaupt die Kraft dazu habe? Hat sie sich jemals dafür bedankt? Wie vielen Menschen hat sie bereits eine Wohnung vermittelt? Warum nicht mir?

Ich erschrecke über meine egoistischen Gedanken. Die Bescheidenheit gehöre zu meinen liebenswertesten Eigenschaften, sagte mein Vater oft. Außerdem bin ich als Gast in diesem Land nicht in der Position, Ansprüche zu stellen. Aber das sind die anderen vierhundert Flüchtlinge in dieser Unterkunft auch nicht. Trotzdem glaubt jeder, ein Anrecht auf meine Hilfe zu haben. Ganz besonders Amelie, die immer noch vor mir steht und auf eine Antwort wartet.

Wortlos schüttele ich den Kopf und dränge mich an ihr vorbei, drehe mich auch nicht um, als sie, noch mehr in Rage, meinen Namen ruft.

»Und wer ist überhaupt dieser Junge?«, brüllt sie hinter mir her.

Ich lege mich aufs Bett und starre in die Luft, Faysal greift nach seinem bunten Würfel. An Schlaf ist nicht zu denken. Meine Gedanken laufen im Kreis wie der Esel, der daheim die alte Pumpe antrieb. Harun, Amal, Jean, Buschra, Razan, dazwischen junge Männer, die zu vermummten Mördern werden, und Mörder, die zu Flüchtlingen werden. Worte wechseln sich mit Bildern ab, Bilder mit Satzfetzen, nichts ergibt einen Sinn, alles rauscht und zuckt durcheinander. Gequält werfe ich mich von einer Seite zur anderen. Ich finde keine bequeme Position, mag aber auch nicht aufstehen, weiß nicht, ob ich die Augen öffnen oder schließen soll, und bin fast dankbar, als die Tür sich öffnet und die Stimme eines kleinen Mädchens mich auffordert, mitzukommen. Da sei ein Mann, der mit mir sprechen wolle.

Faysal ließ sich nicht überreden, im Zimmer zu bleiben, also folgt er mir wieder wie ein Schatten. Als wir den Gemeinschaftsraum betreten, schaue ich direkt auf Amelies Rücken. Sie steht vor einem der langen Tische und verdeckt einen Mann, der auf der Bank sitzt. Ich bin mir ziemlich sicher, dass es der Kommissar ist.

»Ich habe keine Ahnung, was sie den ganzen Tag treibt oder wo sie sich aufhält«, erklärt Amelie gerade laut und mit ärgerlicher Stimme. »Es gibt sonst niemanden, der so gut dolmetschen kann. Können Sie sich vorstellen, wie schwierig das für mich ist, wenn die Leute nicht verstehen, was ich sage?«

Ein leises Gemurmel unterbricht sie, ich kann aber nicht hören, was der Kommissar sagt.

»Ich kann mich kaum an diesen Harun erinnern, die Leute sehen ja auch irgendwie alle gleich aus. Jedenfalls war Madiha schockiert, als er plötzlich verschwand. Sie hätte allerdings deswegen sicher nichts unternommen, das dumme Ding ist ja so unselbstständig. Ich habe darauf bestanden, dass wir zur Polizei gehen, damit alles seine Ordnung hat.«

Als ich näher trete, bemerkt Amelie mich, nickt mir kurz zu und fügt dann etwas leiser an den Kommissar gewandt hinzu: »Erklären Sie ihr bitte, dass jeder etwas dafür tun muss, wenn er hier aufgenommen werden will.« Mit erhobenem Kopf rauscht sie an mir vorbei.

Ich lasse mich dem Kommissar gegenüber auf die Bank sinken und halte den Blick starr auf die Tischplatte gerichtet. Faysal steht hinter mir. Aus den Augenwinkeln bemerke ich, dass der Kommissar von mir zu ihm und zurück schaut. Er kommentiert die Anwesenheit des Jungen nicht.

»Wie kommt es, dass ich immer wieder über Sie stolpere?«

Hinter dem Vorhang bereiten die Helfer das Abendessen vor, klappern mit Tellern, Tassen und Besteck. Ich lechze nach Tee, aber noch gibt es keinen.

»Schauen Sie mich bitte an, Frau Hammada.«

Es kostet mich große Überwindung, aber dann hebe ich den Blick kurz zu seinem Gesicht. Dunkle Ringe liegen unter den Augen des Kommissars, aber seine Stimme klingt nicht unfreundlich.

»Sie sind mit Harun hier angekommen. Es ist Ihr Zimmer, das bei dem Brandanschlag verwüstet wird.« Bei jedem einzelnen Punkt spreizt er einen Finger ab. »Sie treffen sich mit Razan Arabi, die kurz darauf tot ist. Heute tauchen Sie bei dem abgebrannten Restaurant auf. Egal, wohin ich schaue, immer sehe ich Sie. Was soll ich davon halten?«

Selbst wenn ich die Kraft zum Sprechen hätte, wüsste ich nicht, was ich sagen sollte.

»Frau Hammada, ich erwarte Antworten.«

»Ich habe keine.« Ich spreche so leise, dass ich mich selbst kaum hören kann, mein Blick ruht wieder auf der Tischplatte.

»Damit gebe ich mich nicht zufrieden.«

»Aber …« Ich habe keine Ahnung, was den Kommissar interessieren könnte und was nicht, was er überhaupt wissen will.

»Wo waren Sie in der vergangenen Nacht?«

»Hier, in meinem Bett.«

»Ich werde das prüfen.«

»Warum?«, flüstere ich.

»Wenn mitten in der Nacht ein Feuer in einem geschlossenen Restaurant ausbricht, dann könnte es auch Brandstiftung gewesen sein.«

Es dauert einen Moment, bis ich begreife, was er mir unterstellt. »Warum sollte ich das Feuer legen?«

»Ich will jetzt alles erfahren, was in den letzten Tagen geschehen ist, was Sie in dem Restaurant getan, was Sie gesehen und gehört haben, egal, ob es Gerüchte sind oder Tatsachen.«

Also berichte ich ihm von Jeans Hilfsangebot, als er den Kommissar und mich nach unserem gemeinsamen Mittagessen verabschiedete. Ich berichte ihm, dass ich in der Küche half, während Jean und Buschra mich wie ein Familienmitglied behandelten und die leise Hoffnung in mir weckten, dass ich doch irgendwann fern meiner Heimat leben könnte.

»Was wollten Sie heute Vormittag dort?«

»In der Küche helfen.«

»Und Harun? Was war das für eine Beziehung?«

Darüber hatten wir schon gesprochen, oder nicht? Ich kann mich nicht erinnern, also beginne ich einfach von vorn. »Wir sind uns auf der Flucht begegnet. Er hatte schreckliche Albträume, ich kam zu Fuß nicht schnell genug voran. Wir halfen uns gegenseitig.«

»Woher kannten sich Amal und Harun?«

Wenn ich jetzt die Briefe erwähne, breche ich das Versprechen, das ich Halime gegeben habe. Oder muss ich mich für die Polizei und gegen meine syrische Schwester entscheiden? Woher soll ich wissen, was richtig ist und was falsch?

»… Frau Hammada?«

Ich war so in meinen Gedanken versunken, dass ich die Frage nicht verstanden habe, aber bevor ich ihn bitten kann, sie zu wiederholen, klingelt ein Telefon. Der Kommissar meldet sich, hört schweigend zu, bedankt sich und steckt das Telefon zurück.

»Die Feuerwehr konnte einen Teil des ausgebrannten Restaurants betreten. Man hat eine Leiche gefunden.«

So wie er es sagt, ist es nur eine Frage der Zeit, bis man die zweite Leiche findet. Meine Tränen tropfen auf die Tischplatte, ich wische sie mit dem Ärmel meines Mantels fort.

Der Kommissar steht auf, bleibt aber noch einen Moment vor mir stehen. »Ich muss weg, aber wir sind noch nicht fertig miteinander.«

Als hätte sie nur darauf gewartet, dass der Kommissar geht, erscheint Amelie. »Madiha, kommst du? Wir haben viel zu tun.«

Ich rappele mich mühsam von der Bank auf, nehme Faysal bei der Hand und gehe an Amelie vorbei, ohne sie eines Blickes zu würdigen. Ich weiß, dass das sehr dumm von mir ist, denn ich befinde mich in einer Situation, in der ich es mir nicht leisten kann, mir Feinde zu machen. Aber ich bin ihr böse, dieser Frau, die nur nett zu mir war, solange ich ihren Vorstellungen von der demütigen Bittstellerin entsprach, solange ich mich herumkommandieren ließ, solange ich nach ihren Regeln funktionierte. Ich kenne diese Wut nicht, die sich schon wieder in mir ausbreitet. Weder von daheim, wo ich mit meinem Leben zufrieden war, noch von der Zeit der Flucht, als man mir weitaus übler mitspielte, als Amelie es tut. Ich nahm es hin, ertrug Beschimpfungen und Misshandlungen, war erstarrt in meiner Trauer, unfähig, überhaupt etwas zu empfinden. Ist es nun, da die Taubheit nachlässt, vor allen Dingen Wut, die mich überkommt? Die Erkenntnis erschreckt mich. So bin ich nicht, so will ich nicht sein, aber im Moment kann ich mich auch nicht dagegen wehren. Mir schießt das Blut in die Wangen, als ich verstehe, dass ich mich gar nicht dagegen wehren will. Ich genieße die Wut, denn ich weiß genau, dass sie etwas überdeckt, das viel schlimmer ist:

die grenzenlose Verzweiflung über den Tod mindestens eines der beiden Menschen, die mir in wenigen Tagen mehr ans Herz gewachsen sind, als ich es von Fremden jemals für möglich gehalten hätte.

Ich weiß nicht, wo ich hinsoll, stehe in dem winzigen Vorraum, der immer voller wird, weil die Leute zum Essen drängen. Es ist stickig, laut, ich schnappe nach Luft, fühle mich von allen Seiten bedrängt und schiebe mich ruppig in Richtung Tür. Nur raus hier, bewegen, gehen, egal wohin, weg von den Menschen, deren Stimmen meinen Kopf füllen, sich darin kreuzen, in der engen Schädelhöhle zurückgeworfen werden.

Nach einigen Metern bleibe ich stehen, stütze mich mit beiden Händen auf den Stock, atme mehrmals tief ein und aus. Mein Blick wird klarer, dann jedoch glaube ich, das Bewusstsein zu verlieren, weil vor meinen Augen alles tanzt. Aber es ist Schnee, der die Luft füllt, dicke weiße, nasse Flocken, die schon auf Faysals kurzgeschorenem Haar kleben, auf seinen Schultern. Der Junge steht vor mir, Sorge im Blick. Mühsam hebe ich eine Hand und streiche ihm den Schnee vom Kopf.

»Es ist alles in Ordnung«, flüstere ich. »Lass uns reingehen, du wirst ganz nass.«

Ich habe keinen Hunger, aber begleite Faysal zum Abendessen. Jasmin winkt uns zu sich an den Tisch, sie sitzt allein.

»Was ist los?«, fragt sie leise, als Faysal nach vorn drängt, um Brot, Käse und Fruchtjoghurt zu holen.

Ich erzähle ihr von Jean und Buschra, die mich aufgenommen haben wie eine Verwandte. Die keine Fragen stellten und doch Anteil nahmen. Die tot sind, tot wie Razan, tot wie Amal, tot wie wahrscheinlich auch Harun, denn sonst hätte er sich bei mir gemeldet, hätte sich bei Razan gemeldet, wäre nicht einfach spurlos verschwunden.

Jasmin ist schockiert, will etwas sagen, schweigt aber, als Faysal zurück an den Tisch kommt, und stellt stattdessen dem Jungen hundert Fragen, die er ignoriert. Erst als er noch mal zur Essensausgabe geht, wendet sie sich wieder mir zu.

»Kann ich etwas für dich tun?«

Ich zögere. Erinnere mich, dass ich niemandem in dieser Unterkunft trauen wollte, weil nur jemand, der hier lebt, wissen konnte, in wessen Zimmer er das Feuer werfen musste, um Haruns Besitztümer zu stehlen. Dann erinnere ich mich daran, wie oft Jasmin mir geholfen hat. Gegen Rafiq, der mich wegen der Männerschuhe vor meinem Zimmer der Unzucht anklagen wollte. Gegen meinen Onkel, der mich bedrängte, gegen Amelie, die mich beschimpfte, und die Frau vom Jugendamt. Zuletzt schaute sie im Internet nach Halimes Telefonnummer, obwohl ich ihre Frage, wer die Frau sei, nicht beantwortete. Jasmin ist die einzige Person, die mir fehlen wird. Deshalb nicke ich und reiche ihr mein Handy.

»Gib mir deine Telefonnummer und notiere meine.«

Sie nimmt das Gerät, schaut mich aber verständnislos an. »Woher hast du das? Und warum brauchst du meine Telefonnummer? Wir sehen uns doch jeden Tag.«

Ich schüttele den Kopf. »Nicht mehr, Jasmin. Ich werde der Bitte meines Onkels entsprechen und zu ihm ziehen.«

17

Zwei Plastiktüten. Eine mit meinem Besitz, eine zweite für Faysal, mehr haben wir nicht. Mein Onkel lässt es sich nicht nehmen, das Gepäck zu tragen, als er uns abholt. Jasmin küsst mich auf beide Wangen und streicht Faysal über den Kopf, was der sich etwas unwillig gefallen lässt. Um ihn hatte es Diskussionen gegeben. Mein Onkel wollte ihn nicht haben, und Jasmin hätte ihn gern bei sich behalten, aber da das Amt Faysal in meine Verantwortung gegeben hat, hat niemand von uns eine Wahl.

Der Bus zum Bahnhof ist fast leer, es ist Sonntag. Ich wünschte, ich würde diesen Weg mit einem anderen Ziel zurücklegen. Würde zu den ›Drei Zedern‹ fahren, um Buschra in der Küche zu helfen. Achtzig Personen, die Kinder nicht mitgerechnet, hatten sich für heute angesagt. Eine libanesische Familienfeier, nur der engste Kreis. Stattdessen starre ich mit brennenden Augen aus dem Fenster, versuche, meine aufsteigende Verzweiflung niederzuringen. Nie wieder werde ich in der kleinen Küche Zwiebeln schneiden, Hackbällchen rollen und dabei das freundschaftliche Schweigen genießen. Mehr als eine Handvoll Wörter hat Buschra nicht zu mir gesagt, solange ich sie kannte, trotzdem fühlt sich ihr Verlust an, als wäre eine geliebte Verwandte gestorben. Ich blinzle die Tränen weg.

»Was betrübt dich so, Madiha?«, fragt mein Onkel.

Habe ich ihm eigentlich von den ›Drei Zedern‹ erzählt? Ich glaube nicht. Wir haben uns kaum unterhalten, und wenn, dann sprach er. So ist es üblich, die Frauen belästigen die

Männer nicht mit ihren Sorgen, und das werde ich sicher ebenso halten. Ich schüttele den Kopf.

»Ich würde es wirklich gern wissen, wenn du es mir erzählen möchtest«, sagt er leise. »Wir haben doch nur einander.«

Also berichte ich stockend von Jean und Buschra und was sie mir bedeuteten in einem Land, das mir fremd ist und dessen geschriebene und ungeschriebene Gesetze mir Rätsel aufgeben. Und dessen Essen eine Zumutung ist. Zumindest das in der Unterkunft.

Mein Onkel hört interessiert zu und erbleicht, als ich von dem Brand und der Leiche in der Ruine berichte.

»Aber was machte jemand mitten in der Nacht im Restaurant?«, fragt er schließlich.

»Jean und Buschra wohnten direkt darüber, das Haus war alt, es hätte saniert werden sollen, die alten Holzdecken raus, neue Zwischendecken hinein …« Jean war so froh gewesen über die bevorstehenden Arbeiten.

»Das ist ja schrecklich«, stammelt der Onkel. »Warum tut jemand so etwas?«

Auch er unterstellt, dass das Restaurant absichtlich in Brand gesteckt worden ist, nachdem bereits der Kommissar diese Möglichkeit ausdrücklich erwähnt hat? Kann das wirklich sein? Aber wer sollte so etwas tun? Und warum? Das Restaurant gab es seit vielen Jahrzehnten, es wurde von Deutschen und Arabern gleichermaßen geschätzt – das waren die Worte des Kommissars gewesen, und so hatte ich es bei meinen wenigen Besuchen dort erlebt. Jean und Buschra hatten nichts mit dem Ansturm an Flüchtlingen zu tun, der jetzt vielen Menschen Angst macht und sie gegen uns aufbringt.

»Warum glaubst du, dass es ein Brandanschlag war?«, frage ich meinen Onkel.

Wieder wird er blass, dann rot. »Ich weiß nicht, nur ein Gedanke … aus der Angst geboren vielleicht.«

Den Rest der Fahrt schweigen wir.

Mein Onkel wohnt in Düsseldorf, in einer Gegend, die mir unbekannt ist. Weder habe ich hier eine Flüchtlingsunterkunft auf meiner Suche nach Razan besucht, noch befinden wir uns in der Nähe des Hauptbahnhofs. An der Bahnstrecke liegt das Viertel aber schon, es sind nur wenige Hundert Meter von dem kleinen Bahnhof bis zu dem Haus, an dessen Tür mein Onkel seinen Schlüsselbund aus der Hosentasche zieht.

Das Wohnzimmer ist mit dicken Teppichen und Kissen ausgelegt, an einer Wand steht eine Kommode, an einer anderen ein Sofa. Was mich am meisten interessiert, ist ein Familienfoto in einem silbernen Rahmen. Es zeigt meinen Onkel inmitten anderer Männer, mehrerer Frauen, etlicher Kinder. Er, mein Onkel, ist der Mittelpunkt dieser Gruppe. Kurz bilde ich mir ein, meinen Vater auf dem Bild zu sehen, an der Seite meines Onkels, aber die Sinnestäuschung vergeht so schnell, wie sie gekommen ist. Trotzdem ist mir klar, was dieses Bild darstellt: meine Familie. Eine Familie, die ich nie kennengelernt habe, zu der ich nie gehörte. Das hat sich nun geändert. Ob sie davon wissen?

»Dieser Computer ist nichts für dich, mein Junge, das ist mein Arbeitsgerät. Lass die Finger davon!«, höre ich die Stimme meines Onkels. Die beiden haben das Wohnzimmer verlassen, um unsere Habseligkeiten in das Zimmer zu bringen, das wir von nun an bewohnen werden. Ich weiß, dass ich für Faysal und sein Wohlverhalten in dieser Wohnung verantwortlich bin, aber noch immer kann ich mich nicht von dem Foto lösen. Trete näher. Nehme es in die Hand und frage mich, wo diese Leute jetzt sind.

»Euer Zimmer ist hergerichtet, Madiha. Komm und schau es dir an. Gibt es noch etwas, das du benötigst?«

Ich folge dem Ruf meines Onkels und betrete einen kleinen Raum, vor dessen Fenster ein Nadelbaum fast jedes Licht schluckt. Ein Bett steht an der einen Wand, eine Matratze liegt auf dem Boden, es gibt eine Kleiderstange und zwei Hocker, auf denen unsere Tüten stehen.

»Ich konnte für den Jungen so schnell kein richtiges Bett auftreiben, aber das lässt sich ja nachholen.«

Faysal steht neben dem Fenster und starrt mich an. Erwartungsvoll? Flehend? Ich kann es nicht erkennen.

»Danke, wir brauchen nichts weiter«, sage ich. Ein richtiges Bett, darüber Freiraum bis zur Decke. Niemand sonst in diesem Schlafzimmer außer Faysal und mir. Tränen des Glücks laufen mir über die Wangen. Faysal schaut mich abwartend an. Als ich nicke, lässt er sich auf die Matratze fallen, holt den bunten Würfel aus seiner Tüte und beginnt, ihn zu verdrehen. Ich habe noch immer nicht begriffen, welcher Sinn darin liegt, aber solange er sich damit beschäftigt, ist er zufrieden.

»Komm, ich zeige dir die Küche.«

Sie verdient den Namen kaum, es gibt keinen Herd, keinen Ofen, nur eine Spüle und die Möglichkeit, Tee und Kaffee zu kochen. Davon macht mein Onkel auch gleich Gebrauch. Es beschämt mich, mir von einem männlichen Verwandten Tee servieren zu lassen, aber er lacht und verspricht, dass dies das letzte Mal in unserem Leben sei. Dann setzen wir uns im Wohnzimmer auf den Teppich und schweigen verlegen.

»Du hast das Bild schon gesehen«, sagt mein Onkel später, als es bereits so dämmrig im Zimmer ist, dass ich seinen Gesichtsausdruck nicht mehr erkennen kann. »Es zeigt meine beiden Frauen, unsere drei Söhne, drei Töchter, zwei Schwiegertöchter, zwei Schwiegersöhne und deren Kinder.«

Wenn er zwei Frauen hat, muss er reich sein, denn jede Frau hat das Recht auf eigenen Wohnraum, auf die gleiche Ausstattung und natürlich auf den gleichen Anteil an ehelicher Aufmerksamkeit. Ein Mann mit zwei Frauen hat entweder eine sehr große Wohnung, oder er mietet oder kauft jeder Frau und ihren Kindern ein eigenes Heim. Der Gewinn an Achtung und Respekt in der Gemeinde, der dem Mann mit mehreren Frauen zuteilwird, ist teuer erkauft. Mein Onkel konnte es sich offenbar leisten.

»Wo sind sie?«, frage ich leise, weil ich nicht sicher bin, ob meine Neugierde unverschämt ist. Für eine Fremde wäre sie ungehörig, aber ein Familienmitglied hat sogar die Pflicht, sich nach dem Wohlergehen der Verwandten zu erkundigen. Ich bin beides, Fremde und Verwandte, und finde mich in dieser Rolle noch nicht zurecht.

»Meine Frauen und die unverheiratete Tochter sind in der Türkei. Eine der verheirateten Töchter ist ihrem Mann nach Amerika gefolgt, die andere lebt im Libanon. Die verheirateten Söhne sind im Jemen und in Schweden, der unverheiratete Sohn hat sich auf die Seite der Freien Syrischen Armee geschlagen. Wir haben seit Wochen nichts von ihm gehört.«

Er steht auf und holt das Bild von der Konsole. Streicht mit zitternden Fingern darüber.

»Ich musste Syrien schon vor vier Jahren verlassen, kam über Geschäftskontakte nach Deutschland und habe hier ein Handelsunternehmen gegründet, so wie ich auch in Damaskus Händler war. Dann sollte die Familie nachkommen. Aber nachdem ich fort war, haben die Frauen sich gegen mich verschworen. Sie blieben in meinem Haus, sagten mir, der Krieg sei bald vorbei, dann könne ich zurückkehren. Als sie aus Damaskus fliehen mussten, haben Freunde ihnen geholfen. Jetzt sitzen sie in Istanbul, bei einem Geschäftspartner, der sie gegen Deutschland aufbringt. Es sei kalt hier, die Menschen seien unfreundlich, man verachte den Islam und alle Muslime, und Frauen würden auf offener Straße angegriffen. Das erzählt er ihnen. Und sie glauben ihm, nicht mir. Deshalb bin ich allein.«

Es fällt mir schwer, das zu begreifen. Warum geht mein Onkel nicht in die Türkei zu seiner Familie? Wie kann es sein, dass seine Frauen einem fremden Mann mehr Glauben schenken als dem eigenen Gatten?

»Ich habe keine von ihnen geliebt«, flüstert er. »Immer habe ich sie mit Mariam verglichen, deiner Mutter, die dein Vater mir wegnahm. Dabei kannte ich sie kaum. Im Nachhinein habe ich sie verklärt, habe einen Engel aus ihr gemacht, dagegen kam keine lebende Frau an.« Tränen rollen über seine Wangen. »Wahrscheinlich wissen meine Frauen das und strafen mich nun dafür.«

Ich würde gern seine Hand drücken, über seine Wange streichen, ihn trösten, diesen einsamen, alten Mann, aber ich rege mich nicht. Weiß nicht, ob es respektlos wäre, seine Schwäche zur Kenntnis zu nehmen, oder kaltherzig, es nicht zu tun. Und plötzlich frage ich mich, ob die Verbannung des Bruders meinen Onkel genauso schmerzte wie meinen Vater. Wer von beiden Brüdern war eigentlich der Verusacher dieser Tragödie? Der jüngere Bruder, der dem älteren die Braut wegnahm? Oder der ältere Bruder, der ihn dafür strafte? War es tatsächlich so, dass der betrogene Bruder gar keine andere Wahl hatte? Galt die Tradition, die die Wahrung der Familienehre durch die Verbannung forderte, mehr als die vielleicht mögliche Vergebung? Die Verachtung, die ich mein ganzes Leben für den Mann hegte, der den Bruder fortschickte, wandelt sich in Mitleid für den, der den Bruder verlor.

»Es wird Zeit zum Essen«, sagt der Onkel wenige Augenblicke später. »Komm, wir lassen uns von Momo verwöhnen.«

18 Die nächsten drei Tage verbringe ich im Rausch der Stille. Sobald der Onkel die Wohnung verlassen hat, breitet die Ruhe sich aus wie ein verheißungsvoller Duft, der den Raum erfüllt. Ich genieße das Schweigen. Diese Stille bedeutet nicht die Abwesenheit von Geräuschen, denn von der Straße dringt Verkehrslärm herauf, im Haus macht die Heizung Lärm, die Wasserrohre gurgeln, Türen schlagen. Egal. Ich habe einen Ort, an dem ich ganz für mich sein kann, einen Ort, zu dem niemand Zutritt hat, einen Ort, zu dem ich vor anderen Menschen und ihren Ansprüchen fliehen kann. Fast hatte ich die Hoffnung aufgegeben, jemals wieder diesen Komfort genießen zu dürfen.

Mein Onkel hat einen Herd gekauft und ein Regal, außerdem Töpfe und Geschirr und so viele Lebensmittel, dass man eine Kleinstadt versorgen könnte. So stehe ich von morgens bis abends in der Küche und bereite all die Köstlichkeiten zu, von denen ich monatelang träumte: mit Reis gefüllte Weinblätter, Pürees aus gerösteten Auberginen und Kichererbsenmus. Ich fülle Kohlblätter, Paprika, Zwiebeln und Zucchini und rühre dazu Joghurtsauce an. Ich backe kleine Fladen und belege sie mit Spinat und Schafskäse. Das Fleisch mariniere ich, damit ich es frisch zubereiten kann, wenn der Onkel zum Nachtmahl nach Hause kommt. Gieße ich heißes Wasser in den Ausguss, murmele ich »*Bismillah*«, um die Dschinn zu warnen, damit sie sich nicht verbrühen und mir dann zürnen. Diese Vorsichtsmaßnahme beruhigt mich ungemein, denn in der Gemeinschaftsdusche, in der die bösen Geister von Unwissenden nicht vorgewarnt werden, hatte ich immer Angst, zwar nicht Verursacher, wohl aber Opfer ihrer Rache zu werden.

Bei den Süßigkeiten hilft mir Faysal, damit er zwischendurch von der Paste aus gemahlenen Nüssen und Honig probieren kann, sonst treibt er sich draußen herum.

Der Onkel geht derweil seinen Geschäften nach: Er beliefert Menschen aus unserer Heimat mit den Dingen, die ihnen hier fehlen, importiert dafür Waren aus der Türkei, dem Libanon, dem Irak und Nordafrika. Zwei Spezialitäten lässt er sogar exklusiv für sich anbauen: Zucchini, die die Größe eines kleinen Fingers haben, und Löwenzahn, der mit Knoblauch oder Zwiebeln geschmort eins der wichtigsten Gerichte der syrischen Küche ist. Bis vor Kurzem besaß der Onkel einen einzigen Laster, mit dem ein Fahrer die Waren auslieferte. Seit die Flüchtlingsunterkünfte überall aus dem Boden wachsen, ist ein zweiter Lkw dazugekommen, ein weiterer Fahrer, Tausende neuer Kunden, denn in vielen Unterkünften kochen die Leute selbst. Der neue Lkw, gebraucht gekauft wie der erste, ist ein Verkaufswagen. Er liefert Fleisch, Gemüse, Reis, Gewürze und alles andere, was die Lebensmittelgeschäfte in den kleinen Orten, wo die Asylantenheime stehen, nicht führen, zu Preisen, die die Menschen sich leisten können, weil der Reis nicht in winzigen Päckchen verkauft wird wie in Deutschland, sondern in Säcken von fünf Kilo, Zwiebeln nicht unter zehn. Regelmäßig fährt mein Onkel diesen Lkw selbst.

»Persönliche Kontakte sind entscheidend für gute Geschäfte, Madiha. Man muss mit den Kunden genauso sprechen wie mit den Lieferanten. Man muss spüren, wo es ein Problem gibt, und es aus der Welt schaffen, solange es noch klein ist. Ich bekomme das beste Fleisch vom Metzger, das frischeste Gemüse vom Großhändler, die aromatischsten Gewürze vom Importeur, weil ich alle diese Leute persönlich kenne, mit ihnen Tee trinke, mich nach ihren Familien erkundige. Die Deutschen können viel, sind gute Ingenieure, gewissenhafte Buchhalter, unbestechliche Beamte. Aber sie verstehen nichts von persönlichen Beziehungen.«

Einige Stunden am Tag sitzt mein Onkel in seinem Arbeitszimmer, in dem er nun auch schläft, da er Faysal und mir sein Schlafzimmer überlassen hat, aber viel Zeit verbringt er auch bei Momo, der ein paar Straßen weiter ein Café und Restaurant betreibt. Momos Küche ist einfach, nicht zu vergleichen mit den Köstlichkeiten in den ›Drei Zedern‹, aber da seine Gäste ausschließlich Männer aus unserer Heimatregion sind, verwendet er auch Zutaten, die Jean seinen deutschen Kunden niemals zugemutet hätte, wie Hammelfett, Hühner- und Schweinefüße.

Am Abend des dritten Tages werde ich unruhig. Zu lang habe ich nicht einen einzigen Schritt vor die Tür gemacht, nur gekocht, geputzt, gewaschen. Mir macht die Hausarbeit nichts aus, aber die Wände der Wohnung rücken immer näher und drohen mich zu ersticken. Ich kann mich nicht erinnern, wann ich jemals drei Tage am Stück in einem geschlossenen Raum verbracht habe. Mir fehlt der Himmel, egal, wie grau und niedrig er auch ist.

Als Faysal abends heimkommt, nachdem er sich wieder den Großteil des Tages draußen herumgetrieben hat, bin ich ungehalten und schimpfe ihn aus, weil seine Hose schmutzig ist. Ich weiß, dass es der Neid auf sein Herumstromern ist, der mich unleidlich und gereizt macht, aber ich kann mich einfach nicht beherrschen. Erst der Schmerz in Faysals Augen über die harschen Worte bringt mich zur Besinnung.

Ich folge ihm in unser Zimmer, in dem er mit hängendem Kopf auf der Matratze sitzt, und entschuldige mich. Dabei entgeht mir nicht, dass er heimlich etwas unter seiner Bettdecke verschwinden lässt, als ich eintrete.

»Was ist das?«, frage ich streng.

Ich habe ein schlechtes Gewissen, denn tatsächlich habe ich keine Ahnung, was der Junge draußen treibt.

»Steh auf«, sage ich und zerre ihn gleichzeitig hoch. Dann schlage ich die Bettdecke zurück. Ein Handy kommt zum Vorschein.

»Hast du das gestohlen?«

Er senkt den Blick und schüttelt den Kopf.

Ich blicke auf das schwarze Haar hinunter und weiß nicht, ob ich wütend oder enttäuscht sein soll. Ich lernte ihn kennen, weil er die Hand in meiner Manteltasche hatte. Was habe ich erwartet? Dass er mit dem Stehlen aufhört, weil er es jetzt nicht mehr nötig hat?

»Bring es zurück«, trage ich ihm auf. »Sofort.«

Schnell wie der Blitz nimmt er das Gerät und flitzt aus der Tür.

Ich lasse mich auf seine Matratze sinken und spüre einen eisernen Ring um meine Brust. Sollte Faysal jemals beim Stehlen erwischt werden, fällt die Tat auf meinen Onkel zurück, der ihm Obdach gewährt. Das darf ich dem mildtätigen Verwandten auf keinen Fall zumuten. Es gibt nur eine Lösung: Der Junge muss verschwinden.

Nach einer schlaflosen Nacht bitte ich meinen Onkel gleich am Morgen, dass er mir einen Tag frei gibt. Ich habe meinen Umzug bisher nicht bei den Behörden gemeldet, bin einfach weggegangen aus der Waldstraße. Ob ich nicht daran gedacht habe nach dem Schock, den mir die Zerstörung der

›Drei Zedern‹ versetzt hat, oder ob ich vielleicht gar nicht offiziell weggehen wollte, ohne vorher zu wissen, was mich bei meinem Onkel erwartet, weiß ich nicht mehr, aber inzwischen ist mir klar, dass ich die Behörden informieren muss. Das ist in diesem Land sehr wichtig. Man darf aus der zugewiesenen Unterkunft nicht einfach ausziehen, ohne eine neue Adresse zu hinterlassen. Ich muss diese Dinge in Ordnung bringen.

Und ich muss Faysal loswerden.

»Du bist selbstverständlich frei, jederzeit das Haus zu verlassen, Madiha!«, ruft mein Onkel aus, als ich ihm erkläre, dass ich zum Amt muss. »Hast du genug Geld für den Fahrschein?«

Geld! Amelie hat mir erklärt, dass das Geld von der Stadt jeden Monat auf das Konto bei der Sparkasse überwiesen wird. Es müsste also wieder etwas auf dem Konto eingegangen sein. Ich hatte gar nicht mehr daran gedacht, immerhin habe ich seit Tagen kein Geld benötigt.

Mein Onkel lacht. »Du kannst das Geld von diesem Konto überall im Land abheben, aber für heute gebe ich dir genug, damit du deine Ausgaben bestreiten kannst.«

Bevor ich gehe, vergewissert er sich, dass das Handy in meiner Gürteltasche steckt und eingeschaltet ist. Dann geht er mit Faysal und mir zum Bahnhof, der nur zehn Minuten entfernt ist, wobei der Onkel jeden Menschen zu kennen scheint, dem wir begegnen. Er bringt uns auf den Bahnsteig, wartet, bis wir im richtigen Zug sitzen, und winkt uns hinterher. Ich schäme mich, ihm nicht von Faysals Diebstahl erzählt zu haben, denn der Haushaltsvorstand sollte alles wissen, was mit den Menschen in seiner Obhut zu tun hat, aber es hätte mir das Herz gebrochen, wenn er Faysal geschlagen hätte, was die angemessene Strafe gewesen wäre. Ich habe dem Onkel nicht einmal erzählt, dass ich heute Abend allein zurückkehren werde.

Sobald Faysals Hand sich in meine schiebt, kämpfe ich mit den Tränen. Der Abschied von dem Jungen wird wieder ein Stück aus meinem Herzen reißen.

Nur wenige Minuten, nachdem der Zug geisterhaft leise losgefahren ist, ertönt ganz in der Nähe ein Geräusch, das ich nicht zuordnen kann. Faysal zerrt an meiner Hand und zeigt auf meinen Bauch. Dann hält er die Hand ans Ohr. Es dauert noch einige Sekunden, bis ich verstehe, was er mir sagen will: Es ist das Telefon in meiner Gürteltasche, das klingelt! So schnell es mir möglich ist, knöpfe ich den Mantel auf, schiebe den Pullover hoch und will die Tasche öffnen, als das Läuten endet. Ich erstarre. Wie ärgerlich! Langsam ziehe ich den Pulloversaum wieder über die Tasche, aber Faysal greift nach meinem Handgelenk und schüttelt den Kopf. Hält wieder die Hand ans Ohr, zeigt auf die Tasche, macht eine Geste, die mich auffordert, ihm das Handy zu geben. Ich hole das Gerät aus der Tasche und reiche es ihm.

Er drückt darauf herum und hält es mir dann hin. Zeigt auf mein Ohr.

»Hallo?«, höre ich eine Stimme aus dem Telefon.

Ich hebe es ans Ohr. »Hallo«, antworte ich. »Hier ist Madiha.«

Es ist Jasmin, die mir so aufgeregt etwas zuflüstert, dass ich kein Wort verstehe.

»Jasmin, beruhige dich!«

»Wie soll ich mich beruhigen, Madiha, es ist ein Wunder! Er lebt!«

Ich höre die Worte, verstehe aber nicht, was sie bedeuten sollen.

»Jean ist hier, Madiha. Er sucht dich. Kannst du kommen?«

Keinen weiteren Gedanken verschwende ich an die Behörden, die meinen neuen Aufenthaltsort nicht kennen, keine Sekunde daran, die Verantwortung für Faysal loszuwerden. Jean lebt! Ich ziehe Faysal hinter mir her, der noch nichts weiß, weil ich sprachlos bin, ihm nichts erklären kann, mich auch nicht traue, Jasmins Worte zu wiederholen aus Angst, dass sie nicht stimmen oder ihren Zauber verlieren, wenn ich sie ausspreche. Jean lebt! Wer auch immer tot ist, verbrannt, es ist nicht er, nicht Jean, der kleine, dicke Mann mit dem watschelnden Gang und den melancholischen Augen, dem warmherzigen Blick, der mein Herz auftaute, mir Zuversicht gab und ein Zuhause. Jean lebt!

Jasmin schlug ein Treffen außerhalb der Unterkunft vor und beschrieb mir den Weg zu einer deutschen Bäckerei ganz in der Nähe der ›Drei Zedern‹. In der Straße, in der das Restaurant stand, gibt es arabische und türkische Geschäfte und Cafés, aber dort wollte Jean nicht gesehen werden. Auf der Hauptstraße hingegen kennt ihn niemand.

Als wir die Bäckerei betreten, sind Jasmin und Jean bereits da. Wir begrüßen einander ausgiebig unter Tränen und Umarmungen, aber endlich sitzen wir an einem der kleinen Tische und bestellen Kaffee, weil der deutsche Tee, der in winzigen Tüten in heißes Wasser gehängt wird, nach nichts schmeckt.

Ich habe tausend Fragen, traue mich aber nicht, eine einzige zu stellen. Stattdessen betrachte ich Jean, obwohl das ungehörig ist: Sein rundes Gesicht ist schmaler geworden, dunkle Ringe liegen unter den Augen, seine Haltung drückt Hoffnungslosigkeit aus.

»Der Kommissar war in der Unterkunft, Madiha«, berichtet mir Jasmin. »Und er war sehr wütend, als er hörte, dass du nicht mehr da bist.«

Ich muss ihm meine neue Adresse mitteilen und meine Telefonnummer.

»Er hat Amelie erzählt, dass das Feuer kein Unfall, sondern Absicht war.«

Der Kommissar hatte also recht, und mein Onkel auch! Aber wer sollte Jean oder Buschra so etwas antun? Und warum?

»Wo ist Buschra?«, flüstere ich, obwohl ich die Antwort kenne.

Jean beginnt zu weinen. Dieser Anblick ist das Grausamste, das ich in den letzten Wochen erlebt habe. Der Mann, der Unheil und Leid überlebt, den Mut nie verloren, sich mit Fleiß und Zuversicht ein gutes Leben aufgebaut hatte und mir Halt und Hoffnung gab, ist nun völlig gebrochen.

»Aber das Schlimmste, Madiha, habe ich noch gar nicht erzählt: Der Kommissar hat Amelie beauftragt, ihn sofort zu informieren, falls sie Jean sieht oder von ihm hört. Der Kommissar hat einen Haftbefehl gegen Jean.«

Ich höre, wie jemand entsetzt nach Luft schnappt, und brauche einen Moment, bis ich begreife, dass ich es bin. Dann versuche ich, einen der unzähligen Gedanken zu fassen, die durch meinen Kopf wirbeln, und wende mich an Jean.

»Wie kommt er auf die Idee, du hättest dein eigenes Restaurant in Brand gesteckt?«

Jean zuckt die Schultern.

»Egal«, sagt Jasmin streng. »Du gehst zur Polizei und sagst ihnen, wo du warst, als der Anschlag verübt wurde.«

»Nein«, entgegnet Jean bestimmt.

»Aber wenn du dich versteckst, wird der Kommissar erst recht glauben, dass du es warst«, sage ich.

Jasmin nickt nachdrücklich.

»Wo ich war, geht niemanden etwas an.«

Der Kaffee wird gebracht, außerdem eine Cola für Faysal, der den Würfel vor sich auf den Tisch gestellt hat, ihn aber nicht anrührt.

Eine Weile starren wir alle schweigend auf die Getränke. Ich verstehe den Kommissar nicht, denn aus welchem Grund sollte Jean sein eigenes Restaurant zerstören und seine Tochter töten? Ich verstehe Jeans Weigerung nicht, dem Kommissar seinen Aufenthaltsort zu nennen. Und ich habe keine Ahnung, was nun weiter passieren wird.

»Was wirst du jetzt tun?«, frage ich Jean.

Er greift nach meinem Oberarm und umfasst ihn so fest, dass es wehtut.

Erschrocken schaue ich ihm ins Gesicht.

»Es ist deine Schuld, Madiha. Oder glaubst du, dass das ein Zufall ist? Du hast Fragen gestellt nach diesem Mann, der bei den Teufeln gekämpft hat. In deinem Zimmer landete das Feuer, nachdem du sein Eigentum an dich genommen hattest. Du wurdest verfolgt. Ich habe dir geholfen, habe dich aufgenommen wie eine Verwandte, habe dir die Briefe aus der Hölle vorgelesen, dir erklärt, wie du seine Schwester findest, die nun auch tot ist. Du bringst Unheil, Madiha. Nun mach es wieder gut!«

Ich weiche zurück, während er spricht, so weit es mir möglich ist, denn er hält meinen Oberarm weiterhin fest.

Faysal ist neben mir aufgesprungen und umklammert mit beiden Händen Jeans Handgelenk, um den stahlharten Griff zu lockern, aber Jeans Finger sind wie die Eisenzähne einer Kaninchenfalle. Jasmin erholt sich von ihrem Schock und legt Jean ihre Hand auf den Arm. Das Lodern in seinem Blick erlischt, er lässt meinen Arm los und sinkt in sich zusammen.

»Ich meine es ernst, Madiha. Das Unglück kam mit dir,

auch wenn du selbst das Feuer nicht gelegt, sondern nur zu viele Fragen gestellt hast. Aber den wirklichen Schuldigen werde ich finden und zur Rechenschaft ziehen. Und du wirst mir dabei helfen.«

19

Jean will mir nicht sagen, wohin er geht, ebenso wenig wie er darüber spricht, wo er war, als der Brand gelegt wurde. Sein mangelndes Vertrauen brennt wie Salz in der Wunde, die er mit seinen Worten gerissen hat, und türmt sich auf die Schuldgefühle, die ich selbst habe. Wie hätte ich ahnen können, dass meine Suche nach Harun mich selbst und andere Menschen in Gefahr bringt? Hätte ich auch nur den leisesten Verdacht gehabt, hätte ich nichts unternommen. Ich bin keine Heldin, bin nicht mutig, will nichts als ein Leben in Ruhe und Frieden. Was würde ich darum geben, die schrecklichen Ereignisse ungeschehen machen zu können. Aber das ist unmöglich. Auch jetzt einfach die Augen zu verschließen und mich in der Wohnung meines Onkels zu verkriechen ist ausgeschlossen. Nachdem ich so viel Leid verursacht habe, ist es meine Pflicht, den Schaden wenigstens zu begrenzen. Ich muss Jean helfen, die Verantwortlichen für Buschras Tod zu finden, auch wenn ich seine Weigerung, mit der Polizei zusammenzuarbeiten, nicht richtig finde. Aber wer bin ich, dass ich über sein Vorgehen richte? Die Ausweglosigkeit meiner Situation ist umso erschreckender, als ich mir eingestehen muss, dass ich mich selbst in diese Lage gebracht habe.

Faysal, Jasmin und ich fahren zur Unterkunft, damit ich mit Amelie über meinen Umzug reden kann. Der Bus ist so voll, dass Faysal stehen muss. Er zieht seinen Würfel aus der Jackentasche und wendet seine ganze Aufmerksamkeit dem

Ding in seinen Händen zu. Blicklos starre ich mal aus dem Fenster, dann wieder auf Faysal. Er ist immer noch hoch konzentriert, so habe ich Gelegenheit, sein Gesicht zu betrachten. Es ist schon runder geworden in den letzten Tagen, das viele Essen hat ihm gutgetan. Wie wird es ihm ergehen, wenn er wieder auf sich gestellt ist? Wird er wieder auf der Straße landen? Wieder abmagern? Oder findet er eine Familie, die sich seiner annimmt? Erst als wir aufstehen, um auszusteigen, bemerke ich, dass das typische knackende Geräusch zuletzt fehlte, das normalerweise Faysals Beschäftigung mit dem Würfel begleitet. Stattdessen macht er Jasmin darauf aufmerksam, dass ihr das Handy aus der Tasche gerutscht ist. Unsere Blicke kreuzen sich kurz, er blickt schnell wieder weg. Wenn es stimmt, was ich vermute, begreife ich nicht, was interessant daran ist, die Telefonnummern anderer Leute in ihren Handys anzuschauen.

»So einfach geht das nicht«, sagt Amelie. »Dafür musst du einen Antrag stellen. Und ich bezweifle, dass der genehmigt wird, es sei denn, dein Onkel garantiert, dass er für deinen Lebensunterhalt aufkommt. Dann kannst du zwar wohnen, wo du möchtest, bekommst aber kein Geld mehr vom Staat. Ansonsten musst du dich an die Zuweisung halten, und die hat dich eben hierhergeführt und nicht nach Düsseldorf.«

Das Wort ›Zuweisungsschlüssel‹ haben alle, die Verwandte oder Nachbarn in Deutschland haben, als eins der ersten gelernt. Der Schlüssel verteilt die Menschen in die verschiedenen Regionen und Städte. Er ist heilig. So gibt es in der Waldstraße eine junge Frau, deren Eltern und drei Geschwister vierhundert Kilometer entfernt in einer Wohnung leben. Sie würde gern zu ihrer Familie ziehen, darf aber nicht wegen des Schlüssels. Von solchen Beispielen könnte ich etliche nennen, denn ich habe immer dieselben Gespräche gedolmetscht und dabei gedacht, dass mir das nicht passieren kann. Mich zog es nirgendwohin, mir war dieser Ort so recht wie jeder andere. Das hat sich nun geändert.

Amelie füllt die Formulare aus, zumindest so weit es uns möglich ist. Alle persönlichen Daten des Onkels fehlen. Ich werde die Papiere mitnehmen und ihn bitten müssen, seinen vollständigen Namen, das Geburtsdatum, alle möglichen anderen Angaben nachzutragen, wobei ich nicht sicher bin, ob er Deutsch lesen und schreiben kann.

Mit den Papieren in der Tasche und Faysal an der Hand will ich mich auf den Weg zum Jugendamt machen, um Faysal ein für alle Mal den Behörden zu übergeben, aber so weit komme ich nicht. In der Tür begegnet mir Kommissar Brocker. Er führt mich zu dem Tisch zurück, an dem ich mit Amelie saß, und wartet, bis wir allein sind.

»Ich suche Jean Malik, Frau Hammada. Haben Sie eine Idee, wo ich ihn finden kann?«

Erleichtert, dass ich diese Frage wahrheitsgemäß beantworten kann, schüttele ich den Kopf.

»Haben Sie ihn gesehen oder mit ihm gesprochen, seit das Restaurant abgebrannt ist?«

Ich bin das Lügen nicht gewöhnt. Woher auch? Meinen Vater musste ich nie belügen, denn er fragte nicht viel, und ich hatte keine Geheimnisse. Da ich nie verheiratet war, musste ich keinem Ehemann die Wahrheit vorenthalten, was wohl, wenn ich meinen Nachbarinnen Glauben schenken kann, die häufigste Art der Lüge ist. Habe ich dem Kommissar bisher Informationen vorenthalten, geschah das meist aus Unsicherheit. Jetzt aber muss ich mich entscheiden: Wahrheit oder Lüge? Ich spüre Hitze in meine Wangen steigen und den Mund trocken werden, als ich wieder den Kopf schüttele.

»Ich wäre Ihnen sehr verbunden, wenn Sie den Blick von der uninteressanten Tischplatte heben und mir in die Augen sehen würden.«

Widerwillig schaue ich den Kommissar an. Er sieht erschöpft aus.

»Sind Sie ganz sicher, dass Sie ihn nicht getroffen und nichts von ihm gehört haben?«

Ich denke an Jeans Verzweiflung angesichts des Feuers und Buschras Tod. An die lächerliche Vorstellung, er selbst hätte sein Restaurant angezündet. Ich denke daran, dass man der Polizei nicht trauen darf, weil sie sehr schnell einen Schuldigen zur Hand hat, das ist, wie man gerade in dieser Situation sieht, hier offenbar ebenso wahr wie in meiner Heimat. Ich denke an Buschra, deren Tod Jean rächen will. Denke an Harun, dessen Schicksal die Polizei bisher ebenso wenig geklärt hat wie die Frage, wer den Brandsatz in mein Zimmer geworfen hat. Ich denke darüber nach, wem ich Loyalität schulde, schaue dem Kommissar in die Augen und sage: »Ja, ich bin sicher.«

»Der Täter trug vermutlich dieses Schmuckstück. Haben Sie das schon einmal gesehen?«

Der Kommissar zieht ein Foto aus der Jacke, auf dem ich zunächst nicht viel erkennen kann. Dann stockt mir der Atem, ich beuge mich vor, nehme das Foto hoch und halte es ins Licht.

»Frau Hammada?«

Tränen schießen mir in die Augen, als ich auf der schwarz verfärbten, ungefähr fünf Zentimeter großen Silberplatte die beiden ineinander verschlungenen Linien erkenne.

»Harun trug so ein Armband am linken Handgelenk. Es hatte ein Lederband …« Meine Stimme versagt, als ich mir vorstelle, wie Harun, der mein Leben rettete, das Feuer legte, in dem Buschra starb.

Der Kommissar greift nach dem Foto und betrachtet es selbst mit zusammengekniffenen Augen. »Woran erkennen Sie das?«

»An den verschlungenen Linien. Harun sagte, es sei ein berühmtes Labyrinth. Man sieht die Linien kaum, aber wenn man weiß, dass sie da sind …«

Er steckt das Foto wieder ein. »Ich möchte, dass Sie für mich jederzeit erreichbar sind. Wenn Sie die Unterkunft verlassen, sagen Sie Ihrer Betreuerin Frau Lenders Bescheid.«

Sein Blick geht zur Tür, wo Amelie steht und uns beobachtet. Ihr zufriedener Gesichtsausdruck lässt mich vermuten, dass sie den Kommissar angerufen hat, sobald ich die Unterkunft betreten habe. Vielleicht hat sie so lange zum Ausfüllen des Formulars gebraucht, damit der Kommissar genügend Zeit hatte, herzukommen, während sie es sonst immer eilig hat.

Ich erkläre ihm in sparsamen Worten, dass ich jetzt bei meinem Onkel wohne.

»Ich dachte, Sie hätten keine Verwandten.«

»Das dachte ich auch.«

»Geben Sie mir seinen Namen, die Adresse und eine Telefonnummer, über die ich Sie erreichen kann.«

Ich gebe ihm Namen und Adresse meines Onkels, erkläre aber, dass ich noch keine Genehmigung habe, die Unterkunft an der Waldstraße zu verlassen.

Er winkt ab. »Die bekommen Sie. Berlin ist gerade dabei, die Regeln zu ändern, damit so viele Flüchtlinge wie möglich aus den Sammelunterkünften rauskommen. Das ist im Grunde nur noch eine Formsache. Wichtig ist, dass ich Ihre Telefonnummer bekomme, dann ist mir auch egal, wo Sie wohnen.«

Ich kenne meine Telefonnummer immer noch nicht. Faysal, der die ganze Zeit neben mir stand, berührt mich sanft an der Schulter und macht das Zeichen für das Telefon. Ich gebe es ihm, er tippt und wischt so flink, dass mir schwindelig wird, dann schaut er den Kommissar auffordernd an. Es dauert eine Weile, bis der versteht, dass Faysal seine Handynummer will. Der Junge nimmt die Karte, die der Kommissar ihm reicht, tippt die Nummer ein und nickt zufrieden, als das Telefon des Kommissars läutet.

Der zwinkert dem Jungen freundlich zu. »Clever, Ihr Assistent«, sagt er zu mir.

Ich nicke langsam. Ich halte Faysal immer noch für einen Dieb, der zwar liebenswert ist, wegen seiner Stehlerei jedoch Ärger bedeutet, und zwar für mich ebenso wie für meinen Onkel, in dessen Haus ich den Jungen gebracht habe. Trotzdem haben die Worte des Kommissars ihm gerade einen Aufschub verschafft. Angesichts dessen, was Jean von mir verlangt, werden mir Faysals Kenntnisse sicher noch nützlich sein.

Jean hat mir, bevor er sich aus der Bäckerei verabschiedete, eine Aufgabe übertragen, der ich mich nun zuwende. Da er selbst nicht gesehen werden will, damit niemand ihn bei der Polizei meldet, soll ich die Nachbarn des Restaurants fragen, ob ihnen in der Nacht, in der der Brand in seinem Restaurant ausbrach, jemand oder etwas aufgefallen ist. Natürlich hat die Polizei diese Fragen auch schon gestellt, aber viele der Nachbarn sprechen lieber mit einer arabischen Frau als einem deutschen Polizisten. Das behauptet zumindest Jean.

Mit einem schon fast körperlichen Widerwillen gegen die Heimlichkeit gegenüber der Polizei und einer Angst, die mich kurzatmig und zittrig werden lässt, mache ich mich auf den

Weg. Dass der Junge mich begleitet, beruhigt mich nur wenig. Zwar glaube ich nicht, dass er mich gegen einen eventuellen Angreifer verteidigen könnte, aber sollte mir jemand etwas antun wollen, gäbe es zumindest einen Zeugen.

Zuerst solle ich zum Gemüseladen schräg gegenüber der ›Drei Zedern‹ gehen, sagte Jean. Die alte Frau, die den Laden führt, sei die Nachrichtenzentrale der Nachbarschaft. Ich ermahne Faysal, nichts zu stehlen: kein Obst aus den Kisten, kein Bonbon und schon gar kein Handy aus den Taschen der Kunden. Nichts. Sein Blick ist halb schuldbewusst, halb entrüstet über die Unterstellung, ein Dieb zu sein, aber ich weiß, dass er einer ist, und er weiß, dass ich es weiß.

Eine Glocke bimmelt, als wir den Laden betreten. Gleich vorn am Fenster neben der Tür ist die Kasse so aufgebaut, dass die Frau, die dahintersitzt, einen guten Ausblick auf die Straße hat. Sie heißt Aisha, wie ich von Jean weiß, ist unglaublich dick und hat einen dichten schwarzen Bart zwischen Nase und Mund. Ihre Kleidung ist schwarz und schmucklos, der *Hidjab* nachlässig umgelegt, so dass ich graues Haar an den Schläfen erkennen kann. Aisha sei Witwe, hat Jean mir anvertraut, und habe ein Auge auf ihn geworfen. Deshalb habe sie ihren Blick immer wieder zu den ›Drei Zedern‹ schweifen lassen. Da sie aus Marokko kommt und kein Wort Deutsch spricht, werden wir uns auf Arabisch verständigen müssen. Ich hoffe nur, dass ich ihren Dialekt verstehe, aber wenn Jean mit seinem libanesischen Arabisch sie versteht, müsste mir das auch gelingen.

Ich wünsche ihr einen guten Tag und wende mich dem Gemüse zu. Es ist von guter Qualität, ich wähle einen Granatapfel und mehrere Zitronen, während ich immer wieder nervös zu der alten Frau hinüberschiele. Aisha sieht nicht von den Pistazien hoch, die sie mit gleichmäßigen, sparsamen Bewegungen pult und in den Mund steckt. Bei jedem Schritt knacken die Schalen unter unseren Füßen.

Noch habe ich nicht genug Mut gesammelt, um sie anzusprechen, daher nehme ich auch noch ein Bund Petersilie.

»Ich habe dich hier schon gesehen«, sagt sie plötzlich. »Gegenüber im Restaurant.« Ihre Stimme ist tief und heiser, die Aussprache verwaschen, so als habe sie mehr Lücken als Zähne im Mund. Immerhin kann ich sie verstehen. Nicht nur darüber bin ich erleichtert, auch ihre Neugierde ist hilfreich. Wer weiß, ob ich wirklich die Kühnheit aufgebracht hätte, ihr meine Fragen zu stellen.

»Ich habe Buschra in der Küche geholfen.«

»Buschra ist eine fleißige Frau.«

»Ja.«

»Noch nie hat sie Hilfe in der Küche gebraucht.«

»Nicht sie brauchte Hilfe, sondern ich. Ich war dankbar, dass ich etwas zu tun hatte.«

»Du bist neu im Land.«

Ich nicke. Faysal hat sich, wie verabredet, in den Hintergrund verzogen. Er lehnt an einem Regal und spielt mit seinem Würfel.

»Wann ist das mit dem Restaurant passiert?«

Die Pistazie verharrt auf halbem Weg zum Mund. »Vor fünf Tagen. Es ist schrecklich. Der Nachbar hat gehört, dass Buschra im Feuer umgekommen ist.« Sie steckt die Pistazie zwischen die Lippen. Ihre Schneidezähne fehlen, aber zumindest auf der rechten Seite sind genügend Backenzähne da, die die Kerne zermalmen. Der aromatische Duft erfüllt den ganzen Laden.

»Aber wie konnte das passieren?«, frage ich. »Sie hat einen Feuerlöscher in der Küche!«

Die dicke Frau erhebt sich und beugt sich über die Kasse. »Die Polizei glaubt, dass jemand das Feuer gelegt hat.«

»Warum sollte jemand so etwas tun?«

Als hätte sie bereits zu viel gesagt, zuckt sie mit den Schultern und wendet sich wieder den Pistazien zu. Das Aroma hat mir Appetit gemacht. Ich schaue mich im Laden um, bis ich das richtige Regal finde, und lege eine Tüte in meinen Korb.

Für den Fall, dass sie sich ziert, solle ich etwas Negatives über Jean sagen, hat er mir geraten. Ein Beispiel gab er mir nicht, und so stehe ich zwischen dem Gemüse und versuche mir vorzustellen, welche Untat ich ihm unterstellen könnte. Mir fällt nichts ein, daher gehe ich noch eine Runde durch das Geschäft, unterdrücke ein Seufzen und greife nach einer weiteren Zitrone. Ich eigne mich nicht für diese Arbeit. Jasmin, ja, die hätte ihren Spaß bei diesem Gespräch. Ihre Worte sind leichtfüßig und flink wie Eichhörnchen, die die gewünschten Antworten wie Nüsse vom Baum stehlen. Meine Sprache dagegen ist schwerfällig wie ein alter Hund, der sich mühsam auf drei Beinen herumschleppt und nur die Reste zu fressen bekommt, die ihm jemand vor die Schnauze wirft. Verlegen schaue ich auf die wenigen Einkäufe in meinem Korb und will schon aufgeben, als mir einfällt, dass Aisha eine Schwäche für Jean hat. Es ist grausam, ihr damit eine Falle zu stellen, und ich denke noch einmal verzweifelt über eine andere Lösung nach, finde aber keine.

»Vielleicht hat Jean der Frau eines anderen Mannes schöne Augen gemacht.«

Aisha wuchtet sich von ihrem Stuhl hoch und funkelt mich an. »Jean ist ein Mann, der weiß, was sich gehört! Was bist du für ein undankbares Weib, das Gehässigkeiten über den Mann in die Welt setzt, der dir Arbeit gegeben hat!«

Zwar habe ich nun eine Antwort, aber Aisha wird mir

nichts weiter sagen, weil sie böse auf mich ist. Meine Idee war also genau die falsche. Warum habe ich diese Reaktion nicht vorhergesehen? Ich senke den Kopf und stelle meinen Korb auf die Ablage vor der Kasse, um meine Einkäufe zu bezahlen und dann so schnell wie möglich den Laden zu verlassen, aber Aisha ist noch nicht fertig mit mir.

»Ich weiß nicht, seit wann Jean das Restaurant hat, er war vor mir da und hat niemals, nicht ein einziges Mal einen Streit mit irgendjemandem gehabt. Er ist ein guter Mensch, der sogar Armen zu essen gegeben hat, ohne dafür Geld zu nehmen. Nein, es war keine persönliche Sache, das sagen alle Nachbarn, sogar die Männer, die wissen, dass ihre Frauen ihn sehr schätzen, denn er kann charmant sein, oh ja, das kann er, im Gegensatz zu vielen Ehemännern. Nein, es war kein Streit in der Nachbarschaft, und es war kein eifersüchtiger Ehemann. Es war jemand, der nicht hierhergehört. Ein Fremder. Niemand weiß, wer er ist oder woher er kam. Damaris hat ihn gesehen in der Nacht, weil sie nicht schlafen kann und dann stundenlang am Fenster steht und hinausblickt und an ihren Sohn denkt, der jetzt in Amerika lebt und den sie vermisst, aber ihr Mann will nicht fliegen, und deshalb sieht sie ihn nur einmal im Jahr, wenn er hierherkommt, um seine alte Mutter zu besuchen.«

Ich habe mich immer mehr geduckt, während Aisha immer lauter wurde und ihre Aussprache immer nasser, so dass ich jetzt ihren Speichel im Gesicht spüre, auf den Wangen, die glühen, weil ich aufgeregt bin und ungläubig und fast ein wenig stolz, dass ich eine Antwort bekommen habe, von der ich kaum zu träumen wagte.

»Hat sie das der Polizei gesagt?«, frage ich leise.

Aisha starrt mich mit funkelnden Augen an, beginnt dann plötzlich zu lachen und lässt sich wieder auf ihren Stuhl fallen, der unter ihrem Gewicht ächzt. »Natürlich nicht. Ihr Mann hat den Polizisten weggeschickt. Er ist gar nicht auf die Idee gekommen, dass seine Frau mehr weiß als er.«

»Sie hat ihm nichts davon erzählt?«

Aisha winkt ab. »Kindchen, du warst noch nie verheiratet, habe ich recht?«

Als wir aus Aishas Geschäft herauskommen, ist es viel zu spät, um noch zu der alten Frau zu gehen, die den Brandstifter gesehen hat. Stattdessen bitte ich Faysal, die Nummer anzurufen, die Jean mir gegeben hat.

Dann berichte ich Jean von dem Gespräch mit der Gemüsehändlerin.

»Hat sie sich nach mir erkundigt?« Seine Stimme ist traurig und leise.

»Ja. Aber ich habe mich an deine Anweisung gehalten und ihr nicht gesagt, dass du lebst.«

»Gut.«

»Sie wusste es trotzdem«, flüstere ich. »Als ich das Geschäft verließ, trug sie mir Grüße an dich auf.«

Ein seltsames Geräusch dringt aus dem Hörer. Ein Lachen? Schluchzen? »Sie ist schlauer, als sie aussieht.«

»Ich muss jetzt nach Hause fahren, aber sobald ich kann, werde ich die andere Frau fragen, was sie in der Nacht beobachtet hat.«

»Pass auf dich auf, Madiha«, sagt Jean eindringlich.

Die kalten Finger der Angst, die meine eitle Befriedigung über das Ergebnis der Befragung erfolgreich abgewehrt hatte, greifen wieder nach mir. Bevor ich Jean fragen kann, wo er sich befindet und ob er etwas gegessen hat, ist die Leitung tot.

20

Es ist schon dunkel, als wir wieder bei der Wohnung meines Onkels ankommen. Mit zitternden Händen hole ich den Schlüssel, den er mir trotz seiner Beteuerungen sichtlich ungern anvertraute, aus der Gürteltasche, öffne die Haustür, steige die Treppen hinauf und klopfe, bevor ich die Wohnung betrete. Sie ist leer. Trotzdem murmele ich ein »*Salam aleikum*«, um die anwesenden Dschinns zu besänftigen. Erleichtert, dass mein Onkel unsere späte Rückkehr vielleicht gar nicht bemerken wird, bringe ich die Einkäufe in die Küche, lege Mantel und Pullover ab und mache mich an die Zubereitung des Abendessens.

Als der Onkel zwei Stunden später nach Hause kommt, ist er schweigsam. Auch beim Essen, das wir auf seinen Wunsch wieder zu dritt einnehmen, spricht er nicht viel. Aber als ich die Schüsseln wegräumen will, fordert er mich auf, sitzen zu bleiben, während er Faysal mit einer Handbewegung aus dem Zimmer scheucht. Der Kleine huscht mit gesenktem Kopf davon.

»Du warst den ganzen Tag weg, Madiha. Hast du alle Besorgungen nun erledigt?«

Ich schaue auf meine Hände, die ich im Schoß ineinander verschränkt halte, um sie vom Aufräumen abzuhalten. Zwar weiß mein Kopf, dass dieser Mann ein Verwandter ist, und hat in ihm den Bruder meines Vaters erkannt, aber trotzdem ist er mir noch fremd. Daher fühle ich mich in seiner Gegenwart unwohl, spüre keine Vertrautheit, eher Verlegenheit. So klingt auch meine Antwort förmlich und distanziert.

»Ich war bei der Unterkunft und habe dort Formulare ausgefüllt, damit ich bei dir wohnen darf. Ich konnte aber nicht alle Angaben machen, deshalb habe ich die Papiere hier, damit du sie ausfüllen kannst.«

Ich nehme die zusammengefalteten Blätter aus meiner Gürteltasche, die ich auch in der Wohnung bisher nicht abgelegt habe. Alle Wertsachen am Körper zu tragen ist mir in den Monaten der Flucht und der Unterbringung in einem Haus mit über vierhundert Fremden zur Gewohnheit geworden. Wer weiß, ob ich mich jemals wieder sicher genug fühle, um sie abzustreifen.

Der Onkel nimmt die Papiere entgegen und legt sie weg, ohne sie zu beachten.

»Dann habe ich den Kommissar getroffen, der in der Unterkunft nach mir gefragt hat.«

»Die Polizei? Warum?«

»Wegen des Brandes in dem Restaurant. Stell dir vor, Jean ist nicht tot!«

»Allah sei Dank!«

Da ich meinem Onkel von meinem Schmerz über den Verlust des freundlichen Gastwirts erzählt habe, fühle ich mich verpflichtet, ihm nun auch die gute Nachricht zu überbringen. Seine ehrliche Erleichterung rührt mich. Er kannte den Mann nicht und hat sich meine Trauer doch so zu Herzen genommen, dass er sich geradezu überschwänglich mit mir freut. Lächelnd werfe ich ihm einen kurzen Blick zu und bemerke erstaunt, wie sich sein Gesicht plötzlich verdüstert. Schnell wende ich den Blick wieder auf meine Hände.

Eine Weile ist es still, und ich greife nach der Schüssel, um nun endlich aufzuräumen, aber wieder hält der Onkel mich zurück.

»Wo warst du sonst noch?«

Ich erstarre mitten in der Bewegung. Warum habe ich mir nicht früher Gedanken darüber gemacht, wie viel ich ihm von meinem Tag erzählen will? Wäre ich überhaupt auf die Idee gekommen, dass er fragen wird? Warum sollte es ihn interessieren? Will er mich kennenlernen oder kontrollieren? Macht es einen Unterschied für mich? Muss ich dem Mann, der mir und einem wildfremden Jungen Obdach gewährt, nicht auf jede Frage wahrheitsgemäß antworten, unabhängig von der Absicht, die er verfolgt? Meine gute Erziehung sagt: Ja. Jasmin würde vermutlich Nein sagen. Meine Erziehung gewinnt.

»Ich war bei den ›Drei Zedern‹.«

»Warum?« Seine Stimme ist scharf und schneidend und vibriert vor unterdrückter Wut.

In meinem Kopf herrscht völlige Leere. Nervös knete ich meine Finger, versuche, zu entscheiden, wie viel ich ihm sage, weiß, dass die Wahrheit ihn erzürnen wird. Es gehört sich nicht für eine Frau, in der Nachbarschaft herumzulaufen und Fragen zu stellen, die die Polizei schon gestellt hat. Es gehört sich nicht, neugierig zu sein, die Leute zu belästigen. Und es gehört sich ganz sicher nicht, einen gesuchten Verdächtigen zu decken.

»Madiha?«

»Ich wollte mich verabschieden.«

Auch ohne ihn anzusehen, spüre ich, wie die Anspannung vom Onkel abfällt, wie er in sich zusammensackt, höre, wie er die Luft ausstößt.

»Dein Verlust bekümmert mich«, sagt er leise. »Aber bitte, geh nicht wieder dorthin. Überhaupt ist es mir lieber, wenn du im Haus bleibst. Nach all den Erlebnissen bist du zu geschwächt. Ich bin nun für dein Wohlergehen verantwortlich. Daher hör auf mich und meide diese Straße.«

Ich spüre, wie mir heiß wird, wie mir die Röte in die Wangen steigt. Ich bin Jean verpflichtet, muss mich den Anweisungen meines Onkels widersetzen, bringe es aber nicht fertig, ihm zu widersprechen. So deute ich ein Nicken an, greife nach der Schüssel und bin erleichtert, als der Onkel mich endlich meine Hausarbeit erledigen lässt.

Am nächsten Morgen ist es Jasmin, die mich rettet. Mein Handy, das ich nun immer eingeschaltet lasse, klingelt, während ich die Schüsseln des Frühstücks wegräume. Endlich gibt es wieder Bohnen, Oliven, Eier, gebratenes Gemüse, Käse und Joghurt zum Frühstück, anstatt graues Brot oder weiße Brötchen mit süßem Aufstrich. Auch der Thymian darf nicht fehlen, ebenso sehr zur Aromatisierung der Speisen wie zur Belebung des Geistes.

»Madiha, diese Frau ist hier, sie sucht Faysal!« Jasmins Stimme ist leise, kaum mehr als ein Flüstern. »Sie läuft herum und fragt nach dir. Amelie ist nicht da, außer mir weiß niemand, wo du zu finden bist. Was soll ich ihr sagen?«

»Ich komme«, entgegne ich sofort.

»Moment, ich gebe dir die Frau«, sagt Jasmin. Ich höre Schritte und den Lärm von Stimmen, im nächsten Moment eine Frau, die laut und herrisch meinen Namen sagt.

»Es tut mir leid, ich habe vergessen …«

Sie unterbricht mich. »So geht das nicht, Frau Hammada. Ich dachte, Sie wären vertrauenswürdig. Wo sind Sie?«

»Bei meinem Onkel. Ich habe einen Antrag gestellt, die Polizei weiß auch Bescheid. Nur Ihnen Bescheid zu geben, habe ich vergessen.«

»Sei es, wie es sei. Können Sie gleich mit dem Jungen zu mir ins Büro kommen?«

Sie legt auf, bevor ich nach dem Grund fragen kann. Wenn

sie eine Familie für Faysal gefunden hat, muss ich seine Sachen mitnehmen. Der Gedanke, den Jungen zu verlieren, macht mir Angst, obwohl er mich doch eigentlich erleichtern sollte. Ich versuche, die widerstreitenden Gefühle zu unterdrücken, und klopfe an die Tür des Arbeitszimmers.

Mein Onkel ist nicht erfreut darüber, dass ich schon wieder wegmuss. »Aber geh nur zum Amt und komm dann sofort wieder nach Hause«, trägt er mir auf.

Ich nicke unbestimmt.

»Lass uns überlegen, wann du wieder hier sein wirst. Eine Stunde, bis du dort bist, eine weitere Stunde für das Treffen mit der Frau, eine Stunde Rückweg.«

Ich schlucke trocken. Wie soll ich es schaffen, bei der Nachbarin von Jeans Restaurant vorbeizuschauen und sie nach ihren Beobachtungen in der Brandnacht zu fragen, wenn der Onkel mir einen so engen Zeitplan vorgibt? Befolge ich die Anweisungen des Onkels, muss ich Jean enttäuschen. Will ich Jean unterstützen, muss ich meinen Onkel hintergehen. Nie zuvor war ich in solchen Gewissensnöten.

»Pass gut auf dich auf, Madiha. Du bist meine einzige Verwandte hier.«

So lästig seine Anordnungen sein mögen, so sehr wärmt mir die Sorge um mein Wohlergehen das Herz. Ich werde mir Mühe geben, Jeans Auftrag so schnell wie möglich zu erledigen, um meinen Onkel nicht zu enttäuschen.

Im Zug schaut Faysal teilnahmslos aus dem Fenster. Seit ich ihm erklärt habe, dass wir zu der Frau vom Jugendamt fahren, ist sein Gesicht verschlossen. Ich wüsste gern, was er denkt, vielleicht weil ich selbst nicht weiß, was ich dort zu erwarten habe. Hat sie seinen Namen und seine Herkunft herausgefunden und erfahren, dass er mutterseelenallein ist auf der Welt? Was würde dann passieren? Käme er in ein Heim? Zu einer deutschen Familie, die ihn adoptiert? Hat Faysal überhaupt eine Wahl, was mit ihm geschieht? Mich wundert, wie gefasst er bleibt, trotz seiner offensichtlichen Besorgnis. Aber dann erinnere ich mich daran, dass er dreimal hintereinander ausgerissen und zu mir zurückgekehrt ist. Wozu also sich Sorgen machen, wenn er am Schluss sowieso tut, was er will?

»Nein«, sagt die Frau auf Arabisch und lässt sich in die Arme der jüngeren fallen, die sie begleitet und nun tröstende Worte murmelt. »Das ist er nicht. Das ist nicht mein Mahmoud.«

Ich brauche ihre Worte nicht zu übersetzen, die Frau vom Jugendamt versteht auch so. Ich spüre, wie Faysals Hand sich in meiner entspannt. Auch ich bin erleichtert, obwohl ich es nicht sein sollte. Für Faysal hätte es mich gefreut, wenn er seine Familie wiedergefunden hätte. Mein Onkel wäre auf jeden Fall froh gewesen, den fremden Jungen loszuwerden, obwohl er nicht einmal weiß, dass er einen Dieb unter seinem Dach beherbergt. Aber mir hätte der Kleine gefehlt, und das nicht nur, weil er sich mit meinem Handy auskennt.

Mir wird plötzlich klar, dass er seit dem Tod meines Vaters der einzige Mensch ist, der nie eine Rechtfertigung von mir verlangt und keine einzige meiner Entscheidungen oder Handlungen kritisiert. Nicht wie Amelie, die will, dass ich demütig bin und funktioniere. Nicht wie Jasmin, die mir ihre modernen Ansichten beibringen will. Nicht wie Rafiq, der meint, mir Anweisungen geben zu dürfen. Nicht wie mein Onkel, der mir vorschreiben will, wie lange ich das Haus verlassen darf, wenn auch aus Sorge um mein Wohlergehen. Nicht einmal wie Jean, der mir die Schuld an seinem Unglück gibt und von mir Wiedergutmachung fordert. Das Gefühl, dass wenigstens ein Mensch mich so akzeptiert, wie ich bin, ist mir sehr viel wert. Ich habe gar nicht bemerkt, wie sehr ich es vermisst habe, seit mein Vater tot ist.

»Es tut mir leid«, sage ich leise.

Die Frau vom Jugendamt macht uns ein Zeichen, im Zimmer zu bleiben, während sie die beiden weinenden Frauen hinausbegleitet.

Der Schmerz, auf der Flucht ein Kind zu verlieren, muss grausam sein. Die bange Frage, was mit ihm geschehen sein mag, ob es ihm gut geht, ob es überhaupt noch lebt … Keine Mutter sollte diese Qual ertragen müssen, aber immer wieder trafen wir unterwegs auf Mütter oder Väter, die verzweifelt nach ihren vermissten Söhnen oder Töchtern suchten. Manche hatten Fotos, viele nicht einmal das. Nie habe ich es erlebt, dass auch nur einem einzigen von ihnen weitergeholfen werden konnte. Ob auch Faysals Mutter irgendwo herumirrt und ihn sucht? Aber warum unternimmt der Junge keinerlei Versuch, seine Familie zu finden? Die Antwort ist ebenso logisch wie grausam: Faysal weiß, dass seine Eltern und Geschwister tot sind. Mein Herz krampft sich schmerzhaft zusammen, und ich drücke seine kleine Hand noch ein wenig fester.

Er nickt mir zu, als hätte er meine Gedanken gelesen und wolle mir bestätigen, dass ich recht habe.

»Sind Sie bereit, weiter auf den Jungen aufzupassen?«, fragt die Frau, als sie mit blassem Gesicht wieder vor uns sitzt. »Wir haben so viele unbegleitete Flüchtlinge, dass wir nicht mehr wissen, wohin mit ihnen.«

Ich nicke.

»Allerdings sind in meiner Datenbank fast alle Felder noch leer. Das sollten wir schnellstens ändern.« Sie schaut mich auffordernd an. »Also, was haben Sie inzwischen erfahren?

Wie lautet sein Nachname, woher stammt er, was können Sie mir sonst noch sagen?«

Ich beobachte, wie sie sich zu ihrem Computer wendet und die Finger locker auf die Tastatur legt. Nach einigen Sekunden wendet sie sich wieder zu mir. »Nun?«

»Ich glaube, er versteht Arabisch«, murmele ich. »Und Deutsch.«

Die Frau starrt mich an, als hätte ich etwas Unanständiges gesagt. »Das ist ja interessant, aber für die Registrierung erst mal nicht so wichtig. Fangen wir mit seinem Namen an.«

Es dauert eine ganze Weile, bis sie mir glaubt, dass ich weder seinen Namen noch sein Alter kenne noch etwas über seine Herkunft weiß. Dass er auch bei mir schweigt. Trotzdem wendet sie sich irgendwann ihrem Computer zu, tippt mit grimmigem Gesicht auf den Tasten herum und murmelt dabei immer wieder: »… unbekannt, unbekannt, unbekannt.«

Obwohl ich nicht weiß, wie ich ihr hätte helfen können, fühle ich mich schuldig, als wir das Zimmer endlich verlassen dürfen.

Auf dem Flur des Jugendamtes bleibt Faysal stehen. Er lässt sich mein Handy geben und tippt darauf herum.

»Was tust du da?«, frage ich.

Er winkt ab, als wolle er sagen: »Ach, nichts.«

»Du darfst das Telefon nicht ausschalten!«, erinnere ich ihn.

Er nickt und steckt das Gerät in eine seiner großen Hosentaschen. Eigentlich hat er vollkommen recht, schießt es mir durch den Kopf. Er kann damit umgehen, ich nicht. Trotzdem wäre mir wohler, wenn ich es in meiner Gürteltasche sicher verwahrt wüsste.

»Du wirst es weder verlieren noch dir stehlen lassen!«

Er nickt mit ernstem Gesicht.

Dann machen wir uns auf den Weg zu der Nachbarin, um zu hören, wen sie in der Brandnacht bei den ›Drei Zedern‹ gesehen hat.

Ich finde die Klingel, die Aisha mir beschrieben hat, und drücke auf den Knopf. Es dauert eine ganze Weile, bevor sich weit oben ein Fenster öffnet und eine Frau laut fragt, wer da sei. Ich trete zurück, sehe einen Kopf mit grauem Haar und lose umgelegtem Schal und rufe hinauf, dass Aisha mich schicke. Die Frau nickt, als wüsste sie Bescheid. Wahrscheinlich stimmt das sogar. Das Informationsnetzwerk scheint in dieser Nachbarschaft genauso gut zu funktionieren wie das in meinem Heimatdorf. Der Gedanke lässt mich lächeln. Ich fühle mich etwas weniger fremd.

Damaris bietet mir Wasser an, während wir über das Wetter plaudern. Beim Tee sprechen wir über unsere Herkunft und die Unterschiede in der Zubereitung ansonsten ähnlicher Gerichte, die in ihrer Heimat Ägypten mit mehr Schärfe, in Syrien dagegen mit süßen Zutaten wie Datteln oder Rosinen daherkommen. Erst als sie mir Kaffee anbietet, weiß ich, dass ich meine Fragen stellen darf. Wer mit der Tür ins Haus fällt, bekommt als Gegenleistung für seine Unhöflichkeit ausweichende Antworten, wer aber Geduld mitbringt, wird reich belohnt. Daheim hätte mir der großzügige Umgang mit der Zeit nicht das Geringste ausgemacht, hier sticht mich der Gedanke an meinen Onkel wie ein Dorn im Strumpf.

Während ich überlege, wie ich das Gespräch am besten auf die Brandnacht lenke, füttert Damaris Faysal mit Dattelkonfekt. Er lässt sich von ihr übers Haar streichen und küssen, obwohl er mir mit einem gequälten Seitenblick zu verstehen gibt, dass es ihm unangenehm ist. Ich weiß nicht, ob er die

Zärtlichkeiten erträgt, weil sie ihm Konfekt einbringen oder damit ich meine Fragen stellen kann. Falls Letzteres der Fall sein sollte, weiß ich seine Opferbereitschaft zu schätzen.

»Ich habe Buschra gelegentlich in der Küche geholfen«, sage ich.

»Ich weiß, meine Tochter.«

Natürlich.

»Es ist schrecklich, was passiert ist.«

»Es war nicht Buschras Schuld«, sagt Damaris sofort eindringlich. Faysal atmet erleichtert auf, als sie sich von ihm ab- und mir zuwendet. »Ich habe in der Nacht gesehen, wie ein Mann ins Restaurant gegangen ist.«

»Ein Mann?«, frage ich nach, aber es hätte dieser Aufforderung nicht bedurft. Sie ist ganz in ihrem Element.

»Ein Auto fuhr die Straße entlang. Ungewöhnlich genug um diese Uhrzeit, aber auch nicht so ungewöhnlich, dass ich mir Gedanken darum gemacht hätte. Ich stand einfach am Fenster und schaute hinaus. Wenn ich nicht schlafen kann, mache ich das stundenlang. Meist gibt es nichts zu sehen. Aber dann hielt das Auto kurz, fuhr weiter und hielt zwei Häuser weiter wieder an. Ein Mann stieg aus. Er ging zur Haustür, hantierte eine Weile herum und öffnete sie. Kurz darauf flackerte ein Licht in der Küche. Eine Taschenlampe, glaube ich.«

Die Frau ist eine geübte Beobachterin, ihre Beschreibungen sind genau und detailliert. Mir fällt ein, was Aisha über die Nachbarin erzählt hat, nämlich dass sie den Großteil der Nacht damit zubringt, auf die Straße zu schauen und jede Bewegung, jedes Licht im Haus gegenüber zu beobachten, auf jedes Geräusch zu lauschen. Vielleicht sogar den Großteil des Tages dazu.

»Und dann fing es an zu brennen?«, frage ich ungeduldig.

Faysal lauscht inzwischen genauso gebannt wie ich.

»Nein.« Sie winkt ab. »Dann passierte nichts mehr.«

»Nichts?« Ich bin verwirrt. Enttäuscht.

Auch Faysal kräuselt die Stirn.

»Es passierte lange nichts, also ging ich vom Fenster weg. Ich musste zur Toilette. Dann legte ich mich wieder ins Bett.«

»Und das Feuer?«, frage ich stammelnd.

»Das habe ich erst bemerkt, als die Feuerwehr mit ihrem Lärm angefahren kam, aber da brannten das Restaurant und die Wohnung darüber bereits lichterloh.«

21

Auf der Straße will ich Jean anrufen und fordere Faysal auf, mir das Handy zu geben, aber er schüttelt den Kopf.

»Faysal, ich mache keinen Spaß.«

Sein Blick ist halb verzweifelt, halb trotzig, als er die Arme vor der Brust verschränkt und – noch entschiedener als zuvor – den Kopf erneut schüttelt.

»Faysal …«

Er greift nach meiner Hand und zieht mich den Weg zurück, den wir gekommen sind. Ich folge ihm unwillig, weil ich Jean so schnell wie möglich informieren möchte, aber schließlich hinke ich hinter ihm her.

Faysal schlägt nicht den Weg zum Bahnhof ein, sondern zieht mich in eine andere Richtung.

»Das ist der falsche Weg!«, sage ich. »Wir müssen zu unserem Zug nach Düsseldorf.«

Faysal verschränkt bockig die Arme vor der Brust und verstellt mir den Weg. Ich werde wütend, er weicht meiner Hand aus, die ihn am Schlafittchen packen will.

»Wir sind sehr spät dran«, erkläre ich, obwohl ich mir sicher bin, dass er das weiß. Warum also macht er plötzlich dieses Theater? Ich bin ungehalten. Wir haben bereits zwei Stunden vertan mit diesem Gespräch, das am Ende nichts gebracht hat. Weder wusste die Nachbarin den Fahrer des Autos zu beschreiben, noch konnte sie mir dabei helfen, herauszufinden, ob es Harun war. Es sei dunkel gewesen, sie habe ihn nur von oben gesehen, das Haar war schwarz, vielleicht lockig oder auch nicht, alle anderen Farben ungewiss. Wie groß, wie alt … ungeklärt. Nun drängt die Zeit. Wenn wir jetzt schnell nach Hause kommen, kann ich meinem Onkel vielleicht erzählen, es habe eben lang gedauert auf dem Amt. Aber je mehr Zeit vergeht …

All das erkläre ich Faysal, aber er lässt sich nicht dazu bringen, mir zum Bahnhof zu folgen. Stattdessen läuft er ein paar Schritte vor, dreht sich zu mir um und wartet. Als ich keine Anstalten mache, mit ihm zu gehen, zuckt er die Achseln und geht allein weiter. Ich werde nicht schlau aus dem Jungen, verstehe nicht, wohin er will, warum er sich mir widersetzt. Soll ich allein nach Hause fahren? Aber was ist dann mit dem Handy? Mein Onkel wird toben, wenn ich ohne das Gerät heimkehre. So schnell ich kann, eile ich hinter Faysal her, nicht ohne ihn für seine Frechheit zu verwünschen.

Außer Atem und nass geschwitzt komme ich beim Jugendamt an. Mein Bein schmerzt, und meine Wut ist inzwischen so groß, dass ich mich beherrschen muss, um den Jungen, der mich auf den Stufen des Gebäudes erwartet, nicht zu schlagen. Seinem Gesichtsausdruck nach zu urteilen weiß er genau, wie knapp er dieser Züchtigung entgeht. Sobald ich in Reichweite bin, holt er das Handy aus der Tasche, tippt darauf herum und hält es mir mit demütiger Miene hin. Was soll das jetzt? Vor Überraschung starre ich ihn wortlos an. Erst, als er mir das Telefon mit noch mehr Nachdruck entgegenstreckt, greife ich danach, gebe es ihm aber gleich wieder zurück.

»Ruf Jean an.«

Seine flinken Finger wischen und tippen und reichen mir das Telefon.

Endlich höre ich Jeans Stimme. Ich berichte ihm, was ich erfahren habe, und spüre seine Enttäuschung, als er fragt, ob das alles sei.

»Es tut mir leid. Ich muss zurück zu meinem Onkel, er wird böse sein, weil ich so spät komme. Ich wüsste auch nicht, was ich jetzt noch tun könnte.«

Ich will das Gerät in meine Gürteltasche stecken, aber mit einer unglaublichen Geschwindigkeit und ohne dass ich seinen vorschnellenden Arm hätte sehen können, nimmt Faysal es mir aus der Hand und wischt darauf herum. Meine rechte Hand schlägt in einem Reflex zu, aber noch während der Bewegung wird sie mir bewusst, und ich nehme allen Schwung heraus. So bekommt der Junge keinen wohlverdienten Klaps, sondern fast eine Streicheleinheit. Wir starren einander kurz verwirrt an, bevor ich ihm das Telefon aus der Hand nehme, in meine Gürteltasche stecke und so schnell ich kann den Weg zurück zum Bahnhof gehe, wo ich mit starrem Blick auf den Zug warte und einsteige, ohne Faysal ein einziges Mal anzusehen.

Wir haben Glück, finden zwei gegenüberliegende Plätze am Fenster und lassen uns in die Polster sinken. Dem Jungen ist keine Anstrengung anzumerken, aber ich bin erschöpft.

Eine Weile strafe ich ihn noch mit Missachtung, dann hole ich das Handy aus der Tasche und bitte Faysal, mir zu zeigen, wie man damit telefoniert. Ich kann sehen, wie er mit sich ringt, aber nach einem Augenblick der Überlegung schüttelt er den Kopf. Dann zeigt er mit einem unsicheren Lächeln auf seine Brust.

Ich seufze in gespieltem Zweifel. »Du bist mir ein schöner Helfer. Ich weiß nicht, was du dir dabei gedacht hast, mich den ganzen Weg wieder zurück zum Amt zu jagen.«

Faysal überlegt, dann tupft er sich mehrmals mit dem Zeigefinger unter das linke Auge. Es dauert eine Weile, bis ich verstehe, dass er auf die Stelle deutet, an der mein Onkel ein leuchtend rotes Muttermal hat.

»Du meinst meinen Onkel?«

Faysal nickt grinsend. Wieder geht der Zeigefinger unter das Auge, dann spreizt er Zeigefinger und Mittelfinger und deutet damit erst auf seine Augen, dann auf das Handy.

Dieses Mal muss ich länger überlegen, um auf die richtige Lösung zu kommen: »Mein Onkel kann das Handy sehen.«

Faysal nickt zwar, aber ich habe den Sinn dieser Erklärung noch nicht verstanden.

»Was bedeutet das?«

Natürlich bekomme ich keine Antwort, ich muss die Frage anders stellen. »Kann er hören, was ich mit anderen Leuten an diesem Telefon bespreche?«

Faysal zeigt auf die Ohren und schüttelt den Kopf. Also nicht hören.

Ich erinnere mich daran, dass diese Geräte Fotos und Filme machen können. »Kann er mich durch das Handy sehen?«

Kopfschütteln. Faysal zeigt auf den Boden und macht dann einen Kreis in der Luft.

»Er kann sehen, wo das Handy sich befindet. Mit einer Tracking-App«, sagt eine junge Frau, die auf der anderen Seite des Ganges sitzt.

Ich starre sie überrascht an. Sie hat blondes Haar, spricht aber Arabisch mit uns.

Faysal schaut kurz zu ihr herüber und grinst sie an, dann wird sein Blick wachsam, als er in meinen Augen nach einer Reaktion sucht.

Es dauert wieder eine ganze Weile, bis ich zumindest einen Teil dessen verstehe, was die Frau gesagt hat. »Mein Onkel weiß, wo dieses Telefon sich befindet?«

Faysal nickt.

»Jetzt?«

Er nickt wieder.

»Und als ich bei der Nachbarin war?«

Er schüttelt entschieden den Kopf.

»Wenn das Handy ausgeschaltet ist, funktioniert es nicht«, sagt die junge Frau. Sie steht auf, kommt herüber und setzt sich neben Faysal. Ihre Augen sind fast schwarz, ihre Haare gefärbt, wie ich aus der Nähe erkenne. »Es ist nicht erlaubt, einem fremden Handy nachzuspionieren«, sagt die Frau leise. »Aber wer hält sich schon daran? Denk daran, das Gerät auszuschalten, wenn du deinen Standort nicht verraten willst, Schwester. Auch in diesem Land gibt es Freiheit nur für die, die darum kämpfen.«

Während ich noch versuche, ihr blondes Haar und ihre elegante Geschäftskleidung mit ihrer arabischen Herkunft in Einklang zu bringen, verstehe ich plötzlich, warum der Onkel am Tag zuvor nachfragte, wo ich noch gewesen sei. Er fragte, obwohl er die Antwort schon kannte, obwohl er wusste, dass ich in der Straße bei den ›Drei Zedern‹ gewesen war. Ich bin erleichtert darüber, dass ich mir keine falsche Geschichte zurechtgelegt hatte, bin erleichtert über meine Unfähigkeit, spontan eine Ausrede zu erfinden. Hätte ich mir eine falsche Antwort ausgedacht, hätte der Onkel mich sofort der Lüge überführt.

»Aber warum tut er das?«, murmele ich erschüttert.

»Sie wollen dich beschützen, aber sie verstehen nicht, dass Kontrolle nicht gleich Schutz bedeutet und dass die Freiheit manches Risiko wert ist.« Der Zug wird langsamer, die junge Frau steht auf. »Nur Mut, Schwester!«

Gedankenfetzen wirbeln wie Schneeflocken durcheinander. Mein Onkel meint es gut mit mir, aber noch nie hat jemand meine Schritte kontrolliert, und so soll es auch bleiben. Neben dem Lesen und Schreiben fehlen mir noch ganz andere Fähigkeiten, die offenbar jeder andere in diesem Land beherrscht, sogar ein kleiner, stummer Junge ohne Angehörige. Freiheit, Kontrolle, Schutz, Risiko – entscheide ich mich für das eine, entscheide ich mich gegen das andere. Oder bin gar nicht ich diejenige, die die Entscheidung trifft?

Alles, was ich kann, was mir daheim selbstverständlich erschien, was mir Selbstvertrauen gab, ist hier wertlos. Wem nützt mein Zeichentalent? Wem mein Wissen um den Anbau von Gemüse und Oliven, um die Haltung von Kleinvieh, die Herstellung von Ziegenkäse? Was nützen meine Fertigkeiten in einem Land, in dem die Felder so groß sind, dass sie nur noch von Maschinen bearbeitet werden können, und kein Mensch eigenes Vieh im Hof hält? Wie passe ich in diese Welt? In welche überhaupt? In die meines Onkels, der mich kontrollieren und beschützen will? Oder in die von Jasmin, die nach Freiheit strebt? Und die blondierte Araberin, lebt sie in einer dritten Welt oder zwischen den anderen? Lebt oder kämpft sie? Oder ist das das Gleiche? Ich weiß es nicht.

Verwirrt und traurig kann ich nur hoffen, dass der Onkel meiner Geschichte von der langen Wartezeit auf dem Amt Glauben schenkt. Die Chancen stehen gut, denn wenn er tatsächlich über irgendeinen Weg verfolgen kann, wo sich das Telefon befindet, wenn es angeschaltet ist, dann hat er es nur auf dem Weg zum Jugendamt, dort und auf dem Rückweg gesehen. Der Ausflug zur Nachbarin der ›Drei Zedern‹ müsste ihm dank Faysals Tricks verborgen geblieben sein.

»Oh ja, die deutschen Behörden!«, sagt der Onkel einige Stunden später und lehnt sich gesättigt und zufrieden zurück. »Und dann war es noch nicht einmal deine Mutter, die dort nach ihrem Sohn suchte. Es tut mir leid, mein Junge.«

Faysal, der, wie es sich gehört, sofort zu essen aufhört, als der Onkel satt ist, neigt den Kopf.

Der Junge hatte meinen Blick gemieden, als der Onkel mich vor dem Essen um mein Handy bat, um zu sehen, ob der Akku noch ausreichend aufgeladen war. Ich gab es ihm mit einem Gefühl leichter Anspannung, unsicher, ob er wirklich nur nach dem Akkustand schauen wollte. In dem Moment, in dem mir einfiel, dass es sicher auch eine Taste für die Wahlwiederholung gab, die unser Telefon daheim gehabt hatte, bekam ich einen Schreck. Er würde sehen, dass ich mit Jean telefoniert hatte. Was sollte ich ihm über den Inhalt des Gesprächs sagen, wenn er sich danach erkundigte? Wieder klebten meine Gedanken an der Frage, anstatt sich in die Luft zu erheben und nach einer Antwort zu suchen, aber er hatte nicht gefragt, sondern mir das Telefon wiedergegeben und den Wohlgeruch des Eintopfes gelobt, der ihm schon das Wasser im Munde zusammenlaufen lasse. Dann ging er sich waschen.

Ich war mit Faysal in der Küche zurückgeblieben. Sein Blick suchte meinen. War da ein Zwinkern in seinem Augenwinkel? Hatte Faysal, der sich offenbar nicht nur mit Handys gut auskannte, sondern auch weit vorausdachte, einen Weg gefunden, meinen Anruf bei Jean zu verbergen?

Interessiert hatte der Onkel meiner Schilderung des Besuchs beim Jugendamt zugehört und dann Faysal bedauert. Jetzt sitze ich hier mit einem schlechten Gewissen. Hätte der Onkel mit mir geschimpft, wäre mir wohler gewesen. Er sorgt sich um meine Sicherheit, das ist nicht nur sein Recht, sondern auch seine Pflicht als Familienoberhaupt. Und ich hintergehe und belüge ihn absichtlich. Aber wie sonst sollte ich allen gerecht werden?, frage ich mich. Schließlich bin ich auch Jean verpflichtet, einem wildfremden Mann – eine Situation, in die keine Frau kommen sollte. Die Familie geht vor, immer, absolut. Allerdings hatte ich zu dem Zeitpunkt, als ich Jeans Freundlichkeiten annahm, keine Familie. Eine vertrackte Situation, die jedoch bald enden wird. Ich habe mein Bestes getan, um Jean zu helfen, meine Schuld ihm gegenüber abzutragen, meiner Pflicht gerecht zu werden. Ich bin gescheitert und kann nur noch hoffen, dass die Polizei die Schuldigen des tödlichen Anschlags findet.

Den nächsten Tag verbringe ich damit, die Wohnung zu putzen einschließlich der Fenster. Nur das Arbeitszimmer meines Onkels kann ich nicht saubermachen, weil die Tür verschlossen ist. Stattdessen gebe ich mir mit dem Rest die größte Mühe. Dabei bin ich allein, die Wohnung ist still, denn Faysal ist draußen. Erst als es zu regnen beginnt, hockt er sich auf seine Matratze und spielt mit dem Würfel.

So von allem abgeschnitten war ich selbst daheim nicht, wo ich Radio hörte und meine Nachbarinnen hatte, die mich mit Klatsch und Tratsch versorgten. Frauen wie sie muss es hier in dieser Nachbarschaft auch geben. Wo treffen sie sich? Sicher nicht in den Cafés, denn dort verkehren nur Männer, die oft auch die Einkäufe erledigen. Aber vielleicht gibt es ein Geschäft, in dem die Frauen einkaufen. Einen Laden mit einer Nachrichtenzentrale wie Aishas Gemüsehandel gegenüber den ›Drei Zedern‹. Ich habe bisher nicht darauf geachtet, nehme es mir aber für einen der nächsten Tage vor. Außerdem werde ich meinen Onkel bitten, mir zu zeigen, wie das Radio angeschaltet wird, und einen Erkundungsgang durch die Straße machen, die jetzt mein Dorf ist.

Vom Putzen staubig und verschwitzt, lasse ich mir ein Bad ein. Was für ein unglaublicher Luxus! Auf der Flucht habe ich mich in kalten Flüssen notdürftig waschen können, in der Unterkunft gab es nur Duschen, die oft genug nicht richtig warm wurden. Wie viele Monate ist das letzte Bad her? Ich bin so ehrfürchtig vor dem heißen, wohlriechenden Wasser, dass ich mich kaum überwinden kann, hineinzusteigen. Faysal ist zu alt, um mir Gesellschaft zu leisten, aber ich habe ihm versprochen, dass er nach mir dran ist. Bis dahin hoffe ich, dass er keinen Unfug anstellt in der Wohnung, aber ich zweifle an seinem Versprechen, in unserem Zimmer zu warten, bis ich ihn rufe. Der Junge ist neugierig und geschickt. Eine gefährliche Kombination.

Zweimal lasse ich heißes Wasser nachlaufen, beide Male mit einem schlechten Gewissen. Es ist helllichter Tag, und ich liege faul im warmen Wasser. Sicher gäbe es noch etwas, das ich tun könnte, um mich bei meinem Onkel erkenntlich zu zeigen für die Gastfreundschaft, aber mir fehlt die Kraft. Nur mit Mühe raffe ich mich schließlich auf, verlasse die Wanne und kleide mich an. Ich will schon den Mund öffnen, um Faysal zu rufen, aber dann ändere ich meine Absicht.

Ganz leise öffne ich die Tür und lausche, kann aber nichts hören. Unendlich behutsam trete ich einen Schritt in den Flur und bleibe mit klopfendem Herzen stehen. Die Tür zum Arbeitszimmer meines Onkel steht einen Hauch offen, nur so viel, wie es braucht, um das leise Klicken eines einrastenden Riegels zu vermeiden. Faysal! Wie hat er das geschafft? Mein Onkel verschließt die Tür immer sorgfältig, bevor er die Wohnung verlässt.

Vorsichtig, um kein Geräusch zu machen, taste ich mich mit der Hand an der Wand entlang zur Tür und schiebe sie langsam auf. Der Junge steht vor dem Regal, in dem der Onkel seine Akten aufbewahrt. Mit dem Zeigefinger fährt er über die Rücken, langt nach einem Karton, hebt den Deckel ab und schaut hinein. Er legt den Deckel zu Seite, greift mit der rechten Hand in den Karton und nimmt etwas heraus, das er erst mit schräg gelegtem Kopf betrachtet und dann in seine Hosentasche steckt. So schnell, wie ich es mir ohne Stock gar nicht zugetraut hätte, bin ich hinter ihm, drehe ihn an der Schulter zu mir herum und schlage ihm die flache Hand ins Gesicht.

Er hebt die Hände, will sich vor weiteren Schlägen schützen, aber mich interessiert der Inhalt seiner Hosentasche. Ich greife nach allem, was ich in der geräumigen Tasche an der Seite des Oberschenkels finde, und schaue mir die Schätze auf der flachen Hand an. Ich finde einige hübsch geformte Steine, zwei Bonbons, ein Stück Schnur, eine Plastikfigur, die wie ein Krieger aussieht, und einen Perlmuttknopf. Zwischen all diesem Zeug ist das einzig Wertvolle ein Taschenmesser.

»Hast du das hier gerade gestohlen?«, frage ich. Meine Stimme ist schrill, wütend, entsetzt.

Faysal blickt zu Boden und antwortet nicht. Ich zerre ihn am Arm und greife, als er sich weiterhin meinem Blick entzieht, nach seinem Ohr. Jetzt muss er mich ansehen. Tränen rinnen ihm übers Gesicht, Rotz läuft aus der Nase, die Augen sind riesig. Ich lese die Antwort darin. Was sonst sollte er auch aus dem Karton meines Onkels genommen haben? Den Plastikkrieger?

»Bist du von Sinnen, Unglückseliger?«, rufe ich. »Was hast du sonst noch angestellt? Was noch gestohlen?«

Er schüttelt den Kopf, seine Augen betteln, aber das alles ist nicht mehr wichtig. Seine Zeit in diesem Haus ist abgelaufen. Die Trauer zerrt an meinen Kleidern, meinen Gliedern, ich kann mich kaum bewegen, aber mit äußerster Kraftanstrengung lege ich das Taschenmesser zurück in den Karton, gehe in die Küche, um das Essen vorzubereiten, und schicke Faysal, bevor der Onkel heimkommt, ohne Bad und ohne Abendessen zu Bett.

Sein erster Weg führt ihn in sein Arbeitszimmer. Den Schlüssel zur Tür holt er aus der Hosentasche. Wieder frage ich mich, wo Faysal gelernt haben mag, wie man Schlösser öffnet und schließt, ohne Spuren zu hinterlassen, aber offenbar war er erfolgreich, denn der Onkel öffnet die Tür, ohne zu stutzen. Ich halte die Luft an, während ich die letzten Vorbereitungen erledige, und lausche auf Geräusche aus dem Arbeitszimmer. Aber auch alle anderen Spuren hat der Junge offenbar vollständig verwischt.

Ich weiß, dass es falsch ist, dem Onkel nichts von dem Einbruch zu sagen, aber ich möchte Faysal die Prügel ersparen, denn in diesem Fall würde er nicht mit einem einfachen Klaps davonkommen. Die Fragen des Onkels nach meinem Tag beantworte ich also ausführlich, sofern es um das Putzen und Kochen geht, bitte ihn um die Besorgung weiterer Gewürze und eines Stahlschwamms für die Töpfe. Mein Bad erwähne ich in einem Nebensatz, Faysals Diebstahl gar nicht. Ich beginne zu verstehen, was die Nachbarinnen in der Heimat meinten, wenn sie davon sprachen, dass der Gatte alles wissen müsse, was im Haushalt vor sich geht – aber eben doch nicht jedes Detail.

Um von mir abzulenken, frage ich den Onkel, ob er mir eine Frage beantworten kann, die mich seit Wochen beschäftigt. Er wirkt geschmeichelt.

»Warum haben die Menschen hier es immer so eilig? Was tun sie alle in der Zeit, die sie damit gewinnen, dass sie schnell gehen und schnell sprechen?«

Der Onkel lacht. »Darüber grüble ich seit vier Jahren nach.

Die meisten Menschen arbeiten weniger als acht Stunden am Tag. Sie haben nur ein oder zwei Kinder. Die Frauen kaufen Fertiggerichte, anstatt richtig zu kochen, aber niemand hat Zeit.« Er wirft die Arme in die Luft und lacht wieder. »Ein Wunder der modernen Zeiten.« Dann wird er ernst. »Viele Männer, mit denen ich geschäftlich zu tun habe, wissen nichts über ihre Geschäftspartner, viele haben sie noch nie persönlich getroffen. Sie reden über die Waren, über Termine, Mengen und Preise. Trifft man sich persönlich, stellen sie statt eines Kaffees oder eines Tellers mit Gebäck ein Aufnahmegerät auf den Tisch, um später die getroffenen Vereinbarungen abzutippen und zu unterzeichnen.«

Ich lausche ihm gebannt, kann ihm aber nicht glauben. Wie kann Papier mehr wert sein als eine persönliche Übereinkunft? Mit keinem einzigen seiner Kunden hatte mein Vater eine schriftliche Vereinbarung.

»Egal, was hier von Gleichberechtigung geredet wird, sind doch die Männer meistens diejenigen, die die Entscheidungen treffen, und die Frauen ihre Assistentinnen. Aber wenn es doch einmal einen Kaffee gibt, räumt auch oft der Mann die Tassen weg.«

Jetzt bin ich sicher, dass der Onkel scherzt, aber er schaut nicht listig oder schelmisch, sondern ehrlich verwundert, als könnte er immer noch nicht glauben, dass ein Mann solche Dinge tat.

»Und es gibt so viele Menschen, die allein leben. Viele wollen es so, sie widmen ihr Leben der Arbeit. Aber viele wären lieber verheiratet, finden nur nicht den richtigen Mann oder die richtige Frau, weil sie nach dem ganz großen Glück suchen. Dabei weiß doch niemand, ob es wirklich existiert …«

Seine Stimme ist so leise geworden, dass ich sie kaum noch verstehe.

»Ob sie die Einsamkeit nicht spüren, weil sie nie eine Familie kennengelernt haben?«, flüstert er. Dann strafft er die Schultern. »Aber meine Einsamkeit ist beendet, nun bist du ja da, Madiha. Es gibt nichts Wichtigeres auf der Welt als die Familie.«

»Ja«, sage ich voller Überzeugung. Zum ersten Mal, seit ich den Fuß in dieses kalte Land gesetzt habe, fühle ich mich nicht mehr völlig fremd.

22

Der Onkel hat den Antrag für meinen Umzug in seine Wohnung ausgefüllt und in seinem Arbeitszimmer kopiert. Mein ungläubiges Staunen darüber, dass er ein eigenes Kopiergerät besitzt, beantwortet er mit einem breiten Lächeln.

»Man merkt, dass du vom Land kommst und im Haushalt eines weltfremden Handwerkers lebtest.«

Ich bin sicher, dass der Onkel es nicht böse meint, aber die Spitze gegen meinen Vater tut mir weh. Er wäre wohl kein weltfremder Handwerker geworden, wenn die Familie ihn nicht verstoßen hätte.

»Ich möchte, dass du lesen und schreiben lernst, Madiha, und alles, was man in diesem Land können muss, um ein Geschäft zu führen.«

Ein Geschäft zu führen? Mein Gesicht muss die Verblüffung widerspiegeln, die ich empfinde, denn von einem Moment auf den anderen wird der Onkel ernst.

»Ja, ein Geschäft führen. Ob du in diesem Land bleibst, mit mir gemeinsam arbeitest und das Geschäft später übernimmst oder ob du zurückgehst in die Heimat, wenn der Krieg vorbei ist, das weiß nur Allah. Aber du bist unverheiratet – was nicht so bleiben muss!«

Er wedelt mit den Händen herum, als wäre der Verdacht, er hielte mich für nicht heiratsfähig, ein beißender Qualm, den es zu vertreiben gilt. Dabei ist der Gedanke, dass mich in meinem fortgeschrittenen Alter noch ein Mann nimmt, absolut lächerlich.

»Tatsache ist, dass wir alle durch diesen Krieg lernen mussten, wie unsicher das Leben ist, in dem wir uns eingerichtet hatten. Deshalb ist es wichtig, dass du so viel wie möglich lernst. Es ist gut, dass du Deutsch sprichst, denn damit hast du in diesem Land bereits die größte Hürde genommen.« Mit einem leisen Lächeln fügt er hinzu: »Dein Deutsch ist übrigens sehr viel besser als meins. Aber auch ich kann dir noch viel beibringen, nämlich ein Geschäft zu führen. Und das möchte ich gern tun.«

Wieder einmal von den Worten vollkommen überrollt, weiß ich nicht, was ich darauf antworten soll. Ich habe mich nie anders gesehen als auf den Feldern, im Arbeitszimmer und im Haushalt meines Vaters. Habe nie die Sehnsucht nach einem anderen Leben gespürt. Aber der Onkel hat recht. Ich weiß nicht, wie mein Leben in einem Jahr aussehen wird oder in fünf oder zehn. Vielleicht sehe ich meine Felder nie wieder. Die Vorstellung treibt mir die Tränen in die Augen.

»Ich sehe, dass dich der Gedanke erschreckt, aber das muss er nicht. Was hast du zu verlieren, wenn du lernst? Aber stell dir vor, was du gewinnen kannst! Ich muss für ein paar Tage verreisen, aber sobald ich wiederkomme, werde ich mich darum kümmern, dass du alles lernst, was du brauchst, um ein selbstständiges Leben führen zu können.«

In Gedanken versunken räume ich am nächsten Morgen nach dem Frühstück die Wohnung auf, während mein Onkel einen kleinen Koffer packt, sich vergewissert, dass mein Telefon aufgeladen und eingeschaltet ist, sich mit einem freundlichen Lächeln verabschiedet und die Wohnung verlässt. Bisher bin ich hier vor allem Frauen begegnet, die eigene Pläne für ihr Leben hatten. Selbst Jasmin erzählte mir, welchen Widerstand ihr Vater leistete, als sie zur Universität gehen wollte. Dass jetzt der Onkel derjenige ist, der vom Lernen spricht und von einem Beruf, den ich ergreifen soll, überfordert mich. Zwar spricht er von Selbstbestimmung, aber tatsächlich ist er es, der sie mir verordnet. Dieses Bild, das er entwirft, hat so überhaupt nichts mit der Frau zu tun, die ich bin. Oder die ich sein will. Obwohl das eine Überlegung ist, die ich bisher nie angestellt habe. Habe ich mich überhaupt jemals gefragt, wie mein Leben weitergeht? Was ich davon erwarte? Ich kann mich nicht daran erinnern.

Als die Küche aufgeräumt und die Wohnung sauber ist, bringe ich Faysal sein Frühstück ins Zimmer. Er sitzt angezogen auf seiner Matratze und sieht mich ängstlich an. Dass er gestern Abend und heute früh nicht mit dem Onkel und mir essen durfte, hat er sehr wohl als Strafe verstanden. Ob er bereits ahnt, dass das noch nicht alles war? Ob er vermutet, dass seine Zeit mit mir zu Ende geht? Ich weiß es nicht und will es auch nicht wissen, weshalb ich seinem Blick ausweiche, als ich ihm sage, dass er sich warm anziehen soll.

Während Faysal im Bad ist, packe ich seine Ersatzkleidung in eine Plastiktüte und die Tüte in eine Einkaufstasche. Dann machen wir uns ein letztes Mal gemeinsam auf den Weg. Als Faysal seine Hand in meine schieben will, weise ich ihn ab. Mit hängendem Kopf sitzt er im Zug neben mir, ein Bild des Jammers, das mir das Herz zerreißt. Ich schaue aus dem Fenster, um ihn nicht sehen zu müssen.

»Sie hätten einen Termin machen sollen, jetzt hat Frau Steinforth-Blumenfeld keine Zeit, sie ist in einer Besprechung.«

»Dann warten wir«, sage ich mit einer Stimme, die entschlossener klingt, als ich mich fühle.

Faysal hat seinen Würfel zwar dabei, spielt aber nicht damit. Auch fragt er nicht nach meinem Handy, mit dem er sonst so gern herumhantiert. Er sitzt einfach ruhig da, den Kopf gesenkt, die Hände in den Taschen seiner Hose vergraben, die Füße vom Sitz baumelnd. Zum ersten Mal bin ich dankbar dafür, dass er stumm ist. Es dauert zwei Stunden, bis wir der Frau gegenübersitzen, die Faysal in meine Obhut gegeben hat. Umständlich ziehe ich die Tüte mit seinen Sachen aus der Umhängetasche und lege sie auf den Schreibtisch.

»Ich kann den Jungen nicht weiter bei mir behalten«, erkläre ich mit fester Stimme. »Es tut mir leid.«

Faysal schaut mich mit schreckgeweiteten Augen an. Hat er wirklich nicht damit gerechnet? Was glaubte er, was wir hier tun?

»Warum, wenn ich fragen darf?«

»Er hat die Regeln der Gastfreundschaft missachtet.«

Die Frau starrt mich entgeistert an. »Wie bitte?«

Ich presse die Lippen aufeinander. Wenn ich ihr sage, dass er Schlösser ohne Schlüssel öffnet, in fremde Zimmer einbricht und stiehlt, wird sie die Polizei rufen. Das möchte ich nicht, daher bleibe ich stumm.

»Hören Sie, so geht das nicht. Entweder sagen Sie mir jetzt konkret, wo das Problem liegt, oder ich muss Sie daran erinnern, dass Sie eine Verpflichtungserklärung unterzeichnet haben.«

Ich schaue auf die Tischplatte vor mir.

»Also?«

Faysal zupft an meinem Mantel, aber ich tue so, als bemerke ich es nicht.

»Ich lebe jetzt bei meinem Onkel, und da ist kein Platz für ihn.«

Es tut mir leid, meinen Onkel als Ausrede zu benutzen, aber er wird es nicht erfahren, und für Faysal ist es so besser. Das ist alles, was ich noch für ihn tun kann.

Die Frau seufzt, dann wendet sie sich ihrem Computer zu und tippt etwas ein. Kurz darauf summt hinter ihr ein Drucker und spuckt ein Blatt Papier aus. »Unterschreiben Sie hier.« Sie malt ein Kreuz in ein kleines Kästchen am unteren Ende des Formulars.

Ich unterzeichne, lege den Stift hin und stehe auf.

»Leb wohl«, sage ich in Faysals Richtung, aber er hat den Kopf abgewandt. Dann verlasse ich das Zimmer.

Auf der Straße kämpfe ich mit den Tränen. Mit dem Jungen zusammen fühlte ich mich sicherer. Außerdem tat mir seine offenkundige Zuneigung gut. Er hat, aus welchem Grund auch immer, meine Gesellschaft gesucht. Er wollte bei mir sein, war mir nicht lästig und oft genug sogar hilfreich, wenn es um die Bedienung meines Telefons ging, mit dem ich überhaupt nicht vertraut bin.

Wie auf das Stichwort beginnt das Handy in meiner Gürteltasche zu klingeln. Mit fliegenden Fingern nestle ich es heraus und starre auf den kleinen Bildschirm. Was jetzt? Noch nie habe ich es so genau betrachtet, daher sind mir die Symbole in Grün und Rot bisher nicht aufgefallen. Beide gleichen einem Telefonhörer, der eine liegt waagerecht, der andere ist angehoben. Angehoben, denke ich und drücke darauf. Dann hebe ich das Telefon ans Ohr.

»Hallo? Madiha? Bist du dran?«

»Jasmin!«, sage ich erleichtert.

»Kannst du herkommen? Gleich?«

»Warum?«, frage ich. Ich fühle mich ausgebrannt. Kraftlos. Mutlos. Zu schwach, um einen Weg auf mich zu nehmen, der mich wegführt von der Wohnung, die mein Zuhause geworden ist und in deren Küche ich mich von allen trüben Gedanken ablenken kann.

»Ich habe eine Spur zu Harun.«

Natürlich fahre ich zur Waldstraße. Unterwegs frage ich mich, aus welchem Grund. Interessiert es mich wirklich noch, was mit Harun geschehen ist, oder muss ich hin, weil Jasmins Anruf mich dazu verpflichtet, ihre Bemühungen zu würdigen?

Was würde ich wohl empfinden, wenn ich Harun tatsächlich noch einmal gegenübertreten könnte? Würde ich an das denken, was er auf der Flucht für mich tat? Oder an die Grausamkeiten, die er beim Daesh beging? Ist das eine vom anderen zu trennen? Half er mir, weil er Buße tun wollte? Um mich von diesen Fragen, die zu nichts führen, abzulenken, überlege ich, welche Spur Jasmin vier Wochen nach Haruns Verschwinden gefunden haben mag, aber meine Vorstellungskraft reicht nicht aus. So übe ich mich in Geduld, bis ich endlich in die Waldstraße einbiege.

Jasmin erwartet mich an der Abzweigung, die zur Unterkunft führt. Sie umarmt und küsst mich, als wäre ich ihre beste Freundin. Ihre Begeisterung wärmt mein Herz.

»Rafiq trägt Haruns Schuhe.«

Ihre Worte sind ein Schock. Konnte Rafiq etwas mit Haruns Verschwinden zu tun haben? Spielte er den Unschuldigen, obwohl er wusste, was mit Harun geschehen war? Ich habe Rafiq nie für intelligent oder verschlagen genug gehalten. Aber vielleicht habe ich mich in ihm getäuscht. Immerhin habe ich nie herausgefunden, wer in der Nacht, als der Molotow-Cocktail in mein Zimmer flog, Haruns Eigentum aus meinem Spind genommen hat. Vielleicht war es Rafiq, und als er später die Herausgabe verlangte, tat er das vielleicht nur zur Ablenkung. Wenn es so war, ist ihm das gut gelungen.

»Woran erkennst du, dass es Haruns Schuhe sind?«, frage ich verwirrt, weil ich die anderen Gedanken, die mir durch den Kopf gehen, noch nicht in Worte fassen kann.

Jasmin starrt mich irritiert an. »Es wäre schon ein sehr großer Zufall, wenn es zwei Paar von diesen auffälligen, teuren Markenschuhen hier in unserer Unterkunft gäbe, oder?«

Jetzt wird mir klar, dass Jasmin nicht von den schwarzen Winterschuhen spricht, die Harun üblicherweise trug, warm gefüttert und wasserdicht. Die anderen hingegen, die ich nach seinem Verschwinden aus seinem Spind holte, waren sein ganzer Stolz. Sie waren weiß, das Kennzeichen einer Sportmarke, deren Namen er ehrfürchtig aussprach, knallrot. Harun trug sie fast nie, weil er sie nicht dem Schmutz und dem Regen aussetzen wollte. Er hatte sie aus der Kleiderkammer mitgenommen in der Hoffnung auf besseres Wetter. Für den Frühling, hatte er gesagt. In der Unterkunft, als er sie dann genauer betrachtete, fand er einen Herstellungsfehler. Er sagte, dass der Besitzer die Schuhe sicher deshalb weggegeben habe, und ließ den Kopf hängen. Seine Enttäuschung weckte mein Mitleid, obwohl ich den Grund für seine Niedergeschlagenheit nicht nachvollziehen konnte. Daran erinnere ich mich – ebenso an die Scham, die ich bei Haruns Antwort auf meine Frage empfand, warum das so wichtig sei. Er blickte mich von oben bis unten an und sagte: »Das kannst du nicht verstehen.«

»Woher kennst du die Schuhe?«, frage ich Jasmin überrascht.

Sie lächelt böse. »Ich war zufällig in der Kleiderkammer, als Harun sie fand. Er benahm sich plötzlich wie ein König und wollte, dass wir ihm huldigen.«

Ich kann mir vorstellen, dass er von Jasmin und ihren Freundinnen nur Spott erntete. Für einen modernen jungen Mann, der abgelegte Kleidung tragen muss, die ihm weder gefällt noch passt, sind Markenturnschuhe so wertvoll wie ein Goldschatz. Gerade von Jasmin hätte ich erwartet, dass sie das versteht, aber ich gehe nicht auf das Thema ein.

Jasmin will wissen, was ich nun zu tun gedenke.

»Ich frage Rafiq, woher er die Schuhe hat.«

Als ich die Tür zur Unterkunft aufziehe, schrecke ich zurück. Ich hatte schon ganz vergessen, wie es riecht, wenn über vierhundert Menschen, deren Schuhe und Jacken niemals trocken werden, auf engstem Raum zusammenleben.

Zuerst finden wir die Schuhe, die inmitten von vierzig oder fünfzig anderen vor der Tür des Gemeinschaftsraums stehen. Der Fehler im aufgesteppten Kennzeichen ist deutlich zu sehen: Beim Nähen ist das rote Leder verrutscht, die Naht hingegen ist korrekt. So wirft der rote Streifen eine winzige Falte, ist einen Hauch geknickt und nicht gerade, wie er sein sollte.

Rafiq sitzt an einem Tisch im Gemeinschaftsraum. Er nimmt am Deutschkurs teil, sieht aber nicht so aus, als verstünde er auch nur ein Wort von dem, was die Lehrerin mit Händen und Füßen erklärt. Wir müssen warten, bis der Unterricht vorbei ist.

Rafiq bemerkt uns nicht, als er endlich nach seinen Schuhen greift.

»Woher hast du die Schuhe?«, fragt Jasmin laut genug, um sich in dem Gewühl bemerkbar zu machen.

»Was geht es dich an?«, knurrt Rafiq, ohne sich umzudrehen.

»Leichenfledderei geht mich sehr wohl etwas an«, entgegnet Jasmin scharf.

Rafiq wendet sich zu ihr um und öffnet den Mund, aber ich hebe die Hand und bin selbst erstaunt, dass er die Worte, die ihm bereits auf der Zunge tanzen, herunterschluckt. Stattdessen murmelt er überrascht meinen Namen.

»Ich glaube, dass diese Schuhe einmal Harun gehört haben«, sage ich leise. »Du weißt, dass ich Harun suche, weil er eines Tages verschwand, ohne ein Wort der Erklärung oder des Abschieds. Vielleicht finde ich seine Spur, wenn ich weiß, über welche Wege die Schuhe in deinen Besitz gelangt sind.«

Die anderen Männer steigen in ihre Schuhe und verlassen den Flur. Rafiq steht verlegen herum.

»Ich habe sie aus der Kleiderkammer.«

Jasmin holt bereits wieder Luft für eine Erwiderung, aber ich lege meine Hand auf ihren Arm. Ich bin nicht so schnell mit den Worten, muss erst nachdenken, ob das möglich ist. Der Dieb, der meinen Spind aufbrach, hatte auf etwas gehofft, das ihm nützlich sein konnte, und wird ärgerlich gewesen sein, als er das nicht fand. Würde er also das Risiko eingehen und die Schuhe, an die sich die Frauen aus der Kleiderkammer vermutlich erinnerten, wieder dorthin bringen? Würde er damit keine Fragen riskieren?

»Seit wann?« Jasmins Frage unterbricht meine Überlegungen.

»Seit ein paar Wochen. Zwei oder drei, so genau weiß ich es nicht.«

Vielleicht warf der Dieb die Schuhe in den Mülleimer, jemand sah sie dort und nahm sie an sich. Ich weiß, dass Amelie und die anderen Helferinnen häufig die Abfallbehälter kontrollieren, weil ihnen die Mülltrennung wichtig ist. Manchmal holen sie etwas heraus, was dort nicht hineingehört, wie Glas oder Kartonverpackungen. Dann halten sie uns Vorträge darüber, dass das Sortieren bedeutsam sei für die Integration.

Meine Aufregung über die Entdeckung von Haruns Schuhen ist vollständig verflogen. Selbst wenn Rafiq die Schuhe eigenhändig aus meinem Spind gestohlen hätte, würde er den Diebstahl nicht zugeben. Und selbst wenn er ihn zugäbe, sagt es mir nichts über Haruns Verbleib. Ich nicke Rafiq zu und danke ihm für die Auskunft.

Er wirkt überrascht, als hätte er mehr erwartet. Mehr Fragen, mehr Ärger, ich weiß es nicht. Mir fällt nichts ein, das ich ihm sagen könnte. Mir ist nicht einmal klar, ob mich Haruns Schicksal wirklich noch interessiert. Zu viel ist in den letzten vier Wochen geschehen, zu viel habe ich erfahren.

Auch Jasmin ist überrascht und, wenn ich ihre zusammengekniffenen Lippen richtig deute, verärgert über mein mangelndes Interesse. »Es scheint dir ja nicht mehr so furchtbar wichtig zu sein, Harun zu finden, seit du bei deinem Onkel wohnst.«

Der nicht sehr gut versteckte Vorwurf trifft mich mehr, als ich erwartet hätte. Macht mein Glück, ein Zuhause gefunden zu haben, mich blind für das Unglück meiner Mitmenschen? Ich glaube nicht, dass es so ist. Glaube nicht, dass mein Mitgefühl im selben Maße abgenommen hat, in dem die Behaglichkeit meiner Wohnsituation zunahm. Eher liegt es an der Entdeckung von Haruns Vergangenheit. Daher erzähle ich Jasmin von den Briefen, aus denen das Grauen des Daesh spricht, das Grauen der Teufel, zu denen Harun gehörte.

Ihr Gesichtsausdruck wechselt von Geringschätzung zu Entsetzen. »Was sind das für Briefe?«, fragt sie mit zitternder Stimme. »Hast du sie bei dir?«

»Sie liegen wie eine Last auf meiner Seele.«

Jasmin will sie lesen, ich verstehe nicht, warum, denn sie hat kein Interesse an Harun. Vielleicht sucht sie in den Zeilen Antworten, von denen ich nicht glaube, dass sie sie finden wird. Antworten auf die Frage, warum Menschen andere töten, warum ein blühendes Land in Schutt und Asche gelegt wird, warum die Welt so ist, wie sie ist. Ich kann ihren

Wunsch nicht nachvollziehen und will es ihr ausreden, aber sie lässt nicht locker. Wir setzen uns auf ihr Bett, ich hole die Papiere aus meiner Gürteltasche und gebe sie Jasmin, die die Augen über die Worte fliegen lässt und blinzelt, wenn Tränen ihre Sicht verschleiern. Die meisten Zeilen kenne ich, aber die letzten drei Briefe sind mir neu.

Jasmin besteht darauf, sie laut vorzulesen.

Geliebte Schwester,
wir sind verlegt worden an einen neuen Einsatzort, denn die Stadt, in der wir vorher waren, ist fest in unserer Hand, es bleiben nur wenige Kämpfer zurück, um die Stellung zu halten. Ich wäre gern dort geblieben, aber die Mudjahedin, die aus dem Ausland zu uns kommen, wollen kämpfen, sie wollen schießen, töten, siegen. Manchmal frage ich mich, ob dieser Wunsch größer ist als der, den wahren Islamischen Staat nach Gottes Ordnung zu errichten, wo wir in Ruhe und Frieden nach Allahs Regeln leben können.
Wo wir jetzt sind, ist die Lage unübersichtlich. Gestern wurden wir zu einem Angriff abkommandiert, die erste große Bewährungsprobe für unsere neue, internationale Kampfgruppe. Wir haben ein jesidisches Dorf überfallen, viele Einwohner wollten in die Berge fliehen, aber wir konnten ihnen den Weg abschneiden. Die Männer wurden von den Frauen und Kindern getrennt, es ist noch nicht klar, was mit ihnen geschehen wird. Vermutlich wird man ihnen anbieten, zum Islam zu konvertieren, dann bleiben sie am Leben.
Die hübschesten Jungfrauen wurden aussortiert und leben nun als Sklavinnen bei uns. Eine von ihnen sah dir zum Verwechseln ähnlich. Ich habe mich so unglaublich erschreckt, als ich sie sah, dachte kurz, dass du es bist, dass du nie nach Europa gelangt bist, sondern auf verschlungenen Pfaden in

dieses Dorf. Es hat eine Stunde gedauert, bis ich mich wieder beruhigt hatte.
Ein Belgier hat die Frau für sich beansprucht, er ist ein grober Kerl, der glänzende Augen bekommt, wenn er vom Töten spricht. Ich habe die ganze Nacht nicht geschlafen, weil ich mir vorstellte, was er mit der Frau macht. Ist das wirklich der Islam, den Allah unserem geliebten Propheten Mohammed offenbart hat? Der Koran beginnt mit den Worten: Bismi llahi l-rahmani l-rahim – im Namen des barmherzigen und gnädigen Gottes. Wo ist diese Barmherzigkeit geblieben, wo die Gnade? Die junge Frau hat einen falschen Glauben, das ist wahr, aber wenn sie nun du wäre?
Wie steht es um deinen Glauben, geliebte Schwester? Und wenn du zweifelst – muss ich dich dann töten? Ja, würden die Männer um mich herum sagen. Töte deine Schwester! So wird hier gehandelt, es gibt keine Barmherzigkeit. Sie reden sogar davon, alle Schiiten zu töten, weil sie Abtrünnige sind. Natürlich sind sie das, aber Harun sagt, es gebe einhundert Millionen Schiiten auf der Welt. Wollen wir die alle erschlagen? Ich zweifle nicht an Allah und nicht an seinem Propheten Mohammed. Aber ich zweifle immer öfter, ob das, was wir hier tun, das Richtige ist – und ob wir es aus den richtigen Motiven tun. Ich bin sicher, dass Allah, der Barmherzige, mir in meinen Zweifeln helfen wird. Möge er vor allem dich beschützen, meine geliebte Schwester.
Dein Bruder

Geliebte Schwester,
wir sind immer noch im Dorf der Jesiden. Überall liegen die Leichen derjenigen, die nicht konvertieren wollten. Das ganze Dorf riecht nach Tod, nach Blut, nach Verwesung. Die, die noch leben, vegetieren vor sich hin. Die Frauen und Kinder be-

kommen einmal am Tag Wasser und etwas zu essen. Sie können sich nicht waschen, die Kinder tragen seit zehn Tagen dieselben Windeln, so berichtete mir Harun, der als Wärter eingeteilt war. Es ist entsetzlich, und ich würde den Ort am liebsten verlassen, aber es hat sich hoher Besuch angekündigt, sogar jemand aus dem Büro des Kalifen soll dabei sein. Deshalb harren wir aus.

Die junge Frau, die dir so ähnlich sieht, hat seit zwei Tagen niemand gesehen. Der Belgier äußert sich nicht auf Fragen, was mit ihr geschehen ist. Ich fürchte, dass sie nicht mehr lebt. Niemand interessiert sich für sie, schließlich war sie nur eine Sklavin. Seit ich annehmen muss, dass sie tot ist, kann ich nichts mehr essen. Außerdem habe ich Angst vor dem, was geschehen wird, wenn unser hoher Besuch kommt. Wird man die Kommandanten durch einen Massenmord beeindrucken wollen?

Einer der Männer hat mich gebeten, nach seiner Frau zu sehen. Sie ist hochschwanger, er fürchtet um ihr Leben und das seines Kindes. Ich habe so getan, als hätte ich ihn nicht gehört, aber nach Dienstende bin ich zu den Frauen und Kindern gegangen und habe nach ihr gefragt. Die Frau ist tot, sie ist verblutet, weil sie nachts, als die Wehen kamen, so laut schrie, dass ein Wärter sie immer wieder in den Leib trat. Auch das Kind ist tot. Ich kann es dem Mann nicht sagen, bringe es nicht übers Herz, könnte seinen Blick nicht ertragen. Er ist so alt wie ich. Es wäre sein erstes Kind gewesen.

Ich bete um Frieden für dich, um Sicherheit, um Gnade und Barmherzigkeit der Menschen, die du auf deinem Wege triffst. Ich bete darum, dass du keinem Menschen begegnest, wie ich einer geworden bin. Möge Allah mir verzeihen.

Dein Bruder

Geliebte Schwester,
wir sind geflohen, Harun und ich, gehören jetzt zu den Gejagten, aber das ist besser, als ein Mörder zu sein. Denn Männer, die so handeln wie unsere früheren Kameraden, sind Mörder, keine Kämpfer. Ein Kämpfer tötet Soldaten, diese Männer aber haben in die Menge der Gefangenen geschossen, um dem Kommandanten ihre Ergebenheit zu beweisen. Viele der Männer sind tot. Dann sollten die Frauen und Kinder drankommen, aber Harun und ich haben sie freigelassen. Sie sind um ihr Leben gerannt, manche haben es nicht geschafft.
Ich habe nicht den Eindruck, Allah verraten zu haben, denn er ist barmherzig. Die Männer, an deren Seite ich kämpfte, sind unbarmherzig, sie sind grausam, sie töten aus Lust oder aus welchem Grund auch immer, nur nicht zur Ehre Allahs. Wie könnte Allah Gefallen daran finden, dass wir das Leben, das er schenkt, zerstören?
Wir haben uns versteckt und beten um Allahs Schutz, beten, dass sie uns nicht finden. Die Nacht ist mondlos und schwarz, beim ersten Morgengrauen werden wir uns trennen. Harun will nach Deutschland, deshalb gebe ich ihm diese Briefe mit. Ich bete, dass er dich findet, dass er dir persönlich sagen kann, wie sehr ich das Töten hasse. Trotzdem muss ich weiterkämpfen, werde aber jetzt mit aller Kraft versuchen, die Teufel des Daesh aufzuhalten. Bete für mich, geliebte Schwester, so wie auch ich Allah um seinen gnädigen Schutz für dich bitte.
Dein Bruder

»Wer ist der Mann, der diese Worte geschrieben hat?«, fragt Jasmin leise.

»Er heißt Amal, seine Schwester lebte in Düsseldorf. Beide sind tot.« Ich würde es nicht über mich bringen, die Geschichte von Razan zu erzählen, wenn Jasmin mich darum bäte, aber sie tut es nicht.

Wir sitzen so lange wortlos nebeneinander auf dem Bett, bis zwei Frauen hereinkommen, die schlafen wollen. Ich nehme die Störung zum Anlass, mich auf den Heimweg zu machen.

Jasmin gibt mir die Briefe wieder, die ich wortlos in meiner Tasche verstaue. »Grüße Faysal von mir«, trägt sie mir auf.

Ich nicke, denn mir fehlt die Kraft, ihr von seinem Diebstahl zu erzählen – und davon, dass ich ihn verstoßen habe. Als ich am Gemeinschaftsraum vorbeikomme, beginnt das Abendessen. Ich danke Allah, dass er mich in die Arme meines Onkels geführt hat, in dessen Küche ich mir Köstlichkeiten zubereiten kann, die nicht nur den Körper, sondern auch die Seele nähren.

23

Noch nie kam mir der Weg zum Bus so lang vor. Noch nie war mir so bewusst, wie wenig wir, die Menschen aus den arabischen Ländern, in diesen kleinen, sauberen Ortsteil passen.

Natürlich geben sich viele Leute Mühe, uns zu helfen, allen voran die tatkräftigen Frauen wie Amelie. Sie erklären uns, was wir tun oder besser lassen müssen, füllen Formulare aus, backen Weihnachtsplätzchen, begleiten uns zu den Behörden, unterrichten Deutsch, sortieren und verteilen Kleidung oder hüten die Kinder, während die Mütter im Sprachkurs sind. Aber sie alle warten darauf, dass wir wieder gehen. An diesem Ort ist kein dauerhafter Platz für Leute wie uns. Der Bäcker, der Arzt, der Polizist, der Mann in der Imbissbude, die Frau im Kiosk, die Händler auf dem Markt, jeder einzelne Besitzer eines der großen Häuser, sie alle sind Deutsche. Sie sind immer in Eile, rauschen in teuren Autos durch die Straßen und geben abends nach zehn Uhr keinen Laut mehr von sich. In den Gärten gibt es Rasen und Blumen, aber kein Gemüse, keine Hühner, keine Ziegen, obwohl Platz dafür vorhanden wäre.

In der Stadt hingegen ist viel weniger Platz, aber dort leben viele Menschen aus der Region, die meine Heimat war, bevor der Krieg kam. Es gibt libanesische, marokkanische und türkische Geschäfte, Cafés, Restaurants. Nie hätte ich mir vorstellen können, dass ich einmal ernsthaft darüber nachdenken würde, ob ich ein Leben in der Stadt dem Leben im Dorf mit eigenen Feldern vorziehen würde, aber genau das tue ich.

Zum ersten Mal in meinem Leben stellt sich mir die Frage, wie meine Zukunft aussehen soll.

Die Gedanken beschäftigen mich auf der ganzen Busfahrt, auf der ich stehen muss, weil die einzigen freien Plätze neben fremden Männern sind. Auch im Zug grüble ich weiter. Vielleicht bin ich deshalb so unaufmerksam. Vielleicht lasse ich deshalb jede Vorsicht außer Acht. Vielleicht bemerke ich deshalb nicht, dass ein Mann mir folgt. Oder aber er wusste bereits, wohin mein Weg mich führen würde, und lauerte mir auf. Jedenfalls steht er plötzlich vor mir, der Mann mit der geteilten Augenbraue. Heute allerdings ist etwas anders an ihm, obwohl ich nicht sagen könnte, was es ist.

Wie aus dem Boden gewachsen versperrt er mir den Weg aus der Unterführung. Alle anderen Menschen, die den Zug an diesem Bahnhof verlassen haben, sind bereits weg. Nur ich bin wie immer die Langsamste, hinke mühsam die Treppen hinunter, jeder Schritt eine Qual. Unfähig zu einer schnellen Reaktion schaue ich ihn nur an, sehe eine Mischung aus wilder Entschlossenheit und Bedauern in seinen Augen, bevor er eine kleine Dose hebt und mir etwas ins Gesicht sprüht.

Der Schmerz in den Augen, in der Nase und auf der Haut ist unvorstellbar. Ich lasse den Stock fallen, taumele, huste. Die Augen tränen hinter geschlossenen Lidern, der Hustenreiz wird stärker, ich krümme mich zusammen, hebe die Hände vor das Gesicht, traue mich aber nicht, Haut oder Augen zu berühren. Mir wird schwindelig. Fest legen sich seine Finger um meine Arme und führen mich weg. Ich weiß, dass ich nicht mitgehen will, weiß, dass ich mich wehren muss, kann aber nichts anderes tun, als hustend nach Luft zu schnappen und zu weinen. Dann verliere ich das Bewusstsein.

Als ich zu mir komme, liege ich in einem kalten, dunklen, feuchten Raum. Ein wenig Licht schimmert durch ein Fenster knapp unterhalb der Decke herein. Die Augen schmerzen noch, als wäre ich in einen Sandsturm geraten, aber ich bin nicht blind. Mein Gesicht ist verklebt von Tränen und Rotz, die Haut brennt noch immer, aber ich lebe und kann sehen. Mehr, als ich zu hoffen wagte. Bei diesem Gedanken wird mir schlecht. Die Welt dreht sich, mein Magen ist ein Stein, der in meinem Bauch herumrollt und ausgespuckt werden will, aber ich schlucke immer wieder und stemme beide Hände auf den Boden, auf dem ich sitze. Schwindel und Brechreiz vergehen.

An mir scheint alles heil zu sein bis auf die Nachwirkungen dessen, was der Mann mir ins Gesicht gesprüht hat. Säure? Nein, ich glaube nicht. Ich erinnere mich an den Mann in meinem Heimatdorf, der mit Säure hantierte und wenige Spritzer auf die Hand bekam. Seine Verletzung heilte schwer, die Haut bildete ein dickes, narbiges Gewebe, das die Beweglichkeit seiner Finger einschränkte. Nein, nach einem Säureangriff wäre ich sicher blind, meine Haut würde sich ablösen, die Schmerzen wären nicht auf ein erträgliches Maß abgeklungen. Diese Erkenntnis löst eine Welle der Erleichterung aus, die mich fast laut lachen lässt.

Arme und Beine fühlen sich normal an, auch wenn alle Muskeln schmerzen und die Glieder kalt und steif sind. Kein Wunder, ich lag auf dem nackten Boden. Körperlich scheint man mich also nicht misshandelt zu haben, aber meine Gürteltasche ist fort. Darin befinden sich meine Papiere, das wenige Geld, das ich besitze, und das Handy meines Onkels. Es ist immer noch ausgeschaltet, weil ich nicht wollte, dass er meinen Weg zur Waldstraße verfolgen kann. Ich unterdrücke ein Winseln. Was auch immer der Mann, der mich hierhergebracht hat, im Schilde führt – niemand wird ihn davon abhalten. Es sei denn, ich selbst.

Nach einer Weile beginne ich zu zittern, vor Angst und vor Kälte. Gegen die Angst kann ich nichts unternehmen, gegen die aufsteigende Kälte vom Boden schon. Mühsam stehe ich auf. Mit winzigen Schritten gehe ich an den Wänden entlang, an denen ich mich abstütze. Der Raum ist klein, der Boden blanker Beton, die Wände aus grob behauenen Steinen gemauert. Es gibt das winzige Fenster unter der Decke, eine schwere Holztür mit Eisenbeschlägen und eine Glühbirne, die dunkel und kalt von der Decke baumelt. Das ist alles. Kein Kissen, keine Matratze, kein Stuhl, kein Tisch. Kein Eimer, wie mir klar wird, als ich den Druck auf der Blase spüre. Wer auch immer mich hier festhält, hat diese Entführung entweder nicht geplant oder … Nein, diesen Gedanken werde ich nicht zu Ende denken.

Natürlich ist auch mein Stock nicht da. Wer würde einem Gefangenen eine derartige Waffe lassen? So wie nach der Regenzeit winzige Blüten die Wüste in einen bunten Teppich verwandeln, keimt Hoffnung in mir. Mein Stock! Jeder im Dorf kennt ihn, jeder weiß, dass das Madihas Stock ist. Wenn er irgendwo liegt, wird man Fragen stellen …

Aber dann fällt mir ein: Ich bin nicht daheim in meinem Dorf, wo mich jeder kennt. Ich bin in einem fremden Land, einer fremden Stadt, unter Fremden. Niemand kennt meinen Stock, niemand wird nach mir suchen. Die Blüte der Hoffnung welkt, verdorrt, verschwindet unter der sengenden Sonne der Erkenntnis. Nur mein Onkel wird sich wundern, dass ich nicht da bin. Aber das wird erst in einigen Tagen sein. Und was soll er dann tun, wo soll er mich suchen? Seine Wohnung wird leer sein und still, so wie sie es in den letzten Jahren war. Er wird noch ein bisschen einsamer sein als vorher, denn mit jedem Menschen, den man verliert, legt sich ein weiterer Ring der Trauer um das Herz, so wie die Jahresringe um den geschmeidigen Sämling wachsen und ihn immer härter werden lassen, bis er so fest ist, dass der nächste große Sturm ihn nicht mehr biegt, sondern bricht. Vielleicht wird der Onkel mich verfluchen, weil er glaubt, ich hätte ihn im Stich gelassen, aber er wird sich auch damit abfinden. Es ist dieser Gedanke, der mich mehr betrübt als mein eigener Tod. Der Gedanke, dass mein Onkel einen Groll gegen mich hegen wird bis ans Ende seiner Tage. Es ist dieser Gedanke, der die Schleusen öffnet und meine Tränen fließen lässt, bis ich wieder auf den Boden sinke und erschöpft einschlafe.

Ein Geräusch an der Tür weckt mich. Erst mit einigen Sekunden Verzögerung weiß ich wieder, wo ich bin. Der Schreck fährt mir in alle Glieder. Ich brauche mehrere Versuche, um mich aufzusetzen. Mein Nacken ist steif, der Rücken schmerzt vom Hals bis zur Hüfte, selbst die Knie fühlen sich an, als wären sie festgerostet. Als ich endlich sitze, schwingt die Tür auf. Geblendet schließe ich die Augen. Der Mann, dessen Silhouette sich vor dem hellen Rechteck abzeichnet, muss sich bücken, um durch die Tür zu treten, die er hinter sich schließt. In seiner Hand trägt er eine Lampe, die er neben die Tür stellt. Dann blickt er auf mich herunter.

Es ist der Mann mit der geteilten Augenbraue, den ich, bevor er mich entführte, zuletzt vor Jeans Restaurant gesehen habe, an dem Abend vor dem Feuer. Und das ist es auch, was mir in der Unterführung an ihm auffiel: Seine Augenbrauen sind nur noch Schatten ihrer selbst, die Haare größtenteils fort, die kümmerlichen Reste kräuseln sich wie Schamhaar. So sieht versengtes Haar aus. Mir ist klar: Dieser Mann wird mich töten.

Wir starren einander an, es kommt mir wie eine Ewigkeit vor. Schließlich fragt er, und seine Stimme klingt freundlich: »Wirst du freiwillig mitkommen, oder muss ich dich fesseln?«

Wohin mitkommen?, denke ich. Wo könnte er mich besser töten als in diesem abgelegenen Keller, in den kein Geräusch herein-, also auch keins hinausdringt? Oder ist es die Beseitigung meiner Leiche, die ihm anderswo leichterfällt? Wo er mich nicht erst noch die Treppen hinaufschleppen muss, in ein Auto legen, wegfahren, wieder ausladen …

»Vor allem will ich wissen, warum du mich töten wirst.« Ich wundere mich über meinen Mut, diese Frage zu stellen, auch wenn meine Stimme so leise und brüchig ist, dass ich nicht sicher bin, ob er sie überhaupt hören kann.

»Ich werde dich nicht töten. Nur wegbringen.«

»Wohin?«

»Nach Syrien.«

Also doch töten, denke ich, denn wie sollte ich dort überleben? Ich besitze nichts mehr, kein Geld, kein Zuhause, wo sollte ich also hingehen? Wer sollte mir helfen, wo doch alle selbst ums Überleben kämpfen?

»Warum?«, frage ich.

Sein Tonfall ist immer noch freundlich. »Du fragst zu viel.«

»Ist es wegen Harun?«

Er seufzt und lässt sich an der gegenüberliegenden Wand auf den Boden sinken. Ich schätze ihn auf höchstens dreißig, obwohl sein Gesichtsausdruck und seine Bewegungen zu einem alten Mann zu gehören scheinen. »Er war beim Daesh.«

»Ist es deswegen?«, frage ich. »Tötest du Männer, die mit den Teufeln gekämpft haben?«

Er nickt.

»Aber warum Buschra?«

Er runzelt die Stirn. »Wer ist Buschra?«

»Die Köchin der ›Drei Zedern‹, die im Restaurant verbrannt ist.«

»Da war niemand«, sagt er irritiert.

»Doch«, widerspreche ich. »Da war Buschra. Sie hat nie jemandem ein Haar gekrümmt, aber sie starb in dem Feuer, das du gelegt hast.«

»Nein, man sagte mir, da wäre niemand.«

»Wer sagte dir das?«, frage ich weiter. Ich habe keine Angst mehr, denn mein Schicksal ist sowieso entschieden. »Wer steckt dahinter?«

»Viele.«

Eine Weile schweigen wir.

»Warum?«, frage ich noch einmal.

»Weil die Teufel hier genauso willkommen geheißen werden wie wir. Weil die Deutschen es nicht wissen. Und selbst wenn sie es wüssten, könnten sie die Teufel nicht töten, denn es gibt in diesem Land keine Todesstrafe.«

»Das kann nicht sein.«

Er lacht bitter. »Ich konnte es zuerst auch nicht glauben, aber so ist es. Du kannst einen Menschen töten oder hundert, es ist egal. Sie stecken dich in ein sauberes, warmes Gefängnis, und nach ein paar Jahren lassen sie dich wieder frei. Sogar wenn deine Schuld eindeutig bewiesen ist.«

Ich bin nicht sicher, ob ich ihm glauben soll. Und ich kann nicht beurteilen, ob es richtig ist, die Teufel des Daesh zu töten, egal, wo. Aber Buschra hatte nichts mit diesen Mördern zu tun. »Du hast eine Unschuldige getötet, bist also nicht besser als die Mörder, die du verfolgst.«

»Nein, das Haus war leer.«

»Sie hieß Buschra«, sage ich leise. »Sie war nicht nur eine sehr gute Köchin, sondern ein wunderbarer Mensch. Als ich zum ersten Mal in dem Restaurant war, hatte ich einen Weinkrampf. Buschra kam zu mir und …«

»Hör auf! Ich töte keine Unschuldigen!« Das Entsetzen in seiner Stimme spiegelt sich in seinen Augen. Er kämpft sich auf die Füße und holt mehrere Stücke Seil aus den Taschen seiner Jacke. Die ruhige Freundlichkeit, mit der er mich bisher behandelte, ist verschwunden. Seine Stimme klingt nun hart und kalt. »Kommst du friedlich mit, oder muss ich dich verschnüren?«

Dies ist das Ende aller Hoffnung. Ich werde weder meinen Onkel noch Faysal noch Jasmin jemals wiedersehen. Ich werde nicht mehr Lesen und Schreiben lernen, ganz zu schweigen davon, wie man ein Geschäft führt. Vielleicht werde ich in Syrien den Krieg überleben, vermutlich aber nicht, denn seit meiner Flucht sind Monate vergangen, in denen noch mehr Häuser, Wasserleitungen und Straßen zerstört und Menschen getötet wurden. Ich spüre Tränen über meine Wangen laufen.

»Ich komme friedlich mit«, verspreche ich. Was sollte ein Krüppel wie ich auch gegen einen gesunden, starken jungen Mann ausrichten?

Mühsam erhebe ich mich, stütze mich an der kalten Wand ab, belaste vorsichtig das linke Bein und nicke ihm zu, als ich sicher bin, dass es mich tragen wird. Der Mann nimmt seine Laterne auf, steckt den Schlüssel ins Schloss und öffnet die Tür. Er zieht den Kopf ein und macht einen Schritt hinaus.

Im nächsten Moment höre ich einen lauten Schlag, die Laterne scheppert zu Boden, und mein Entführer taumelt, die Hände an den Kopf gepresst, zurück in den Kellerraum. Er verliert das Gleichgewicht und fällt vor meinen Füßen wie ein Käfer auf den Rücken. Er liegt kaum am Boden, als eine kleine Person durch die Tür hechtet und sich auf den Mann hockt. Faysal! Er greift nach den Händen des am Boden Liegenden, bekommt aber keine zu fassen, denn inzwischen hat der Mann die Hände vom Kopf genommen und drischt damit auf den Jungen ein. Noch sind seine Schläge weder zielgerichtet noch besonders stark, aber er erholt sich zusehends. Ich konzentriere meine Aufmerksamkeit auf die Hand des Mannes, die mir am nächsten ist, atme aus, folge ihr mit den Augen und ergreife das Handgelenk. Halte es, so fest ich kann. Lasse nicht locker, sosehr er sich auch wehrt. Diesen Griff habe ich perfektioniert, denn so halte ich ein Huhn, nachdem ich ihm den Kopf abgeschlagen habe. Die Kraft, die das Tier in der Minute nach seinem Tod freisetzt, übersteigt alles, was es zu Lebzeiten je an Stärke aufbringt.

Anders als mit einem sterbenden Huhn dauert dieser Kampf hier länger, aber ich halte meine Finger unerbittlich geschlossen und ziehe die Hand zur Seite, drehe sie um, so dass unser Gegner die Schulter heben muss. Ich drehe weiter, Faysal gibt ihn frei, unser Gefangener rollt sich auf die Seite, damit ich ihm den Arm nicht auskugele. Der Junge bindet ein Kabel um das Handgelenk, ich gebe dem Mann einen festen Stoß, damit er auf den Bauch fällt, und greife mir seinen anderen Arm. Die Bewegungen des Mannes werden langsamer, schwächer, die zweite Hand ist schnell mit der ersten zusammen auf den Rücken gefesselt. Ich ziehe einen der Stricke aus der Jackentasche des Überwältigten, damit der Junge ihm auch die Füße zusammenbinden kann.

Dann lasse ich mich auf den Boden sinken.

Faysal schaut mir ins Gesicht, bleich, zitternd, fragend.

»Es geht mir gut«, flüstere ich.

Erst jetzt lässt er sich zur Seite fallen, in meine Arme, die ihn festhalten und drücken, so fest, dass ich fürchte, ihm die Luft zu nehmen. Trotzdem kann ich nicht loslassen, halte mich an ihm fest, während ich beobachte, wie der Mann, den Faysal überwältigt hat, verzweifelt versucht, auf die Beine zu kommen. Er flucht leise vor sich hin.

Endlich lasse ich Faysal los und helfe dem Mann, sich wieder dorthin zu setzen, wo er eben schon saß. Jetzt erst bemerke ich die Beule, die auf seiner Stirn langsam anschwillt. Er muss fürchterliche Kopfschmerzen haben, vielleicht ist er auch deshalb so still.

Faysal huscht hinaus und bringt, als er wiederkommt, die Laterne, meinen Stock und meine Gürteltasche mit.

Im grellweißen Lichtschein prüfe ich den Inhalt: Papiere, Handy, die Briefe sind noch drin, und auch das Geld ist vollzählig. Von einer Sekunde zur anderen verliere ich die Fassung und schluchze haltlos, bis Faysal sich neben mich hockt und seine dünnen, aber kräftigen Arme um mich legt.

»Danke, Faysal«, flüstere ich, als ich mich endlich wieder etwas beruhigt habe. »Entschuldige, dass ich dich weggeschickt habe. Es war ein Fehler, den ich nicht wiederholen werde.«

Faysal nickt, dann wenden wir unsere Blicke dem Gefangenen zu, der uns fixiert.

»Wir müssen die Polizei holen«, sage ich.

Vier Augen starren mich an.

»Aber zuerst Jean.«

Wir verlassen den Kellerraum, der Junge läuft voraus. Ich folge ihm langsam, weil ich nach der Zeit auf dem kalten Boden unbeweglich bin. Und weil ich Angst habe. Ich kann nicht einschätzen, was uns oben erwartet, weil ich nicht bei Bewusstsein war, als ich hergebracht wurde. Deshalb bin ich zuerst erleichtert, als ich feststelle, dass das Haus offenbar verlassen ist. Überall liegt Müll herum, auf den Stufen in die oberen Stockwerke liegt Gerümpel aller Art.

Dann kehrt die Sorge zurück. Sie seien viele, hat unser Gefangener gesagt. Vielleicht sind Komplizen von ihm in der Nähe. Ich rufe Faysal zu, dass er vorsichtig sein soll, erinnere mich aber, dass er bereits hierhergefunden hat, die Umgebung also kennt. Über herumliegende Bretter trete ich zum Eingang, wo die Haustür an einer Angel hängt, und schaue hinaus. Die anderen Gebäude, die ich sehen kann, sind keine Wohnhäuser, sondern riesige Hallen mit zerborstenen Fenstern, aus den Dachrinnen wachsen Bäume und Sträucher.

»Wo sind wir?«, frage ich Faysal, der vor dem Haus auf mich wartet.

Er ergreift meine Hand, zieht mich einige Meter zur Seite und zeigt zwischen zwei Hallen hindurch.

Nicht weit entfernt erkenne ich den Bahnhof, an dem ich ausgestiegen bin. Auch diese Brache, die direkt hinter dem Bahnhof liegt, habe ich schon gesehen, aber nicht weiter beachtet. Es ist ein gutes Versteck, kein Mensch hätte mich hier jemals gefunden.

»Wählst du Jeans Nummer?«

Ich reiche Faysal mein Handy und berichte Jean kurz darauf stockend, was geschehen ist. Dann warte ich schweigend, während am anderen Ende nur Jeans schwerer Atem zu hören ist.

»Sag mir, wo du bist. Ich komme.«

Ich will nicht in dieser Ruinenlandschaft bleiben, die zwar nicht so schlimm aussieht wie die zerbombten Dörfer und Städte meiner Heimat, mich aber trotzdem daran erinnert. Ich will hier nicht bleiben und von Grausamkeiten hören, die ein Mensch anderen Menschen angetan hat. Ich will hier nicht bleiben in der Kälte, der inneren wie der äußeren, aber ich kann auch nicht weggehen. Ich kann Jean nicht mit dem

Mann allein lassen, der ihm alles genommen hat, denn ich frage mich, ob Jean ihn töten wird. Also warte ich im Hauseingang, der mich wenigstens vor dem eisigen Wind schützt, und verliere jedes Zeitgefühl, während Faysal hinter mir auf den untersten Stufen der Treppe hockt und mich nicht aus den Augen lässt.

Endlich sehe ich den kleinen, dicken Mann mit dem watschelnden Gang die Straße entlangkommen, die am Zaun endet, der dieses Gelände einfriedet. Faysal eilt ihm entgegen und führt ihn durch das Loch, das gerade so weit ist, dass Jean hindurchpasst. Als die beiden näher kommen, erschrecke ich. Jean ist unrasiert und ungekämmt, die Augen sind verklebt, die Kleidung fleckig.

»Wo ist er?«, fragt er mich ohne Begrüßung.

»Wie geht es dir?«, frage ich zurück, obwohl die Antwort offensichtlich ist. Der ehemals gepflegte Mann mit der sorgfältig frisierten Haartolle ist verwahrlost, seine Augen sind stumpf. Sein Anblick macht mich nicht nur unendlich traurig, sondern auch vorsichtig. Ich habe diese leeren Blicke gesehen bei Männern, die wie Maschinen töteten. Der Mann, der vor mir steht, ist nicht mehr der, den ich kannte.

»Ich will wissen, warum er es getan hat«, sagt Jean. »Wo ist er?«

Was, wenn er ein Messer bei sich trägt, das er Buschras Mörder in die Brust stößt, sobald er die Antworten hat, die er sucht? Oder eine Pistole? Kann ich ihn aufhalten, wenn er wirklich entschlossen ist, den Mann zu töten?

Würde ich es überhaupt wollen?

»Ich bringe dich zu ihm.«

Als wir den Keller wieder erreichen, blickt uns der Gefangene ruhig entgegen. Seine Augen richten sich augenblicklich auf Jean, aber ich kann nicht erkennen, welche Schlüsse er zieht. Ob er Jean für gefährlich hält?

Kurz darauf sitzen wir alle vier auf dem Boden. Der Gefangene weiterhin an der linken Wand, Jean ihm gegenüber an der rechten, ich dazwischen, der Tür gegenüber. Faysal hat sich neben mich gehockt, er hält meine Hand und lauscht Jean, der uns, leise und mit wohl gewählten Worten, sein Leben erzählt.

»Ich verließ Beirut, als mir klar wurde, dass der Krieg vor nichts und niemandem Halt machen würde. Ich hatte meine Papiere und ein wenig Geld bei mir, sonst nichts. Alles, was ich besessen hatte, war in dem Restaurant, das ich mit meinem Vater gemeinsam geführt hatte. Das Haus war bombardiert, das Restaurant zerstört worden.«

Der Gefangene hat kein Wort gesprochen, seit Jean den Keller betrat. Sein Blick ist weiter ruhig, wird aber mit jedem Wort, das Jean spricht, trauriger. Das, was er hört, ist vermutlich seine Geschichte, genau wie Jeans Geschichte, genau wie meine. Der Krieg hat uns alle an diese Stelle geführt.

»Ich war neunundzwanzig damals. Es war nicht wie heute, wo jeder alles über die Welt weiß. Wo man sein Ziel kennt, bevor man losgeht, weil man im Internet gelesen hat, dass Deutschland Flüchtlinge aufnimmt. Nein, wir sind einfach um unser Leben gelaufen, ohne Ziel. Nur weg von der Belagerung, von den Maschinengewehren, den Granatwerfern, den Raketen. Wir waren kopflos, aber ich war wenigstens erwachsen. Buschra war acht oder neun. Sie lief in dieselbe Richtung wie wir alle, aber sie war ganz allein. Niemand wollte sich mit einem Kind belasten, ich eigentlich auch nicht. Trotzdem konnte ich sie nicht zurücklassen. Also gab ich sie von da an als meine Tochter aus.«

Faysals Hand drückt meine, ich erwidere die Geste.

»Fünf Jahre, nachdem ich von Beirut weggegangen war, fing ich in den ›Drei Zedern‹ an. Dazwischen ist alles wie ein unscharfer Film, ich kann mich kaum an Einzelheiten erinnern, sehe nur Szenen in zerstörten Häusern, unter freiem Himmel, in Flüchtlingslagern, in Schlafsälen, auf orangefarbenen Plastikstühlen in langen Fluren. Buschra war immer an meiner Seite, sie hielt meine Hand, nannte mich Vater. Irgendwann glaubten wir beide selbst daran.«

Jeans Stimme kippt, er schluckt ein paarmal, bevor er weitersprechen kann.

»Die ›Drei Zedern‹ wurden zu der Zeit von einem Ehepaar geführt, er war Deutscher und sie Engländerin. Sie hatten lange in Beirut gelebt, damals, als es noch das ›Paris des Nahen Ostens‹ genannt wurde. Ich fing als Kellner an und übernahm im Laufe der Zeit immer mehr Aufgaben. Als Buschra die Schule abschloss, holte ich sie in die Küche. Sie machte eine richtige Ausbildung als Köchin, schnitt als Jahrgangsbeste ab. Sie hätte überall hingehen können, aber sie blieb bei uns. Hans und Lauren hatten keine Kinder und vererbten das Restaurant Buschra und mir zu gleichen Teilen. Das ist fünfzehn Jahre her.«

»Warum erzählst du mir das?«, fragt der Gefangene. Es sind seine ersten Worte, seit Faysal ihn überwältigt hat.

»Weil meine Tochter Buschra tot ist. Sie hat niemals einer Menschenseele ein Haar gekrümmt. Sie war der bescheidenste Mensch, den ich je kannte. Sie starb in dem Feuer, das du gelegt hast. Ich will wissen, warum.«

Eine sehr lange Zeit bleibt es still.

Mein Blick gleitet von unserem Gefangenen zu Jean und wieder zurück. Erneut spüre ich die Kälte des Bodens in mir hochkriechen, aber ich traue mich nicht, mich zu regen, traue mich nicht, diese seltsame Stimmung zu zerstören, die uns in diesem Moment alle zu Opfern macht, zumindest empfinde ich es so.

»Sie sagten mir, ich solle das Restaurant anzünden, weil sie«, sein Kopf nickt in meine Richtung, »dort Freunde hat, die ihr bei der Suche nach diesem Harun helfen. Sie sagten, es wäre sonst niemand dort, die Wohnungen im Haus würden saniert und stünden leer.«

Jean richtet einen unendlich traurigen Blick aus entzündeten Augen auf mich.

»Wer sagte das?«, fragt er nach einer Weile. Die sanfte Wehmut in seiner Stimme ist einer bodenlosen Erschöpfung gewichen.

»Wir sind viele«, sagt unser Gefangener. »Ich weiß nicht, wer die Entscheidungen trifft.«

»Von wem hast du den Auftrag?«

»Von Riad. Er ist mein Kontakt. Riad hat wieder einen anderen Kontakt, und so geht es weiter. Es ist ein Netzwerk. Niemand kennt alle.«

Eine Zeitlang ist es still.

»Wie heißt du?«, frage ich.

Unser Gefangener überlegt lang, bevor er antwortet: »Ahmad.«

»Du hast eine Unschuldige getötet, Ahmad«, flüstert Jean.

»Auch Harun hat den Daesh verlassen«, sage ich. »Nur mit seiner Hilfe habe ich es nach Deutschland geschafft. Er hat mir in mehr als einer Situation das Leben gerettet. Was machte es für einen Sinn, ihn zu töten?«

Ahmad wischt sich mit dem Ärmel über das Gesicht.

»Wir haben uns geschworen, jeden einzelnen Teufel zu töten, damit sie nicht hier fortsetzen, was sie in unserer Heimat begonnen haben. Die Teufel dürfen nicht hierherkommen. Wie können friedliche Syrer hier leben, Seite an Seite mit demjenigen, der ihre Töchter vergewaltigt und ihre Söhne enthauptet hat?«

»Was hast du mit Haruns Leiche gemacht?«, frage ich.

Wieder schweigt Ahmad lang, bevor er antwortet. »Ein Mann kam zu mir mit einer Mülltonne für Schlachtabfälle …«

Ich drücke mir die Hand auf den Mund, kann aber nicht verhindern, dass ein erstickter Laut seinen Weg aus meiner Brust ins Freie findet. Als ich wieder sprechen kann, frage ich: »Wie kam Haruns Anhänger in das Restaurant?«

»Weil du nach Harun gesucht hast. Wir dachten, du hörst auf, wenn du ihn für den Brandstifter hältst.«

»Warum hast du den Anhänger überhaupt aufgehoben?«, flüstere ich.

»Ich habe von jedem getöteten Teufel etwas, das mich immer daran erinnert, dass sie ganz harmlos aussehen können, wie du und ich.«

Eine Zeitlang schweigen wir.

»Warst du in Syrien beim Militär?«, fragt Jean. »Oder bei der Polizei?«

Ahmad schüttelt angewidert den Kopf. »Ich war Metzger, hatte ein eigenes Geschäft, eine Familie, bevor die Teufel kamen und alle töteten …« Er weint.

Ich stelle mir vor, wie der Metzger Haruns Körper in Teile zerlegt, damit sie in die Mülltonne passen. Mein Magen hebt sich.

»Wer sind die anderen?«, fragt Jean.

Ahmad zuckt die Schultern. »Man sagt, es seien alle Berufe und alle Schichten dabei.«

Ich presse die Arme auf den Bauch und wiege mich vor und zurück.

»Töten die auch?«

»Ich glaube nicht. Aber es gibt viele, die die Augen offen halten, um die Teufel zu finden.«

»Gibt es einen, der entscheidet, wer sterben muss?«

Ahmad nickt. »Aber ich kenne ihn nicht.«

»Wie viele hast du schon getötet?«

Ahmad schweigt.

»Wie viele davon waren unschuldig?«, frage ich.

»So wie Buschra«, sagt Jean.

»Es tut mir leid«, murmelt Ahmad. Eine Träne rollt ihm über das Gesicht. »Ich wollte das Böse bekämpfen.«

Jean kommt mühsam auf die Füße.

Ahmad schaut alarmiert zu ihm auf. »Wirst du mich töten?«

Jean bleibt stehen und spannt jede Muskelfaser an, so dass ich einen Moment lang fürchte, dass er ein Messer oder eine Pistole zieht, aber dann entspannt er sich wieder. »Nicht, wenn du uns hilfst, die anderen zu finden. Ich will jedem Mann, der an dem Mord an Buschra beteiligt war, in die Augen sehen.«

»Aber ich kenne nur …«

»Wir finden einen nach dem anderen.«

»Und dann? Was wirst du dann mit ihnen machen?«

»Ich übergebe sie der Polizei, weil in diesem Land das Recht nach dem Gesetz ausgeübt wird und nicht nach Willkür. Deshalb sind wir alle hierhergekommen. Wir wollten Sicherheit. Wir wollten Frieden. Aber den können wir nur haben, wenn wir den Krieg nicht mitbringen.«

Wieder gibt es eine lange Pause.

»Und was wirst du mit mir tun?«, fragt Ahmad schließlich leise.

»Bezahl deine Schuld, indem du mir hilfst, die anderen zu finden.«

Ahmad nickt. »Ich wollte nie, dass Unschuldige sterben.«

In der folgenden Stille, in der Jean die Fesseln seines Gefangenen löst und die beiden Männer sich die Hände schütteln, frage ich mich, wie viel von all dem Bösen auf der Welt in guter Absicht geschieht.

24

Jean und Ahmad denken sich einen Plan aus, der sie zu den Mitgliedern des Netzwerkes führen soll, das die Teufel bekämpft. Ich bin der Köder, eine Rolle, die mir nicht behagt. Allerdings muss ich nichts weiter tun, als damit einverstanden zu sein, dass Ahmad meinen Namen benutzt, um sich mit Riad zu treffen. Die Anweisung, so lange hier im Keller zu bleiben, kann ich allerdings nicht befolgen. Mir ist so kalt, dass ich glaube, gleich erfrieren zu müssen. Außerdem habe ich Hunger, muss zur Toilette und ängstige mich inmitten dieser Ansammlung von leeren, toten Häusern. Unwillig erklären Ahmad und Jean sich bereit, mich erst nach Hause zu bringen, bevor sie ihren Plan in die Tat umsetzen.

Faysal will unbedingt mit den Männern gehen und bettelt lautlos, erntet aber nur Kopfschütteln. Erst als er sowohl Ahmad als auch Jean das Handy unbemerkt aus der Tasche stiehlt, sind sie bereit, über seine Beteiligung nachzudenken. Schnell ist klar, dass Faysals Fertigkeiten nützlich sind. Er wird Ahmad unauffällig zu dessen Kontaktmann Riad folgen und so lange bei dem Mann bleiben, bis dieser telefoniert, um die schlechte Nachricht über die widerborstige Madiha weiterzuleiten. Dann wird Faysal Riads Handy stehlen, die zuletzt angerufene Nummer notieren und das Gerät wieder zurückstecken. Da die Treffen zwischen Ahmad und Riad immer an öffentlichen Orten, meist in Cafés, stattfinden, sollte das kein Problem sein.

Hoffentlich ist Ahmad ein besserer Lügner als ich, denn er

muss seinen Kontaktmann hintergehen, muss diesem Riad vorspielen, ich hätte ihn überlistet und wäre entflohen. Er muss sich als Verlierer darstellen, muss sein Entsetzen über den Tod der unschuldigen Buschra verbergen, muss weiterhin Treue zu den Zielen des Netzwerkes und Zerknirschung über sein eigenes Versagen glaubhaft machen. Ich kann nicht beurteilen, ob ihm das gelingen wird. Und Faysal … Nein, um ihn muss ich mir keine Sorgen machen. Der Junge ist unsichtbar, wenn er es darauf anlegt, er ist lautlos und sehr geschickt mit den Händen. Trotzdem ist mir unwohl, wenn ich daran denke, was vor den drei Verschwörern liegt.

Ich verabschiede mich kurz angebunden, will Faysal nicht zeigen, wie besorgt ich tatsächlich bin, ermahne ihn aber noch einmal, vorsichtig zu sein. Er nickt ernsthaft, kann aber seine Aufregung über die wichtige Aufgabe, die er innehat, nicht ganz verbergen.

Wie vereinbart winke ich aus dem Wohnzimmerfenster, um zu zeigen, dass in der Wohnung alles in Ordnung ist, dann koche ich Tee und bade so heiß, wie ich es gerade noch ertragen kann. Trotzdem friere ich weiter. Ich wärme einen Eintopf auf, den ich heißhungrig verschlinge. Gegen das aufkommende Halsweh lasse ich einige Löffel Sesammus langsam im Mund zergehen. Dann kann ich nur noch warten.

Das Klingeln meines Handys weckt mich aus einer unbequemen Position. Ich bin im Wohnzimmer auf dem dicken Kissen eingeschlafen. Endlich finde ich das Gerät und drücke das richtige Symbol, aber es ist nicht Jeans Stimme, die sich meldet, um mir einen Bericht über die Lage zu geben, sondern mein Onkel, der nach meinem Befinden fragt.

»Ich habe mir Sorgen gemacht, weil ich dich nicht erreichen konnte!«

Wieder einmal fehlt mir die Fähigkeit, schnell eine Notlüge zu erfinden, daher sage ich, dass ich es versehentlich ausgeschaltet und den Fehler eben erst bemerkt habe.

»Es geht dir aber gut, Madiha?« Seine Stimme klingt sehr besorgt.

Ahnt er etwa, dass ich mich nicht an seine Anweisungen halte? Dass ich mich noch immer in Angelegenheiten einmische, die nicht die meinen sind? Dass ich überfallen wurde und jetzt mit dem Mann, der mich überwältigt hat, gemeinsame Sache mache?

»Madiha?«, fragt er ungeduldig nach.

»Ja, ja, es geht mir gut. Nur …«

»Was denn?«

»Ich bekomme eine Erkältung.«

Sein Lachen klingt erleichtert. »Dann nimm ein Bad.«

Ich verspreche es ihm, weil ich nicht zugeben will, dass ich bereits am helllichten Tag gebadet habe.

»Ich weiß noch nicht, wann ich wiederkomme, aber bitte melde dich, wenn etwas nicht in Ordnung ist.«

Auch das verspreche ich, dann legen wir auf. Ich überlege, was ich für den Onkel kochen werde, wenn er wieder da ist, aber noch kenne ich seine Vorlieben nicht. Beim nächsten Telefonat werde ich ihn nach seiner Lieblingsspeise fragen.

Obwohl das Stehen mich anstrengt, bin ich zu unruhig zum Sitzen, also beschäftige ich mich in der Küche, räume auf und putze, was bereits sauber ist. Als Jean endlich anruft, lasse ich mich erleichtert im Wohnzimmer wieder auf das Kissen sinken.

»Ahmad hat Riad getroffen und ihm erzählt, dass du mithilfe eines Unbekannten aus dem Keller fliehen konntest. Außerdem hat er ihm erzählt, dass du über Haruns Hinrichtung Bescheid weißt. Er sagte, er wisse, wo du dich versteckt hältst, und bat um die Erlaubnis, dich töten zu dürfen. Nun warten wir darauf, dass Riad sich mit seinem Kontaktmann trifft.«

Dass er um die Erlaubnis bittet, mich töten zu dürfen, nimmt mir den Atem. Das hatten wir nicht besprochen. Obwohl ich weiß, dass es nur eine Falle ist, und obwohl Ahmad uns versichert hat, dass er weiß, was er tut, frage ich mich, ob ich in der Wohnung noch sicher bin. Andererseits habe ich keinen anderen Ort, an dem ich sicherer wäre. Trotzdem zittert meine Hand, und ich muss mehrfach schlucken, bevor ich wieder sprechen kann.

»Konnte Faysal euch helfen?«

»Ich denke schon. Riad hat sofort nach Ahmads Abschied zweimal telefoniert, und während ich ihn abgelenkt habe, hat Faysal sein Handy entwendet und die angerufenen Nummern notiert. Eine davon wird Riads Kontaktmann sein. Wenn wir Riad bei der Verfolgung verlieren sollten, können wir seinen Kontaktmann trotzdem anhand der Telefonnummer finden.«

Mir ist nicht wohl bei der Vorstellung, dass Faysal auf Befehl zweier Erwachsener stiehlt, aber als ich den Einwand bei der Planung vorbrachte, blieb er ungehört.

»Melde dich, so schnell du kannst«, sage ich, und Jean verspricht es.

Überrascht stelle ich fest, dass es mir schwerfällt, untätig abzuwarten, während die Männer handeln. Noch vor vier Wochen wäre ich froh darüber gewesen, aber seitdem habe ich so viel unternommen, um Haruns Schicksal aufzuklären, dass es mir schon fast normal vorkommt, selbst aktiv zu werden.

Der nächste Anruf kommt zu rasch, als dass es schon wieder Jean sein könnte. Es ist Jasmin, die mich fragt, wie es mir gehe, und mir gute Ratschläge gegen die Erkältung gibt. Ich möchte die Telefonleitung für Jean freihalten, will aber auch nicht unhöflich sein. Zum Glück kommt Jasmin selbst schnell auf den Grund ihres Anrufes zu sprechen.

»Rafiq hat die Wahrheit gesagt. Er hat die Schuhe tatsächlich aus der Kleiderkammer.«

»Oh.« Mehr fällt mir beim besten Willen nicht ein vor lauter Überraschung darüber, dass Jasmin sich die Mühe gemacht hat, dort nachzufragen.

»Sie waren in einem großen Sack voller Kleidung und Schuhe, der morgens vor der Tür stand.«

Wieder eine Sackgasse, denke ich, aber es ist mir inzwischen egal.

»Es ist nett von dir, dass du dich darum gekümmert hast«, sage ich in der Hoffnung, dass Jasmin sich verabschiedet, aber das tut sie nicht. Stattdessen fragt sie, wie das Leben in der großen Stadt sei. Laut, sage ich. Die Menschen hätten es noch eiliger, die Straßen seien schmutziger, aber es gebe Geschäfte, in denen man richtiges Gemüse kaufen kann und Fleisch wie zu Hause und Gewürze und …

Durch das Telefon dringt ein Geräusch, das ich erst nicht einordnen kann, bis mir klar wird, dass Jasmin weint. »Mein Verlobter wird nicht kommen«, schluchzt sie, als ich sie nach dem Grund ihrer Tränen frage. »Er hat jetzt eine deutsche Freundin.«

»Das tut mir leid«, sage ich matt. In Situationen wie dieser sind alle passenden Worte, die vielleicht irgendwo darauf warten, ausgesprochen zu werden, für meine Zunge unerreichbar.

»Kommst du mich mal besuchen?«, fragt Jasmin. Ihre Stimme klingt kraftlos.

Ich verspreche es. Dann legt sie endlich auf.

Es ist bereits nach elf Uhr am Abend, als das Telefon wieder klingelt. Zwischenzeitlich war ich eingenickt, jetzt fühle ich mich krank, der Hals ist wund, die Nase verstopft, und mein Kopf schmerzt. In banger Erwartung greife ich nach dem Handy.

»Wir bringen dir den Jungen, in ungefähr zehn Minuten sind wir da«, sagt Jean statt einer Begrüßung.

»Geht es euch gut?«

»Es ist niemand verletzt, falls es das ist, was du meinst!« Seine Stimme zittert vor Wut.

Als ich nachfragen will, muss ich husten. Nur mit Mühe bringe ich dann ein »Was ist denn los?« heraus.

»Faysal macht Ärger, Madiha. Wir haben Riad zu einem Mann namens Ali verfolgt. Der hat telefoniert, nachdem Riad weg war. Der Junge hat das Handy gestohlen und die angerufene Telefonnummer notiert. Aber jetzt gibt er das Gerät nicht wieder her.«

Ich verspreche Jean, dass ich ein ernstes Wort mit Faysal reden werde. Bevor ich Jean fragen kann, wo er schläft, beendet er das Telefonat.

Faysal verdrückt den ganzen restlichen Eintopf und eine Menge Süßigkeiten. Solange er isst, lasse ich ihn in Ruhe, obwohl mir das Warten schwerfällt, denn ich bin so erschöpft, dass ich am liebsten sofort die Augen schließen und einschlafen möchte. Endlich frage ich ihn, was es mit Alis Handy auf sich hat. Der Junge überlegt, bevor er in seinen großen Taschen herumwühlt und schließlich ein Handy auf den Tisch legt.

»Solltest du das nicht zurückgeben, nachdem du die Nummer notiert hast, die der Mann angerufen hat?«

Faysal senkt den Kopf und schmollt ein wenig, bevor er zu

dem Handy greift und darauf herumtippt. Dann dreht er den Bildschirm in meine Richtung und wischt ganz langsam weiter, so dass sich die Bilder von unten nach oben bewegen. Ich sehe Fotos von Männern, vielleicht dreißig verschiedene. Manche sehen aus wie abfotografierte Fotos, andere sind Schnappschüsse. Bei jedem Bild stehen ein paar Worte. Und plötzlich ist das eine Gesicht dabei, das ich kenne. Ich lege den Finger auf den Bildschirm, stoppe die Bewegung der Fotos und nicke Faysal zu. »Dieser Mann ist Harun.«

Ich blicke in Haruns Augen, die monatelang meine eigene Angst und Einsamkeit spiegelten. Lange hatte ich die Hoffnung, dieses Gesicht noch einmal zu sehen, zu erfahren, dass es Harun gut geht, dass die Macht seiner Dämonen jeden Tag ein bisschen schwächer und seine Hoffnung im gleichen Maße stärker wird. Dann verwandelte sich meine Zuneigung in Abscheu, aber auch dieses Gefühl hielt nicht stand, denn jetzt empfinde ich Mitleid – und Wut. Sie richtet sich gegen alle Menschen, die sich über die anderen erheben und zu Richtern aufschwingen, obwohl niemand ihnen diese Macht verliehen hat, seien sie beim Daesh oder in Netzwerken, die ebensolche jagen. Meine Hand zittert so stark, dass ich das Handy weglegen muss, aus dem dreißig Augenpaare versuchen, die fettige Scheibe zu durchdringen und meinen Blick zu erhaschen. Was hat diese Liste auf Alis Handy zu bedeuten? Sind alle diese Männer beim Daesh gewesen? Sucht das Netzwerk sie? Oder hat man sie schon gefunden? Hat Ali die Fotos an Ahmad weitergeleitet, damit dieser seines Amtes waltet? Hat Ahmad alle diese Männer getötet, fachgerecht wie Schafe oder Rinder zerlegt und als Schlachtabfall entsorgt? Ein Schauer überläuft mich, als hätte mir jemand einen Eimer kaltes Wasser über den Rücken geschüttet. Das kann doch nicht sein! Nicht in diesem Land, das so sauber und friedlich ist. Ich springe auf, laufe ins Bad und übergebe mich, bis Kopf und Magen leer sind und ich mir von Faysal ins Bett helfen lassen muss.

Immer wieder schrecke ich aus dem Schlaf, glaube mich auf der Flucht, fürchte mich vor den Schatten an den Wänden, die wie schleichende Kämpfer aussehen, aber vermutlich nur vom Licht vorbeifahrender Autos verursacht werden, das durch das Geäst des Baumes vor dem Fenster fällt. Zwischen Wachen und Schlafen bilde ich mir ein, Haruns Stimme zu hören, die mich fragt, ob ich weiter nach ihm suche.

Als ich endlich erwache, bin ich nass geschwitzt. Mir ist so heiß, dass ich das Bettzeug von mir werfe. Im nächsten Moment beginne ich zu zittern. Nur mit größter Anstrengung schaffe ich es ins Bad zur Toilette, dann krieche ich zurück ins Bett.

Irgendwann bemerke ich eine Hand auf meiner Stirn und schaue in Faysals besorgte Augen. Danach nehme ich einzelne Szenen wahr: Tee, der mir eingeflößt wird, löffelweise *Tahina*, ein Stück Brot. Ein nasser Lappen auf meiner Stirn, kleine Hände, die mir über den Kopf streichen, eine Stimme, die ein Schlaflied summt. Mal ist es hell im Zimmer, dann dunkel, dann wieder hell. Lichtstreifen tasten sich über die Decke und suchen eine Möglichkeit, sich zu mir herabzulassen, aber es gibt kein Seil, keine Kette, nicht einmal eine Hängelampe, deshalb müssen sie dort oben bleiben, wenn sie sich nicht fallen lassen und den Rest der Ewigkeit auf dem Boden herumliegen und mit Füßen getreten werden wollen. Ich sehe Harun an meinem Bett stehen. Er trägt die schwarze Fahne des Daesh, neben ihm steht Buschra, vollkommen verkohlt, nur ihre Augen blicken mich vorwurfsvoll an. Ich höre Klingeltöne und weiß, dass ich darauf reagieren sollte, aber im nächsten Moment zerfasern meine Gedanken, wissen nicht mehr, in welche Richtung sie unterwegs waren, und lösen sich auf wie Nebel unter der Sonne. Jasmin streckt mir ihre Hand entgegen, bevor Rafiq sie zur Seite drängt und mit den Schuhen auf mich einschlägt. Wasser rinnt mir kühl und erfrischend durch die Kehle, ich höre meinen Namen und leises Weinen, dann wieder ein Lied ohne Worte.

Licht flutet in meine Augen, ich blinzle mehrmals, bis ich etwas erkennen kann: das Zimmer in der Wohnung meines Onkels. Auf der Matratze an der gegenüberliegenden Wand der Junge, tief schlafend. Leise schiebe ich das Bettzeug von mir, setze mich auf, vertraue meinen Füßen und Beinen das Gewicht meines Körpers an. Sie tragen mich ins Bad, wo ich vor meinem eigenen Spiegelbild erschrecke. Die Haut ist bleich, die Augen rot, aber einigermaßen klar, die Haare fettig. Ein Hustenreiz schüttelt mich, aber der Schleim sitzt lose, die Lunge schmerzt nicht mehr. Ich habe das Schlimmste überstanden.

Während ich mich wasche, höre ich Geklapper in der Küche. Ist der Onkel schon zurückgekehrt? Es wäre mir peinlich, ihm so unter die Augen zu treten, daher lausche ich aufmerksam, bevor ich die Badtür öffne und schnell wieder in mein Zimmer husche. Es ist leer, ich kleide mich an und bleibe auf dem Weg zur Küche an der Wohnzimmertür stehen. Faysal sitzt auf dem Boden, vor sich eine dampfende Kanne, einige Stücke Brot und das Glas mit *Tahina*, dem Sesammus, das ich gegen Halsweh genommen habe. Er schaut mich mit einer Mischung aus Stolz und Sorge im Blick erwartungsvoll an.

Ich lasse mich auf die Kissen sinken und koste den Tee, den Faysal mir reicht. Er ist genau richtig. Der Junge lernt allein vom Zusehen mehr als andere an der Universität, denke ich, während ich ihm über das Haar streiche. Schade nur, dass er seine Begabung gern außerhalb von Recht und Gesetz ausübt, aber das werde ich ihm noch austreiben.

Überrascht stelle ich fest, dass dieser Vorsatz so selbstverständlich klingt, als wäre unsere gemeinsame Zukunft bereits beschlossene Sache. Dabei habe ich die Verantwortung für Faysal offiziell abgegeben, das Jugendamt kann den Jungen also jederzeit wegholen. Ich muss dringend zum Amt und die Vereinbarung rückgängig machen. Falls die Frau sich noch einmal darauf einlässt, schießt es mir durch den Kopf. Der Gedanke ist so erschreckend, dass ich mich am Tee verschlucke. Was, wenn sie mir den Jungen wegnimmt, weil ich mich als nicht zuverlässig erwiesen habe?

Am liebsten würde ich mich sofort auf den Weg machen, um die Angelegenheit zu regeln, aber sosehr es mir auch widerstrebt, eine unangenehme Aufgabe vor mir herzuschieben, so wenig fühle ich mich in der Lage, mich heute darum zu kümmern. Am liebsten würde ich wieder ins Bett gehen, aber nach dem kargen Frühstück sind unsere Lebensmittelvorräte aufgebraucht. Zum Glück gibt es einen gut sortierten Laden an der Straßenecke. Bis dorthin sollte ich es auch in meinem geschwächten Zustand schaffen, zumal Faysal mir mit Gesten bedeutet, dass er die Einkaufstasche tragen wird.

Gemeinsam machen wir uns auf den Weg.

Ich nehme nur das Nötigste an Obst, Brot und Joghurt, damit Faysal nicht so schwer tragen muss. Gern würde ich ihm auch diese Last abnehmen, aber ich bin schwächer als gedacht. Mehrmals muss ich mich in dem engen Geschäft an ein Regal lehnen. Beim dritten Mal kommt der Besitzer und schiebt mir den kleinen Hocker zu, auf den er sonst steigt, um Waren vom obersten Bord zu holen. Nach ein paar Minuten geht es wieder, ich zahle, und während wir den Laden verlassen, klingelt mein Telefon. Es ist Jean.

»Madiha«, seine Stimme ist brüchig und leise. »Hast du etwas von Ahmad gehört?«

Ich bleibe an der roten Fußgängerampel stehen, die linke Hand schwer auf den Stock gestützt, die rechte mit dem Handy am Ohr. Der Verkehr rauscht vorbei, ich habe Schwierigkeiten, Jean zu verstehen, der so leise weiterspricht, dass ich nur einzelne Wortfetzen höre: »… weiß nicht … noch trauen können … keine Neuigkeit.«

In dem Moment bekomme ich einen starken Stoß in den Rücken und taumele auf die Straße. Das Letzte, was ich sehe, ist ein heranrasender Laster. Dann wird alles schwarz.

25

Schon wieder ein Krankenhaus, erkenne ich, als ich zu mir komme. Aber ich bin froh darüber, dass ich noch lebe, auch wenn sich meine ganze linke Seite taub anfühlt und mein Kopf schmerzt, als wäre er in der Mitte gespalten. Eine kühle Hand legt sich auf meine. Faysal, denke ich, aber dann spüre ich, dass sie zu groß ist. Die winzige Drehung des Halses nach rechts sendet Schmerzwellen wie Nadelstiche in den Schädel und den Rücken, aber ich erkenne die Person an meinem Bett: Jasmin.

»Madiha, endlich kommst du zu dir!« Ihr sorgfältiges Make-up ist verschmiert, die Augen sind rot. Sie beugt sich über mich und gibt mir einen Kuss auf die Stirn, drückt ihre Wange an meine.

Ich stöhne.

»Entschuldige, wie dumm von mir. Hast du schlimme Schmerzen?«

»Ja«, krächze ich. Das ist ein Fehler, denn selbst dieses eine Wort löst einen Hustenreiz aus, der mir ein wahres Feuerwerk an Schmerzen im Kopf beschert. Als der Husten nachlässt, hilft Jasmin mir, mit einem Strohhalm kleine Schlucke Wasser aus einem Plastikbecher zu trinken.

»Wie …«, flüstere ich.

»Schsch.« Sie legt den Finger auf die Lippen. »Du hattest einen Unfall, bist von einem Lastwagen angefahren worden.«

Mit einer kraftlosen Hand weise ich auf Jasmin.

»Wie ich hierherkomme? Ach so! Das ist einfach: Du bist immer noch in der Waldstraße gemeldet, mit Amelies Telefonnummer als Kontaktmöglichkeit. Amelie war froh, dass ich mich bereiterklärt habe, zu dir zu fahren, du weißt ja, wie viel sie immer zu tun hat.«

»Faysal?«, flüstere ich vorsichtig.

Jasmin schaut überrascht. »War er bei dir, als du den Unfall hattest?«

Meine Augen irren im Zimmer umher, als könnte Faysal irgendwo in der Ecke stehen, ohne dass Jasmin ihn bemerkt hätte. Nun schaut auch Jasmin alarmiert.

»Ich gehe mal die Schwestern fragen, ob sie den Jungen gesehen haben.«

Während Jasmin weg ist, versuche ich festzustellen, wie stark verletzt ich bin. Ich kann Hände und Füße bewegen, bin also nicht gelähmt. Das linke Knie schmerzt und fühlt sich stark geschwollen an, auch in Schulter und Ellenbogen spüre ich ein dumpfes Pochen, aber ich trage keinen Gips, nur einen dicken, weichen Kragen um den Hals. Allah hat es gut mit mir gemeint.

Wenige Minuten später kommt Jasmin mit einer großen Schachtel zurück. »Schau mal, Pralinen! Die sind eben für dich abgegeben worden.«

»Faysal!«, flüstere ich, so nachdrücklich ich kann.

»Nein, der ist nicht hier, und es kann sich auch niemand erinnern, überhaupt ein Kind in deiner Nähe gesehen zu haben. Es wurde auch kein Kind eingeliefert.« Jasmin runzelt die Stirn. »Sicher ist er bei deinem Onkel, oder jemand von den Nachbarn hat sich um ihn gekümmert.« Sie legt die Schachtel auf den Nachttisch und streift die Zellophanhülle ab. »Oh, eine Karte!«, ruft sie aus, zieht mit spitzen Fingern etwas Weißes aus der Folie und faltet die Karte auf. Die Hand, die das Papier hält, beginnt zu zittern, das Blut weicht aus ihren Wangen.

Ich greife nach ihrem Pullover und ziehe daran, bis sie mich mit Tränen in den Augen anschaut.

»›Halt den Mund oder Faysal stirbt‹«, liest sie vor, dann schlägt sie sich die Hand vor den Mund. Entsetzt starren wir einander an.

Hatte ich eben noch geglaubt, Glück im Unglück gehabt zu haben, bricht in diesem Moment eine Welt in mir zusammen. Ich spüre, wie meine Sicht sich verengt, wie die gegenüberliegende Zimmerwand auf mich zustürzt, dann umhüllt mich gnädiges Vergessen.

Es kann nicht viel Zeit vergangen sein, denn als ich wieder zu mir komme, steht Jasmin immer noch mit der Nachricht in der Hand neben meinem Bett. Allerdings schaut sie erwartungsvoll zur Tür, wo eine Krankenschwester auftaucht und auf mich zueilt.

»Na, da sind Sie ja schon wieder.«

Die Frau in hellblauer Kleidung und mit einem Namensschild über der Brust hantiert an mir herum. Ich lasse es geschehen, während ein einziger Gedanke immer und immer wieder in meinem Kopf hämmert: Ich darf nichts tun, was Faysal gefährden könnte.

Mitten in die soundsovielte Wiederholung platzt Kommissar Brocker. »Was ist dieses Mal passiert?«

Woher weiß er, dass ich hier bin?

»Frau Hammada, meine Geduld ist zu Ende. Ich will die ganze Geschichte hören, von Anfang an. Sofort.«

Er steht über den Polizisten, bei denen ich Harun als vermisst gemeldet habe. Er steht über den Polizisten, die bei Razans Tod die Gäste des Cafés befragt haben. Er muss ein ranghoher Kommissar sein, vielleicht arbeitet er für die Geheimpolizei. Er wird mich aus dem Krankenhaus holen und in ein Gefängnis bringen, aber foltern wird er mich nicht. Da bin ich ziemlich sicher.

»Frau Hammada!«

Wenn aber diejenigen, die Faysal entführt haben, wissen, dass ich im Gefängnis sitze, werden sie den Jungen töten, weil sie glauben, dass ich der Polizei alles erzählen werde, was ich weiß. Ich darf also nicht ins Gefängnis. Auf keinen Fall. Ich muss im Krankenhaus bleiben.

»Ich bin gestolpert«, flüstere ich.

»Blödsinn!«

Ich schaue auf meine Füße, um dem Blick des Kommissars auszuweichen, der am Fußende des Bettes steht. Jasmin neben mir versteht die Worte zwar nicht, aber ich bin sicher, dass sie weiß, worum es in diesem Gespräch geht, denn sie hebt die Karte mit der Drohung fast unmerklich hoch, bevor sie sie wie beiläufig in ihre Hosentasche steckt.

»Ein Hustenanfall ließ mich das Gleichgewicht verlieren.« Wie zur Bestätigung schüttelt mich ein Husten, der die Kopfschmerzen anschwellen lässt, als wäre ein Bienenschwarm in meinem Schädel aufgeflogen.

»Wir haben einen Zeugen, der sagt, Sie seien gestoßen worden.«

Mir wird heiß und kalt zugleich. Am liebsten möchte ich fragen, ob der Zeuge auch etwas über den Jungen gesagt hat, der mich begleitete, aber das darf ich auf gar keinen Fall riskieren. Lieber schweige ich, schließe die Augen und hoffe, dass der Kommissar weg ist, wenn ich sie wieder öffne. Das ist er natürlich nicht.

»Frau Hammada?«

»Er muss sich vertan haben.«

»Wen wollen Sie schützen?«, fragt der Kommissar.

Die Frage ist klug, obwohl er sicher glaubt, dass ich einen

Schuldigen vor der deutschen Polizei schützen will. Nichts liegt mir ferner. Aber die Anweisung der Drohung ist eindeutig, also schweige ich. Ich muss dringend mit Jean sprechen. Vielleicht kann er durch Ahmad herausfinden, wo der Junge ist und wie es ihm geht. Da fällt mir ein, dass ich mit Jean telefonierte, als ich auf die Straße gestoßen wurde. Worum es in dem Gespräch ging, will mir aber beim besten Willen nicht einfallen.

»... wissen noch immer nicht, was der Mann dort zu suchen hatte. Vielleicht haben Sie ja inzwischen selbst etwas in Erfahrung gebracht?«, will Brocker nun wissen.

Da schon der Ansatz des Kopfschüttelns zu schmerzhaft ist, schließe ich kurz die Augen.

»Ihre Kooperationsbereitschaft hat sich erheblich verschlechtert, Frau Hammada. Ich sehe mich gezwungen ...«

Jasmins wütende Stimme unterbricht ihn. Zwar wird er ihre arabischen Worte nicht verstehen, aber dass er Rücksicht auf meinen Zustand nehmen soll, kann er ihren Gesten und dem empörten Gesichtsausdruck entnehmen.

Bevor er reagieren kann, kommt eine Krankenschwester herein. »So, wenn der Besuch jetzt bitte gehen würde, der Doktor kommt gleich.«

»Wir sehen uns wieder, Frau Hammada«, sagt der Kommissar. »Sehr bald.«

Ich erkenne eine Drohung, auch wenn sie in freundliche Worte gekleidet ist.

Nachdem der Arzt mir erklärt hat, dass ich offenbar vom Außenspiegel des Lastwagens am Kopf getroffen wurde und meine gesamte linke Seite einen kurzen, aber umso heftigeren Kontakt mit der Beifahrerseite hatte, begutachtet er Röntgenbilder, an deren Aufnahme ich mich nicht erinnern kann.

»Sie hatten unglaubliches Glück«, sagt er mehr als einmal. »Allerdings könnte es sein, dass die alte Verletzung jetzt neue Probleme macht. Sehen Sie hier diesen haarfeinen Riss? Das ist heute passiert.«

Ich erkenne nichts auf den Bildern und verstehe auch von den Fachwörtern, die er benutzt, kein einziges. Außerdem spricht er leise und schnell, so dass ich nach seinem Besuch nicht mehr weiß als vorher. Egal. Im Moment interessiert mich ausschließlich Faysals Schicksal.

Als Jasmin ins Zimmer zurückkehrt, bitte ich sie daher als Erstes, Jean anzurufen. Seine Nummer weiß ich auswendig – zum Glück, denn mein Telefon ist seit dem Unfall vermutlich nur noch ein Häuflein Schrott.

»Weißt du, wo Faysal steckt?«, platzt es aus mir heraus, als Jean sich meldet.

»Madiha, ich habe jetzt keine Zeit.«

»Bitte!« Meine Stimme versagt.

»Ich bin schon fast bei der Polizei. Ich liefere ihnen Ahmad, Riad und Ali, das ist der Letzte in der Kette, dessen Namen wir kennen. Vielleicht findet die Polizei noch weitere Mitglieder dieser Mörderbande, aber wenn sie wenigstens diese drei festnehmen, vor allem Ahmad, der meine Buschra getötet hat …«

Mein Krächzen geht in einen Hustenanfall über. Nein, will ich schreien, geh nicht zur Polizei! Nicht jetzt! Nicht, bevor Faysal in Sicherheit ist! Aber ich bekomme kein Wort heraus.

»Leb wohl, Madiha.«

Je mehr ich versuche, Jean von seinem Vorhaben abzuhalten, desto weniger kann ich sprechen. Der Husten wird so schlimm, dass ich ernsthaft fürchte, hier und jetzt auf der Stelle zu ersticken, aber plötzlich löst sich der Krampf, ich bekomme wieder Luft und flüstere: »Sie haben den Jungen, Jean, bitte tu nichts, bis er wieder bei mir ist.«

Aber die Leitung ist bereits tot. Immer noch zitternd und wegen der Tränen halb blind versuche ich, die Wahlwiederholung zu finden, aber vor meinen Augen verschwimmt alles. Jasmin nimmt mir das Gerät mit sanfter Bestimmtheit aus der Hand.

»Ruf ihn noch einmal an«, sage ich. »Er darf nicht zur Polizei!«

Sie wählt einmal, zweimal, dreimal, aber Jean hat sein Telefon abgestellt.

Ich kann nichts mehr für Faysal tun.

Eine Krankenschwester rauscht herein, ihre Sohlen quietschen auf dem glänzenden Bodenbelag. Sie stellt sich ans Fußende meines Bettes, ergreift mit beiden Händen das Stahlrohr des Fußteils und sagt mit missmutiger Miene: »Ihr Onkel lässt Ihnen ausrichten, dass er seine Reise abbricht und morgen hier sein wird. Bitte sagen Sie Ihren Verwandten, dass wir kein Sekretariat sind, das Telefongespräche entgegennimmt und Verabredungen trifft.«

Genauso schnell, wie sie kam, geht sie wieder. Ihre Haltung drückt Missbilligung aus, aber das ist mir vollkommen egal. Stattdessen schwanken meine Gefühle zwischen Erleichterung und Verlegenheit. Dass ich meinem Onkel zur Last falle und er gar seine beruflichen Pläne meinetwegen ändern muss, ist mir unangenehm. Gleichzeitig hoffe ich auf seine Unterstützung, selbst wenn das bedeutet, dass ich ihm die ganze Geschichte erzählen muss. Zwar weiß ich nicht, was er für Faysal tun soll, habe keine Ahnung, wie er dem Jungen helfen könnte, aber trotzdem verspüre ich einen Funken Zuversicht.

So sehr war ich in meine Gedanken vertieft, dass Jasmin

mich erst sanft an der Schulter rütteln muss, um meine Aufmerksamkeit auf ihre Frage zu lenken, die sie offenbar bereits mehrfach gestellt hat.

»Was sagte die Frau?«

Ich übersetze die Worte der Krankenschwester und füge meine eigenen Überlegungen gleich hinzu.

Jasmins Augen füllen sich mit Tränen. »Ach, Madiha, ich bin so glücklich, dass du nicht mehr allein bist!«

Den Rest des Tages verbringe ich mehrheitlich schlafend und freue mich, dass Jasmin an meinem Bett sitzt, wenn ich aufwache, und mir Mut zuredet, wenn meine Hoffnung zu schwinden droht.

Jasmin ist auch am nächsten Tag früh zur Stelle. Sie hat irgendein Formular von Amelie dabei, das ich ausfüllen muss, aber da Jasmin kein Deutsch spricht und ich nicht lesen kann, legen wir das Papier zur Seite. Dann warten wir gemeinsam auf meinen Onkel.

Stattdessen erscheint gegen zehn Uhr Kommissar Brocker.

»Sie wissen, warum ich hier bin«, sagt der Kommissar.

Ich wage ein Kopfschütteln. Die Schmerzen sind nicht mehr so schlimm wie gestern, trotzdem verziehe ich das Gesicht und halte lieber wieder still.

»Jean Malik war gestern auf dem Präsidium und hat dort eine wilde Geschichte erzählt, in der auch Sie eine nicht unerhebliche Rolle spielen.«

Ich denke an Faysal und halte den Mund. Vielleicht tun sie – wer auch immer sie sind – dem Jungen nichts, wenn Jean keine Beweise hat.

»Ich brauche Ihre Aussage, Frau Hammada, sonst können wir die Männer nicht festhalten.«

Ich schließe die Augen, denke an Faysal und hoffe, dass die

Männer schnell wieder freigelassen werden. Und bete, dass es dann noch nicht zu spät für den Kleinen ist. Die Ungewissheit über sein Schicksal und die Unmöglichkeit, etwas für ihn zu tun, sind eine größere Qual als alle körperlichen Schmerzen zusammen.

»Hören Sie auf mit Ihren Spielchen, und sagen Sie mir endlich, was Sie über Ahmad Labwani und seine Rolle bei dem Brand des Restaurants wissen! Und über Harun Dardaris Verschwinden!«

Je ärgerlicher die Stimme des Kommissars wird, desto fester wird der Druck von Jasmins Hand, die meine hält.

»Und dann wäre da noch Ihre eigene Entführung, die uns eine Handhabe geben würde, die wir dringend brauchen.«

Ich schweige für dich, Faysal. Ich tue alles, um dich zu schützen – sosehr es mich auch peinigt, dass ich dabei die Gerechtigkeit verraten muss.

»Sobald Sie aus dem Krankenhaus entlassen werden, erhalten Sie eine offizielle Vorladung. Wenn Sie dann weiter schweigen, lasse ich Sie wegen Behinderung der Justiz festnehmen.«

Wie lange wird es nach der Freilassung von Ahmad und den beiden anderen Männern dauern, bis seine Entführer den Jungen laufen lassen? Ein paar Tage? Wochen? Werden sie ihn gar nicht mehr freigeben, sondern als Druckmittel behalten? Oder ist er bereits tot, weil Jean zur Polizei gegangen ist, und alle meine Hoffnung, ihn gesund und munter wiederzusehen, vergebens? Nein, das darf ich nicht einmal denken!

»… werden Sie bedroht?«

Obwohl ich nicht alle Worte der Frage gehört habe, ist mir klar, dass der Kommissar auf der richtigen Spur ist. Das sagt mir ein Blick in seine Augen, den ich unter halb geschlossenen Lidern wage. Der Ärger ist weg, Sorge liegt in tiefen Falten auf seiner Stirn. Plötzlich schaut er sich im Zimmer um, wendet sich dann wieder zu mir und sagt: »Natürlich! Der Junge!«

Ich beiße die Zähne so fest aufeinander, dass es nicht verwunderlich wäre, wenn sie gleich in tausend Splitter zerspringen würden.

»Sagen Sie mir, was los ist, Frau Hammada. Wir sind die Polizei, wir können Sie schützen.«

Nein, denke ich, das könnt ihr nicht. Ihr habt keinerlei Zugang zu diesen Leuten, die in eurem Land ihr eigenes Leben leben. Ihr kennt ihre Mentalität nicht. Ihr habt keine Erfahrung mit ihrer Entschlossenheit, die Sachen selbst in die Hand zu nehmen, weil auf den Staat kein Verlass ist oder weil die Vertreter des Staates gar die schlimmsten Kriminellen sind. Ihr kennt das ungeschriebene Gesetz nicht, das die Familien zusammenschweißt auf Gedeih und Verderb. Selbst wenn ihr ihre Sprache sprechen würdet, verstündet ihr nur die Worte, nicht aber den Sinn dessen, was sie sagen. So geht es mir mit den Deutschen – und euch geht es so mit uns.

Ein Seufzer des Kommissars verrät mir, dass er aufgibt. »Bitte reden Sie mit mir, Frau Hammada. Jederzeit. Rufen Sie mich an, Tag oder Nacht. So oder so sehen wir uns bald wieder. Gute Besserung.«

Ich öffne die Augen erst wieder, als seine Schritte verklungen sind.

Ich lasse eine Untersuchung und das Mittagessen über mich ergehen und sehne mich schon jetzt nach dem Moment, in dem ich wieder selbst in der Küche stehen und kochen kann. Jasmin leistet mir weiter Gesellschaft, verschwindet nur kurz, um in einem Imbiss etwas zu essen. Als sie wieder hereinkommt, riecht sie nach Pommes frites. Obwohl Kartoffeln in der syrischen Küche kaum eine Rolle spielen und sie gekocht nach nichts schmecken, sind sie frittiert doch recht geschmackvoll. Allein der Duft des heißen Fetts, der in Jasmins Kleidern hängt, regt meinen Appetit mehr an, als der matschige Brokkoli in einer mehligen Sauce und das geschmacklose Fleisch, das mir serviert wurde, es je könnten. Aber ich esse meinen Teller leer, denn ich brauche Kraft.

Jasmin ist schweigsamer als gestern, und ich brauche Ruhe, daher sprechen wir nicht viel. Immer wieder nicke ich ein.

Als ich irgendwann die Augen öffne, sitzt mein Onkel neben dem Bett.

»Madiha, ich habe mir solche Sorgen gemacht!«

Ja, er sieht wirklich besorgt aus. Seine Haut ist grau, die Augen rot geädert, dicke Tränensäcke hängen darunter. Aber er versucht ein Lächeln, was mich rührt.

Jasmin hält sich im Hintergrund, aber ich winke sie zu mir und stelle sie meinem Onkel vor. Er bedankt sich höflich für ihre Hilfe, schaut aber irritiert, als ich sie auffordere, sich zu uns zu setzen.

»Sie kann vieles von dem berichten, was ich dir mitteilen muss«, krächze ich, denn meine Erkältung ist noch immer nicht ganz abgeklungen. Und so wechseln wir uns ab. Ich fasse Haruns Hilfe während der Flucht, sein Verschwinden und den Teil meiner Suche, den mein Onkel bereits kennt, kurz zusammen. Dann übernimmt Jasmin. Mir ist es lieber, dass sie von meinen Nachforschungen in der Nachbarschaft der ›Drei Zedern‹ berichtet, die ich ihr anvertraut habe, und dass sie auch von den wieder aufgetauchten Schuhen erzählt, denn so entlädt sich bereits ein Teil des Unmuts, bevor ich zu den wirklich furchtbaren Ereignissen komme.

»Und dann wurde ich auf dem Heimweg überfallen und entführt.«

Der Wechsel im Gesichtsausdruck meines Onkels von leichter Besorgnis zu völliger Fassungslosigkeit hätte mir unter anderen Umständen ein Lächeln entlockt.

»Ahmad, so heißt der Mann mit der geteilten Augenbraue, sprühte mir etwas ins Gesicht – ein Pfefferspray, wie ich mittlerweile weiß – und schloss mich in einem Keller in der Nähe des Bahnhofs ein. Er sagte, er habe den Auftrag, mich zurück nach Syrien zu bringen.«

Diese Information versetzt dem Onkel einen neuen Schock.

»Als er die Tür öffnete, erwartete ihn Faysal, schlug ihn mit meinem Stock nieder, und dann war er unser Gefangener und gab zu, Harun und unabsichtlich auch Buschra getötet zu haben. Haruns Leiche hat er zerteilt und in einer Tonne für Schlachtabfälle entsorgt.«

Das Gesicht des Onkels verliert sämtliche Farbe.

»Jean überredete ihn, uns die Männer zu liefern, die zu diesem Netzwerk gehören, das ehemalige Kämpfer des Daesh hier in Deutschland aufspürt und tötet. Zu diesem Zweck dachten sie sich eine Falle aus, nämlich die Frage, ob Ahmad mich töten dürfe, weil ich ihm bei der versuchten Entführung entwischt wäre und auch nicht aufhören würde, weiter Fragen zu stellen. Und zwei Tage später stieß mich jemand vor den Lastwagen.«

Eine lange Zeit sitzt der Onkel zusammengesunken auf seinem Stuhl und streicht sich immer wieder über das Gesicht. Ich bin überrascht, wie sehr ihn der Bericht mitnimmt, und gräme mich, ihm den nächsten Schlag auch noch versetzen zu müssen.

»Und dann kamen diese Pralinen mit einer Nachricht.«

Jasmin reicht ihm die kleine Karte mit der Drohung.

Der Onkel saugt hörbar Luft ein, steht auf, geht im Zimmer herum. Er ist aufgewühlt, fassungslos, entsetzt. Seine Reaktion ist heftiger, als ich erwartet hatte, aber ich muss mir eingestehen, dass ich ihn gar nicht gut genug kenne, um beurteilen zu können, welche Gräuel er selbst schon erlebt hat oder wie stark seine Nerven sind.

»Der Kommissar war schon zweimal hier«, übernimmt Jasmin.

Der Onkel fährt zu ihr herum. »Warum?«

»Jean hat Ahmad, seinen Kontaktmann Riad und dessen Kontaktperson Ali angezeigt und dem Kommissar die ganze Geschichte erzählt. Nun möchte der Kommissar, dass auch Madiha als Zeugin aussagt. Aber das kann sie nicht, solange wir um den Jungen fürchten müssen.«

In seiner Verzweiflung sieht der Onkel meinem Vater ähnlicher als je zuvor. Der Ausdruck von Traurigkeit, Resignation und wehmütigem Schmerz in seinem Blick presst mir das Herz zusammen. Lastet auf den Männern dieser Familie ein Fluch? Und sind es immer die Frauen, die ihnen zum Verhängnis werden? Erst meine Mutter, die das Leben sowohl meines Onkels als auch meines Vaters aus der vorgezeichneten Bahn warf, und nun ich, indem ich die weiblichen Tugenden der Demut und Duldung missachtete und selbstsüchtig meinen Willen nach Aufklärung durchsetzen wollte. Und wohin hat es geführt? Der Junge, der mir sein Leben anvertraute und meins rettete, ist in höchster Gefahr, und mein Onkel, der mir ein Zuhause gab, als ich nichts mehr hatte, wird ungewollt in diese Sache mit hineingezogen. Die Scham raubt mir den Atem und erdrückt mich fast. Endlich spüre ich, wie die Spannung aus mir herausbricht und die Tränen heiß über meine Wangen fließen.

Der Onkel tritt an mein Bett und legt seine Hand auf meinen Arm. »Ich werde mich umhören, Madiha, und versuchen, über meine weit gestreuten Geschäftskontakte herauszufinden, wer den Jungen hat und was wir tun können, damit sie ihn freilassen.«

Seine Güte macht mich noch verlegener. Statt mit mir zu schimpfen, bietet er seine Hilfe an. Damit beweist er die gleiche Großherzigkeit, die sein Bruder in dieser Situation gezeigt hätte. Ich nehme seine Hand, küsse sie und flüstere meinen Dank, bis er den Raum verlassen hat.

Wieder schlafe ich ein, träume von meinem Vater und erwache, weil jemand meinen Namen ruft.

Es ist Jean. Außer ihm ist niemand im Zimmer, draußen ist es dunkel.

»Du musst der Polizei sagen, was du weißt«, sagt Jean statt einer Begrüßung.

Er sieht furchtbar aus. Unrasiert, mit wächserner Haut, blutunterlaufenen Augen, ausgezehrten Wangen. Am schrecklichsten aber ist sein Blick. Jede Freundlichkeit ist daraus verschwunden. Sie hat einer eisigen Härte das Feld überlassen, die mich trifft wie ein Strahl kaltes Wasser.

»Wie geht es dir?«, stammele ich. Ich wage kaum, es mir einzugestehen, aber ich fürchte mich vor diesem Mann.

»Was denkst du wohl, wie es mir geht?« Der Spott klirrt in seiner Stimme. Es erschüttert mich zu sehen, dass nur wenige Tage ausreichen, um aus einem der gütigsten Menschen, die ich kannte, einen gebrochenen, unbarmherzigen Rächer zu machen. Es ist keine Frage der Zeit, sondern der Erlebnisse. Ein Augenblick kann die Welt verändern. Meistens zum Schlechten.

»Warum hast du Ahmad angezeigt?«, frage ich leise.

Jean dreht sich weg und schaut aus dem Fenster, so dass ich

sein Spiegelbild, eine kleine Gestalt mit vornübergefallenen Schultern, in der Scheibe sehen kann. Seine Stimme ist rau und kraftlos, als er sagt: »Er sollte mich zu dem Mann führen, der die Befehle gibt. Bis zu diesem Ali konnten wir die Spur verfolgen. Riad traf sich mit ihm und erzählte die Geschichte, die wir uns für ihn ausgedacht hatten. Dann sagte Ali, er werde die Frage weitergeben und Riad Bescheid sagen. Faysal blieb unauffällig in Alis Nähe, wartete, bis er telefoniert hatte, und klaute sein Handy. Die Telefonnummer, die Ali anrief, war die Zentrale eines Import-Export-Unternehmens in Frankfurt. Ob Alis Kontaktmann dort sitzt oder ob der Anruf gar nichts mit dem Netzwerk zu tun hatte, konnten wir nicht feststellen.«

Bei Jeans Bericht fällt mir siedend heiß ein, dass Faysal mir auf Alis Handy die Gesichter vieler Männer zeigte, unter denen auch Harun war. Was wir dann mit dem Telefon gemacht haben, will mir allerdings gerade nicht einfallen. Hat Faysal das Gerät wieder eingesteckt? Liegt es noch im Wohnzimmer meines Onkels?

»Nachdem die Spur bei Ali endete, schlug Ahmad vor, abzuwarten, bis sich Riad wieder bei ihm meldete, um ihn anzuweisen, was mit dir geschehen solle.« Jean schweigt eine ganze Weile, bevor er sagt: »Ich habe ihm vertraut, Madiha. Aber dann hörte ich nichts von ihm, er war am Telefon kurz angebunden. Ich rief dich an, um zu fragen, ob du Neuigkeiten von ihm hast, stattdessen hörte ich dieses furchtbare Geräusch … Dann war die Leitung tot, deine Nummer nicht mehr zu erreichen.«

Ich versuche mich zu erinnern, ob ich Ahmad oder jemand anderen gesehen habe, bevor ich auf die Straße gestoßen wurde, aber da ist nichts. Und ich bin mir fast sicher, dass Ahmad nicht in meiner Nähe war, denn jetzt, da ich darüber nachdenke, fällt mir der aufdringliche Geruch seines Rasierwassers nach Muskatnuss und Limone ein. Hätte ich dieses Aroma nicht wiedererkannt, wenn Ahmad mir nah genug gekommen wäre, um mir einen Stoß zu versetzen? Aber wenn er es nicht war, wer dann? Hat derjenige, der die Entscheidungen fällt, jemand anderen geschickt, weil Ahmad schon einmal nicht mit mir fertig geworden ist? Möglich wäre es. Ebenso denkbar wäre aber auch, dass meine verstopfte Nase den Duft des Rasierwassers nicht bemerkte.

»Du musst der Polizei alles sagen, was geschehen ist und was Ahmad uns erzählt hat. Wie er dich mit dem Spray betäubte, wie er zugab, Harun getötet und das Restaurant angezündet zu haben. Wenn du nicht bei der Polizei aussagst, werden sie ihn wieder laufen lassen.« Jeans Stimme hat wieder an Kraft gewonnen.

»Das kann nicht sein«, entgegne ich schockiert. »Ahmad hat doch alles zugegeben.«

»Nur in diesem Keller, Madiha. Bei der Polizei leugnet er.«

Natürlich, was hatte ich auch erwartet? Dass sich ein Mann wie Ahmad freiwillig von der deutschen Polizei verhaften lassen würde? Meine Augen füllen sich mit Tränen.

»Wirst du der Polizei sagen, was du weißt, Madiha? Das ist die einzige Möglichkeit, Ahmad ins Gefängnis zu bringen.«

Was wird Jean anstellen, wenn ich ihm jetzt sage, dass ich nicht zur Polizei gehen kann? Wird er eine Dummheit begehen? Gibt es noch irgendjemanden auf der Welt, zu dem er Kontakt hat? Der ihm Halt gibt? Wo war er in der Nacht, als das Restaurant brannte? Bei einer Geliebten? Auch wenn das ein Verstoß gegen die Lehren des Koran wäre, würde ich mich besser fühlen, wenn es so wäre. Ich nehme all meinen Mut zusammen. »Wo warst du in der Nacht, als das Restaurant brannte, Jean? Wo hältst du dich jetzt auf?«

Das Schweigen dehnt sich so lang, dass ich mir schließlich ein Herz fasse und Jean ansehe.

»Wenn ich es dir sage, versprichst du mir dann, dass du zur Polizei gehst?«, fragt er.

Ich senke den Blick. Kann es nicht versprechen.

»Gut«, sagt Jean. Er hat meine Reaktion missverstanden, interpretiert sie als Zustimmung, aber bevor ich überhaupt darüber nachdenken kann, ob ich ihn korrigieren will, sagt er: »Ich war bei meinem Liebhaber.«

All meine Selbstbeherrschung reicht nicht, um meine Gesichtszüge zu kontrollieren, um die Augen gesenkt zu halten, um meine Fassungslosigkeit zu verbergen. Jean treibt Unzucht mit einem Mann? Ich schnappe nach Luft. Da ist es kein Wunder, dass er nicht sagen will, wo er war. Welch eine Schande!

»Ich sehe, dass du entsetzt bist, Madiha. Was hätte ich auch anderes von dir erwarten sollen.« Er lacht bitter. »Buschra jedenfalls hat es nichts ausgemacht. Sie akzeptierte mich, wie ich bin.«

Das tue ich auch, will ich sagen, aber es wäre eine Lüge.

»Nun, da du mein Geheimnis kennst, erfülle dein Versprechen. Mach deine Aussage bei der Polizei.« Jean zückt sein Handy.

»Ich kann nicht«, sage ich. »Jedenfalls nicht, bis …«

Sein Gesichtsausdruck wechselt von Erschütterung über Fassungslosigkeit zu Wut. »Du hast es versprochen, und es muss heute sein. Sonst müssen sie ihn laufen lassen, das sind die Gesetze in diesem Land.«

Die Art, wie er das Wort ›Gesetze‹ förmlich ausspuckt, schockiert mich. Immerhin war Jean derjenige, der in großer Ehrfurcht vom deutschen Rechtssystem gesprochen hatte.

»Ich kann nicht«, wiederhole ich.

»Nicht für einen Mann, der einen Mann liebt?« Jeans Stimme klingt wie die Schneide eines Damaszenermessers.

»Nein, das ist es nicht. Sie haben …«

Aber Jean hat den Raum bereits verlassen, meine Worte erreichen ihn nicht mehr.

26

Es ist mitten in der Nacht und so dunkel, wie es in einem Krankenzimmer überhaupt sein kann, als mich jemand wachrüttelt. Die Frau trägt eine schwarze *Abaya*, einen *Hidjab* und ist ungeschminkt. Es dauert eine ganze Weile, bis ich sie erkenne: Jasmin.

»Kannst du aufstehen? Ich habe einen Rollstuhl für dich organisiert.«

Ich habe den Eindruck, zu träumen, aber in meinen Träumen empfinde ich normalerweise keine Schmerzen. Bin ich also wach? Aber was macht Jasmin mitten in der Nacht in meinem Zimmer? Warum ist sie in dieser für sie so untypischen Art gekleidet? Und was soll ich in einem Rollstuhl?

»Komm Madiha, du wirst es nicht bereuen!«

Mit ihrer Hilfe quäle ich mich aus dem Bett und lasse mich in den Rollstuhl fallen. Ich brauche ihn dringend, denn mein linkes Bein schmerzt so stark, dass ich fürchte, es würde mir den Dienst versagen. Der Kopf pocht, und schwindelig ist mir auch, aber ich verbiete mir jede Klage. Was auch immer der Grund für diesen nächtlichen Ausflug ist, er wird wichtig genug sein, dass Jasmin mich dafür weckt und durch das nächtlich stille Krankenhaus fährt.

Offenbar weiß sie genau, wohin sie will, denn zügig und zielstrebig schiebt sie mich den Flur entlang, um eine Ecke, durch ein Treppenhaus und in den nächsten Flur. Dann folgt eine kurze Fahrt im Aufzug, und als sich dessen Türen öffnen, befinden wir uns in einer anderen Welt.

Hier sind die Wände nicht weiß und gelb, sondern bunt bemalt. Luftballons in knalligen Farben schweben über grünen Wiesen mit schwarz-weißen Kühen. Clowns pusten Seifenblasen über die Kühe hinweg, Hasen schauen keck hinter blühenden Büschen hervor. Mein Herz beginnt zu rasen. Es ist unverkennbar: Wir sind auf der Kinderstation. Und das kann nur eins bedeuten.

»Wo ist er?«, krächze ich.

»Schscht«, macht Jasmin. »Gleich da hinten, im letzten Zimmer. Fall nicht aus dem Rollstuhl, Madiha, du bist zu schwer, als dass ich dich vom Boden aufsammeln könnte.«

Ich höre an ihrer Stimme, dass sie fast ebenso aufgeregt ist wie ich. Dann spüre ich ihre Hand auf meiner Schulter, der Rollstuhl bleibt stehen, und Jasmin hockt sich vor meine Knie. Ich bin ungeduldig, will weiter, wende den Blick nur zögernd von der angegebenen Tür. Als ich in Jasmins Gesicht sehe, wird mir angst und bange.

»Was ist mit ihm?«

»Es sieht schlimmer aus, als es ist, sagen die Ärzte.« Jasmin versucht, ihrer Stimme einen beruhigenden Tonfall zu geben, aber ich bemerke das leichte Zittern darin. »Nichts, das nicht wieder heilen wird.«

Verzweifelt versuche ich aufzustehen, aber Jasmin drückt mich zurück in den Rollstuhl, tritt hinter mich und schiebt mich durch den Flur, öffnet die Tür, und dann bin ich endlich an Faysals Seite.

Der Kopf des Jungen ist mit leuchtend weißen Verbänden umwickelt, seine Augen sind zugeschwollen und violett verfärbt. Der linke Arm liegt in einem Gips auf der Bettdecke, in der rechten Hand steckt ein Schlauch, der mit einer aufgehängten Flasche verbunden ist, aus der beständig durchsichtige Flüssigkeit tropft.

Ich schlage die Hand vor den Mund und schluchze leise,

um den Kleinen nicht zu wecken, aber seine rechte Hand regt sich, die Lider flattern.

»Madiha«, sagt er so leise, dass ich im nächsten Moment überzeugt bin, mir das Wort eingebildet zu haben. Faysal drückt kurz meine Hand, schließt die Augen und atmet ruhig weiter. Ich lasse die Tränen über meine Wangen laufen, kümmere mich nicht darum, könnte auch gar nichts dagegen tun. Sie wegzuwischen ist unmöglich, dazu müsste ich die Hand des Jungen loslassen, und das kommt nicht infrage.

Jasmin zieht sich einen Stuhl heran, setzt sich darauf und lehnt den Kopf an die Wand. Nach wenigen Minuten ist sie eingeschlafen.

In dem vollkommen ruhigen Zimmer wache ich am Bett meines Sohnes, bis die erste Schwester auf quietschenden Sohlen den neuen Tag ankündigt, lang bevor die Wintersonne ihr trübes Licht durch die Fenster wirft.

Ich muss Faysals Zimmer verlassen, obwohl ich mich mit Händen und Füßen dagegen wehre. Erst der für die Kinderstation zuständige Arzt schafft es, mich von dem Jungen, der ruhig schläft, zu trennen. Man werde mir Bescheid sagen, wenn er aufwacht, verspricht er mir. Ich bin mir nicht sicher, ob ich ihm Glauben schenken kann, aber Jasmin, die genauso müde ist wie ich, schiebt mich schließlich in den Aufzug und die Flure entlang zu meinem Zimmer.

Dort erwartet mich die nächste Überraschung, dieses Mal allerdings keine gute. Der Kommissar steht vor meinem Bett und befragt eine Krankenschwester, die erleichtert aufatmet, als sie mich sieht. Ihre Erleichterung schlägt allerdings sofort in Zorn um, der ihre Stirn kraust und ihre Gesichtszüge zusammenpresst.

»Was glauben Sie eigentlich, wo Sie hier sind? Im Ferienlager? Unsere Hilfe in Anspruch nehmen wollen sie alle, sich an die Regeln halten aber nicht. So geht das nicht! In diesem Land …«

Der Kommissar stoppt ihre Tirade, indem er ihr die Hand auf den Arm legt und sie zur Tür begleitet. Ich bin so erschöpft, dass ich es selbst mit Jasmins Hilfe nicht schaffe, aus dem Rollstuhl ins Bett zu kommen, aber die Krankenschwester ist nun weg. Also versuche ich, die schlimmsten Schmerzen durch eine Gewichtsverlagerung zu lindern, aber es hilft nichts. Ich beiße die Zähne zusammen und wappne mich gegen die erneute Aufforderung, eine Aussage zu machen. Aber der Grund, der den Kommissar hierhergeführt hat, ist ungleich schrecklicher.

»Jean Malik hat Ahmad Labwani erschossen.«

Ich höre die Worte und weiß, dass nur ein Teil von mir ihren Sinn erfasst. Gleichzeitig ist es, als wäre ich von diesem Teil getrennt, wäre nur ungläubige Zuschauerin, ebenso entsetzt wie hilflos. Ich bin nicht in der Lage, auch nur einen Ton von mir zu geben, ebenso wenig wie ich Jasmins Frage, was der Kommissar gesagt habe, beantworten kann.

»Wir mussten Labwani und die beiden anderen Männer freilassen, so sieht es das Gesetz vor. Alle drei Männer haben jeden Vorwurf von Jean Malik geleugnet: die Bildung einer kriminellen Vereinigung, Entführung und Brandstiftung, erst recht die Morde. Es gab keine Indizien, keine weiteren Zeugenaussagen, nichts. Keinen Grund für eine Untersuchungshaft also … Sie kamen kurz vor Mitternacht frei. Um fünf nach zwölf war Labwani tot.«

Der Teil von mir, der im Rollstuhl sitzt und auf den Boden starrt, krümmt sich zusammen und gibt ein Wimmern von sich. Der andere Teil, der diese Szene wie von außen betrachtet, ist erfroren, eine Struktur aus Eiskristallen, die bei der kleinsten Bewegung in tausend Stücke zu zersplittern droht. Und genau das geschieht jetzt. In dem Moment, in dem ich die Hände an den Kopf lege, der nicht mehr schmerzt, nichts mehr empfindet außer dieser allumfassenden Kälte, zerspringe ich. Das Wissen um meine Schuld zerreißt mich. Hätte ich ausgesagt, wäre Ahmad nicht freigelassen worden. Hätte ich nicht nur an mich selbst und an Faysal gedacht, wäre Jean nicht zum Mörder geworden. Ich höre jemanden schreien und brauche eine Weile, bis ich begreife, dass ich es bin.

Der Kommissar greift nach meinen Händen, die blutig sind. Jasmin taucht neben ihm auf, umfängt mein Gesicht und spricht mit mir, aber ich verstehe sie nicht. Stimmen rufen durcheinander, auf Deutsch, auf Arabisch, aber es liegt kein Sinn darin, nichts bedeutet etwas, es sind nur Geräusche, Schreie, Lärm. Quietschende Schritte nähern sich, noch mehr Hände greifen nach mir, schieben meinen Ärmel hoch, stoßen mir eine glühende Nadel ins Fleisch. Ich kämpfe weiter gegen all die Hände, bis ich schwächer werde und irgendwann alles um mich herum in einem lichten Nebel verschwindet.

»Haben Sie etwas dagegen, wenn ich Ihre Aussage aufzeichne?«, fragt Kommissar Brocker zwei Tage später, die ich fast durchgängig an Faysals Bett verbracht habe. Von Jasmin hingegen habe ich nichts gehört oder gesehen. Verwunderlich, da sie den Jungen doch fast ebenso liebt wie ich.

Wieder sitze ich ihm im Rollstuhl gegenüber, obwohl es nicht mehr nötig wäre. Eine reine Vorsichtsmaßnahme, hat die Schwester gesagt, während sie die Kratzer im Gesicht, die ich mir bei meinem Zusammenbruch beigebracht habe, mit Salbe beschmierte. Ich sehe immer noch zum Fürchten aus.

»Nein, ich habe nichts dagegen.«

Mein Onkel hatte die Befragung hinausschieben wollen, bis ich aus dem Krankenhaus entlassen bin, aber der Kommissar hat auf einen schnellen Termin bestanden. Immerhin geht es um Mord.

»Gut, zunächst zu den Fotos. Haben Sie diese Männer schon einmal gesehen?«

Er zeigt mir zwei Fotos, die offenbar aus einem Ausweis oder von einem Formular stammen.

»Sind das Ali und Riad?«, frage ich.

Der Kommissar nickt, sagt aber laut: »Diese Frage kann ich Ihnen nicht beantworten.«

Ich danke ihm ebenfalls mit einem Nicken.

»Nein«, sage ich wahrheitsgemäß. »Ich kann mich nicht erinnern, einen von beiden je gesehen zu haben.«

»Danke. Dann kommen wir jetzt zu Ihrer Aussage. Lassen Sie sich Zeit. Beginnen Sie ganz von vorn.«

Mein Bericht, der mit dem Morgen von Haruns Verschwinden beginnt, dauert eine halbe Ewigkeit. Immer wieder muss ich kurze Pausen einlegen, vor allem wenn ich über Buschra und Jean spreche oder über all die Fehler, die ich gemacht habe. Den Fehler, dem Kommissar nicht gleich zu Beginn den Brief und das Foto mit dem Ring zu geben, der zu Razans Tod führte. Den Fehler, dem Kommissar nichts von meiner Entführung zu erzählen, Jean, Ahmad und Faysal zu unterstützen, anstatt die Polizei zu informieren. Selbst als Faysal mir Alis Handy mit den Fotos brachte, habe ich den Kommissar nicht eingeschaltet, weil Jean den Männern, die Buschra auf dem Gewissen hatten, persönlich in die Augen schauen wollte. Alle diese Fehler werden bis zum Ende meiner Tage auf meinem Gewissen lasten.

»Und Sie haben keine Kenntnis von weiteren Verschwörern?«, fragt der Kommissar.

Darüber habe ich mir in den vergangenen zwei Tagen, wenn ich Faysals Schlaf bewachte, den Kopf zerbrochen. Nein, ich habe keine Ahnung, wer sonst noch dazugehörte.

»Was glauben Sie, wie spüren diese Leute ehemalige IS-Kämpfer hier in Deutschland auf?«

Da die meisten Flüchtlinge den ganzen Tag auf ihre Handys starren, muss es ein Leichtes sein, den Aufenthaltsort bestimmter Leute herauszufinden, wenn man ihre Fotos herumschickt und fragt, ob jemand weiß, wo sie sich aufhalten. Etliche Bewohner der Unterkunft in der Waldstraße haben auf diese Art Freunde oder Familie wiedergefunden, die auf der Flucht von ihnen getrennt wurden. Plötzlich erinnere ich mich an Alis Handy, das wahrscheinlich noch in der Wohnung des Onkels liegt.

»Gut, ich werde Ihren Onkel danach fragen.«

Verlegenheit ergreift mich, weil ich meinen Onkel in eine polizeiliche Ermittlung hineinziehe, danach mache ich mir Gedanken darüber, ob ich die Wohnung sehr unordentlich hinterließ, als Faysal und ich sie vor fünf Tagen verlassen haben, um nur schnell etwas einkaufen zu gehen. Daher entgeht mir der Anfang der folgenden Frage.

»… der Junge plötzlich freigelassen wurde? Haben Sie eine Idee, wie es dazu kam?«

Ich schüttele den Kopf.

»Okay, dann gehen wir das Schritt für Schritt durch. Wer wusste, dass Faysal festgehalten wurde, um Ihr Schweigen zu erzwingen?«

»Jasmin und mein Onkel.«

»Sonst niemand?«

»Nein.«

»Und Sie haben von Faysals Entführung durch eine anonyme Karte erfahren?«

Vor meinem geistigen Auge erscheint Jasmin mit der Süßigkeitenschachtel im Krankenzimmer. Sie zieht die Karte aus der Folie und liest sie vor …

Plötzlich ist es, als würde der Vorhang vor einer Bühne weggezogen und das ganze Stück noch einmal gespielt, jetzt im vollen Licht der Scheinwerfer. Und wohin ich auch schaue, sehe ich Jasmin.

Sie war diejenige, die mich in die Kinderstation zu Faysal brachte. Woher wusste sie, dass er dort war? Und warum war sie mit *Abaya* und *Hidjab* regelrecht verkleidet? Diese Frage quält mich seit Tagen, aber zum ersten Mal stelle ich sie mir bewusst.

Als hätten die Darsteller nur darauf gewartet, dass ich ihnen endlich die verdiente Aufmerksamkeit schenke, führen sie auf ihrer Bühne nun Szene um Szene auf: Jasmin hatte die Gelegenheit, Harun zu verraten, denn sie wusste, wo er sich aufhielt. Jasmin hatte die Gelegenheit, den Brandsatz in mein Zimmer zu werfen und meinen Spind aufzubrechen. Sie konnte immer beobachten, was ich tat, konnte mir sogar unbemerkt folgen, falls sie häufiger die *Abaya* und den *Hidjab* trug, denn unter dem Kopftuch und ohne Make-up hätte ich sie auf der Straße gar nicht bemerkt. Ich habe Jasmin auch von Jeans Restaurant erzählt, fällt mir ein, und dadurch vielleicht Buschras Todesurteil gesprochen. Und natürlich wusste Jasmin, wie viel mir an dem Jungen lag und dass ich ihn auf keinen Fall in Gefahr bringen würde. Er wiederum vertraute ihr und wäre ihr nach meinem Unfall sicher freiwillig gefolgt. Und warum ist sie seit dieser Nacht verschwunden und geht auch nicht an ihr Telefon?

Die Erkenntnis, dass die Frau, die ich neben Jean und Buschra für meine einzige Freundin hielt, mich die ganze Zeit belogen und hintergangen hat, fühlt sich an wie ein

Schlag in den Magen. Nur stockend bin ich in der Lage, dem Kommissar von meinem Verdacht zu berichten.

Er hört aufmerksam zu und wird immer nachdenklicher. »Ich werde dem nachgehen«, verspricht er.

Ich zwinge die Tränen zurück und nicke. Wie viele Verluste kann ich noch ertragen?

Am nächsten Morgen darf ich das Krankenhaus verlassen. Der Abschied von Faysal fällt mir schwer, aber er muss noch einige Tage bleiben. Seine Augen blitzen inzwischen wieder vor Unternehmungslust, und die Krankenschwester erzählt mir, dass er der Liebling der Station sei. Auch die anderen Kinder mögen ihn, malen Bilder oder singen ihm etwas vor. Trotz ihrer Anstrengungen, ihm einen Ton zu entlocken, ist er stumm wie zuvor.

Ich habe lange mit mir gerungen, ihn aber dann doch nicht gefragt, ob es Jasmin war, die ihn nach meinem Unfall mitgenommen und ihren Helfershelfern übergeben hat. Ebenso wenig habe ich versucht, herauszubekommen, warum man ihn so schlimm misshandelt hat. Die einzige Erklärung, die mir einfällt, nämlich dass man aus ihm herausprügeln wollte, wie viel er wusste, klingt lächerlich. Jasmin weiß, dass der Junge stumm ist. Inzwischen habe ich die Hoffnung aufgegeben, dieses Rätsel jemals zu lösen. Stattdessen werde ich, schon um des Jungen willen, die ganze furchtbare Angelegenheit nie wieder erwähnen und irgendwann hoffentlich wirklich vergessen. Wer eine Zukunft haben will, muss die Vergangenheit hinter sich lassen. Ich bin sicher, dass das Faysals Strategie ist, und will ihm das Leben nicht unnötig schwer machen, indem ich immer wieder alte Wunden aufreiße.

Ich verabschiede mich von Faysal mit dem Versprechen, jeden Tag zu kommen, und hoffe, ihn nicht zu enttäuschen, denn als ich endlich auf meinen eigenen Beinen das Krankenhaus verlasse, spüre ich die Anstrengung nur allzu deutlich. So bin ich nicht nur gerührt, sondern auch ehrlich erleichtert, dass der Onkel ein Taxi bestellt hat, um mich nach Hause zu fahren.

»Hast du eigentlich ein fremdes Handy hier in der Wohnung gefunden?«, frage ich eine Stunde später, als ich mich mit dem Tee, den zuzubereiten mir mehr Kraft abverlangte als erwartet, zum Onkel ins Wohnzimmer setze. »Der Kommissar hat dich bestimmt danach gefragt.«

»Er hat mich gefragt, aber ich habe keins gefunden. Und ich habe nicht verstanden, wem es gehören sollte. Deins wurde doch bei dem Unfall zerstört, oder?«

Ich bin nicht sicher, ob ich ihm jedes Detail der Vorkommnisse während seiner Abwesenheit berichtet habe, daher erzähle ich nun von dem gestohlenen Handy mit den Fotos von dreißig Männern, darunter Harun. Ich erzähle ihm, dass ich glaube, es in der Wohnung liegen gelassen zu haben, bevor ich zum Einkaufen ging und den Unfall hatte.

Der Onkel hört mit wachsender Sorge zu und ist schließlich so blass, dass ich meinen Worten die Dramatik nehme, indem ich sage: »Sicher bin ich mir aber nicht, weil ich so starkes Fieber hatte, dass ich kaum einen klaren Gedanken fassen konnte.«

»Nein«, sagt mein Onkel leise. »Das Telefon dieses Mannes – wie, sagtest du, hieß er? Ali? – habe ich nicht gefunden. Vielleicht hast du es doch mitgenommen. Oder«, mit dem neuen Gedanken kehrt die Farbe in seine Wangen zurück, »der Junge hat es wieder eingesteckt, bevor ihr gegangen seid, und dann haben seine Entführer es ihm abgenommen.«

Das klingt einleuchtend, und so ist diese Frage für mich

zufriedenstellend geklärt. Doch im selben Moment fällt mir eine nächste ein. »Woher wusstest du überhaupt von meinem Unfall und dass ich im Krankenhaus liege?«

»Von den Nachbarn natürlich!«

Natürlich! Noch habe ich mich nicht an den Gedanken gewöhnt, dass diese Straße genauso funktioniert wie ein syrisches Dorf. Das werde ich erst dann wirklich glauben können, wenn ich die Menschen in meiner neuen Nachbarschaft besser kennenlerne.

»Kann ich dich denn nun allein lassen?«, fragt der Onkel besorgt. »Meine Geschäfte …«

»Natürlich«, sage ich. »Ich komme gut zurecht. Nur kochen …«

»Selbstverständlich bringe ich heute Abend etwas zu essen von Momo mit. Du musst dich schonen, Madiha, und Momo wird uns eine ganze Tasche voller Köstlichkeiten zusammenstellen, die dich bald wieder auf die Beine bringen.«

In seinem Arbeitszimmer packt der Onkel die dunkelbraune Ledertasche, die er mit sich führt, wenn er geschäftlich das Haus verlässt, dann ist die Wohnung leer und still. Schon wenige Minuten später bin ich eingeschlafen.

Als ich aufwache, ist es früher Nachmittag. Noch viele Stunden muss ich mir vertreiben, bis der Onkel zurückkehrt, aber schon jetzt spüre ich diese Unruhe, die mich überkommt, wenn ich längere Zeit in geschlossenen Räumen verbringe. Außerdem habe ich Hunger. In der Küche finde ich Zwiebeln, Eier, Reis, Kichererbsen, aber nichts, das sich ohne größere Zubereitung essen ließe. Keine Datteln, keine Pistazien, nicht einmal ein Stück Brot. Kurz überlege ich, ein paar Eier zu kochen, aber tatsächlich verzehre ich mich nach etwas Süßem. Klebrig-süße Datteln oder in Honig getränktes Pistazienkonfekt wären genau richtig. Ich ringe mit mir. Schonen solle ich mich, hat der Arzt gesagt. Aber auch zu Kräften kommen. Als plötzlich ein Sonnenstrahl das Grau des Wintertags erhellt, hält mich nichts mehr in der Wohnung.

Schwer auf meinen Stock gestützt, gehe ich langsam zu dem Geschäft an der Straßenecke, in dem ich einkaufte, bevor der Laster mich verletzte.

Heute werde ich begrüßt wie eine alte Bekannte. Ich freue mich über die Frage nach meinem Befinden, bin gerührt angesichts der Anteilnahme an meinem Schicksal, kann aber die vielen Fragen nach unserer Familiengeschichte, dem glücklichen Zusammentreffen nach über dreißig Jahren und den Details über den Unfall gar nicht beantworten. Es scheint niemandem aufzufallen, denn sowieso reden alle durcheinander. Ich beschränke mich darauf, freundlich zu nicken und Genesungswünsche entgegenzunehmen. Und während ich auf dem Hocker sitze, den mir jemand untergeschoben hat, und mich so wohl fühle wie seit Langem nicht mehr, bemerke ich etwas vor dem großen Fenster, das mich irritiert. Nein, nicht etwas, sondern jemand erregt meine Aufmerksamkeit: Ein Mann geht dort vorbei, so langsam, dass mein Gehirn eine Verbindung herstellt, bevor ich ihn überhaupt wahrgenommen habe. Ein Mann, dem ich nie zuvor persönlich begegnet bin. Ein Mann, dessen Foto mir der Kommissar gestern vorgelegt hat. Ein Mann, der entweder Riad oder Ali heißt und zum Netzwerk der Mörder gehört, das Harun und Buschra und wer weiß wie viele andere getötet hat. Und dieser Mann geht durch die Straße, in der mein Onkel und ich wohnen.

Was kann er hier wollen außer Rache?

Wie hat er uns gefunden?

So schnell es mir möglich ist, erhebe ich mich, beachte die

Ausrufe der Überraschung gar nicht, die der Händler und die Nachbarn mir hinterherschicken, sondern folge dem Mann, der sich offensichtlich nicht auskennt. Er schaut rechts und links, sucht vielleicht Hausnummern, die in Deutschland jeder Straße ihre Ordnung aufzwingen, in diesem Viertel aber oft klein und unauffällig oder gar hinter Markisen oder Warenstapeln verborgen sind. Noch ein paar Meter, dann wird er unseren Hauseingang erreicht haben …

Er geht vorbei.

Vor Verblüffung bleibe ich kurz stehen, nehme den Schmerz im linken Bein wahr, das ich zu stark belaste. Aber ich hätte den Mann bereits aus den Augen verloren, wenn ich mir die Zeit nehmen würde, den Stock erst fest aufzusetzen und dann das Bein zu belasten. Nun aber wird er langsamer, bleibt vor dem großen Schaufenster des Cafés stehen, in dem mein Onkel regelmäßig verkehrt, und schaut hinein. Dann tritt er ein.

Ich bleibe auf der anderen Straßenseite und taste mich schrittweise so weit vor, bis ich das Innere des Cafés überblicken kann. Was ich sehe, nimmt mir den Atem. Der Mann, der zum Mördernetzwerk gehört, setzt sich an einen Tisch, an dem bereits – mit dem Rücken zum Fenster – mein Onkel sitzt! Nun übergibt er dem Fremden etwas, das ich auf die Entfernung für ein Blatt Papier halte, aber nicht eindeutig erkennen kann. Nach einem flüchtigen Blick auf den Verkehr überquere ich die Fahrbahn und nähere mich dem Fenster. Mit zusammengekniffenen Augen starre ich auf die Hand des Fremden. Sie hält kein Papier, sondern ein Handy mit weißer Rückseite. Und ich würde all meinen geringen Besitz darauf verwetten, dass es genau das Handy ist, von dem mein Onkel vorher noch behauptete, es nie gesehen zu haben.

Ich stehe immer noch wie betäubt vor der Scheibe, als der Fremde sich erhebt und das Café verlässt. Er schaut weder rechts noch links, als er zielstrebig den Weg zurückgeht, den er gekommen ist.

Ich nehme dieselbe Richtung, schließe die Tür zur Wohnung auf und lasse mich im Wohnzimmer in die Kissen sinken. Zwar habe ich immer noch nichts zu essen daheim, aber es interessiert mich nicht mehr. Mir ist der Appetit vergangen.

27

Abends essen wir gemeinsam, was der Onkel von Momo mitgebracht hat: eine ganze Platte unterschiedlicher Vorspeisen und Hühnchenspieße mit Reis. Unter anderen Umständen hätte ich kaum ein Ende finden können, denn die Gerichte sind genau, wie sie sein müssen: gehaltvoll und kräftig gewürzt. Trotzdem bringe ich nur mit Mühe überhaupt etwas herunter. Der Onkel schiebt meinen mangelnden Appetit auf die Erschöpfung und schlägt vor, dass ich sogleich schlafen gehe. Ich bin unsicher, ob das eine Empfehlung oder Anweisung ist, hätte aber sowieso nichts anderes tun wollen. Dann liege ich im Bett, starre an die Decke und schlafe erst ein, als es draußen schon lange still ist.

Am nächsten Morgen hat der Onkel die Wohnung bereits verlassen, als ich endlich aufwache. Ich fühle mich kräftiger, esse die Reste vom Vorabend und mache mich auf den Weg zu Faysal ins Krankenhaus.

Soll ich ihn nun doch nach Jasmin fragen? Ist es möglich, dass ich mich irre, was ihre Rolle bei den Vorkommnissen der letzten Wochen betrifft? Ich war mir so sicher! Aber wie sollte diese Erklärung mit meiner Beobachtung vom Vortag zusammenpassen? Warum sollte mein Onkel mich anlügen? Warum hinter meinem Rücken das Handy seinem rechtmäßigen Besitzer zurückgeben, anstatt die Polizei zu informieren? Meine Schritte werden langsamer, je näher ich dem Krankenhaus komme, aber irgendwann muss ich mich entscheiden.

Und so frage ich Faysal, kaum dass ich sein Zimmer betreten habe.

Seine Reaktion ist eindeutig, trotzdem stelle ich die Frage dreimal auf unterschiedliche Weise. Jedes Mal bekomme ich dieselbe Antwort: Jasmin hat ihm kein Haar gekrümmt.

Ein Taxi bringt mich zur Unterkunft, denn ich bin nicht in der Lage, nur einen einzigen Meter zu laufen, der nicht unbedingt nötig ist. Mühsam dränge ich mich durch die Gruppen von Männern, die rauchend in der Kälte stehen, mit den Füßen stampfen und auf ihre Handys schauen. Niemand beachtet mich. Dann fliegt die Tür auf, und Jasmin starrt mir entgegen. Einen Augenblick lang fürchte ich Vorwürfe und Hass, nachdem ich den Kommissar mit meinem Verdacht gegen sie aufgehetzt habe, aber stattdessen kommt sie auf mich zu und umarmt mich lang und fest. Ich lege den Kopf an ihre Schulter und lasse die Tränen fließen.

»Woher weißt du es?«, fragt Jasmin, als wir in ihrem Zimmer auf dem Bett sitzen. Sie hat die anderen Frauen höflich gebeten, den Raum zu verlassen, und sie haben uns den Gefallen getan.

Ich erzähle ihr von dem Handy, das mein Onkel fand und seinem rechtmäßigen Besitzer zurückgab, nachdem er mich und zuvor den Kommissar angelogen hatte.

Jasmin schnalzt mit der Zunge.

»Woher – und vor allem: seit wann – weißt du es?«, frage ich zurück.

Jasmin schweigt eine lange Zeit, dann seufzt sie leise. »Ich habe mich von Anfang an gefragt, woher dein Onkel wusste, dass du hier bist. Und vor allem, warum er kam. Natürlich war es möglich, dass die Geschichte von der plötzlichen familiären Sehnsucht stimmte, die er dir erzählt hat, aber genauso gut konnte es einen ganz anderen Grund dafür geben, dass er nach über dreißig Jahren bei dir auftauchte.«

Ich hatte mir selbst diese Frage gestellt, mich aber auch schnell mit seiner Erklärung zufriedengegeben.

»Als ich sah, dass er dich gut behandelte und sogar Faysal bei sich aufnahm, glaubte ich ihm seine reinen Absichten. Ich habe mich sehr für dich gefreut, Madiha. Aber dann kam dieser Abend im Krankenhaus, an dem du ihm von Faysals Entführung erzählt hast. Da hat er seltsam reagiert.«

Ich versuche, mir den Abend ins Gedächtnis zu rufen, kann mich aber kaum erinnern. Die Erschöpfung, die schrecklichen Kopfschmerzen und das noch nicht ganz abgeklungene Fieber haben mich damals wie eine Luftblase umgeben, die mich von der Umwelt abschnitt. Nur Bruchteile der Wirklichkeit drangen zu mir vor.

»Wir haben zum Teil recht wirr gesprochen, aber er hat nicht ein einziges Mal nachgefragt. Auch wäre es normal gewesen, wenn er angesichts der brutalen Gewalt, die man dir und Faysal angetan hat, besorgt oder schockiert reagiert hätte. Stattdessen wirkte er wie jemand, der feststellen muss, dass eine Vereinbarung nicht eingehalten wurde. Und jedes Mal, wenn du die Polizei erwähntest, wurde er nervös.« Jasmin schüttelt entschieden den Kopf. »Nein, das war alles nicht so, wie sich ein Mensch verhalten würde, der von der ganzen Sache nichts weiß.«

Ich habe keine Ahnung, woher Jasmin diese Sicherheit nimmt, aber vielleicht kennt sie sich beruflich damit aus. Ich habe sie nie gefragt, was sie in der Heimat studiert hat.

»Als dein Onkel das Krankenhaus verließ, habe ich deine *Abaya* genommen, mir meinen Winterschal um den Kopf gewickelt und bin ihm gefolgt. Er hat telefoniert, aber ich traute mich nicht nah genug heran, um alles zu verstehen. Nur, dass es um die Freilassung des Jungen ging, das habe ich mitbekommen, also blieb ich ihm auf den Fersen.«

Jasmin versinkt kurz in der Erinnerung und lächelt beinah wehmütig. »Ich hatte schon völlig vergessen, wie unsichtbar wir unter dem Schleier sind. Niemand achtete auf mich. Ich folgte deinem Onkel in verschiedenen Straßenbahnen bis zu einem Café in einer Straße voller marokkanischer, türkischer und libanesischer Geschäfte. In einem dieser Geschäfte kaufte ich ein farbiges Kopftuch und einen dunklen *Hidjab*, für den Fall, dass ich während einer weiteren Verfolgung mein Aussehen würde verändern müssen, aber dein Onkel blieb in dem Café. Schließlich kam ein Mann, der sich zu deinem Onkel setzte. Ich machte Fotos von den beiden, während sie redeten, dann telefonierte der Fremde, dein Onkel telefonierte ebenfalls, und dann trennten die beiden Männer sich. Der Fremde stieg in ein Taxi, dein Onkel ging nur wenige Schritte bis zu einem Wohnhaus, in dem er verschwand.« Jasmins Stimme zittert, sie erlebt die Aufregung des Abends noch einmal.

Ich habe ein schlechtes Gewissen, weil ich sie verdächtigte.

»Ich wusste nicht, was ich tun sollte, daher fuhr ich zurück ins Krankenhaus, um dir deine *Abaya* wiederzubringen und an deinem Bett zu wachen. Als ich am Empfang vorbeikam, fragte ich ohne große Hoffnung, ob vielleicht ein stummer Junge aufgetaucht sei, erntete aber nur Kopfschütteln. Trotzdem ging ich jede Stunde hinunter. Und dann war er plötzlich da. In der Notaufnahme.« Jasmin schluchzt leise bei der Erinnerung. »Ich wartete, bis er geröntgt und der Arm in Gips war, folgte ihm zu seinem Zimmer und kam dann zu dir.«

Eine ganze Weile schweigen wir.

So viele Fragen sind noch offen, aber ich kann immer nur an die eine denken: Was werde ich nun tun?

Die Frage beschäftigt mich noch, als ich in das Taxi steige, das Jasmin mir gerufen hat. Es wird mich zum Bahnhof bringen, damit ich den Weg zur Bushaltestelle und den Umstieg spare. Mehr kann ich mir nicht leisten, aber Geld ist momentan nicht mein größtes Problem.

Was werde ich tun?

Nichts, was ich tun könnte, wird Harun oder Buschra wieder lebendig machen. Nichts, was ich tun könnte, wird mir mein Leben zurückbringen. Mein Leben in einem kleinen, rückständigen Dorf, in dem es egal war, dass ich nicht lesen und schreiben kann. In dem ich mit meinem Vater lebte, wo ich nach dem Vorbild der Natur Motive malte, die er aus Silber oder bunten Steinen in Holz legte. Nichts, was ich tue, wird mir meinen Vater zurückgeben, der sein Leben für mich opferte. Wieder sehe ich, wie er die Hand hebt, wie seine Schläfe explodiert, seine Augen sich verdrehen, wie er fällt …

Ob ich ihm dankbar sei, fragte Jasmin mich vor einer Weile. Ich weiß, dass ich ihm dankbar sein müsste, denn er ermöglichte meine Flucht durch seinen Tod. Aber bin ich es? Nein. In diesem Augenblick gestehe ich mir ein, was ich schon lange weiß: Ich bin ihm nicht dankbar. Ich bin wütend. Ich habe ihn nicht um dieses Opfer gebeten, bin aber diejenige, die für den Rest ihres Lebens mit dieser Schuld leben muss. Mit der Schuld, die er mir auferlegt hat. Der Schuld an seinem Tod. Ich hätte es so nicht gewollt. Es ging um mich so sehr wie um ihn, trotzdem zählte meine Meinung nichts.

Die Wut, die ich empfinde, verstärkt mein Schuldgefühl nur noch, aber sie endlich beim Namen zu nennen ist befreiend, so sehr, dass ein Knoten in mir platzt und Tränen aus meinen Augen quellen, deren Strom sich nicht stoppen lässt. Nicht im Taxi, nicht im Zug, nicht einmal auf dem Weg in die

Wohnung. Erst als ich mich völlig erschöpft auf mein Bett lege, zu müde, um mich auszuziehen, versiegen die Tränen mit dem letzten Gedanken vor der samtenen Leichtigkeit des Schlafs: Es war nicht recht, Vater, aber ich verzeihe dir.

Als ich aufwache, ist die Wohnung dunkel und still. Die Uhr zeigt halb acht, eine halbe Stunde habe ich noch, bevor der Onkel nach Hause kommt. Ich wasche mein Gesicht und koche Tee, während ich weiter mit der Frage ringe, was ich nun tun soll. Mit brennenden Augen blicke ich mich um: Dies ist mein Zuhause, die Menschen auf dem Foto im silbernen Rahmen sind meine Familie, die ich vielleicht, so Allah es zulässt, eines Tages kennenlernen werde. Faysal ist in dieser Wohnung willkommen, hier leiden wir keinen Mangel, hier kann ich lernen, wie man ein Geschäft führt, und Faysal kann vielleicht wieder sprechen lernen. Zum ersten Mal seit Jahren, seit der Krieg in meiner Heimat begann, fühle ich mich in Sicherheit. Und in dem Moment, in dem mein Onkel mit einer großen Tüte voller köstlich duftender Speisen hereinkommt, fälle ich eine Entscheidung.

Ich warte, bis wir gegessen haben, bevor ich ihn frage: »Wie konntest du zulassen, dass sie Menschen töten?«

Der Onkel sinkt in sich zusammen. In seinem Teeglas klirrt der Löffel, so stark zittert seine Hand. Vor meinen Augen altert der Mann, der äußerlich so viel Ähnlichkeit mit meinem Vater hat, um Jahre. Eine einzelne Träne läuft seine Wange hinunter. Er schweigt eine sehr lange Zeit.

»Ich erzähle dir, was ich weiß.« Er nimmt einen kleinen Schluck und schaut auf die Oberfläche der abgekühlten Flüssigkeit. »Es ist nicht viel und beginnt mit einem Mann namens Mansur, den ich noch aus Damaskus kenne. Wir hatten geschäftlich miteinander zu tun, sahen uns gelegentlich auf einen Kaffee. Er verließ die Stadt noch vor mir und ging nach Frankfurt. Als ich in Deutschland ankam, meldete ich mich bei ihm und bat ihn um ein paar Tipps, wie ich hier Geld verdienen könne. Er erklärte mir die deutsche Bürokratie, die Gesetze und half mir mit einigen Kontakten. Vor zwei Jahren etwa wandte er sich an mich mit einer Bitte: Er habe in Frankfurt ein Netzwerk von Menschen ins Leben gerufen, die in Deutschland nach untergetauchten Mördern suchen und dafür sorgen, dass diese Leute hier kein Asyl bekommen. Er wollte, dass ich in Düsseldorf ein ähnliches Netzwerk aufbaue.«

Ich starre auf den Teppich zwischen uns, nippe an meinem ebenfalls kalten Tee und spüre in meinem Magen einen großen, schweren Stein.

»Ich wusste, dass ich nicht der Richtige war, um ein solches Netzwerk hier zu errichten, aber Mansur blieb hartnäckig. Ich stand in seiner Schuld, also konnte ich mich seiner Bitte nicht verweigern. Wir einigten uns schließlich darauf, dass ich Männer ansprach, die in meinen Augen bereit wären, der Sache zu dienen und zu melden, wenn sie einen der Gesuchten entdeckten. Die Kontakte fielen mir nicht schwer, durch mein Geschäft habe ich ständig mit vielen Menschen zu tun. Hatte ich einen neuen Helfer gefunden, leitete ich die Namen und Fotos der Gesuchten, die ich von Mansur erhielt, an ihn weiter. Konnte jemand eine Person identifizieren, informierte ich Mansur.«

Der Stein in meinen Eingeweiden dehnt sich aus, ich stelle das Teeglas ab. Keinen Schluck bekomme ich mehr herunter.

»Zunächst passierte nicht viel mehr, als dass man den Leuten nahelegte, sie sollten woanders hingehen. Die meisten ließen sich einschüchtern und verschwanden. Ich bekam davon nur am Rande mit, wenn einer derjenigen, die ich an Mansur vermittelt hatte, mir davon erzählte. Aber dann, vor einem halben Jahr, war einer dabei, der sich um die Einschüchterungsversuche einfach nicht scherte. Mansur sagte, wenn er nicht freiwillig gehe, müsse man eben nachhelfen. Aber damit wollte ich nichts zu tun haben. Ich erklärte, dass ich aus dem Netzwerk aussteigen werde. Also schickte Mansur Ali hierher. Ich übergab ihm meine Kontakte, alles Weitere veranlasste er. Ich wollte gar nicht wissen, was das war.«

»Hast du auch Ahmad rekrutiert?«, frage ich.

»Nein, ich kann mich nicht an einen Ahmad erinnern.«

Während er Tee trinkt, versuche ich mir vorzustellen, wie mein Onkel mit den Männern spricht. Alle haben Angst, dass die Teufel auch hierherkommen. Alle wollen den Frieden, den sie hier gefunden haben, erhalten. Und einige sind bereit, dafür zu morden.

»Vor etwa vier Wochen rief Mansur mich an. Er fragte, ob ich Verwandtschaft in Deutschland habe. Ich verneinte. Als er deinen Namen nannte, war das ein Schock für mich. Ich wusste nicht einmal, dass es dich gab, denn als ich damals zu deinem Vater kam, lebtest du nicht dort. Mansurs Frage brachte mich aus der Fassung, aber ich versprach ihm, dich aufzusuchen und herauszufinden, ob wir verwandt sind. Er erzählte mir, dass du Ärger machst wegen eines Mannes, der verschwunden sei. ›Wie verschwunden?‹, fragte ich, erhielt aber keine Antwort. Mansur trug mir auf, deine Nachforschungen zu unterbinden, sonst müsse er sich darum kümmern. Ich verstand die Drohung und fuhr in höchster Aufregung zu deiner Unterkunft, in der Hoffnung, dass du nicht mit mir verwandt bist.«

Das erklärte, woher er wusste, dass ich in der Unterkunft lebte. Es erklärte, warum er nach über dreißig Jahren die Verbannung aufhob und mich in seine Wohnung holte. Und ich hatte geglaubt, er sei mit der Zeit einsichtig und barmherzig geworden. Wie falsch ich gelegen hatte!

»Ich habe dich sofort erkannt, du bist genau so schön wie deine Mutter.« Seine Stimme bricht, und er braucht einige Sekunden, bis er sich wieder gefangen hat. »Dann hast du meine Einladung abgelehnt. Ich war vor den Kopf gestoßen. Also schenkte ich dir das Handy, damit ich immer wusste, wo du dich aufhältst. Das funktionierte aber nicht so, wie Mansur es mir erklärt hatte.«

Es funktionierte nur, wenn Faysal das für richtig hielt, hätte ich sagen können, aber ich schwieg.

»Anfangs habe ich nur Mansurs Auftrag ausgeführt«, flüstert der Onkel. »Aber dann lernte ich dich kennen und schätzen. Ich wollte dich um jeden Preis beschützen. Wollte, dass du bei mir bleibst. Du bist alles, was ich habe.«

Das stimmt nicht, denn mein Onkel hat zwei Frauen und mehrere Söhne und Töchter sowie Schwiegerkinder und Enkel. Ich bin diejenige, die niemanden hat außer ihm. Ich bin diejenige, die eine Familie nötiger hat als alles andere auf der Welt.

Mein Onkel ist sichtlich bewegt, seine Augen sind feucht. »Ich habe Mansur gesagt, dass er dich in Ruhe lassen muss, sonst würde ich alles verraten, was ich weiß. Er ließ sich darauf ein, weil ich ihm im Gegenzug versprach, deine Nachforschungen zu unterbinden.«

»Als die Entführung und der Mordversuch mit dem Lastwagen fehlschlugen, haben sie sich Faysal geschnappt, um mein Schweigen zu erpressen. Einen kleinen Jungen!«

»Ich habe einen schrecklichen Fehler gemacht, aber ich wollte immer nur das Richtige tun. Kannst du mir verzeihen?«

»Ich muss darüber nachdenken.«

Die nächsten beiden Tage steckt mein Kopf in einer Luftblase, zu der die Außenwelt keinen Zugang hat. Ich führe dem Onkel den Haushalt, soweit es meine Gesundheit zulässt, und besuche Faysal im Krankenhaus. Ihm gilt meine ganze Aufmerksamkeit, und als ich am dritten Tag zu ihm komme, strahlt er mich an.

»Sie dürfen den kleinen Racker heute mit nach Hause nehmen«, verkündet die Krankenschwester fröhlich. »Wir werden ihn sehr vermissen.«

Abgesehen von den inzwischen grün-gelb verfärbten Flecken in seinem Gesicht, auf den Armen und am Körper sieht der Junge gut aus. Vor allem wirkt er lebendig und sorglos. Ich frage mich, ob das an der Gesellschaft der anderen Kinder liegt. Oder daran, dass er in einer freundlichen Umgebung umsorgt wurde, in der er endlich einmal keine Verantwortung übernehmen musste – nicht einmal für sich selbst. Diesen Glanz in seinen Augen, den will ich ab sofort jeden Tag sehen, denke ich. Was immer dafür nötig ist, werde ich tun. Im Rahmen meiner Möglichkeiten.

Mit der kleinen Tasche, in der Faysals Habseligkeiten stecken, stehen wir wenig später in der Eingangshalle des Krankenhauses und warten darauf, abgeholt zu werden. Die Frau an der Empfangstheke hat seltsam geschaut, als ich ihr den Namen und die Telefonnummer genannt habe, aber sie hat den Anruf erledigt und wirft uns seitdem neugierige Blicke zu. Sie wird enttäuscht sein, denke ich, als das Auto vorfährt, denn Kommissar Brocker kommt in seinem Privatwagen. Das Schauspiel eines Einsatzwagens mit Blaulicht bleibt der hilfsbereiten Empfangsdame verwehrt.

»Das ist alles, was ich weiß.« Ich lasse mich gegen die Lehne sinken, erschöpft, zitternd, aufgewühlt.

Brocker schaltet das Aufnahmegerät aus.

Die Stille in dem kleinen Raum breitet sich aus, hüllt den Tisch ein, erreicht die Wände und füllt schließlich den ganzen Raum bis in die Ecken. Es ist eine gute Stille, denke ich. Sie ist leicht wie ein Frühlingshauch, nicht erdrückend wie die Decke des Schweigens, die mir die Luft zum Atmen nahm.

Brockers Gesichtsausdruck, den ich erhasche, als ich kurz von der Tischplatte hochschaue, ist nicht wie sonst unergründlich oder zweifelnd. Er ist offen, freundlich, fast anerkennend. Verlegen blicke ich schnell wieder weg.

»Wir vermuten, dass der Hausmeister Ihrer Unterkunft Mitglied in diesem Netzwerk war. Nach Ihrer Aussage werden wir ihn noch einmal ausführlich befragen.«

Ja, denke ich, das erklärt, wie die Mörder Harun gefunden haben. Vermutlich hat der Hausmeister selbst den Brandsatz in mein Zimmer geworfen, um Haruns Hinterlassenschaften aus dem Spind zu stehlen und jede Erinnerung an ihn zu tilgen. Nur kam ich ihm in die Quere. Er kannte meinen Namen von den Belegungslisten und gab ihn weiter, so dass schließlich die Verbindung zu meinem Onkel hergestellt werden konnte.

»Ihr Onkel wird sich vor Gericht verantworten müssen. Wahrscheinlich wird der Richter für die Dauer der Ermittlungen Untersuchungshaft anordnen. Allein die Mitgliedschaft in einer kriminellen Vereinigung wird mit einer Freiheitsstrafe von fünf Jahren bestraft, zusätzlich wird man ihm Strafvereitelung vorwerfen, weil er zumindest geahnt haben muss, wer für den Mord an Harun Dardari und die Brandstiftung mit dem Tod von Buschra Malik verantwortlich war, dieses Wissen aber verschwiegen hat. Im Fall einer Verurteilung wird er ausgewiesen werden.«

Die Stimme des Kommissars ist sanft, aber das kann den

Worten ihre Grausamkeit nicht nehmen. »Sie werden den Onkel, den Sie gerade gefunden haben, wieder verlieren. Es tut mir leid.«

Ich nicke, während ich die Tränen wegblinzle. Es ist das Mitleid in seiner Stimme, das mich fast die Fassung verlieren lässt. Mit allem habe ich gerechnet: mit Beschimpfungen, weil auch ich ihm nicht immer die Wahrheit gesagt habe. Mit Kälte, weil ein Mitglied meiner Familie mitverantwortlich ist für die Morde in diesem Land. Mit Wut auf die Fremden, die ihren Krieg in dieses Land tragen. Aber nicht mit Anteilnahme, Verständnis, Wohlwollen.

»Wird wenigstens der Junge bei Ihnen bleiben?«

Faysal sitzt auf einem der unbequemen Stühle vor der Tür und wird sich langweilen, aber er hat mir fest versprochen, keinen Unfug anzustellen.

»Ja.«

»Das ist gut.«

»Auch wenn ich nicht verstehe, warum er aus allen Menschen gerade mich ausgesucht hat, damals, als er einfach mit mir ging«, sage ich leise.

Brocker lacht. »Ich glaube, ich kenne den Grund.«

Wieder riskiere ich einen Blick. Seine Augen verschwinden fast in den Lachfältchen.

»Sie sind ein stilles Wasser, aber eine unglaublich starke Frau. Was glauben Sie, warum dieses Netzwerk solche Angst vor Ihnen hatte?«

»Ich fühle mich nicht stark«, sage ich. Es dauert eine ganze Weile, bis ich bemerke, dass ich ihn immer noch anstarre. Schnell senke ich den Blick.

»Bitte sehen Sie mich an«, sagt Brocker.

Ich muss mich zwingen, schaffe es aber, ihm wieder in die Augen zu schauen.

»Ich möchte Sie gern als Dolmetscherin engagieren.«

»Ich kann weder lesen noch schreiben.« Meine Augen gleiten nach links, Brocker neigt den Kopf, um meinen Blick wieder einzufangen. Ist das ein Spiel?

»Das stört mich nicht.«

Wieder einmal spüre ich die Hilflosigkeit angesichts einer Situation, in der ich nicht weiß, wie ich mich verhalten soll. Was in meiner Heimat undenkbar wäre, ist hier normal: Mit einem fremden Mann allein in einem Raum zu sein und ihm dann auch noch unverblümt in die Augen zu sehen. Will ich hier leben, werde ich das aushalten müssen, das wird mir in diesem Moment klar. Noch ist es kaum vorstellbar, dass ich mich daran gewöhnen könnte, aber vor sechs Wochen hätte ich jeden einen Narren genannt, der mir die Aufdeckung einer Mörderbande prophezeit hätte.

Ein seltenes Gefühl gespannter Erwartung breitet sich in meinem Bauch aus. Es wird begleitet von Furcht und Zweifel, aber es ist spürbar, und es zerreißt den Nebel, der jeden Blick in die Zukunft vereitelte. Noch sind nicht einmal Umrisse dessen zu erahnen, was mich dort erwartet, aber ich empfinde Neugierde, herauszufinden, was es ist.

»Ich helfe Ihnen gern, wenn ich kann.«

Jetzt ist es heraus, ein Lächeln stiehlt sich auf mein Gesicht, das ich schnell zurückdränge. Ich will nicht eitel sein, will mir keine Wichtigkeit anmaßen, die ich nicht besitze. Vermutlich wird der Kommissar sich sowieso nicht melden, seine Frage war eine reine Form der Höflichkeit.

Ich werde mir bewusst, dass ich längst wieder auf meine Hände starre, und hebe ein letztes Mal den Blick. »Darf ich dabei sein, wenn Sie meinen Onkel festnehmen?«

Der Gesichtsausdruck meines Onkels, als er erkennt, dass nicht nur Faysal mit mir die Wohnung betritt, wird mich mein Leben lang verfolgen. Enttäuschung und Schmerz halten sich die Waage, lassen ihn um Jahre altern, setzen mein Herz in Brand.

»Du hast dich also entschieden«, sagt er. »Gegen mich.«

»Nein.« Ich mache einen Schritt auf ihn zu, stoppe aber, als er zurückweicht. »Du bist der Bruder meines Vaters, und das wirst du bleiben. Ich habe mich gegen den Krieg entschieden.«

Der Kommissar erklärt meinem Onkel seine Rechte. Zum ersten Mal höre ich den Bruder meines Vaters Deutsch sprechen. Es macht mich unendlich traurig, diesen warmherzigen, traurigen Mann aus seinem Leben zu reißen, in dem er seine Geschäfte führte, Freunde gefunden hat und eigentlich nichts Böses wollte. Ich wünsche mir nichts mehr, als dass er mir vergibt, aber danach sieht es nicht aus. Er dreht mir den Rücken zu, antwortet nicht auf meine Worte und sagt nur, bevor der Kommissar ihn aus der Tür schiebt: »Gib die Wohnungsschlüssel Momo.«

Er sagt noch nicht einmal Lebwohl.

»Madiha! Faysal!«

Jasmin stürzt aus der offenen Tür der Unterkunft in der Waldstraße auf uns zu. Sie umarmt und küsst uns abwechselnd. Das erste Mal lässt Faysal die Prozedur noch über sich ergehen, danach dreht er sich weg und wischt sich mit der Hand ihre nassen Küsse aus dem Gesicht.

»Eigentlich sollte ich mich nicht freuen, dass ihr wieder hier wohnt«, sagt Jasmin, als wir auf die Tür zugehen. »Für euch ist es ein Schritt in eine unselige Vergangenheit.«

Sie hat recht und unrecht zugleich. Natürlich freue ich

mich nicht auf das Achtbettzimmer, auf die Gemeinschaftstoiletten, die lauwarmen Duschen und das Essen aus den riesigen Töpfen, aber ich nehme es in Kauf, weil es der Preis meiner Freiheit ist.

»Irgendwann werden auch wir eine Wohnung bekommen«, sage ich tapfer.

Jasmin lacht erst leise, dann schüttet sie sich geradezu aus vor Lachen. »Du kannst sofort eine haben, Madiha, wenn du Rafiqs Heiratsantrag annimmst.«

Ich starre sie an, als hätte sie sich gerade vor meinen Augen in eine Ziege verwandelt. Faysals Hand drückt meine so fest, dass er mir wehtut.

»Er war eifersüchtig, Madiha, dass du dich so sehr für Harun interessierst, aber nicht für ihn. Deshalb hat er dir so viel Ärger gemacht. Also, willst du ihn heiraten?«

Mein Gesichtsausdruck entlockt ihr einen weiteren Heiterkeitsanfall. Ich schüttele stumm den Kopf. Faysals Hand entspannt sich.

»Gut, dann organisiere ich, dass wir drei in einem Zimmer wohnen können. Ist das in Ordnung?«

»Natürlich.«

Kurz vor der Tür spüre ich einen kalten Schauer über meinen Rücken laufen und drehe mich um. Ich bin sicher, dass ich beobachtet werde. Es wäre lächerlich anzunehmen, dass die Jagd auf die Mörder des Daesh beendet wäre, nur weil ein paar Männer aus dem Netzwerk verhaftet wurden. Es wird eine Weile dauern, bis sie ersetzt sind, aber dann werden wieder Menschen verschwinden.

Es ist nur eine Frage der Zeit.

Dank Die Autorin dankt der Franz-Edelmaier-Residenz für Literatur und Menschenrechte in Meran für das gewährte Aufenthaltsstipendium.